Juan Gómez-Jurado

Zerrissen

GOLDMANN

Juan Gómez-Jurado

ZERRISSEN

Thriller

Aus dem Spanischen
von Carsten Regling

GOLDMANN

Die spanische Originalausgabe erschien 2014 unter dem Titel
»El Paciente« bei Editorial Planeta S. A., Barcelona.

MIX
Papier | Fördert
gute Waldnutzung
FSC® C014496

Penguin Random House Verlagsgruppe FSC® N001967

1. Auflage
Neuausgabe August 2025

in der Penguin Random House Verlagsgruppe GmbH,
Neumarkter Str. 28, 81673 München
produktsicherheit@penguinrandomhouse.de
(Vorstehende Angaben sind zugleich
Pflichtinformationen nach GPSR)

Umschlaggestaltung: UNO Werbeagentur, München
Umschlagmotive: Johannes Wiebel | punchdesign,
unter Verwendung von Motiven von shutterstock.com
Silhouette: Johannes Wiebel
LS · Herstellung: ik
Satz: Uhl + Massopust, Aalen
Druck und Bindung: GGP Media GmbH, Pößneck
Printed in Germany
ISBN: 978-3-442-49572-6

www.goldmann-verlag.de

»Mit dem Wahnsinn ist es wie mit der Schwerkraft:
Es reicht schon ein kleiner Schubs.«
Jonathan Nolan, ›The Dark Knight‹

DR. EVANS' TAGEBUCH

Sie glauben, mich zu kennen.

Doch Sie täuschen sich. Sie alle, ohne Ausnahme.

Die ganze Welt kennt meinen Namen. Unzählige Male haben Sie mein Gesicht gesehen. Zum ersten Mal, als die Polizei die Großfahndung nach mir einleitete und mein Foto überall im Fernsehen zu sehen war. Und zuletzt wohl an dem Tag der Live-Übertragung, als mich das Gericht vor Millionen von Fernsehzuschauern für schuldig erklärte. Sie alle haben eine Meinung zu dem, was ich getan habe. Doch wissen Sie was? Ob Sie mich dafür verurteilen oder mir Beifall spenden, ist mir völlig egal.

Seit tausendachthundertdreiundzwanzig Tagen, elf Stunden und zwölf Minuten sitze ich nun schon im Todestrakt. Jede wache Minute habe ich seither über die Ereignisse nachgedacht, die mich hierhergeführt haben.

Und dennoch bereue ich nichts von dem, was ich getan habe … außer vielleicht das, was ich damals zu Kate gesagt habe.

Ich bin kein Heiliger, kein Märtyrer, kein Terrorist. Ich bin auch kein Verrückter oder gar ein Mörder.

Ich passe in keine dieser Schubladen.

Ich bin nur ein Vater.

Und das ist meine Geschichte.

63 STUNDEN
VOR DER OPERATION

1

Alles begann mit Jamaal Carter. Hätte ich ihn an jenem Abend nicht gerettet, wäre vielleicht alles ganz anders gekommen.

Als der Pager piepte, war ich sofort aus dem Schlaf aufgefahren. Schlecht gelaunt setzte ich mich auf und rieb mir die Augen. Das Bereitschaftszimmer der Chirurgen roch nach Schweiß und ungewaschenen Füßen.

Von Natur aus schlafe ich wie ein Stein. Rachel hatte mich deswegen immer aufgezogen; sie behauptete, man könnte mich mit einem Kran aus dem Bett hieven, ohne dass ich davon aufwachen würde. Für den Pager gilt das allerdings nicht: Das verdammte Ding schafft es, dass ich beim zweiten Piepen auf den Beinen bin.

Darauf wurde ich in sieben Jahren Ausbildung getrimmt. Wenn man da nämlich nicht augenblicklich auf der Matte steht, reißt einem der leitende Assistenzarzt den Arsch auf. Allerdings macht man es in unserem stressigen Beruf auch nicht lange, wenn man sich während der sechsunddreißigstündigen Schichten zwischendurch nicht mal kurz hinlegt. Deshalb lernen wir Chirurgen schnell, auf der Stelle einzuschlafen, wann immer sich die Gelegenheit dazu bietet, und wie ein Pawlow'scher Hund beim ersten Piepen des Pagers wieder hochzuschrecken. Inzwischen habe ich zwar nur noch halb so oft Bereitschaftsdienst wie früher, schließlich bin ich nun schon seit vier Jahren Oberarzt, der Reflex ist mir zum Glück aber geblieben.

Gähnend zog ich den Pager unterm Kopfkissen hervor. Auf dem Display leuchtete der Code 342. Die Neurochirurgie. Verärgert warf ich einen Blick auf die Uhr. Bis zum Ende meiner Schicht fehlten nur noch dreiundzwanzig Minuten, und ich hatte einen anstrengenden Dienst hinter mir; unter anderem war ich drei Stunden damit beschäftigt gewesen, den Schädel eines englischen Kulturattachés zusammenzuflicken, der am Dupont Circle verunglückt war. Der Mann war noch keine zwei Tage in Washington, und schon hatte er auf die harte Tour erfahren, dass man hier im Kreisverkehr andersherum fährt als in London.

Die Krankenschwestern wussten, wie erschöpft ich war. Wenn man mich anfunkte, musste es sich also um einen wirklichen Notfall handeln. Auf meinem Handy wählte ich die Nummer der Station, aber es war besetzt, und so spritzte ich mir am Waschbecken in der Ecke schnell noch etwas Wasser ins Gesicht und machte mich auf den Weg.

Als ich auf den Flur trat, war es zwanzig vor sechs. Die Sonne verschwand bereits hinter den Bäumen des Rock Creek Parks, und ihre letzten Strahlen fielen orangefarben durch die hohen Sprossenfenster herein. Im letzten Jahr hätte ich mich über so einen Sonnenuntergang noch gefreut, sogar wenn ich wie jetzt zum Fahrstuhl eilen musste. Doch nun sah ich nicht mehr hin. Der Mann, der aus mir geworden war, hatte nichts mehr für grandiose Anblicke übrig.

Im Fahrstuhl stieß ich auf Jerry Gonzales, einen Pfleger aus der Allgemeinchirurgie, der ein Krankenhausbett beförderte. Der kräftig gebaute Mann musste ganz nach hinten treten, damit ich noch in den Aufzug passte. Jerry lächelte unsicher. Ich grüßte mit einem Nicken zurück.

»Dr. Evans … ähm … vielen Dank noch mal für das Lehrbuch, das Sie mir neulich geliehen haben. Es liegt in meinem Spind, ich bringe es Ihnen nachher.«

»Lass nur, Jerry, du kannst es behalten.« Gleichgültig winkte ich ab. »Ich lese eh nicht mehr viel.«

Ein unangenehmes Schweigen trat ein. Früher hätten wir ein bisschen herumgeflachst oder uns ein paar witzige Anekdoten erzählt. Aber das war vorbei. Ich konnte fast hören, wie er die Worte, die er eigentlich sagen wollte, hinunterschluckte. Zum Glück: Ich kann Mitleid nämlich nur schwer ertragen.

»Müssen Sie sich um den verletzten Jugendlichen kümmern?«, brachte er schließlich heraus.

»Hat man mich deshalb gerufen?«

»In Barry Farm gab's 'ne wilde Schießerei. Da herrscht Bandenkrieg. In den News reden sie von nichts anderem mehr.« Er deutete auf seine Ohrhörer. »Es gab sieben Tote und 'nen Haufen Verletzte.«

»Und warum hat man ihn nicht ins MedStar gebracht?«

Jerry zuckte mit den Schultern, und im selben Moment öffneten sich die Aufzugstüren. Ich war im vierten Stock angelangt, auf dem sich die Neurochirurgie befand.

Das Saint Claire liegt südlich des Rock Creek Parks in der Nähe der Taft Bridge. Viele Bewohner Washingtons haben wahrscheinlich noch nie etwas von der kleinen, exklusiven Privatklinik gehört, geschweige denn sie zu Gesicht bekommen. Der herrschaftliche viktorianische Backsteinbau mit den weißen Fenstern ist etwas von der Straße zurück versetzt und versteckt sich zudem hinter hohen alten Bäumen, sodass man schon ganz gezielt danach suchen muss. Der Klinikleitung ist das nur recht, soll das Saint Claire doch nicht für jedermann zugänglich sein: Die meisten unserer Patienten leben im mondänen Kalorama-Viertel und sind hohe Diplomaten aus dem Ausland, die in den umliegenden Botschaften arbeiten und deren Regierungen zähneknirschend die horrenden Krankenhausrechnungen begleichen.

Zu meinem großen Missfallen hält der Klinikdirektor auch nicht viel von der notfallmedizinischen Grundversorgung. Die Aktionäre der Klinik wollen schließlich hohe Einnahmen und niedrige Ausgaben sehen. Aber zum Glück ist das Saint Claire, wie alle Krankenhäuser in den Vereinigten Staaten, gesetzlich dazu verpflichtet, jeden Notfall zu behandeln, der zu uns gebracht wird. Selbst wenn absehbar ist, dass die Rechnung nicht bezahlt werden kann.

Und so kam es, dass ich Jamaal Carter begegnete.

Er lag auf einer fahrbaren Liege im Gang gegenüber dem Stationszimmer. Außer einem Polizisten eskortierten ihn eine Ärztin und zwei Rettungssanitäter, deren Uniformen von Blut durchtränkt waren. Sie sahen mitgenommen aus und sprachen leise miteinander. Wenn man wusste, mit was für einer Scheiße sie es jeden Tag zu tun hatten, musste die Schießerei wirklich heftig gewesen sein.

Die Assistenzärztin aus der Notaufnahme blätterte mit besorgtem Gesicht im Notfallprotokoll. Sie musste neu sein, ich hatte sie noch nie gesehen.

»Sind Sie der Neurochirurg?«, fragte sie, als sie mich kommen sah.

»Nein, ich bin der Klempner; diesen schicken Kittel hat man mir bloß geliehen, damit mein Blaumann nicht schmutzig wird.«

Sprachlos starrte sie mich an, sodass ich ihr zuzwinkern musste, damit sie den Scherz begriff, dann lachte sie nervös. Den jungen Kollegen hilft es immer, wenn man die Atmosphäre etwas auflockert, weil sie von den langjährigen Ärzten oft wie Hundescheiße an der Schuhsohle behandelt werden, sodass jede noch so kleine menschliche Geste für sie wie ein Glas Wasser in der Wüste ist.

Sie zeigte auf den jungen Schwarzen.

»Eine Schusswaffenverletzung. Glasgow Coma Score 15, Blutdruck 100 zu 60, Puls 89. Sein Zustand ist stabil, aber das Projektil steckt direkt neben dem Th5. Der Kerl ist gerade mal sechzehn.«

Ich warf einen Blick auf das CT, das mir die Ärztin hinhielt, damit ich die genaue Position der Kugel sehen konnte. Es sah nicht gut aus.

Der Junge lag auf dem Bauch und trug Baggy Jeans und eine blaue Jacke der Washington Wizards, deren rechten Ärmel jemand aufgeschnitten hatte, um einen Streifschuss verbinden zu können. Der Arm war von oben bis unten tätowiert, so wie sicher auch der andere, der mit einer Handschelle an die Liege gefesselt war.

Auf der Rückseite der Jacke, dort, wo eigentlich das Teamwappen sein sollte, war ein großes Loch in den Stoff geschnitten. An der Stelle sah man eine kaum blutende Schusswunde. Es hatte ihn an der Wirbelsäule erwischt, unterhalb der Schulterblätter. Seine Werte waren stabil, er schwebte nicht in unmittelbarer Lebensgefahr, aber die Kugel hatte womöglich sein Nervensystem verletzt.

Ich ging neben dem leise stöhnenden Jungen in die Hocke. Er hatte ein fein geschnittenes Gesicht und war durch die Schmerzmittel ziemlich benommen. Ich strich ihm über die Wange.

»Wie heißt du, Kollege?«

Ich musste die Frage mehrmals wiederholen, bis er schließlich reagierte.

»Jamaal … Jamaal Carter.«

»Hör zu, Jamaal, wir kümmern uns um dich. Aber du musst uns helfen.«

Mit einem Wink bat ich die Assistenzärztin, ihm zusammen mit mir seine Nikes auszuziehen, die vor der Schießerei weiß gewesen sein mussten und jetzt schmutzig rot waren.

»Kannst du deine Zehen bewegen?«

Die Zehen bewegten sich nicht. Ich stach mit der Spitze meines Kugelschreibers in seine Fußsohle.

»Spürst du was?«

Zu Tode erschrocken schüttelte er den Kopf und begann zu schluchzen. Wenn dieses Kerlchen schon sechzehn war, war ich der Kaiser von China. Die Mitglieder dieser Gangs wurden von Tag zu Tag jünger.

Was bist du nur für ein verdammter Idiot, Kleiner, dachte ich und wandte mich an die diensthabende Oberschwester, die gerade aus dem Stationszimmer trat, wo sie bis eben telefoniert hatte.

»Was macht dieser Junge hier?«

Nervös rieb sie sich die Hände.

»Das MedStar hat ihn hergeschickt. Sie wissen dort nicht, wo ihnen der Kopf steht, Doktor, und ...«

»Das weiß ich schon«, herrschte ich sie an. »Ich will wissen, warum er noch nicht im OP ist, verdammt noch mal! Die Kugel muss auf der Stelle raus!«

Ich wollte zum Fußende der Liege gehen, um die Bremsen zu lösen, doch sie stellte sich mir in den Weg. Resigniert ließ ich die Arme sinken. Es hat keinen Zweck, sich mit einer Oberschwester anzulegen, erst recht nicht, wenn sie dreißig Kilo mehr wiegt als man selbst.

»Es tut mir leid, Sie angefunkt zu haben, Dr. Evans. Ich habe eben mit der Chefärztin gesprochen. Sie genehmigt die Operation nicht.«

»Von wem redest du, Margo? Dr. Wong ist auf einem Kongress in Alabama.«

»Sie hat zufällig angerufen. Gerade nachdem ich Sie über den Pager alarmiert hatte. Sie wollte wissen, wie's uns geht.« Um Entschuldigung bittend, hob die Oberschwester die Schultern. »Da musste ich es ihr doch erzählen. Als sie gehört hat, wer der Verletzte ist, hat sie angeordnet, seinen Zustand zu stabilisieren, wie dies gesetzlich vorgeschrieben ist, und ihn zu beobachten, bis wir ihn in ein öffentliches Krankenhaus verlegen können.«

Ich holte tief Luft. Die Chefin hatte gut reden, es war einfach, so was von einer Fünf-Sterne-Suite aus anzuordnen. Aber hier, in der realen Welt, lag ein schwerverletzter Junge, den man irgendwann in eine überfüllte Klinik bringen würde, wo mit größter Wahrscheinlichkeit ein völlig überarbeiteter Assistenzarzt die äußerst riskante Operation übernehmen würde. Sollte Jamaal nicht im Saint Claire bleiben, würde er wahrscheinlich nie wieder laufen können.

»Ist gut, Margo. Ich rufe Dr. Wong an.« Ich griff nach meinem Handy. »Gibt es noch etwas, das ich wissen muss?«, fragte ich die Sanitäter, während ich auf das Freizeichen wartete.

»Die Kugel ist von der Wand abgeprallt, bevor sie ihn erwischt hat, deshalb lebt er noch«, antwortete einer der beiden kopfschüttelnd. »Ein paar Zentimeter weiter rechts, und es wäre nicht mehr als ein Kratzer gewesen, aber so …«

Aber so ist sein Pech jetzt unseres, vervollständigte ich im Stillen den Satz, während ich mich umdrehte und ein paar Schritte den Gang hinunterging, denn am anderen Ende der Leitung war nun meine Chefin dran.

»Gib dir keine Mühe, Evans«, begrüßte sie mich.

»Wie sind die Martinis in Alabama, Chefin?«

»Du wirst ihn nicht operieren.«

»Stephanie, er ist fast noch ein Kind! Er braucht unsere Hilfe.«

»Eine Hilfe, die neunzigtausend Dollar kostet und uns niemand erstattet.«

»Stephanie …«

»Evans, wir haben unser jährliches Budget für solche Notfallbehandlungen bereits um das Doppelte überzogen. Und es ist erst Oktober. Es tut mir leid, aber meine Antwort lautet Nein.«

»Dann wird er für immer gelähmt bleiben«, war alles, was ich darauf sagen konnte. Als wüsste sie das nicht selbst.

»Daran hätte er denken sollen, bevor er sich diesen Idioten angeschlossen hat.«

Ihre Worte klangen hart, das stimmt. Und Dr. Wong ist auch ein herzloses Miststück. Aber gehen Sie nicht zu streng mit ihr ins Gericht. Sie ist eine begnadete Chirurgin, und als Chefärztin ist es zudem ihre Pflicht, die Interessen des Krankenhauses zu vertreten. Genau das tat sie an jenem Tag. Und was ihr Urteil betraf, weil der Junge einer Gang angehörte … nun, so sind Ärzte eben.

Wir Ärzte müssen die Dinge rational betrachten und von den Fakten und den uns zur Verfügung stehenden Mitteln ausgehen. Es gibt nur eine Niere? Dann bekommt sie am besten der jüngste Patient, selbst wenn er nicht ganz oben auf der Warteliste steht. Jemand raucht trotz aller Warnungen zwei Schachteln Zigaretten am Tag? Dann kann er nicht erwarten, dass wir auch nur eine Träne vergießen, wenn er irgendwann mit Lungenkrebs eingeliefert wird. Und wenn jemand säuft wie ein Loch, reißen wir höchstwahrscheinlich ein paar Witze über Leberpasteten, nachdem er uns seine Leberzirrhose gezeigt hat. Aber keine Sorge, natürlich tun wir das erst nach der Visite, im Stationszimmer.

Ob ich auch so ticke, wollen Sie wissen?

Gute Frage. Die Antwort darauf fällt mir nicht leicht …

Ich bin, wie schon gesagt, kein Monster. Ich bin ein Mensch wie jeder andere. Ich habe nur so oft mit gutherzigen, rechtschaffenen Leuten zu tun, denen unversehens etwas Schlimmes widerfährt, dass ich jedem, bei dem es einen ganz offensichtlichen Grund für sein Leiden gibt, tatsächlich die Schuld daran gebe. Das ist reiner Selbstschutz, mein Gehirn wehrt sich so gegen übermäßigen Stress: Ich tue, was ich kann, indem ich versuche, die einzelnen Fälle nicht zu nah an mich heranzulassen. Bigotte und politisch korrekte Menschen werden jetzt sagen, das sei unmenschlich, aber glauben Sie mir, auf diese Weise können wir Ärzte am besten helfen.

Hin und wieder passiert es dennoch. Auf einmal steigt dir der Duft eines Rasierwassers in die Nase, das dich an deinen Adoptivvater erinnert, oder ein Patient macht eine bestimmte Geste, hat einen besonderen Akzent. Oder zwei erschrocken blickende Augen wie Jamaal. Und plötzlich versagen die ganzen Schutzmechanismen, die man für unzerstörbar gehalten hat. Und man tut etwas, das man nicht tun sollte: Man nimmt Anteil am Schicksal eines Menschen und setzt sich für ihn ein.

»Stephanie, bitte … Wie kann ich dich überzeugen?«, flehte ich, wobei ich nervös auf und ab zu gehen begann.

»Vergiss es. Du wartest jetzt sieben Minuten, bis deine Schicht zu Ende ist. Dann ist es das Problem eines anderen. Und du kannst nach Hause gehen.«

Abrupt blieb ich stehen. Irgendwas hatte in ihren Worten, ihrem Tonfall mitgeschwungen, das ich nicht recht zu deuten wusste … Unbewusst massierte ich mir die Nasenwurzel, während ich angestrengt überlegte.

Du wartest sieben Minuten … das Problem eines anderen …

Sieben Minuten! Das war es, was mir meine Chefin indirekt zu verstehen gab! Als diensthabender Chirurg würde ich während der nächsten sieben Minuten die Verantwortung für das Schicksal des Jungen tragen. Ich und niemand sonst.

»Dr. Wong, ich muss auflegen. Der Zustand des Patienten verschlechtert sich rapide. Sein Leben steht auf dem Spiel. Ich muss die Kugel rausholen.«

»Ich bedauere, das zu hören, Evans«, verabschiedete sie sich angespannt.

Mit großen Schritten lief ich zurück zu Jamaal und brüllte ein paar knappe Anweisungen. Augenblicklich machten die Sanitäter den Krankenschwestern Platz, die die Liege eilig zum OP schoben, während ich die Oberschwester bat, einen Anästhesisten zu rufen. Das sollte kein Problem sein. Keiner in der Klinik würde es wagen, mir etwas abzuschlagen.

Nicht nach allem, was mit Rachel passiert war.

Dann lief ich selbst los in Richtung Schleusenraum, wobei ich noch einen letzten Anruf machte.

»Hallo, Svetlana? … Ihr müsst leider ohne mich essen. Ich habe hier noch einen Notfall reinbekommen.«

»In Ordnung, Dr. Evans«, antwortete sie mit diesem slawischen Akzent, der ihrer Stimme einen gleichförmigen Ton verlieh. »Ich bringe Ihre Tochter dann ins Bett. Soll ich es ihr sagen, dass Sie später kommen?«

»Nein, gib sie mir kurz«, entgegnete ich seufzend.

Ich hatte Julia versprochen, ihr eine Gutenachtgeschichte vorzulesen. Früher hatte Rachel das getan. Seitdem sie nicht mehr bei uns war, wollte ich das eigentlich jeden Abend tun. Doch ich hatte mein Versprechen schon so oft gebrochen, dass ich mich geschämt hätte, es meiner Tochter nicht selbst zu sagen. Ich hörte Svetlana nach ihr rufen. Sie musste laut schreien, um den Fernseher zu übertönen.

»Hallo, Papi!«, hörte ich zwei Minuten später Julias helle Kinderstimme. »Wann bist du hier? Es gibt Hähnchen zum Abendessen!«

»Hallo, Prinzessin! Ich … ich komme leider etwas später. Weißt du, hier ist eben ein junger Mann eingeliefert worden, der ein großes Problem hat, und nur dein Papi kann ihm helfen. Das verstehst du doch, nicht wahr?«

»Hm …«

Die eintretende Stille sprach Bände. Sie war ein einziger, stummer Vorwurf und löste automatisch all die Schuldgefühle aus, die ich meinem siebenjährigen Kind gegenüber empfand.

»Was siehst du dir gerade an?«, fragte ich betont munter, um uns beide abzulenken.

»SpongeBob. Wo Plankton sagt, dass er nicht mehr das geheime Rezept für den Krabbenburger klauen will. Und einen Laden mit Geschenken aufmacht.«

»Und Mr Krabs redet dann so lange auf ihn ein, bis er ihn überzeugt hat, das Rezept erneut zu klauen. Das ist eine meiner Lieblingsfolgen!«

»Mami mochte sie auch sehr.«

Diesmal war ich es, der nichts mehr sagte. Ich brauchte einfach ein paar Sekunden, bis ich weiterreden konnte. Ich hatte einen Kloß im Hals und wollte nicht, dass sie es merkte.

»Sobald ich zu Hause bin, komm ich hoch und deck dich zu«, erklärte ich schließlich voller Zärtlichkeit. »Aber jetzt musst du lieb sein und Svetlana gehorchen. Denk dran, wir sind ein Team.«

Julia seufzte, um deutlich zu machen, dass sie sich damit noch nicht zufriedengab.

»Ich krieg dann aber auch einen Gutenachtkuss. Selbst wenn ich schon schlafe!«

»Natürlich kriegst du den. Versprochen«, versicherte ich ihr und stimmte dann den Schlachtruf an, den Rachel sich für unsere Familie ausgedacht hatte. »Team Evans, können wir das schaffen?«

»Ja, wir schaffen das!«, antwortete sie ohne große Begeisterung.

»Ich liebe dich, Julia«, war das Letzte, was ich ihr noch sagte, bevor sich die Tür zum Schleusenraum öffnete.

Ohne zu antworten, legte sie auf.

Fünfeinhalb Stunden später ging ich vollkommen gerädert über den Klinikparkplatz zu meinem Lexus, als mein Handy klingelte.

»Wie ist es gelaufen?«

Dr. Wong sprach mit schleppender Stimme, weshalb ich sofort wusste, dass ihre Minibar-Rechnung kein Pappenstiel sein würde. Aber meine Chefin wird sie sicher nicht als Spesen abrechnen, sondern selbst bezahlen, und zwar in bar. Alle Chirurgen trinken, und je älter wir werden, desto mehr. Es hilft uns, einzuschlafen und bei Müdigkeit und Stress eine ruhige Hand zu bewahren, Probleme, die mit dem Alter zunehmen. Doch das würden wir nie offen zugeben, unter keinen Umständen. Es sei denn, man hat nichts mehr zu verlieren. So wie ich.

»Gut. In drei bis fünf Jahren wird ein Gangster mehr die Bewohner von Anacostia in Angst und Schrecken versetzen. Vielleicht auch schon vorher. Falls er wegen guter Führung vorzeitig aus dem Knast kommt«, antwortete ich, während ich in meinen Hosentaschen nach dem Autoschlüssel suchte.

»Ich werde das Direktorium informieren müssen, Evans.

Es gab bereits Beschwerden wegen deines allzu liberalen Umgangs mit unserem Budget. Ich hoffe, dein Bericht rechtfertigt den operativen Eingriff.«

Egal wie müde ich war, ihre letzten Worte verstand ich nur allzu gut.

»Keine Sorge, Chefin. Mein OP-Bericht ist makellos«, sagte ich zynisch. »Ich werde ihnen keinen Grund für meinen Rausschmiss liefern. Ich bin der Victor Hugo der Arztberichte.«

Dr. Wong lachte.

»Wenn dir die Operation am Freitag gelingt, kann dir eh keiner mehr was. Dann wirst du für alle Ewigkeit unangreifbar sein und kannst in jedem Krankenhaus des Landes Chefarzt werden«, sagte sie voller Neid.

Ich war ihr dankbar, dass sie unerwähnt ließ, was mit meiner Karriere passierte, falls der Eingriff misslang.

»Übertreiben Sie mal nicht. Sollte alles klappen, geht der Erfolg aufs Konto unseres ganzen Teams.«

Wieder lachte sie, etwas zu laut. Sie war eindeutig betrunken.

»Meine beiden Ex-Männer haben besser gelogen als du, Evans. Mir kannst du nichts vormachen. Aber jetzt geh nach Hause und ruh dich aus. Vergiss nicht, morgen siehst du *den* Patienten.«

»Keine Panik, Chefin. Ich hab alles im Griff.«

»Wie alt bist du eigentlich, Evans? Achtunddreißig?«

»Sechsunddreißig.«

»Wenn du in dem Tempo weitermachst, wirst du keine vierzig, Junge. Schlaf gut, Evans.«

Ich drückte auf das Beenden-Symbol und steckte den Schlüssel ins Zündschloss. Zum ersten Mal an diesem Tag lächelte ich zufrieden. Zum ersten Mal seit vielen Tagen, um genau zu sein. Ehe die Woche vorbei wäre, würde das

Glück endlich wieder auf meiner Seite sein, so, wie es seit Rachels Tod nicht mehr vorgekommen war.

Ich würde eine bessere Stelle angeboten bekommen und ein geregelteres Leben führen.

Ich würde auch definitiv mehr Zeit für Julia haben.

Und niemand würde mir mehr was können.

2

Es war fast Mitternacht, als ich die Haustür aufschloss. Wir wohnten am Dale Drive in Silver Springs, gerade noch *»inside the Beltway«*. Das Haus stammte aus den Dreißigerjahren und war aus grauem Stein. Vielleicht haben Sie ein Foto im *›National Enquirer‹* gesehen oder in einem dieser sensationsgeilen Blogs; auf einem war sogar ein Screenshot von der Website des Immobilienbüros zu sehen, das uns das Haus vermittelt hatte.

Wir hatten es kurz vor dem großen Immobiliencrash gekauft, als Rachel schon hochschwanger war … ich sehe es noch genau vor mir, wie sie ein paar Wochen später gerade einen riesigen Bären an die Wand des Kinderzimmers malte, als die Fruchtblase platzte. In freudiger Erwartung, aber auch voller Angst waren wir in die Klinik gerast …

Unser neues Zuhause war ziemlich teuer gewesen, da wir aber beide berufstätig waren, konnten wir es uns leisten. Nach Rachels Tod wurde es jedoch immer schwerer, das Haus zu halten. Rachel hatte eine Lebensversicherung gehabt, bei der Julia als Bezugsberechtigte genannt war, aber die Versicherung zahlte uns natürlich keinen einzigen Cent. Wir bekamen ein formelles Schreiben, in dem man uns mitteilte, dass meine Frau ja »aus freiem Willen« gegangen sei, und dazu den vollständigen Abdruck der Klausel 13.7 des Versicherungsvertrags. Ich kann mich noch gut erinnern, wie ich den verfluchten Brief angeekelt zu einer Kugel zusammenknüllte und in den Papierkorb schleuderte. Irgendwann danach stand dann noch ein Anwalt vor der Tür, der über gemeinsame Bekannte davon gehört hatte und meinte, wir könnten die Versicherung verklagen, ich jagte ihn jedoch zum Teufel. Auch wenn wir das Geld wirklich gut hätten gebrauchen können – es wäre einfach obszön gewesen, deswegen vor Gericht zu ziehen.

Was mich belastete, war nicht nur die Hypothek, sondern auch Julias Betreuung. Ein Neurochirurg, der zusätzliche Bereitschaftsdienste übernehmen muss, um alle Rechnungen begleichen zu können, hat nicht gerade verlässliche Arbeitszeiten. Deshalb brauchten wir eine Haushaltshilfe, die auch bei uns wohnte. Zuerst hatten wir eine Brasilianerin, die sich jedoch vor Kurzem aus dem Staub gemacht hatte, einfach so, ohne dass irgendwas vorgefallen wäre. Die Tage danach waren ein einziges Chaos. Meine arme Julia musste mehrere Nachmittage im Stationszimmer verbringen, wo sie die Schwarz-Weiß-Schaubilder in den alten Anatomiebüchern ausmalte, die sie in meinem Sprechzimmer fand; die Nieren gelangen ihr dabei ziemlich gut, sie sahen aus wie sympathische, bucklige Kartoffelmännchen.

Ich hatte auf den Online-Portalen von ›*Craigslist*‹ und ›*DC Nanny*‹ annonciert, doch meldete sich zunächst kein Mensch, trotz Washingtons hoher Arbeitslosenquote. Bis ich vor vier Wochen dann eine Mail mit Svetlanas Bewerbung und ihrem Lebenslauf erhielt. Und was soll ich Ihnen sagen? Ich hatte das Gefühl, das große Los gezogen zu haben. Nicht nur, dass sich Svetlana genial um Julia kümmerte, sie kochte auch fantastisch. Sie benutzte riesige Mengen Gänseschmalz, wie sie es aus ihrer serbischen Heimat kannte, und egal, wann ich nach Hause kam, der Tisch war immer gedeckt und in der Mikrowelle stand ein Teller mit Essen.

Bis auf diesen Abend.

An diesem Abend lag nicht einmal eine Serviette auf dem Küchentisch.

Missmutig stellte ich meinen Arztkoffer auf einem der Stühle ab und nahm mir einen Apfel aus dem Obstkorb. Während ich ihn hungrig hinunterschlang, entdeckte ich auf der Anrichte ein aufgeschlagenes *›Dora the Explorer‹*-Malbuch. Ich trat näher: Auf dem Malblatt war Doras Affe Boots zu sehen, doch war kaum etwas ausgemalt, nur einer seiner Stiefel war schon rot. War Julia etwa so schlafen gegangen? Das sah ihr gar nicht ähnlich: Normalerweise bestand sie darauf, ihre Bilder fertig zu malen, nicht nur, weil sie dadurch später ins Bett musste, sondern vor allem, weil ihr Charakter keine halben Sachen duldete. War sie den ganzen Abend böse auf mich gewesen, weil ich nicht rechtzeitig zum Essen nach Hause gekommen war?

Als ich verwundert das Buch zuklappte, rollte darunter ein roter Wachsmalstift hervor, fiel auf den Boden und landete schließlich unter dem Küchentisch. Schnell bückte ich mich, um ihn aufzuheben – da pikste mich auf einmal etwas in die Spitze meines Zeigefingers. Hastig zog ich die Hand zurück und sah an einem Blutstropfen, dass ich mich wohl an etwas geschnitten hatte.

Leise fluchend lief ich zur Spüle und hielt den Finger unter den Hahn. Und das mehrere Minuten lang.

Womöglich mag Ihnen das übertrieben erscheinen, aber wer nicht sein halbes Leben der Medizin gewidmet hat, kann kaum begreifen, welch große Bedeutung die Hände für einen Neurochirurgen haben. Das Wort, das dem wahrscheinlich am nächsten kommt, ist Ehrfurcht. Ich pflege sie jedenfalls mit einer fast krankhaften Besessenheit, und jedes Mal, wenn ich mich beim Werkeln zu Hause ein bisschen verletze, gerate ich in schreckliche Panik, so, wie wenn der Chef oder der Ehepartner zu einem sagt: »Wir müssen reden.« Deshalb haben wir stets antiseptisches Desinfektionsmittel, Mullbinden und Heftpflaster im Küchenschrank. Und natürlich auch im Badezimmer. Und in der Garage. Und im Handschuhfach meines Wagens. Man kann schließlich nie vorsichtig genug sein.

Nachdem ich jedenfalls so viel Desinfektionsmittel auf die winzige Wunde geschüttet hatte, als wollte ich einen ganzen Mülleimer damit desinfizieren, bückte ich mich erneut. Diesmal schob ich aber vorher den Stuhl weg und sondierte erst mal das Terrain. Und da sah ich es: Zwischen einem der Tischbeine und der Wand steckte eine Keramikscherbe. Ich wickelte ein Papiertaschentuch um meine Hand und zog sie vorsichtig heraus. Die Scherbe stammte von einer Dora-Tasse. Neben der jungen Abenteurerin, welcher der Kopf fehlte, war der verschlagene Fuchs Swiper zu sehen, der sie hinter einem Strauch belauerte.

Julia hatte die Tasse von Rachel bekommen. Es war ihre Lieblingstasse.

O je, hoffentlich war sie nicht dabei, als sie zerbrach, dachte ich besorgt, sonst hat sie sicher Rotz und Wasser geheult. Schnell warf ich die Scherbe in den Mülleimer und eilte, immer zwei Stufen auf einmal nehmend, nach oben. Ich wollte meiner Kleinen so rasch wie möglich den versprochenen Gutenachtkuss geben, und falls ihr Kissen nass geweint war, würde ich sie auf jeden Fall wecken.

Wir hatten diese simple Tasse zufällig in einem »Home Depot«-Laden entdeckt, und beim täglichen Frühstück war sie mir kaum noch aufgefallen. An jenem Abend aber, weniger als zwei Wochen vor Rachels erstem Todestag, löste der Anblick der Scherbe eine Flut von Erinnerungen in mir aus.

Wir hatten sie an einem Samstag gekauft. Rachel und ich hatten frei und mussten nicht ins Krankenhaus. Wir brauchten ein neues Sofa und hatten abgemacht, dass Julia es für uns aussuchen durfte. Sie hüpfte auf allen ausgestellten Sofas herum, aber keines war ihr letztlich weich genug oder hatte einen Elefanten auf dem Polster. Darum verließen wir den Laden mit nichts als dieser Tasse – und einem glücklichen Kind mit einem dicken Kakao-Schnurrbart. Sie wollte ihn sich partout nicht abwischen lassen und schnitt uns den ganzen Heimweg über im Rückspiegel lustige Grimassen.

Einmal mehr spürte ich in dieser Nacht, welch schrecklichen Verlust wir erlitten hatten, und sehnte mich so sehr nach einer Umarmung, wie sie vielleicht vor ein paar Stunden meine kleine Tochter gebraucht hätte, als ihre heißgeliebte Tasse zersprungen war. Leise öffnete ich die Tür zu ihrem Zimmer. Komisch, warum war es darin dunkel? Julia schlief für gewöhnlich nur ein, wenn ihre kleine rosafarbene Lampe brannte. Auf Zehenspitzen tastete ich mich zum Nachttisch und drückte auf den Lichtschalter.

Julias Bett war leer.

Merkwürdig … Nun, vielleicht hatte sie schlecht geträumt und Svetlana gefragt, ob sie bei ihr schlafen durfte. Das Kindermädchen hätte mir aber zumindest eine Notiz auf der Anrichte hinterlassen können. Und überhaupt: Warum war das Bett gemacht? Hatte Julia so gebettelt, dass Svetlana nicht einmal versucht hatte, sie hinzulegen? Meine Kleine weiß genau, wie man einen Erwachsenen um den Finger wickelt. Ich würde mit der Serbin ein ernsthaftes Wort reden müssen.

Grummelnd stieg ich die Treppe wieder hinunter ins Erdgeschoss. Svetlanas Schlafzimmer lag hinter der Küche und hatte ein großes Fenster zur Garageneinfahrt.

Ich klopfte leise.

Nichts.

Ich klopfte noch einmal. Wieder keine Antwort.

Vorsichtig öffnete ich die Tür.

Das Zimmer war leer.

Nicht nur, dass niemand darin schlief, nein, es war, als hätte es seit Monaten niemand mehr betreten. Bettlaken, Decke, Kopfkissen, Teppiche, Handtücher, Kosmetikartikel: All das fehlte. Und auch der Kleiderschrank war komplett ausgeräumt. Zudem roch es im ganzen Zimmer stark nach Desinfektionsmittel.

Das flaue Gefühl im Magen, das ich verspürt hatte, als ich Julia nicht in ihrem Zimmer fand, verwandelte sich schlagartig in Angst. Ich fühlte mich wie am höchsten Punkt der Achterbahn, wenn man weiß, dass man jeden Moment in die Tiefe stürzt.

»Julia! Julia, mein Liebling!«, schrie ich und rannte los.

Ich raste durch das ganze Haus, machte überall Licht und rief immer panischer nach meiner Tochter.

Zehn Minuten später blieb ich schwer atmend am Fuß der Treppe stehen. Das Blut pochte mir in den Schläfen, und ich spürte jeden meiner Atemzüge.

Du musst einen kühlen Kopf bewahren, Dave, sagte eine Stimme in meinem Innern; es war die von Dr. Colbert, meinem Mentor, der mir als Erster gezeigt hatte, wie man ein Skalpell richtig hält. Konzentrier dich und geh ganz methodisch vor, so, wie du es von mir gelernt hast. Als Erstes rufst du jetzt Svetlana auf ihrem Handy an.

Ich hatte ihre Nummer gespeichert, doch es ging nur der Anrufbeantworter dran.

Verdammt, wo können sie bloß sein um diese Zeit?, dachte ich, während ich wie ein Wahnsinniger im Flur auf und ab tigerte und im Kopf all die Orte durchging, die irgendwie infrage kamen. Wenn Svetlana etwas zu erledigen hatte, nahm sie Rachels Prius, aber der stand in der Garage, und der Motor war kalt. Die beiden konnten also nicht weit weg sein. Waren sie bei einem Nachbarn? Aber warum hatten sie dann keine Nachricht hinterlassen? Und vor allem: Warum zum Teufel fehlten sämtliche Sachen des Kindermädchens?

Mir blieb nichts anderes übrig, als die Polizei zu rufen. Das Metropolitan Police Department, das FBI, die Nationalgarde, wen auch immer: Hauptsache, ich bekam auf der Stelle meine Tochter zurück!

Ich wählte die 911.

Besetzt.

Besetzt? Wie zum Henker konnte die 911 besetzt sein?!

Ich atmete tief ein und aus und versuchte, mich zu beruhigen. Ich sollte mir vielleicht erst mal überlegen, was ich ihnen überhaupt erzählen konnte. Was wurde einem immer in diesen Broschüren empfohlen, die in den Einkaufszentren und bei Elternversammlungen verteilt wurden? … Dass man sich erinnern soll, welche Kleidung das Kind möglicherweise trug. Also, was könnte Julia anhaben?

Ich rannte wieder nach oben. Im Kinderzimmer schien nichts zu fehlen, nicht mal ein paar Schuhe. Alles wirkte aufgeräumt und sauber. Nur der gelbe SpongeBob-Schlafanzug, den Julia gestern getragen hatte, war weg. Er lag weder unter ihrem Kopfkissen noch im Wäschekorb. Normalerweise benutzte sie einen Schlafanzug zwei oder drei Tage, bevor er gewaschen wurde. Und sie zog ihn immer vor dem Abendessen an.

Was wusste ich noch? Svetlana musste gepackt, ihr Zimmer geputzt und danach mit meinem Mädchen im Schlafanzug auf die Straße gegangen sein. Ihre Sachen müssen jedoch mehrere Kartons gefüllt haben. Das war unmöglich allein und zu Fuß fortzuschaffen. Jemand musste sie also abgeholt haben. Jemand, der die Zeit genutzt hatte, als ich die Kugel aus Jamaal Carters Wirbelsäule entfernte. O Gott, es war alles meine Schuld, ich hätte hier sein müssen, um meine Tochter zu beschützen!

Ich wählte noch einmal die 911.

Wieder besetzt.

Ich starrte auf mein Handy. Es war unmöglich, dass die Notrufnummer besetzt war, aber ich dachte nicht länger darüber nach, denn plötzlich kam mir ein Gedanke: Wenn Julia entführt worden war, warum gab es dann bis auf die Keramikscherbe keine Spuren eines Kampfes?

Meine Kehle war auf einmal wie ausgetrocknet. Mein Gott, und ich hatte der jungen Serbin blind vertraut! Ich hatte ihr sogar selbst die Tür zu meinem Haus aufgemacht, sodass sie jede unserer Gewohnheiten ausspionieren und alles genauestens planen konnte!

Konzentrier dich, Dave, sagte ich mir streng, erinnere dich an alles, was du von ihr weißt. Also: Sie stammte aus Serbien, war fünfundzwanzig Jahre alt und studierte Anglistik. Sie wollte ihren Doktor in den USA machen und hatte mir ein Empfehlungsschreiben ihrer Professoren von der Novi-Beograd-Universität gezeigt. Und sie brauchte Geld, um sich das Studium in Washington leisten zu können.

Svetlana war klein, zierlich und aufgeweckt, auch wenn sie immer etwas traurig wirkte. Und Julia hatte sie schnell akzeptiert. Die beiden schienen sich prima zu verstehen. Wahrscheinlich lag das daran, dass auch Svetlana ihre Mutter im etwa gleichen Alter wie Julia verloren hatte, damals während des Bosnien-Kriegs. Aber davon erzählte sie meiner Kleinen natürlich nichts; mir hatte sie es nur während des Vorstellungsgesprächs anvertraut. Und schließlich hatte sie mir noch die Telefonnummer ihres Doktorvaters an der Georgetown University gegeben, eines Mannes mit freundlicher Stimme, der mir versicherte, Svetlana sei eine fleißige Studentin und sehr vertrauenswürdig.

Alles schien folglich in bester Ordnung zu sein, und ich brauchte unbedingt ein Kindermädchen, also hatte ich sie eingestellt. Sie hatte nicht einmal ein Handy, weshalb ich ihr eins kaufte, um sie im Notfall erreichen zu können. Soweit ich wusste, telefonierte sie damit aber nie, weder mit irgendwem in ihrer Heimat noch mit irgendwelchen Freunden in Washington. Selbst an ihren freien Tagen schloss sie sich in ihrem Zimmer ein und lernte. Ich hatte sie also nie mit irgendwem länger sprechen sehen, außer …

… außer letzte Woche!

Ein verrückter Gedanke schoss mir durch den Kopf. Wütend schnappte ich die Autoschlüssel.

Bevor ich mich bei der Polizei lächerlich machte, musste ich auf jeden Fall diesem Verdacht nachgehen.

3

Jim Robson und ich hatten uns noch nie gut verstanden.

Bevor Rachel und ich heirateten, gab er sich keine große Mühe, besonders freundlich zu mir zu sein. Wenn wir die Robsons besuchten, verzog er den Mund zu einem gequälten Grinsen, gab mir die Hand – und steckte sie dann schneller wieder in die Hosentasche als ein Politiker deinen letzten Cent. Die feindseligen Blicke, mit denen er mich aus dem Augenwinkel taxierte, wenn er sich in jenen Jahren unbeobachtet glaubte, hätten meine Chrom-Vanadium-Skalpelle jedenfalls sicher zum Schmelzen gebracht.

»Das bildest du dir nur ein, Liebling«, flüsterte mir Rachel zu, wenn sie nachts zu mir ins Gästezimmer geschlichen kam. »Er ist ein alter Griesgram und will halt nur das Allerbeste für seine Töchter.«

»Ich bin bald ein verdammter Neurochirurg, Rachel. Was will er mehr?«

»Ach, Dave, das Wichtigste in seinem Leben war einfach immer, seine kleinen Mädchen zu beschützen. Du wirst das erst begreifen, wenn du selbst mal Vater bist und einen jungen Kerl mit einer solchen Waffe durchs Haus laufen siehst«, erklärte sie mit einem anzüglichen Grinsen, während ihre Hand unter der Bettdecke auf Erkundungstour ging.

Wie auch immer: Die Robsons waren jedenfalls ein eingeschworener Clan. Rachel war die verantwortungsvollere und vernünftigere der beiden Schwestern und schimpfte ständig mit der jüngeren Kate wegen deren verrückter Ideen. Aura, die Mutter, war eine fröhliche Plaudertasche, die uns immer das Neueste von den Nachbarn erzählte, während sie wie ein Wirbelwind in ihrer Küche herumhantierte und köstliches Maisbrot backte. Und schließlich gab es Jim, den Familienpatriarchen, der sich was darauf einbildete, aus Virginia zu stammen, weil er wie viele dort glaubte, die Pilgerväter zu seinen Vorfahren zählen zu können.

Er trank sein Bier immer auf der Veranda, irritiert von der Gegenwart dieses groß gewachsenen, dunkelhaarigen Assistenzarztes, der behauptete, das Herz seiner Ältesten erobert zu haben.

»Und? Was gibt's Neues im Norden?«, fragte er bei jedem Besuch.

»Na, du weißt ja, Jim, die Flagge hat inzwischen fünfzig Sterne.«

Er lachte nie über meine unbeholfenen Versuche, lustig zu sein, und das sollte sich auch nach unserer Hochzeit nicht ändern. Aber von dem Zeitpunkt an gaben wir uns beide zumindest etwas mehr Mühe, miteinander auszukommen, sodass die Treffen mit den Robsons nahezu nett wurden, auch wenn ich mich bei ihnen nach wie vor unbehaglich fühlte. Und das nicht nur wegen Jim; ich spürte einfach, dass ich nie wirklich dazugehören würde.

Wahrscheinlich, weil sich bei mir so was wie Familiensinn nie richtig herausbilden konnte. Ich bin Vollwaise und habe meine leiblichen Eltern nie kennengelernt. Ich wuchs in verschiedenen Heimen auf, wo die Kinder um mich herum keine Geschwister, sondern erbitterte Rivalen waren, mit denen man sich ums Essen und jegliche Art von Zuwendung stritt. Im Alter von neun Jahren wurde ich schließlich von einem Ehepaar aus Pottstown, Pennsylvania, adoptiert. Roger Evans war Landarzt, seine Frau seine Sprechstundenhilfe. Während meines zweiten Jahres an der Universität, noch bevor ich Rachel kennengelernt hatte, kamen die beiden jedoch bei einem Verkehrsunfall ums Leben. Dadurch wurde ich zum zweiten Mal Vollwaise – und das warf mich wieder aus der Bahn, sodass ich das Studienjahr wiederholen musste. Das Gefühl von Verlorenheit war mir zwar von klein auf vertraut, jahrelang schien es sich jedoch versteckt zu haben. Als meine Adoptiveltern starben, packte es mich erneut und ließ mich nicht mehr aus seinen schwarzen Fängen. Erst Rachel war dann in der Lage, es wieder in seine Schranken zu weisen.

Auf Rachel konnte ich nun aber nicht mehr zählen, und so waren Julia und ihre Familie alles, was ich noch hatte.

Seit fünfzehn Jahren fuhr ich nun schon an Geburtstagen, Thanksgiving, Weihnachten, dem 4. Juli und an jedem dritten Sonntag die gut eineinhalb Stunden nach Fredericksburg. Bei der Geschwindigkeit, mit der ich in dieser Nacht unterwegs war, dauerte die Fahrt wahrscheinlich nur halb so lange.

Ich weiß nicht mehr, was die Tachonadel anzeigte, ich weiß nur noch, dass ich so mit Adrenalin vollgepumpt war, dass ich mich bei Falmouth beinahe umgebracht hätte. Unzählige Male war ich hier abgefahren, aber in dieser Nacht war ich so durch den Wind, dass ich an der Ausfahrt vorbeirauschte, und als ich es endlich merkte, machte ich eine derartige Vollbremsung, dass die Reifen rauchten, und legte dann mitten auf dem I-95 den Rückwärtsgang ein.

Zu meinem großen Glück war der Interstate Highway vierspurig, und es herrschte um ein Uhr nachts kaum noch Verkehr: Sonst wäre mir meine Geisterfahrt wahrscheinlich teuer zu stehen gekommen. Hinter mir raste nämlich ein riesiger Sattelschlepper direkt auf mich zu. Seine Scheinwerfer im Rückspiegel und das dröhnende Hupen kamen näher und näher. Kurz vor dem Zusammenstoß gelang es dem Fahrer gerade noch, auf die andere Spur auszuweichen, wobei der zwanzig Tonnen schwere Truck meine hintere Stoßstange leicht streifte und die Druckwelle meinen Wagen beinahe ins Schleudern brachte.

Am ganzen Körper zitternd, hielt ich auf dem Randstreifen vor der Ausfahrt 133 und versuchte, mich zu beruhigen. Ich war kurz davor gewesen, mich umzubringen.

Und das alles wegen einer dämlichen Ahnung.

Jim gehörte eine kleine, aber recht bekannte Baumarktkette namens »Robson Hardware Repair«. Bestimmt haben Sie schon einmal seinen Werbeslogan gehört: »Selbst ist der Mann!« Er passte perfekt zu meinem toughen Schwiegervater. Die Kette hatte fünf oder sechs Filialen, aber keine lag nördlich von Arlington. Es kam darum nicht oft vor, dass Jim den Potomac überquerte, es sei denn, er hatte einen Termin in Washington, D.C. So wie vor etwa einer Woche, als die Robsons uns besuchen kamen.

Wie immer kündigte Aura ihr Kommen mit der Diskretion einer laut scheppernden Glocke an.

»Juliaaaaa! Wo ist mein Engelchen? Juliaaaaa!«

Und wie immer kam meine Kleine freudestrahlend die Treppe runtergerannt und rutschte unten auf Socken übers Parkett ihrer Großmutter direkt in die Arme.

»Oma!«, rief sie, küsste sie stürmisch ab und packte sie dann an der Hand. »Komm mit hoch in mein Zimmer, ich will dir was zeigen.«

Lächelnd sah ich ihnen nach, bat Jim ins Wohnzimmer und bot ihm einen Drink an, obwohl ich genau wusste, dass er ablehnen würde. Er trank nie, wenn er fuhr.

Mit einem trockenen »Nein, danke« ließ er sich auf dem Sofa nieder und betrachtete mit offensichtlichem Missfallen die Einrichtung. Rachel hatte schlichte Möbel mit klaren Linien gemocht, was sich so gar nicht mit dem traditionellen Geschmack ihres Vaters vertrug.

»Kaum zu glauben, wie Julia gewachsen ist. Aber wir haben sie ja auch schon über einen Monat nicht mehr gesehen.«

»Ich hatte in letzter Zeit sehr viel zu tun«, rechtfertigte ich mich genervt.

Ich muss gestehen, dass unsere Besuche nach Rachels Tod etwas seltener geworden waren. Allerdings ärgerte es mich auch, dass immer ich zu ihnen fahren musste, schließlich war es von Fredericksburg nach Silver Spring genauso weit wie von Silver Spring nach Fredericksburg. Aber das sagte ich nicht laut. Aus Höflichkeit. Und weil mein Schwiegervater mich noch immer einschüchterte, verdammt.

»Und genau da liegt das Problem, Dave. Du arbeitest zu viel.«

Lustig, so etwas aus dem Mund von jemandem zu hören, der sein Leben lang von einer Filiale zur nächsten gehetzt war und auswendig wusste, wo jede einzelne Schraube in seinem Lager zu finden war.

»Ich weiß nicht, worauf du hinauswillst, Jim.«

»Es tut Julia nicht gut, dass du so viel weg bist.«

Ich runzelte die Stirn. Darauf würde ich garantiert nicht eingehen. Herausfordernd sah ich ihm in die Augen. Er wandte den Blick nicht ab.

»Ich habe meine Baumärkte verkauft, Dave.«

»Wie?!«

Die Nachricht haute mich um. Jim hatte immer damit geprahlt, dass der Tod ihn garantiert hinter dem Verkaufstresen antreffen würde, wenn er ihn eines Tages holen käme, und ich hatte mir immer vorgestellt, wie Jim das Sensenblatt begutachtete und dem Knochenmann als Erstes einen ordentlichen Schleifstein anbot.

»Aber Jim … die Läden … sie sind dein Leben!«

An meinem Einwand war wohl etwas Wahres dran, denn er rutschte unbehaglich auf dem Sofa herum und verschränkte dann die Arme.

»Seit Rachel von uns gegangen ist, kann ich mich kaum noch auf meine Arbeit konzentrieren«, brummte er schließlich. »Seit Monaten geht mir nicht aus dem Sinn, dass das Leben viel zu kurz ist. Und dass es noch anderes gibt als Schraubenschlüssel, um das man sich kümmern sollte.«

Genau das hatte Rachel immer zu ihm gesagt, wenn wir bei Truthahn und Kartoffelbrei zusammen am Tisch gesessen hatten.

»Du weißt ja, ›Ace Hardware‹ hat oft versucht, mir meine Läden abzukaufen …«, fuhr er fort. »Heute habe ich ihr Angebot angenommen. Sie haben zwar weniger gezahlt als noch vor fünf, sechs Jahren, aber die Zeiten sind hart. Und ich bekomme auch so noch mehr als genug für den Rest meines Lebens. Ich bin jetzt dreiundsechzig und habe beinahe ein halbes Jahrhundert wie ein Tier geschuftet. Ich denke, ich habe es mir redlich verdient, in Rente zu gehen und mich nur noch um das zu kümmern, was mir am allerwichtigsten ist.«

»Da hast du vollkommen recht, Jim. Das war die richtige Entscheidung. Herzlichen Glückwunsch.«

Der Alte schien mit meiner Reaktion jedoch nicht zufrieden zu sein. Missmutig schüttelte er den Kopf.

»Du hast mich nicht verstanden, Dave. Ich sagte, ich werde mich jetzt um das kümmern, was mir am allerwichtigsten ist. Und das ist meine Enkelin. Ich will, dass Julia zu uns zieht.«

Ich starrte ihn mit offenem Mund an und brachte nur ein lächerliches Glucksen heraus, Ausdruck meiner Ungläubigkeit.

»Du machst ... Witze.«

Aber in Jim Robsons Augen zeigte sich keine Spur von einem Scherz.

»Nein, Dave, das ist mein Ernst. Für meine Enkelin ist es das Beste. Und für dich wird es eine große Erleichterung sein.«

»Willst du ... willst du damit sagen, dass ich mich noch freuen soll, wenn du mir meine Tochter wegnimmst?!«

»So eine Stadt wie Washington ist nichts für ein kleines Mädchen. Hier wird sie nur zu einem dieser uniformierten Roboter. Eine ordentliche öffentliche Schule in unserer Kleinstadt wird ihr guttun.«

Das tat besonders weh. Kaum wussten wir, dass Rachel schwanger war, hatten wir uns sofort auf die Suche nach der besten Schule gemacht. Schließlich hatten wir uns für eine entschieden, in der Kreativität und Spaß am Lernen wichtiger waren als Konkurrenzdenken und Leistungsdruck. Auf jeden freien Platz kamen zwölf Bewerbungen. Wir hatten endlos angestanden und alle unsere Beziehungen spielen lassen, um unser Kind dort anmelden zu können. Und jetzt kam dieser Klugscheißer daher und stellte unsere Entscheidung einfach so infrage.

»Ich lasse mir von dir nicht vorschreiben, wie ich meine Tochter zu erziehen habe! Julia geht auf eine der besten Privatschulen des Landes«, rief ich aufgebracht. »Und ganz nebenbei bemerkt: In der Maret School muss sie keine Uniform tragen.«

»Denk doch mal nach, Dave: Bei uns wäre immer jemand zu Hause, wenn sie aus der Schule kommt, jemand, der sich um sie kümmert und ihr was Vernünftiges kocht.

Die Kleine ist viel zu dürr, sie braucht ordentliche Hausmannskost.«

Da reichte es mir endgültig. Ich sprang auf und ging um den Couchtisch herum direkt auf ihn zu. Augenblicklich schnellte er hoch.

»Hör zu, Jim. Aus Respekt vor dir und im Gedenken an Rachel werde ich so tun, als hätte dieses Gespräch hier nie stattgefunden«, sagte ich mit einer Handbewegung, als verscheuchte ich eine Fliege. »Ihr seid Julias Großeltern und immer in diesem Haus willkommen. Und wenn sich das nicht ändern soll, dann komme mir nie wieder mit so einem Unfug! So, und jetzt sehe ich nach, was Julia und Aura machen.«

Ohne ein weiteres Wort drehte ich mich um und ging zur Tür.

»Das wirst du noch bereuen, Dave«, murmelte er beleidigt, doch ich tat so, als hätte ich es nicht gehört, in der Hoffnung, damit ein für alle Mal den Schlussstrich unter dieses absurde Gespräch gezogen zu haben.

Als ich eine Viertelstunde später die Treppe wieder herunterkam, wunderte ich mich kurz, dass Jim nicht mehr im Wohnzimmer saß, dachte dann aber, dass er sich vielleicht nun doch ein Bier holte. Als ich die Tür zur Küche öffnete, sah ich ihn eindringlich auf Svetlana einreden, die mit ernstem Gesicht dazu nickte. Vernehmlich räusperte ich mich: Sofort fuhren ihre Köpfe auseinander, und mein Schwiegervater machte eine schuldbewusste Miene.

In dem Moment maß ich ihrem Gespräch keine Bedeutung bei. Jim glaubte, die Wahrheit für sich gepachtet zu haben, und war es zudem gewohnt, immer seinen Kopf durchzusetzen, und nachdem ich ihn in seinem Stolz verletzt hatte, wollte er Svetlana gegenüber wahrscheinlich seine ganze Autorität zeigen und hatte ihr womöglich eine

Standpauke gehalten, dass sie seine Enkelin besser ernähren sollte. Aber als mir vorhin auffiel, dass Svetlana unmöglich allein mit Julia und ihrem ganzen Gepäck verschwunden sein konnte, nahm die Szene damals in der Küche unversehens die Dimension einer Verschwörung an.

Während ich in die Straße einbog, in der das Haus der Robsons lag, schossen mir einmal mehr die Fragen durch den Kopf, die ich mir schon die ganze Fahrt über gestellt hatte. Hatte Jim es wirklich gewagt, Julia in einer Nacht-und-Nebel-Aktion zu sich zu holen? Wie hatte er Svetlana davon überzeugt, ihm dabei zu helfen? Hatte er sie mit Geld bestochen? Ich hatte keine Ahnung, was »Ace Hardware« ihm für die Baumarktkette geboten hatte, aber ich glaubte, mich zu erinnern, dass Rachel vor Jahren ein Kaufangebot von mehreren Millionen Dollar erwähnt hatte. Selbst wenn es nun deutlich weniger war, würde es für Jim kein Problem darstellen, einer jungen Ausländerin das Studium zu finanzieren. Mein Schwiegervater war ein Sturkopf – aber würde er tatsächlich so weit gehen, um seinen Willen durchzusetzen?

Die Vorfahren der Robsons waren eher arm gewesen – tatsächlich war Rachel die erste Robson, die auf die Universität gehen konnte. Was den Stolz und Eigensinn betraf, konnte ihnen aber keiner etwas vormachen.

So blöd kann er trotzdem nicht sein, dachte ich, als die gepflasterte Garagenauffahrt meiner Schwiegereltern in Sicht kam, er muss doch wissen, dass so ein Plan nie und nimmer funktioniert. Wenn er glaubte, dass er sich meine Tochter ausleihen konnte wie sein Nachbar vor ein paar Monaten seinen Rasenmäher, so hatte er sich geschnitten. Es war seine Sache, das Ding zurückzufordern, ich würde Julia aber auf der Stelle wieder mitnehmen!

Die Robsons wohnten in einem Landhaus, das sich seit

vier Generationen im Besitz der Familie befand. Es regnete leicht. Während ich zum Haus ging, wunderte ich mich, dass die Lampe über der Haustür ausgeschaltet war. Gewöhnlich brannte sie die ganze Nacht, ebenso wie ein paar der Lampen im Erdgeschoss. Meine Schwiegereltern glauben bis heute, dass Al Gore den Klimawandel erfunden hat, um Bücher schreiben zu können.

Mit zwei großen Schritten sprang ich die Stufen hinauf und wollte gerade nach dem Türklopfer greifen, als die Tür von allein aufging und Jim in seinem karierten Morgenrock vor mir stand. Er schien nicht überrascht, mich zu sehen, musterte mich nur von oben bis unten und trat dann zur Seite.

»Komm rein, aber sei leise. Die beiden schlafen schon.«

Die Erleichterung, die mich in dem Moment überkam, war unbeschreiblich. Der Druck auf der Brust, den ich in den letzten zwei Stunden verspürt hatte, ließ endlich nach, und zum ersten Mal konnte ich wieder tief durchatmen. Während Jim vor mir her durch den Flur schlurfte, fiel mir auf, dass er nur einen Pantoffel trug, was ein komisches Geräusch beim Gehen erzeugte. Ich war immer noch wütend, aber die mageren nackten Waden meines Schwiegervaters boten einen so jämmerlichen Anblick, dass mir die Lust zum Streiten langsam verging.

Ich folgte seinen rissigen Fersen in das Zimmer, in dem Jim sich nach Feierabend entspannte und bei einem Bier eine Weile fernsah, bevor er schlafen ging. In dieser Nacht hatte der Ersatzspieler Jack Daniel's jedoch den Stammspieler Budweiser ersetzt. Und anscheinend war er schon eine ganze Weile im Einsatz und gab alles.

Etwas war indes noch beunruhigender: Der Fernseher war ausgeschaltet, und auf seinem Ohrensessel lag ein großer silberner Fotorahmen. Seit Jahren hatte dieser eigentlich seinen festen Platz auf dem Kaminsims im Wohnzimmer. Offensichtlich hatte der Alte in den letzten Stunden darüber sinniert.

Jim schenkte sich noch einen Whisky ein, nahm den Rahmen in die Hand und setzte sich.

»Sie sah damals so glücklich aus, Dave. So wahnsinnig glücklich.«

Er hielt das Foto hoch, um es mir zu zeigen, aber das war unnötig. Ich kannte jedes winzige Detail des Bildes, denn viele Abende hatte ich es selbst in den Händen gehalten und mir dabei einen Drink nach dem anderen hinter die Binde gegossen wie jetzt der Alte. Wenigstens das hatten wir gemeinsam.

Es war ein Foto von unserer Hochzeit. Mit ihrem Brautstrauß in den Händen stand Rachel vor dem Kirchenportal und sah mich an. Für mich war es indes nicht überschäumendes Glück, was sich in ihren Augen widerspiegelte, nein, was ich in ihrem Blick zu sehen glaubte, war die absolute Gewissheit, den richtigen Mann fürs Leben gefunden zu haben. Und ich war der Adressat dieses Blicks gewesen.

»Kein Zweifel, Jim, das war sie, und ich denke, sie war es auch die ganzen Jahre, die wir zusammen waren.«

Schweigend neigte er den Kopf, als müsste er darüber nachdenken. Seine faltige Haut sah extrem trocken aus, fast wie Pergament, und seine Wangen waren von einem Netz aus roten Äderchen überzogen. Er starrte in sein Glas, als könnte er darin die Antwort finden. Dann leerte er es in einem Zug.

»Ja … vermutlich hast du recht.«

Er schenkte sich erneut nach und hielt die Flasche fragend in meine Richtung, aber ich schüttelte nur den Kopf. Einer von uns beiden musste in dieser Situation einen kühlen Kopf bewahren, und ich war einerseits viel zu abgespannt, andererseits aber auch zu nervös, um etwas mit ihm zu trinken. Ich wollte nur meine Tochter zurück und dann so schnell wie möglich nach Hause, aber vorher hatte ich noch ein Wörtchen mit ihm zu reden. Allerdings tat es mir jetzt schon in der Seele weh, die Kleine um diese Uhrzeit aus dem Bett holen zu müssen, womöglich musste ich also bei meinen Schwiegereltern übernachten.

»Sie hatte ein so sanftes Wesen, war so zart … *Oh sweet Rachel, oh my darling dear* …«, summte Jim nun, und mit jedem Wort klang er betrunkener. »Nichts … nichts brachte sie gegen einen auf. Sie war immer so verständig …«

»Und du glaubst, sie hätte *das hier* gutgeheißen?!«

»Rachel … Rachel hat es nie gestört, wenn ihr Vater sich ab und zu ein Gläschen genehmigte. Nie!«

»Ich rede nicht vom Trinken, Jim, sondern von Svetlana. Wo ist sie?«

Er starrte mich an, die Augen weit aufgerissen, sodass die dunklen Augenringe für einen Moment in seinem abgehärmten Gesicht verschwammen.

»Na, bei Julia in deinem verdammten Haus, nehme ich an. Oder hast du die Kleine etwa mitgebracht?«

Mir war sofort klar, dass seine Überraschung aufrichtig war: Ein so verblüffter Gesichtsausdruck konnte nicht gespielt sein. Mir wurde schwindelig, und ich musste mich an meiner Sessellehne festhalten.

»Nein, natürlich hast du sie nicht mitgebracht«, murmelte Jim nun. »Du bringst sie nie her. Schließlich musst du ja die ganze Zeit das Leben anderer Leute retten.«

Ich war wie vor den Kopf geschlagen. Ich hörte ihm kaum zu, doch seine Worte bohrten sich wie ein Messer in meine Eingeweide, tiefer und tiefer. Ich holte Luft und versuchte, ihn zu unterbrechen.

»Jim, als …«

»Jedes Leben ist wichtiger als das deiner Frau, stimmt's, Dave?«

»Jim, als ich vorhin …«

»O ja, du bist der große, große Chirurg, der aufstrebende Star am Firmament der Neurochirurgie. Doch du hast es nicht mal kommen sehen, nicht wahr? Ja, du großes Ausnahmetalent: Du hast es nicht bemerkt!«

»Jim!«

»Was ist?!«

»Jim, du hast vorhin gesagt, sie wären oben! Wer ist oben?«

Er hielt einen Moment verwirrt inne, als würde der Sinn meiner Frage nur langsam zu ihm durchdringen. Schließlich schien sie sich jedoch einen Weg durch den Alkoholnebel gebahnt zu haben.

»Na, Aura natürlich. Und Kate, wer denn sonst? … Sie … sie hat Urlaub und besucht ihre alten Eltern. Die gute Kate. Wenigstens sie hat *dasheeßaufeemrichenfleck* …«

Seine Zunge war bereits so schwer, dass ich das Ende des Satzes kaum noch verstand. Aber das war jetzt völlig egal. Mein dummer Verdacht hatte sich gerade in Luft aufgelöst – und ich hätte mich ohrfeigen können. Julia war seit mehreren Stunden spurlos verschwunden, und ich saß hier, fast siebzig Meilen von zu Hause entfernt, statt die Polizei verständigt zu haben, damit sie Svetlana und ihre Komplizen jagte. Mit einem Schlag war die ganze Angst wieder da.

Ich sprang auf, zog mein Handy aus der Tasche und wählte hastig die 911.

Wieder besetzt.

Das ergab keinen Sinn. Die Notrufnummer konnte nicht besetzt sein. Etwas stimmte hier nicht, und das hatte nicht nur mit Julias Verschwinden zu tun. Ein unheimliches Gefühl schnürte mir auf einmal die Kehle zu, wie die Ahnung von einem Albtraum, an den man sich am nächsten Morgen nicht mehr genau erinnert.

»Hör zu, Jim … Ich muss kurz dein Telefon benutzen.«

Der Alte schüttelte energisch den Kopf.

»Das hat Zeit bis später. Ich … ich will jetzt mit dir reden.«

»Jim, das ist ein Notfall! Ich …«

In diesem Moment piepste mein Handy. Eine Kurznachricht. Sicher war das Svetlana!

Aber sie war es nicht. Auf dem Display sah ich weder eine Rufnummer noch ein »Unbekannt«.

Halt den Mund, Dave.

Stirnrunzelnd entsperrte ich mein Smartphone und prüfte meinen Instant Messenger, doch die Nachricht tauchte dort nirgends auf. Die letzte, die ich dem Nachrichteneingang zufolge erhalten hatte, war mehrere Stunden alt und stammte von einem Kollegen aus der Klinik. Seltsam …

»Ein Notfall, sagst du?«, zischte Jim voller Hohn. »Aber für dich sind Notfälle ja schon immer wichtiger gewesen als deine Familie. Du bist ja auch der große Chirurg. Doch weißt du was? Ein Scheißdreck bist du!«

Wütend sah ich von meinem Handy auf.

»Jim! Wenn du mir einen Moment zuhören würdest, dann …«

In diesem Moment ging die nächste Nachricht ein.

Kein Wort mehr.
Und vor allem kein Wort über Julia.

»Wage es ja nicht, mir in meinem eigenen Haus den Mund zu verbieten!« Puterrot im Gesicht erhob sich Jim wankend aus seinem Ohrensessel. »Sie war krank, du Scheißkerl. Todkrank, die ganze Zeit schon, direkt vor deiner Nase, du arroganter, besserwisserischer Yankee!«

Ich verteidigte mich nicht. Ich war viel zu verwirrt, um meinem Schwiegervater die ihm eigentlich gebührende Aufmerksamkeit zu schenken; und letztendlich war das seine Art, um Trost und Hilfe zu bitten.

Dass seine ganze Wut, sein ganzer Hass auf mich scheinbar unbeachtet blieben, brachte Jim jedoch nur noch mehr in Rage.

»Antworte mir, verdammt noch mal!«

Glühend vor Zorn ging er dann mit den Fäusten auf mich los, sodass ich instinktiv einen Schritt zur Seite machte, um dem Schlag auszuweichen. Er taumelte, fiel nach vorne auf meinen Sessel und riss dabei den Beistelltisch um. Das Tablett mit dem Whisky und den Gläsern fiel klirrend zu Boden.

Wieder piepste mein Handy.

Fahr sofort nach Hause, Dave.
Dort wartet jemand auf dich.

Kopflos stürzte ich zur Tür, ohne mich weiter um Jim zu kümmern. Während der Druck in meiner Brust immer stärker wurde, tastete ich mich, so schnell ich konnte, durch den dunklen Flur, stieß dabei gegen ein Möbelstück, hastete mit einem stechenden Schmerz in der Seite weiter, bis ich endlich die Haustür erreichte. Draußen hatte der Regen zugenommen und die vier Stufen in eine Rutschbahn verwandelt, weshalb ich das Gleichgewicht verlor und mit den Knien auf dem nassen Rasen landete.

Dieses unglaubliche Geschick deiner Hände hast du, weil Gott dir das Geschick in den Beinen genommen hat, hörte ich Rachels helle Stimme in meinem Kopf, während ich mich mit schlammverschmierter Hose aufrappelte. Ich hatte es gehasst, wenn sie sich über meine Ungeschicklichkeit lustig gemacht hatte – aber was hätte ich nicht alles dafür gegeben, noch einmal zu hören, wie sie darüber lachte.

»Komm zurück!«, schrie Jim von der Tür aus, während ich im strömenden Regen verzweifelt versuchte, den Lexus aufzuschließen. Die Fernbedienung der Zentralverriegelung funktionierte schon seit einer Weile nicht mehr, doch ich hatte bisher jeden Abend vergessen, die Batterie auszutauschen. Plötzlich ging die Außenbeleuchtung am Haus an, sodass ich endlich das Türschloss fand. Dankbar drehte ich mich um – und konnte mich gerade noch wegducken, als die Flasche Jack Daniel's auf mich zugeflogen kam. Sie zerschellte am Wagen, direkt neben dem Seitenspiegel, und hinterließ eine hässliche Beule.

Im selben Moment ging die vierte Nachricht ein. Mir blieb fast das Herz stehen. In wilder Hast sprang ich in den Wagen, ließ den Motor an, und fuhr, statt den Rückwärtsgang einzulegen, über den Rasen. Jim war derweil die Treppe heruntergetorkelt und schlug wutentbrannt auf meine Motorhaube ein.

»Ja, hau nur ab! Das ist das Einzige, was du kannst!«

Die Gestalt von Rachels Vater, der mir mit seiner knochigen Faust drohte, war noch ein paar Sekunden im Rückspiegel zu sehen, doch das Einzige, was meine Gedanken beherrschte, war Julia – und die letzte Nachricht, die ich erhalten hatte.

Keine Polizei.

4

An den Rückweg habe ich keinerlei Erinnerung mehr.

Ich weiß nur noch, dass ich so verstört war wie noch nie zuvor in meinem Leben und wahrscheinlich auch nie wieder danach. Von Angst und quälender Ungewissheit beherrscht, raste ich wie ferngesteuert über den schier endlosen Interstate Highway zurück nach Washington. An die Stelle der Fragen, die ich mir auf der Hinfahrt gestellt hatte, waren neue, noch weitaus beklemmendere getreten. Wer konnte Julia entführt haben? Schreckliche Bilder gingen mir durch den Kopf, eines entsetzlicher als das andere. Bitte, bitte, lass es meiner Kleinen gut gehen, flehte ich immer wieder in dem verzweifelten Versuch, sie zu vertreiben.

Keine Ahnung, an wen ich meine Bitten damals richtete. Gott? Vermutlich. Ich bin nicht gläubig – und dennoch habe ich mich schon oft flehentlich an ihn gewandt. Zwei Zellen neben der, in der ich diese Zeilen schreibe, sitzt einer, der sagt, im Todestrakt gäbe es keine Atheisten. Man begreift hier schnell, warum.

Ohne den Zündschlüssel zu ziehen, sprang ich in der Einfahrt zu unserem Haus aus dem Wagen. Wie ein Blitz rannte ich die Stufen hoch, und einen Moment später stand ich in der Diele. Mein Atem ging stoßweise, ansonsten war nichts zu hören. Ratlos sah ich mich um, da piepste mein Smartphone wieder.

Die Tür zwischen Diele und Küche war kaum zu sehen, hatten wir sie beim Einzug doch mit derselben Tapete verkleiden lassen wie den Rest des Flurs. Ich musste kräftig ziehen, denn wie immer klemmte sie ein bisschen.

Die Stufen knarrten unter meinem Gewicht, während ich vorsichtig die Treppe hinunterstieg. Sie war sehr alt, wahrscheinlich stammte sie noch aus der Zeit, als das Haus gebaut worden war. Wir hatten nie Zeit und Geld gehabt, die Stufen durch neue zu ersetzen, was aber nicht weiter tragisch war, da wir kaum etwas dort unten lagerten.

Auf halbem Weg zuckte ich plötzlich zusammen, denn irgendwas schlug mir ins Gesicht. Doch es war nur die Schnur zum Einschalten der Glühbirne direkt über mir. Erleichtert zog ich daran. Das gelbliche Licht erhellte den verwinkelten Raum allerdings nur spärlich und warf lange Schatten an die Wände. Während ich Stufe für Stufe weiter hinunterstieg, wurde mir, viel zu spät, bewusst, dass ich ein paar Stunden zuvor die Kellertür bloß kurz geöffnet und nach Julia gerufen hatte, ohne sie wirklich dort unten zu suchen. Mich schauderte. Hatte ich einen fatalen Fehler begangen?

Kaum war ich unten, begann das Licht auf einmal zu flackern und ging schließlich aus. Um mich herum war es nun stockfinster. Ganz hinten hatten wir in einem Regal zwar eine Schachtel mit Glühbirnen, aber der Keller war groß, und im Dunkeln würde ich es nie dorthin schaffen, ohne mir etwas dabei zu brechen. Innerlich fluchend zog ich mein Smartphone aus der Hosentasche, um dessen Taschenlampen-App zu aktivieren.

»Julia? Julia, bist du hier unten?«, rief ich in dem verzweifelten Versuch, meine Nerven unter Kontrolle zu bringen;

ich wusste nicht, was mich erwartete, und hatte eine Heidenangst.

Den Lichtkegel meiner Handy-Taschenlampe auf den Boden gerichtet, steuerte ich dann unsicher auf das Regal zu, in dem wir die Glühbirnen und anderen Kleinkram aufbewahrten, als mein Handy auf einmal ein umgekipptes Fahrrad anleuchtete. Seltsam … es war Rachels Rad und hätte eigentlich ganz hinten an der Wand stehen müssen, schließlich hatte es seit bald einem Jahr keiner mehr benutzt. Noch seltsamer war jedoch, dass sich unmittelbar dahinter mehrere Kartons türmten. Stirnrunzelnd quetschte ich mich rechts daran vorbei – und was ich dann sah, ließ mir den Atem stocken.

Da war sie.

Der Anblick von Blut oder dem Tod hatte mir noch nie Angst gemacht. Ich würde sogar sagen, dass beides von jeher eine gewisse Faszination auf mich ausübte, die manch einer vielleicht schon als pervers bezeichnen würde. Die deutlichste Erinnerung daran stammt aus der Zeit, als ich elf Jahre alt war.

Es war der Sommer ’89, im Kino schlug Tim Burtons ›Batman‹ alle Kassenrekorde, und in der Nachbarschaft rannten sämtliche Kinder mit schwarzen Masken und Fledermaus-Kostümen herum, weil es für sie nichts Tolleres gab, als sich mit einem Waisenjungen zu identifizieren, der sich in einen gerechtigkeitsliebenden Superhelden verwandelt. Ich hätte ihnen zwar einiges darüber erzählen können, wie es sich tatsächlich anfühlte, keine Eltern zu haben, aber ich hatte keine Zeit, ich war viel zu sehr mit mir selbst beschäftigt.

Leider war Roger Evans, mein Adoptivvater, ganz anderer Meinung, was meinen Kontakt zu den Nachbarskindern betraf, und so kam er an jenem Nachmittag mit dem Entschluss in den Hinterhof, mir diese verständlich zu machen.

»David, warum gehst du nicht mit den anderen spie…?«

Überrascht hielt er inne – denn ich hockte auf dem Boden vor einer der Katzen von Mrs Palandri, die am Ende der Straße wohnte, und stocherte mit einem Stock im aufgeschlitzten Bauch des toten Viechs herum.

Andere Eltern – mich eingeschlossen, wenn ich Julia in einer ähnlichen Situation erwischt hätte – wären vollkommen entsetzt und angeekelt gewesen, hätten losgebrüllt, mich geschüttelt, getobt, mir eine runtergehauen, was weiß ich.

Nicht so Dr. Evans. Er war die Ruhe in Person. Was auch seine Lieblingsbeschäftigung bewies: Er liebte es, zum Schuylkill River zu fahren und dort stundenlang zu angeln, ohne sich dabei groß zu bewegen.

Und er war voller Nachsicht. Als ich zwei Jahre vorher zu ihnen gekommen war, hatte ich die Geduld der beiden zunächst auf eine harte Probe gestellt. Ich benahm mich unmöglich, zerdepperte wertvolle Familienerinnerungen, verweigerte das Essen, beschimpfte und beleidigte sie.

Dr. Evans und seine Frau warteten einfach ab. Bis er ein paar Wochen nach meiner Ankunft in mein Zimmer hochkam und sagte:

»Du hast dich so wüst aufgeführt, wie's nur irgendwie geht. Und wir haben dich nicht ins Heim zurückgeschickt. Das werden wir auch in Zukunft nicht tun, das verspreche ich. Meinst du nicht, wir haben die Probe damit bestanden?«

Denselben weisen, geduldigen Ton hatte seine Stimme dann auch zwei Jahre danach, als er mich mit der Katze sah.

»Hast du sie umgebracht?«

Ich schüttelte den Kopf und stand auf.

»Sie lag schon so da, als ich rauskam.«

»Und was machst du mit dem Stock?«

»Ich wollte wissen, wie sie von innen aussieht. Wie sie funktioniert.«

Mit verschränkten Armen sah er mich eine halbe Ewigkeit unverwandt an. Heute würde ein Kind nach einer solchen Aussage mehrere Jahre Therapie und eine Wagenladung rosafarbener Tabletten verschrieben bekommen. Es waren noch andere Zeiten damals, nichtsdestotrotz war Roger Evans ein kluger, vorausschauender Mann. Er wusste, dass man von Kindern, die Fliegen ungerührt die Flügel ausreißen oder eine Katze mit einem Stein totschlagen, nichts Gutes zu erwarten hatte. Ich glaube, als er mich in jenen, mir endlos erscheinenden Minuten musterte, versuchte er herauszufinden, ob an meinem Interesse für die Katze irgendetwas abartig und gar pervers war, und je länger ich heute darüber nachdenke, desto überzeugter bin ich, dass es einer der entscheidenden Momente in meinem Leben gewesen ist: Was aus mir wurde, ist im Wesentlichen das Ergebnis von Dr. Evans' prüfendem Blick.

Schließlich beschloss er, mir zu glauben.

»Gib mir mal den Stock.«

Er beugte sich zu dem Tier hinunter, betrachtete lange seine Wunden und schaute sich dann um. Unser Hinterhof war zwar von einem Maschendrahtzaun umgeben, allerdings hatte der mehr Löcher als die Verteidigung der New York Knicks. Und dahinter lag ein kleines, dichtes Wäldchen.

»Das war wahrscheinlich ein Fuchs oder ein Kojote.«

Was dann geschah, machte mich sprachlos. Statt das arme Tier, wie von mir erwartet, zu begraben, brachte er es in die Garage, wo er ein paar Mülltüten und alte Zeitungen auf der Werkbank ausbreitete und darauf den Kadaver legte. Dann schickte er mich los, seinen Arztkoffer aus dem Wagen zu holen.

Der abgewetzte Lederkoffer mit seinem eingravierten Namen war groß und schwer, sodass mir der Schweiß auf der Stirn stand, als ich ihn auf den improvisierten Obduktionstisch wuchtete. Lächelnd holte mein Adoptivvater ein Skalpell und etliche Klemmen heraus.

»Man darf anderen Lebewesen kein Leid zufügen. Aber das hier war ein natürlicher Vorgang. Es ist zwar tragisch, aber es gibt dir nun die Chance, etwas zu lernen.« Er zögerte einen Moment, bevor er fortfuhr. »Willst du wirklich sehen, wie das Tier von innen aussieht?«

Eifrig nickte ich.

»Dann wollen wir das Ganze richtig angehen«, sagte er und krempelte die Ärmel hoch. Er hatte kräftige, behaarte Arme, und seine großen Hände waren sehr geschickt. Er sezierte die Katze, wie er alles tat im Leben, bedächtig, gewissenhaft und voller Ehrfurcht, und erklärte mir dann genau jedes ihrer Organe, deren Funktionen, und was geschah, wenn eines von ihnen versagte.

Heutzutage müssen Kinder im Biologieunterricht keine Tierleichen mehr sezieren, nicht einmal mehr Frösche wie noch zu meiner Schulzeit. Je nachdem, wie sie vonstattenging, konnte eine solche Sektion ein traumatisches Erlebnis sein; manche erinnern sich noch viele Jahre später voller Ekel an die üblen Gerüche und Geräusche.

Ich hingegen habe den Duft von Old Spice und Dr. Evans' tiefe, raue Stimme im Gedächtnis behalten. An jenem Nachmittag verdiente er sich für alle Zeiten das Recht, von mir Vater genannt zu werden, und legte den Grundstein zu meiner Medizinkarriere.

Nun, fünfundzwanzig Jahre danach, erinnerte ich mich wieder an den Moment, als mein Vater mir beibrachte, weder Blut noch den Tod zu fürchten. Ich holte tief Luft und versuchte zu begreifen, was ich da vor mir sah.

Svetlana Nikolic war in eine dicke durchsichtige Plane gewickelt. Sie hatte einen dieser blauen Jogginganzüge an, die sie immer im Haus trug. In der makabren Hülle wirkte er viel dunkler, fast schwarz. Unten schauten ihre nackten Füße hervor und oben ihr Kopf, der in einem unnatürlichen Winkel abgeknickt war. Man musste kein Neurochirurg sein, um zu erkennen, dass man ihr das Genick gebrochen hatte. Eine schnelle Hinrichtungsmethode, die extrem viel Kraft erforderte, viel mehr, als einem die Filmleute glauben machen wollen. Selbst im Fall einer zierlichen serbischen Studentin.

Das Schlimmste aber waren ihre Augen.

Jeder, der zum Regal am anderen Ende des Kellers wollte, musste einen Bogen um das mitten im Weg liegende Fahrrad und die Kartons machen und sah dann genau in diese Augen. Im Lichtschein meines Handys starrten mich ihre weit aufgerissenen Pupillen anklagend an.

Ich stöhnte auf.

Wer auch immer Svetlana umgebracht hatte, war ein skrupelloser Psychopath – und hatte Julia in seiner Gewalt.

In diesem Moment piepste mein Smartphone erneut. Im dunklen Keller klangen die sonst fröhlichen Töne so bedrohlich wie das Heulen einer wilden Bestie.

Es ist an der Zeit,
dass wir uns kennenlernen, Dave.

5

Mit einer Vollbremsung hielt ich in einer Nebenstraße, parkte und sprang aus dem Wagen. In blinder Wut stürmte ich los, bereit, so lange auf denjenigen, der dort auf mich wartete, einzuprügeln, bis ich wusste, wo meine Tochter war.

Ich war jedoch noch nicht mal um die Ecke gebogen, als ich auf einmal von hinten gepackt und gegen die nächste Hauswand gedrückt wurde.

»Sie sind zu einem zivilisierten Gespräch eingeladen worden, Doktor«, hörte ich hinter mir eine Stimme mit stark osteuropäischem Akzent. »Ihr Gastgeber bittet Sie, Ihre guten Manieren nicht zu vergessen.«

Zornig wollte ich mich umdrehen, aber der kräftige Arm in meinem Rücken duldete keinerlei Gegenwehr.

»Ts, ts, ts, nicht doch, Doktor. Sie kommen hier nicht eher weg, als bis Sie sich beruhigt haben.«

Der Zement an meiner Wange fühlte sich rau und kalt an, wenn auch nicht so kalt und hart wie das Metall, das sich in meinen Nacken bohrte. Langsam verebbte meine schäumende Wut, und die Angst um meine Tochter gewann wieder Oberhand.

»Ich … ich hab's verstanden«, brachte ich gepresst heraus.

»Okay, dann lasse ich Sie jetzt los, und Sie gehen zu Ihrem Treffen, ohne sich umzudrehen. Und, wie schon gesagt, benehmen Sie sich.«

Als der Druck in meinem Kreuz und im Nacken verschwand, löste ich mich von der Wand. Ich konnte sie hinter mir spüren, zwei dunkle Schatten, die ich zu spät aus dem Augenwinkel wahrgenommen hatte, als sie mich überfielen. Sie schienen mir nicht zu folgen. Dennoch gehorchte ich ihren Anweisungen. Sie hatten mich überzeugt: Dies war nicht der passende Moment für dumme Heldentaten.

Der »Marblestone Diner« hatte die Form eines Ls. Er saß ganz hinten am letzten Tisch und war in sein iPad versunken. Als er den Kopf hob und sich unsere Blicke kreuzten, zog sich mir der Magen zusammen.

Zehn Minuten zuvor hatte ich in die toten Augen von Svetlana gestarrt, und glauben Sie mir: Darin lag paradoxerweise mehr Leben als in diesem eiskalten Blick.

Als ich nur noch vier Meter von seinem Tisch entfernt war, stand er auf und streckte mir die Hand entgegen. Ich machte jedoch keine Anstalten, sie zu drücken, weshalb er mit einer ausladenden Geste auf die rote Lederbank ihm gegenüber deutete.

»Bitte, setz dich, Dave. Ich hoffe, du hast gut hergefunden.«

Seiner letzten Nachricht hatte er einen Link mit dem Lageplan des »Marblestone« auf Google Maps angefügt. Ich brauchte die Wegbeschreibung nicht. Ich kannte den Diner gut, es lag ganz in der Nähe vom Dale Drive. Ich kaufte dort fast jeden Morgen einen Becher Kaffee, bevor ich Julia zur Schule brachte, und wurde dabei meistens von Juanita bedient, der Kellnerin, die für die Nachtschicht zuständig war. Auch jetzt kam sie mit ihrem Notizblock in der Hand an unseren Tisch.

»Hallo, Dr. Evans! Sind Sie heute so früh aufgestanden

oder noch so spät unterwegs?«, sagte sie lächelnd, überrascht, mich um drei Uhr morgens hier zu sehen.

Irritiert sah ich sie an. Ich begriff nicht, wie sie mich so fröhlich begrüßen konnte. Merkte sie denn nicht, was los war?! … Aber nein, natürlich konnte sie es nicht merken, wie sollte sie auch? Ich überlegte, wie ich sie mit einem Zeichen um Hilfe bitten konnte, aber der Fremde ließ mich keine Sekunde aus den Augen. Darum versuchte ich, erst mal so natürlich wie möglich zu klingen.

»Ich habe einen langen Tag hinter mir, Juanita. Bring mir doch bitte einen Kaffee, wenn es dir nicht zu viele Umstände macht.«

»Während der Woche kommt sonst nie wer um diese Zeit.« Sie deutete mit dem Kugelschreiber hinter sich. Bis auf uns war das Lokal leer. »Wollen Sie auch was essen?«

Ich schüttelte den Kopf. Da sie mir eh nicht helfen konnte, wollte ich nur, dass sie so schnell wie möglich wieder hinter ihren Tresen verschwand. Als sie endlich weg war, musterten der Fremde und ich uns schweigend.

Er war noch jung, viel näher an den dreißig als ich, hatte blondes, lockiges Haar, helle, gepflegte Haut, ausgeprägte Wangenknochen und Gesichtszüge, die wie gemeißelt wirkten. Er trug einen edlen grauen Anzug aus leichter Schurwolle, jedoch keine Krawatte. So, wie der Dreiteiler saß, schien er maßgeschneidert worden zu sein, wahrscheinlich bei »Field Tailors«, und musste ihn gut und gerne drei- bis viertausend Dollar gekostet haben.

Nicht, dass ich mich übermäßig für Kleidung interessiere, aber ich arbeite nun mal in einer teuren Privatklinik, und unter meinen Patienten und deren Angehörigen gibt es jede Menge Snobs, die von nichts anderem reden. Allerdings habe ich eine Leidenschaft für Uhren, weshalb ich wusste, dass seine Audemars Piguet aus einer limitierten

Sonderedition stammte und über eine halbe Million Dollar wert war. Jemandem, der die Schweizer Nobelmarke nicht kannte, würde sie vielleicht nicht auffallen. Die Titanuhr hatte kein sonderlich aufsehenerregendes Design, doch sie war mit der Präzision eines Neurochirurgen aus Hunderten von Einzelteilen zusammengesetzt worden, und so eine diffizile Arbeit hatte ihren Preis.

Als Juanita den Kaffee brachte, bedachte sie mein Gegenüber ebenfalls mit einem Lächeln, das dieser freundlich erwiderte. Mit seinen strahlend weißen Zähnen erinnerte er mich in diesem Moment ein bisschen an diesen schottischen Schauspieler, der in den neuen ›Star-Wars‹-Filmen Obi Wan Kenobi spielte.

»Muchas gracias, señorita linda«, bedankte er sich auf Spanisch, worauf die Kellnerin rot wurde und uns schnell den Rücken zuwandte.

Schweigend sah er ihr nach, bis sie wieder hinter ihrem Tresen stand und sich die Stöpsel ihres iPods in die Ohren steckte.

»Der Kaffee hier ist ausgezeichnet, findest du nicht?«, sagte er nun und hielt seine Tasse hoch.

Der britische College-Akzent und sein ganzes Äußeres, das ihn wie ein Model aus dem *›Town & Country Magazine‹* wirken ließ, waren makellos. Dieser Mann sollte Svetlana umgebracht und mir all die Nachrichten geschickt haben? Nein, unmöglich. Instinktiv schüttelte ich den Kopf. Dennoch waren meine Nerven zum Zerreißen gespannt.

»Wer sind Sie? Hat Sie mein Schwiegervater beauftragt?«

Noch ehe ich den Satz beendet hatte, war mir bewusst, wie absurd die letzte Frage war.

»Der Eisenwarenhändler? Mach dich nicht lächerlich, Dave«, erklärte er. In seinen kalten Augen lag nicht eine Spur von Humor.

»Sagen Sie mir auf der Stelle, wo meine Tochter ist, oder ich rufe die Polizei!«, schnauzte ich ihn daraufhin an, weil ich mich nicht länger beherrschen konnte.

Stirnrunzelnd beugte er sich leicht nach vorn.

»Dave, wenn du noch einmal laut wirst, wird unserer netten Bedienung leider dasselbe Schicksal zuteil wie Svetlana«, sagte er mit einer schnellen Geste in Richtung Tresen. »Statt in diesem klimatisierten Lokal Kaffee zu trinken, müssten wir unser Gespräch dann in einem unbequemen Auto fortführen. Wir hätten also alle das Nachsehen, vor allem Juanitas Kinder. Und das willst du doch sicher nicht, oder?«

Seine Stimme hatte wie die eines Kellners geklungen, der routiniert die Tageskarte herunterbetet, ganz neutral und unaufgeregt. Diese Gefühlskälte hatte etwas Grauenerregendes.

Ich brachte kein Wort heraus, bohrte unter dem Tisch nur meine Fingernägel in die Handflächen. Meine Kehle war trocken wie Staub.

»Und? Wie hast du dich entschieden?«, fragte er nach einer Weile ungeduldig.

»Ich … ich werde versuchen, ruhig zu bleiben.«

Auf seinem ebenmäßigen Gesicht zeigte sich ein zufriedenes Lächeln. Es war ganz anders als die perfekt einstudierte Grimasse, mit der er Juanita vorhin bedacht hatte. Viel authentischer.

»Sehr gut, Dave, das freut mich. Du kannst mich übrigens Mr White nennen.«

»Was wollen Sie von mir? Geld? Ich habe nicht viel, aber Sie können alles haben. Sagen Sie mir nur, wo Julia ist!«

»Dave, Dave, Dave, sehe ich etwa aus wie ein Mann, der dein Geld nötig hat?«

»Nein …«

»Und trotzdem glaubst du, meine Gunst mit deinen Kröten erlangen zu können, so wie du das bei dem Obdachlosen versuchst, dem du am Kalorama Circle jedes Mal ein paar Cent in seinen Becher wirfst, um dein Gewissen zu beruhigen?«

Ich erstarrte. Seit Jahren gingen wir dort manchmal in ein Einkaufszentrum, wo ein Bettler mit einer Basketballmütze der Philadelphia 76ers und einem Schild mit der Aufschrift »Krigsweterahn« herumlief. Ich mochte ihn und gab ihm immer ein paar Münzen.

»Sie wissen gar nichts über mich!«, zischte ich.

»Wenn du dich da mal nicht täuschst, Dave. Ich weiß alles über dich, ja, ich weiß mehr über dich als du selbst. Ich kenne dich in- und auswendig. Der Junge, der zweimal Vollwaise wurde. Der ein Stipendium an der renommierten Johns Hopkins University bekam, die zu den besten Hochschulen der Welt zählt, was die medizinische Ausbildung betrifft. ›Ein Naturtalent‹, wie die *›Pottstown Gazette‹* damals voll Stolz schrieb. Es war ein langer Weg, seit du angefangen hast, Zeitungen in diesem Kaff bei Philadelphia auszutragen, nicht wahr?«

Mit gesenktem Kopf rührte ich wortlos in dem Becher Kaffee, den ich nicht trinken würde, da sich mir beim kleinsten Schluck der Magen umdrehen würde.

»Dave Evans, der liebevolle Ehemann. Der fürsorgliche Vater, der allerdings kaum Zeit für sein Kind findet. Der freundliche Nachbar. Der trauernde Witwer.«

»Es reicht«, sagte ich leise.

»Der Chirurg mit den magischen Händen. Ein Kumpeltyp, der immer für einen Scherz zu haben war. Deine Kollegen im Saint Claire nannten dich im Spaß gern ›Schlaumeier‹. Bis zu der Sache mit Rachel. Seit du zurückgekehrt bist, nennen sie dich nur noch ›Finsterling‹. Natürlich sagen sie dir das nicht ins Gesicht, aber sie flüstern es hinter deinem Rücken. Und einige Anästhesisten versuchen, die Schicht zu wechseln, wenn sie erfahren, dass ihnen eine lange Operation mit dir bevorsteht. Du bist ihnen nicht mehr geheuer.«

Natürlich wusste ich das. Oder besser gesagt, ich hatte es vermutet. Aber etwas zu ahnen oder es aus dem Mund eines völlig Fremden zu hören, der gerade deine Tochter entführt hat, sind zwei völlig verschiedene Stiefel. Ich hatte jedoch weder die Kraft zu widersprechen, noch durfte ich meine Fäuste reden lassen, und so war ich eine willenlose Marionette in den Händen dieses Psychopathen, und jedes seiner Worte war wie ein Schlag in die Magengrube.

»Andererseits wundert mich das auch nicht«, fuhr er süffisant fort. »Seit Rachels Selbstmord kann man nicht gerade behaupten, dass du noch eine Stimmungskanone bist, oder?«

»Lassen Sie meine Frau aus dem Spiel, Sie Arschloch«, flüsterte ich heiser.

»Sag bloß, du schämst dich dafür. Dabei war es doch ein ausgesprochen sanftes Ende. Und ihr Abschiedsbrief war so bewegend.« Er wechselte zu einer widerlichen Fistelstimme. »›Mein geliebter David, sorge dich nicht, wir werden immer vereint bleiben. Bewahre mein Lächeln in deinem Herzen und behalte mich so in Erinnerung, wie ich war …‹«

Da hielt ich es endgültig nicht mehr länger aus und schlug mit der Faust auf den Tisch, dass die Tassen einen Satz machten.

Juanita hob den Kopf und sah neugierig zu uns herüber, vertiefte sich dann aber gleich wieder in ihre Illustrierte. Zum Glück war sie weit genug weg, um nichts von unserem Gespräch mitzubekommen.

Mr White hatte sie aus den Augenwinkeln beobachtet und beugte sich nun zu mir vor.

»Du willst doch nicht, dass ich meine Warnung von vorhin doch in die Tat umsetzen muss, oder, Dave?«

Ich antwortete nicht. Ich war viel zu sehr damit beschäftigt, gegen die aufsteigenden Tränen anzukämpfen, und drehte mich zur Wand, um sie vor ihm zu verbergen.

Niemand außer mir kannte den Inhalt dieses Briefes. Rachel hatte ihn im »Four Seasons« nicht bei sich gehabt, sondern mir am selben Tag mit der Post geschickt. Vermutlich wollte sie nicht, dass die Polizei oder sonst irgendwer diese intimen Abschiedsworte las. Für sie hatte sie im Hotel eine andere Nachricht hinterlassen, in der sie nüchtern erklärte, warum sie es getan hatte. Ich hatte nie jemandem von dem Brief erzählt und bewahrte ihn in einer stets verschlossenen Schublade meines Schreibtischs auf. Ihre Worte aus dem Mund dieses miesen Schweins zu hören, ließ mich so verletzt, nackt und schutzlos fühlen, dass ich einige Minuten wie gelähmt war.

Als ich mich einigermaßen gefangen hatte, wischte ich mir mit dem Handrücken die Tränen weg und nahm all meine Kraft zusammen, um ihn anzusehen.

Mr White grinste. Und dieses Grinsen war echt.

Ich weiß das, weil es mir eine Heidenangst machte.

»Okay, Sie durchgeknalltes Arschloch«, zischte ich. »Sie wissen alles über mich, das haben Sie damit bewiesen. Sie haben die absolute Kontrolle.«

»Langsam beginnst du zu verstehen, Dave.«

»Was wollen Sie?«

»Nur eines: Sollte dein nächster Patient den OP-Tisch lebend verlassen, siehst du deine Tochter nie wieder.«

6

Zu Tode erschrocken, starrte ich ihn an. Jetzt begriff ich. Er wollte nicht mein Kind, er wollte auch nicht das bisschen Geld, das wir hatten. Nein, der Preis für Julias Rettung war das Leben des Mannes, den ich in drei Tagen operieren sollte.

Um meine Tochter zu retten, musste ich den Präsidenten der Vereinigten Staaten töten.

»Das ist es also: Sie sind ein verdammter Terrorist.«

White schüttelte den Kopf und schnalzte mit der Zunge, als empfände er das Wort als Beleidigung.

»Dafür müsste ich eine Ideologie vertreten oder einen bestimmten Glauben haben. Nein, mein Freund, sagen wir, ich bin so eine Art freier Unternehmer … obwohl auch das mich nur unzureichend beschreibt«, erklärte er mit plötzlich funkelnden Augen und einer ausladenden Geste, um seine Worte zu unterstreichen.

Es gibt niemanden, der nicht gerne von seiner Arbeit erzählt. White bildete da keine Ausnahme. Seine Taten nicht in alle vier Himmelsrichtungen ausposaunen zu können, musste für einen geborenen Egomanen wie White sicher einer unerträglichen Folter gleichkommen.

»Sagen wir, ich bin ein Genie auf dem Gebiet der angewandten Sozialwissenschaft. Ein Kunde kommt mit einem Problem zu mir, und ich löse es für ihn.«

»Aber …«, stammelte ich schreckensbleich. »Aber warum suchen Sie sich nicht einen Auftragskiller oder Söldner, jemand, der etwas von Waffen versteht? Ich bin kein Mörder!«

»Das mit dem einsamen, durchgedrehten Heckenschützen ist ein alter Hut.« White schüttelte missbilligend den Kopf. »Und für so etwas bräuchte man mich auch nicht. Jeder Depp mit drei Kugeln und einem Zielfernrohr könnte so eine dilettantische Tat begehen. Nur: Das Ganze würde nicht von dem erwünschten Erfolg gekrönt. Sicher würde man den Todesschützen schnappen und ihn, an einen Stuhl gekettet, zu der Sache ›befragen‹, bis er schließlich … Wie soll ich sagen? … ›kompromittierende‹ Aussagen über die Identität seiner Auftraggeber macht. Nein, unserem Land geht es schon schlecht genug, so etwas würde es endgültig zerreißen. Ganz zu schweigen von den darauf folgenden Kursstürzen an der Börse, der Massenpanik, den Spannungen auf dem internationalen Parkett … Und als gute Patrioten wollen wir das doch nicht, oder, Dave?«

»Nein, natürlich nicht«, antwortete ich automatisch.

Er beugte sich vor, und seine Stimme wurde noch leiser, fast flüsternd. In diesem Moment verstummte im Hintergrund *›Hush Little Baby‹* von Joan Baez, und sie stimmte *›Battle Hymn of the Republic‹* an. Zufall? Oder hatte White das auch arrangiert, so wie er bisher jegliches Detail millimetergenau geplant hatte?

»Aber ein natürlicher Tod, mein lieber Doktor, ein natürlicher Tod wäre völlig akzeptabel. Der mächtige Mann wird am Freitag still und heimlich in deine Klinik eingeliefert. Niemand weiß von seiner schweren Krankheit. Und obwohl er die bestmögliche medizinische Betreuung erhält, verstirbt er leider auf dem Operationstisch. Eine Stunde später tritt der junge Neurochirurg, der ihn mutig operiert hat, dann vor die Kamera. Er ist der Inbegriff des amerikanischen Selfmademans, ein herausragendes Beispiel von Aufrichtigkeit und Redlichkeit. Weinend verkündet er die schreckliche Neuigkeit – und das ganze Land weint mit ihm. Noch am selben Abend legt der Vizepräsident mit Tränen in den Augen seinen Eid ab, so wahr ihm Gott helfe. Am Samstag trauert das ganze Land, und am Sonntag gibt es neben den Nachrichten zahlreiche Sondersendungen zu dem neuen Präsidenten, dessen Namen zwei Tage zuvor 47,3 Prozent der Bevölkerung noch nie gehört hat. Und wenn am Montagmorgen dann die Wall Street öffnet, hat man die Lage wieder im Griff. Die Fabrikschornsteine qualmen weiter, und die Mütter bringen ihre Kids zur Schule und backen nachmittags Apfelkuchen. Die Demokratie ist gerettet. *God bless America*«, schloss er und legte dabei theatralisch die rechte Hand auf die Brust.

Ich war noch blasser geworden, als ich es eh schon war. Das Szenario, das er mir gerade in diesem im Stil der Fünfzigerjahre dekorierten Diner ausgemalt hatte, klang total surreal und verrückt. Und zugleich absolut plausibel. Die Angst schnürte mir die Kehle zu, als mir klar wurde, in was für gewaltigen Schwierigkeiten ich steckte.

»Sie sind wahnsinnig, White«, stammelte ich.

»Du hast eine völlig irrige Meinung von mir.« Beleidigt kniff er die Augen zusammen. »Ich bin nicht wahnsinnig, sondern ein zutiefst rational denkender, ausgeglichener Mensch, der sehr genau um die Konsequenzen seiner Taten und die damit verbundenen Vor- und Nachteile weiß. Kannst du das auch von dir behaupten, Dave?«

Während er sich langsam die Schläfen massierte, sah er mich eindringlich an, als wollte er die Wirkung seiner Drohung abschätzen. Sie hätte nicht deutlicher ausfallen können.

Mein Körper flehte mich an, so schnell wie möglich abzuhauen, um diesem irrsinnigen Psychopathen zu entkommen. Aber ich konnte nicht. Er hatte Julia in seiner Gewalt. Ich konnte nur die Flucht nach vorn ergreifen.

»So einfach geht das nicht«, versuchte ich verzweifelt, ihn von der Unmöglichkeit seines Vorhabens zu überzeugen. »Zig Menschen werden jede meiner Bewegungen ganz genau verfolgen. Außer mir werden mindestens ein weiterer Neurochirurg, ein Anästhesist und zwei Schwestern am Tisch stehen. Alles, was ich tue, wird von Kameras aufgezeichnet. Und in der Zuschauergalerie des OP-Saals wird der halbe Secret Service sitzen.«

»Das sind Kleinigkeiten.« Ungeduldig winkte er ab, als spielten meine Einwände überhaupt keine Rolle. »Lass das nur meine Sorge sein. Am Donnerstagabend werde ich dir erklären, wie du vorzugehen hast. Ich bin mir sicher, es wird dir gefallen.«

Seine Stimme klang absolut sicher, denn er wusste, dass die Gitterstäbe des von ihm errichteten Käfigs äußerst stabil waren. Doch das gefangene Tier, das ich war, versuchte noch immer auszubrechen.

»Verdammt, Sie können nicht von mir verlangen, dass ich einen Menschen töte! Ich habe geschworen, einem Kranken keinen Schaden zuzufügen. Um Gottes willen, ich bin Arzt!«

Seufzend schüttelte White den Kopf.

»Hör zu, Dave. Ich bin ein extrem geduldiger Mensch. Und ich verstehe deine moralischen Zweifel. Wirklich. Ich wünschte, es gäbe einen anderen Weg. Wie gern hätte ich dir eine große Summe für deine freiwillige Mitarbeit geboten, so, wie das bei anderen funktioniert hat. Aber mit dir ist es leider nicht so einfach. Du bist ein integrer Mensch. Um deine moralischen Prinzipien nicht zu verraten, würdest du sogar deine glänzende Karriere aufs Spiel setzen. Das respektiere ich. Trotzdem würde ich dich gerne an etwas erinnern.«

Er nahm sein iPad, das von einer sündhaft teuren Lederhülle von Louis Vuitton geschützt wurde, klappte es auf und tippte etwas ein. Ein paar Sekunden später drehte er das Tablet in meine Richtung.

Auf dem Touchscreen war ein schwarzes Rechteck zu sehen, das drei Viertel der Fläche einnahm. Darunter befanden sich drei Reihen von grauen Tasten ohne jegliche Beschriftung. Fragend sah ich auf.

»Oh, natürlich, ich vergaß. Es werde Licht!«, sagte er, tippte eine Kombination aus drei Tasten, und plötzlich wurde das schwarze Rechteck gleißend hell.

Geblendet schloss ich die Augen und musste mehrmals blinzeln, bis sie sich an das Licht gewöhnten. Und dann begriff ich.

Es war das Live-Bild einer Kamera, die auf eine Art Erdloch gerichtet war. Ein paar einfache Holzbalken bewahrten die prekäre Konstruktion vor dem Einstürzen, und durch die Wände drang Feuchtigkeit, die das grelle Licht der Scheinwerfer reflektierte. Die hohe Auflösung erlaubte es dennoch, jedes noch so kleine Detail gestochen scharf zu sehen.

Die unterirdische Kammer war winzig. Höchstens anderthalb Meter breit und zwei Meter lang.

Wie ich das so schnell berechnen konnte?

Ich kannte die Körpergröße meiner Tochter.

Julia lag zusammengerollt auf der Erde. Sie trug ihren SpongeBob-Schlafanzug mit der dunkelblauen Hose und dem Oberteil mit dieser grellgelben Farbe, die alle Eltern hassen. Aber das Gelb war mit Lehm und noch etwas anderem beschmiert, das verdächtig nach getrocknetem Blut aussah. Schuhe waren keine zu sehen, nur am rechten Fuß trug sie eine Socke.

Sie hatte einen Arm um ihre Knie geschlungen, während sie sich den anderen vor die Augen hielt, um sich vor dem grellen Licht der Kamera zu schützen. Ihre wundervollen blonden Haare klebten ihr am Kopf, und Tränen liefen ihr über das Gesicht. Das Licht musste sie geweckt haben, denn sie wirkte orientierungslos, verwirrt und halb tot vor Angst. Sie öffnete den Mund, aber kein Laut war zu hören.

»Oh, na so was, hab ich doch glatt vergessen, den Ton einzuschalten. Wenn du erlaubst«, sagte White mit gleichgültiger Stimme, als wäre er der gelangweilte Verkäufer eines Elektronikfachmarkts, der einem Kunden den neuesten Plasmabildschirm vorführt, und tippte auf eine weitere graue Taste.

Julias unartikuliertes, verzweifeltes Jammern, das nun aus dem Lautsprecher drang, zerriss mir das Herz. Ich stöhnte auf, ballte meine Fäuste.

»Du bist ein kluger Mann, Dave«, sagte White. »Mach jetzt keinen Unsinn.«

Langsam streckte ich meine Finger wieder aus, doch sie blieben angespannt, wie der Rest meines Körpers, bis in die allerletzte Zelle.

»Der Verschlag befindet sich unter der Erde und ist luftdicht abgeschlossen. Sechs Flaschen mit insgesamt 21345 Liter Sauerstoff sorgen für die Luftzufuhr«, fuhr White fort. »Bei fünf Litern pro Minute – so viel braucht ein Mädchen von ihrem Gewicht – hat sie bis Freitagabend achtzehn Uhr Luft.«

»Hat sie … hat sie etwas zu essen?«

»Ich bitte dich, Dave, hältst du mich für ein Monster?!« Er tat so überrascht, als wären wir schon lange Freunde und meine Frage hätte ihn zutiefst verletzt. »Ihr Bedarf an Nahrung, Wasser und Wärme ist natürlich gedeckt. Ich gebe zu, es ist dort unten etwas eng und unbequem, aber es wird ihr an nichts fehlen. Natürlich nur bis zu besagter Uhrzeit. Was danach ist, hängt ganz allein von dir ab.«

»Wissen Sie, was Sie da von mir verlangen?!«

»Selbstverständlich weiß ich das, Dave. Ich habe schließlich alles bis ins kleinste Detail durchdacht. Mein Auftraggeber vertraut darauf, dass ich perfekte Arbeit leiste.«

»Und danach entledigen Sie sich dann Ihrer Handlanger.«

»Aber nein, Dave. Das wäre ein schwerer Fehler. Nach dem Ableben unseres Präsidenten wird es einen großen Medienrummel um dich geben. Die Abwesenheit deiner Tochter würde sich nicht lange rechtfertigen lassen. Julia wird am Wochenende wieder zu Hause sein, und wir beide vergessen, dass wir uns je begegnet sind.«

Ich glaubte ihm keine Sekunde, aber ich schwieg.

»Ich verstehe immer noch nicht, wie ich das angehen soll«, knurrte ich nach einer Weile.

»Wie schon gesagt, um die Details kümmere ich mich, Dave. Du verhältst dich so wie immer und lässt dir nichts anmerken. Gewinn deinen … berühmten Sinn für Humor zurück. Und jetzt geh nach Hause und ruh dich aus. In Kürze bekommst du weitere Anweisungen«, schloss er und hob die Hand, damit Juanita die Rechnung brachte.

Ich stand auf.

»Warum ich?«

Irritiert sah er zu mir hoch. Diese Frage hatte er wohl nicht erwartet.

»Sie hätten jeden anderen nehmen können«, fuhr ich fort. »Den Anästhesisten, eine OP-Schwester … Warum mich?«

Er schien einen Augenblick zu überlegen und betrachtete dabei die perfekt gepflegten Nägel seiner langen, zarten Finger.

Die Hände eines Chirurgen, schoss es mir durch den Kopf.

»Ich glaube, das kannst du dir selbst erklären, Dave«, erwiderte er mit sanfter Stimme. »Du weißt besser als viele andere, dass wir alle eines Tages sterben und das hinnehmen müssen. Und du weißt, was es heißt, mit der Schuld zu leben, das, was zu vermeiden gewesen wäre, nicht verhindert zu haben. Und dieses Schuldgefühl ist nicht einfach so hinzunehmen, das ist der bittere Kelch, der Tag für Tag geleert werden muss.«

Als mich dieser letzte Schlag unter die Gürtellinie traf, konnte ich nur noch die Augen schließen und die Zähne zusammenbeißen. Ich wusste, wenn ich mich noch länger seinem eiskalten, prüfenden Blick aussetzte, würde ich augenblicklich losheulen, und ich wollte diesem miesen, durchgeknallten Schwein nicht die Freude machen, mich noch mehr zu erniedrigen.

Ich wollte nur noch raus und kehrte ihm den Rücken, aber seine Stimme ließ mich noch einmal innehalten.

»Hast du nicht etwas vergessen, Dave?«

»Was vergessen?«

Ich drehte mich langsam um. Lächelnd deutete White auf Juanita, die auf unseren Tisch zukam.

»Du musst noch die Rechnung bezahlen, Dave. Und vergiss das Trinkgeld nicht.«

7

Vier Zellen weiter sitzt ein Typ namens Snow, der den ganzen Tag nur Patiencen legt. Er sagt, damit sie aufgeht, müsse man mit guten Karten starten. Wenn er schlechte bekommt, sammelt er die Karten einfach wieder ein und fängt von vorne an, so, als hätte er alle Zeit der Welt. Was nicht stimmt. Ihm bleiben sechs Wochen, bis wir ihn den Gang des Todestrakts hinuntergehen sehen.

Wir alle haben schon einmal den dringenden Wunsch verspürt, noch mal bei null zu beginnen, die Karten, die das Schicksal für uns bestimmt hat, neu zu mischen. Das kann einen ziemlich aus dem Gleichgewicht bringen. Aber am extremsten, zerstörerischsten und gefährlichsten ist dieser Wunsch, wenn er von Selbstvorwürfen und Schuldgefühlen genährt wird. Dann kann er einen Menschen in den Wahnsinn treiben.

Kein Wunder, dass hier am Ende fast jeder verrückt wird. Denn man kann im Leben nicht einfach einen Schlussstrich ziehen und noch mal ganz von vorn anfangen.

Als ich in der Nacht meiner ersten Begegnung mit White nach Hause zurückkehrte, befanden sich mein Körper und Geist in einem derartigen Alarmzustand, dass ich mich vollkommen apathisch, wie ein ferngesteuerter Roboter, zu Julias Zimmer hinaufschleppte.

Ich kann mich nicht erinnern, auf den weißen Hocker gestiegen zu sein, mit dem meine Tochter ihre Kleider aus dem Schrank holte, aber ich muss es wohl getan haben, denn irgendwann merkte ich, dass ich einen dieser großen Vakuumbeutel in den Händen hielt, in denen man die Kleidungsstücke für den Winter aufbewahrt.

Ich zog ein altes, verschlissenes Sweatshirt mit dem Logo der Johns Hopkins University heraus und vergrub meine Nase darin. Tief atmete ich ein. Es roch noch immer nach Rachel, nach dieser ganz speziellen Mischung aus ihrem Deo, blumiger Seife und reiner Haut … Und da, in diesem Augenblick, durchzuckte mich plötzlich die schmerzliche Erkenntnis, dass ich sie nie mehr wiedersehen würde. Dass wir nie wieder gemeinsam vor dem Schlafengehen eine Tasse Tee in der Küche trinken, nie wieder zusammen im Wald spazieren gehen und uns nie wieder verschwörerische Blicke am Operationstisch zuwerfen würden. Die Monate der Trauer und nagenden Schuldgefühle, in denen ich mich in einen mürrischen Eigenbrötler und Workaholic verwandelt hatte, waren in diesem Moment vorbei.

Ich hatte es endlich begriffen. Rachel war unwiederbringlich von mir gegangen.

Achtundvierzig Stunden vor ihrem Selbstmord hatte meine Frau das Ergebnis der Magnetresonanztomographie erfahren. Sie hatte in den Wochen zuvor immer wieder tagelang unter starken Kopfschmerzen gelitten, die sie jedoch heruntergespielt und denen auch ich nicht weiter Beachtung geschenkt hatte.

Sie brauchen mir deswegen jetzt keine Vorwürfe zu machen. Das habe ich selbst schon zur Genüge getan, viel heftiger und bitterer, als Sie das jemals tun könnten. Zu meiner Entlastung kann ich einzig und allein vorbringen, dass niemand so blind ist für die Gesundheitsprobleme seiner Familie wie ein Arzt. Egal, welche Symptome unsere Ehepartner, Kinder oder sonstige Angehörige zeigen, wir geben ihnen erst mal eine Aspirin und schicken sie ins Bett.

Rachel war eine Frau mit einer extrem hohen Schmerztoleranz; nie hatte ich sie jammern hören, wenn sie die Grippe oder sonst was plagte, und Julia hatte sie zur Welt gebracht ohne ein anderes Hilfsmittel als ein paar Flaschen Coca-Cola light. Als sie in jenen Wochen irgendwann merkte, dass sie täglich eine ganze Schachtel Schmerztabletten schluckte, war sie fürchterlich erschrocken, wie mir nach ihrem Tod ein Kollege aus der Neurologie voll Mitleid erzählte. Sie hatte sich daraufhin heimlich von ihm untersuchen und eine MRT machen lassen, während ich, nichts ahnend, auf einer Veranstaltung von Julias Schule war. Zur selben Zeit, als ich unsere Tochter auf der Schulbühne als Waschbär verkleidet tanzen sah, erfuhr meine Frau, dass sie an einem Glioblastom litt. Dem aggressivsten aller Gehirntumore. Und leider auch dem häufigsten: Mehr als die Hälfte aller bösartigen Tumore im Kopf sind Glioblastome, für die es keine definitive Heilung gibt.

»Wie lange habe ich noch?«, hatte Rachel den Neurologen mit Tränen in den Augen gefragt.

»Ohne operativen Eingriff … sechs oder sieben Wochen. Der Tumor hat sich schon übermäßig stark ausgebreitet, sodass ich befürchte, er wächst sehr schnell. In … in wenigen Tagen wird er das Sprachzentrum befallen.«

Sie verstand sofort. Sie hatte nicht nur einen großartigen medizinischen Sachverstand, als Anästhesistin war sie auch an genug Gehirnoperationen beteiligt gewesen, um zu wissen, was sie erwartete. Sie wusste, dass sie all ihre geistigen Fähigkeiten einbüßen würde bis zum völligen Persönlichkeitsverlust. Und dass sie bis dahin enorm leiden würde und ihre Familie sicher noch viel mehr.

»Vielleicht kann David …«, wagte unser Kollege damals vorzubringen.

»Nein.«

»Rachel … Er hat gute Ergebnisse erzielt mit …«

»Nein!«, hatte sie gerufen und seine Hände gepackt. »Bitte sag David nichts. Versprich es mir. Versprich mir, dass du es für dich behältst. Nur bis Montag. Wir haben am Wochenende unseren Hochzeitstag. Den will ich mir davon nicht verderben lassen.«

Unser Hochzeitstag wäre erst ein paar Monate später gewesen. Nach ihrem Tod gestand er mir mit gesenktem Kopf, dass er Rachels Lüge geschluckt und darum den Mund gehalten hatte.

So wie auch der Anästhesist, an den sie sich zwei Tage später wandte, ihre zweite Lüge schluckte.

»Tom, könntest du mir schnell einen intravenösen Zugang legen? Ich habe schreckliche Migräne, und mein Arzt hat mir ein neues Analgetikum gegeben, das ich mir hier alle fünf Stunden spritzen soll. Und ich hasse diese ständige Pikserei, wie du weißt.«

Der Anästhesist hatte sie zögernd angesehen.

»Kann das Dave nicht für dich machen?«

»Den sehe ich heute leider nicht mehr, seine Schicht beginnt gleich.«

Und so verließ Rachel das Krankenhaus mit einem Venenzugang im linken Arm und fuhr zum »Four Seasons«, wo sie am Morgen ein Zimmer mit Aussicht reserviert hatte. Dort musste sie dann ihren offiziellen Abschiedsbrief aus der Handtasche geholt und auf den Nachttisch gelegt haben.

Danach hatte sie den Cocktail aus Propofol, Fentanyl und Vecuronium, den sie heimlich in der Klinik gemixt hatte, ans Kopfende des Bettes gehängt, die Kanüle in den von ihrem Kollegen gelegten intravenösen Zugang gestöpselt und war kurz darauf in einen friedlichen Schlaf gesunken, aus dem sie nie mehr erwachte.

Im Nachhinein betrachtet war Rachels Plan perfekt gewesen. Am Morgen hatte sie den Abschiedsbrief an mich eingeworfen und Julia dann in der Schule entschuldigt. Danach fuhr sie mit ihr zum Spielen in den Park, und anschließend waren die beiden Pizza, Eis und sonstige, während der Woche normalerweise verbotene Schleckereien essen gegangen.

Ich habe Julia oft nach diesem Tag gefragt. Ich wollte unbedingt wissen, was Rachel ihr alles erzählt, ob sie sie fest umarmt oder irgendwas Ungewöhnliches zu ihr gesagt hatte. Aber Julia erinnert sich an fast gar nichts mehr. Schon seltsam, wie das Erleben reinen Glücks sich kaum in unsere Herzen einprägt, während die Traurigkeit tiefe Spuren hinterlassen kann. Die Ereignisse an jenem Unglückstag haben sich unauslöschlich in mein Gedächtnis eingebrannt, bis ins kleinste Detail. Unsere Kleine hingegen erinnert sich nur noch, dass ihre Mami nach Erdbeeren gerochen hat und zu ihr sagte: »Ich liebe dich und werde immer bei dir sein.«

Als ich von der Arbeit kam, hätte meine Frau eigentlich zu ihrer Nachtschicht aufbrechen müssen. Normalerweise tauschten wir an solchen Tagen in aller Eile ein paar Küsse aus, während der eine ging und der andere kam, und so war ich überrascht, sie im Vorgarten barfuß auf mich warten zu sehen.

»Was machst du hier?«, fragte ich verwundert.

»Ich will das Gras unter den Füßen spüren.«

»Du wirst zu spät zur Arbeit kommen, Faulpelz«, rügte

ich sie im Scherz, ohne zu wissen, dass sie sich eine halbe Stunde vorher bei ihrem Chef krankgemeldet hatte.

»Heute ist nicht viel los auf der Station, darum hab ich noch ein bisschen Zeit. Lass uns noch einen Tee zusammen trinken.«

Wir saßen eine Weile in der Küche und genossen das Schweigen. Als sie schließlich ging, umarmte sie mich lange und gab mir einen schier endlosen Kuss.

»Ich liebe dich, Dr. Evans.«

»Ich dich auch, Dr. Evans.«

Von der Veranda aus sah ich ihr nach, als sie zum Auto ging.

»Wenn du dran denkst, bring auf dem Heimweg Donuts mit!«, rief ich, aus einem plötzlichen Gelüst heraus.

Kurz blieb sie stehen, drehte sich um und lächelte mir zu. Ihr halblanges Haar bewegte sich im Wind. Manchmal denke ich, dass sie ihren Entschluss in diesem Moment vielleicht noch einmal infrage stellte, und sei es nur wegen meiner banalen Bitte; vielleicht will ich mir das aber auch nur einreden, um damit zurechtzukommen, dass meine letzten Worte so alltäglich gewesen waren.

»Ich liebe dich, Dave!«, rief sie noch einmal. »Gib Julia noch einen dicken Kuss von mir.«

Ich winkte ihr nach, während sie losfuhr. Das war das letzte Mal, dass ich sie lebend sah.

Ich war total geschockt, als die Polizei am nächsten Morgen an unserer Haustür klingelte. Mit versteinerter Miene stand ich mitten in der Diele und hörte dem Bericht des groß gewachsenen, schnurrbärtigen Beamten zu, der mir erzählte, wie ein Zimmermädchen Rachel gefunden hatte.

»Das … kann nicht sein«, brachte ich nur stammelnd heraus.

»Wer ist das, Papi?«, hörte ich im selben Moment unsere Tochter von oben.

»Geh zurück ins Bett, Liebling!«, rief ich mechanisch. »Es hat sich nur jemand in der Tür geirrt.«

»Ich fürchte, das ist kein Missverständnis«, erklärte der Officer leise. »Haben Sie eine Ahnung, warum Ihre Frau das getan haben könnte?«

»Das kann nicht sein«, wiederholte ich nur, während ich spürte, wie meine Beine nachgaben, und die Stimme des Polizisten von immer weiter weg zu kommen schien.

»In ihrem Abschiedsbrief schreibt sie, dass sie unheilbar krank sei. Wussten Sie davon, Doktor?«

»Sie … sie … hasste Schmerzen.«

»Gab es irgendwelche Anzeichen, dass sie sich umbringen wollte?«

Bis heute steht mir klar vor Augen, wie ich nach vorne auf die Knie sackte, unfähig, noch irgendetwas zu sagen. Die unfassbare Nachricht, meine Weigerung, es zu glauben, und das Gefühl, komplett versagt zu haben, erstickten an jenem Samstagmorgen jede nur mögliche Antwort in meinem Inneren.

Die Antwort, deren Bedeutung ich erst in jener Nacht so richtig erfasste, als ich Rachels altes Sweatshirt im Zimmer unserer entführten Tochter in den Händen hielt.

Keiner hatte das, was Rachel und mich verbunden hatte, und keiner würde es je haben. Denn das zwischen uns war eine besondere, ganz einzigartige Liebe gewesen. All die Dinge, über die wir gesprochen hatten, die Werte, die wir unserer Tochter weiterzugeben gedachten, unser Wissen um die Fehler, die unsere Eltern begangen hatten und die wir bei Julia nicht wiederholen wollten: Dieser große gemeinsame Plan war von einer Sekunde auf die andere hinfällig geworden. Rachel hatte beschlossen, ohne Schmerzen zu gehen, um uns, die wir zurückblieben, so wenig Leid wie möglich zuzumuten. Und man muss wahnsinnig stark und mutig sein und die Seinen über alles lieben, um eine solche Entscheidung zu treffen.

Ja, meine Frau war unglaublich mutig gewesen. Und wenn sie mich jetzt sehen könnte, wenn sie sähe, dass ich unsere Tochter verloren habe, was würde sie dann wohl an meiner Stelle tun, um Julia wiederzubekommen?

Nahezu zwei Jahrzehnte im Dienst der Medizin, der Lebenstraum des Jungen, der ein so gewissenhafter und weiser Arzt werden wollte wie sein Adoptivvater, mein Gewissen und mein Berufsethos: Wie eine Sandburg von einer kräftigen Welle wurde all das in einem einzigen Augenblick fortgespült, während unser im Chor gebrüllter Familienschlachtruf laut in meinem Kopf widerhallte: »Team Evans, können wir das schaffen? Ja, wir schaffen das!«

Wenn es etwas gab, das Rachels Opfer mich gelehrt hatte, dann die Einsicht, dass die Menschen, die man liebt, über allem standen. Und wenn ich meine Integrität und alles, was ich war, dafür aufgeben musste, war ich bereit, das zu tun. Mir blieb nichts anderes übrig, als das Katz-und-Maus-Spiel von Mr White mitzuspielen. Aber ich würde es nicht wie eine Marionette in seinen Händen tun. Ich würde nach meinen eigenen Spielregeln spielen.

»Okay, du mieses Arschloch, ich tu's«, zischte ich in jenen frühen Morgenstunden in einem leeren Zimmer, in einem leeren Haus.

Nur wenige Sekunden später traf eine weitere Kurznachricht ein:

Ich wusste es.

53 STUNDEN VOR DER OPERATION

IRGENDWO IN COLUMBIA HEIGHTS

Mr White lehnte sich zurück und lächelte selbstgefällig.

Es war sehr heiß in dem Ein-Zimmer-Apartment, sodass das Leder seines Stuhls ein schmatzendes Geräusch von sich gab, als er sich erhob. Seine gesamte Kleidung lag säuberlich gefaltet über einem luxuriösen Kleiderständer. Im Raum brannte kein Licht, doch der Schimmer der Monitore ließ die Schweißperlen auf seiner Haut glänzen und verlieh seinem nackten Körper ein gespenstisches Aussehen.

White ging hinüber zur Kochecke. Das Echo seiner Schritte hallte von den leeren Wänden wider. In der kleinen Wohnung gab es so gut wie keine Möbel, nur eine Latexmatratze in der Ecke und in der Mitte einen riesigen Schreibtisch mit acht 27-Zoll-Bildschirmen. Und einen Kühlschrank.

Als er ihn jetzt öffnete, strich eisige Luft über seinen nackten Körper, und er bekam eine Gänsehaut. Er war bis oben hin mit Hawaiian Punch gefüllt, in jedem der fünf Fächer lag eine andere Geschmacksrichtung: Fruit Juicy Red, Wild Purple Smash, Lemon Berry Squeeze, Polar Blast und Island Citrus Guava. Wie ein sanftes Mantra sprach White leise die Namen der Sorten vor sich hin, bis er sich schließlich für Fruit Juicy Red entschied. Nachdem er sich eine Flasche herausgenommen hatte, ersetzte er sie sofort durch eine neue aus der daneben stehenden Getränkekiste, denn Mr White dachte immer an die Umwelt: Ein komplett gefüllter Kühlschrank verbraucht einfach weniger Energie.

Nach einem großen Schluck aus der Flasche ging er zu seinem Platz zurück, um wieder die Monitore zu betrachten, die diverse Räume in Evans' Haus zeigten. Die Kameras hatte er vor einigen Tagen verstecken lassen – wenn auch nicht mit der Absicht, dass der Arzt die Überwachung nicht bemerken sollte.

Ganz im Gegenteil.

Mit einem spöttischen Lächeln drückte White eine Tastenkombination auf dem Laptop vor sich. Auf sämtlichen Bildschirmen war nun Julias Zimmer zu sehen, allerdings nicht in Echtzeit, sondern zehn Minuten zuvor. Er drehte die Lautstärke auf, worauf der schwere Atem des Arztes und seine flüsternde Stimme wie ein starker Windstoß klangen.

»Okay, du mieses Arschloch, ich tu's.«

Unmittelbar darauf dröhnte der Dreiklang aus den Lautsprechern, der den Eingang einer Kurznachricht ankündigte. White zoomte das Bild heran, sodass er genau in dem Moment, als der Arzt seine Nachricht las, Evans' Gesicht in Großaufnahme auf allen acht Monitoren sah: Seine Augen waren weit aufgerissen, die Miene angstverzerrt.

Tja, Dave, jetzt weißt du, wie weit meine Macht reicht. Du hast keine Chance, meiner Kontrolle zu entkommen, dachte White zufrieden und nahm einen weiteren Schluck von seiner Limonade.

Mit Wehmut betrachtete er kurz die blau-weiß gestreifte Werbefigur auf dem Flaschenetikett. Die inzwischen herrschende *political correctness* hatte dem Markenzeichen leider jeglichen Witz genommen, in Whites Jugend war Punchy noch um einiges lustiger gewesen. Jedes Mal, wenn er als Kind im Wohnzimmer auf dem Perserteppich gesessen und Punchy im Fernsehen gesehen hatte, hatte er sich weggeschmissen vor Lachen, wenn das Männchen sein argloses Gegenüber fragte, ob er Lust auf einen Hawaiian Punch hätte, und sobald dieser bejahte, ihm einen kräftigen Faustschlag verpasste.

Ja, er war ein glückliches Kind gewesen. Hochgradig verwöhnt, wie alle Kinder von Investmentbankern in New York. Doch fast immer allein: Er hatte mehr mit den Hausangestellten als mit seinen Eltern zu tun gehabt. Aber das war kein Problem für ihn gewesen. Auch hatte keiner ihn geschlagen oder missbraucht, oder er hatte sonst irgendein ernstes Trauma erlitten.

White war einfach so, es war sein Naturell. Das wurde ihm bereits mit acht Jahren bewusst, im Park, in den ihn das Au-pair-Mädchen jeden Nachmittag zum Spielen mitnahm. Ein Mädchen war vom Trittbrett der Rutsche gefallen und hatte sich dabei den linken Arm gebrochen, sodass die Spitze des Knochens blutig herausragte. Als die Kleine sich heulend vor Schmerz aufrappelte, fassten sich alle der umstehenden Kinder unwillkürlich an die Stelle am Arm, wo sich ihre Spielgefährtin verletzt hatte, oder heulten gleich mit ihr los.

Nicht so White. Er empfand keinerlei Mitgefühl. An jenem Tag begriff er, dass er etwas ganz Besonderes war.

Ein normaler Mensch kann sich nicht vollkommen abgrenzen: Er sieht seine eigenen Emotionen von denen der anderen beeinflusst. Sein Leben ist durch eine Art emotional kommunizierende Röhren mit den anderen Menschen verbunden. White hingegen war frei von diesem menschlichen Makel. Das völlige Fehlen von Empathie stellte ihn über alle anderen. Er konnte ihre Gefühle lesen und deuten, ohne sich davon gefangen nehmen zu lassen. Er war frei, von niemandem abhängig.

Zu lernen, wie man diesen evolutionären Vorteil einsetzte, war indes ein deutlich schwierigerer Prozess. White brauchte Jahre, bis er entdeckte, dass es bei jedem Menschen eine ganz bestimmte Grenze zwischen ihrer von Überzeugungen und Ängsten bestimmten Komfortzone und dem gefährlichen Sumpf ihrer Begierden und Bedürfnisse gab. Um zu erreichen, dass sie sich seinem Willen völlig unterwarfen, musste man sie aus Ersterer stoßen, ohne dass sie in Letzterem versanken, das heißt, man musste genau den Punkt finden, an dem sich beides im Gleichgewicht befand.

Jede Persönlichkeitsstruktur war anders. Für jemanden wie David Evans existierten Gewaltaktionen nur in den Artikeln der ›*Washington Post*‹, in seinem Leben lag so was jenseits seiner Vorstellungskraft. Damit jemand mit so starken Überzeugungen, wie er sie hatte, so etwas wirklich tat, musste man seine moralischen Fundamente zum Einsturz bringen, eines nach dem anderen und nach einem bis ins kleinste Detail ausgearbeiteten Plan, bis seine Werte in Widerspruch gerieten zu seiner Realität. Bei einer mehr aus dem Bauch heraus handelnden und weniger integren Persönlichkeit als Evans wäre das deutlich schneller gegangen.

Whites Handy vibrierte auf dem Tisch. Genau wie Evans' Smartphone war es ein von ihm umprogrammiertes Hightech-Modell, und das Signal, auf das es zurückgriff, benutzte ein verschlüsseltes System mit einem 128-Bit-Code. Er musste nicht aufs Display schauen, um zu wissen, wer ihn anrief. Nur ein einziger Mensch auf der ganzen Welt besaß diese Nummer: Whites Auftraggeber.

»Operation läuft.«

Die Stimme am anderen Ende war darüber hoch erfreut, doch hörte White ihr kaum zu. Sein Blick wurde von dem angezogen, was er gerade auf den Monitoren sah, nachdem das Bild wieder in den Echtzeitmodus gesprungen war.

Evans war eingeschlafen. Dass er sich dermaßen an ein altes Sweatshirt klammerte, hatte White jedoch noch nie gesehen, seit er ihn überwachte. Nachdenklich zupfte er an seinem Ohrläppchen, während seine andere Hand etwas auf seinem iPad eintippte.

Morgen würde ein äußerst interessanter Tag werden.

8

Kurz nachdem ich Whites letzte Nachricht erhalten hatte, war ich auf Julias Bett vor Erschöpfung eingeschlafen. Dass mein Haus verwanzt war, hatte mir zwar weitere Schauer über den Rücken gejagt, aber nach einer sechsunddreißigstündigen Schicht und allem, was danach passiert war, war ich einfach am Ende meiner Kräfte gewesen.

Beim Aufwachen war schlagartig alles wieder da. Ich duschte und zog mich so schnell an, wie ich nur konnte, weil ich das grauenvolle Gefühl nicht loswurde, egal, wo ich war, von White belauert zu werden. Ich hatte mich nie sonderlich für die Spionagefilme oder Krimiserien interessiert, die Rachel mit Begeisterung im Fernsehen verfolgte, während ich meistens nebenher im *›Journal of Neurosurgery‹* las. Jetzt versuchte ich, mich zu erinnern, was ich bei *›Homeland‹* und *›Person of Interest‹* aufgeschnappt hatte, doch alles schien mir im Vergleich zur Realität banaler Kinderkram.

Ich wusste sehr wohl, warum mir White seine letzte Nachricht genau in jenem Moment geschickt hatte: Er wollte mir zeigen, dass ihm in meinem Haus nicht einmal das leiseste Flüstern entging. Und sicher überwachte er auch mein Festnetztelefon und mein Handy – aber hatte er auch die Kontrolle über die Telefone der Klinik?

Wohl kaum. Ein Wachmann hatte mir irgendwann mal

erzählt, es gäbe über dreihundert Festnetzanschlüsse im Saint Claire. White konnte die Zentrale angezapft haben, aber alle Leitungen gleichzeitig zu überwachen, war für ihn bestimmt unmöglich. Doch vielleicht konnte er die Anrufe an Nummern wie die 911 oder die des FBI herausfiltern. Verdammt, ich wusste nicht einmal, ob so etwas überhaupt technisch machbar war!

Als ich aus dem Bad trat, klingelte mein Handy. Das Feld, wo sonst der Name oder die Nummer des Anrufers erschien, war leer.

»Guten Morgen, Dave. Du solltest dich etwas beeilen, auf der 16 gibt es einen Stau.«

»Danke für den Verkehrshinweis«, entgegnete ich in einem Ton, der alles andere als dankbar war.

»Und glotz nicht ständig zur Stehlampe, dort ist keine Kamera versteckt.«

Ich zuckte zusammen. Woher wusste er …? Ich sah mich hektisch um.

»Nein, Dave, auch nicht hinter dem Bild … Und schon gar nicht über der Garderobe. Hör auf, nach Kameras oder Mikrofonen zu suchen. Solltest du aber zufällig etwas finden, lässt du es, wo es ist. Wir wollen doch nicht den Kontakt verlieren, oder?«

»Nein«, murmelte ich niedergeschlagen.

»Gut. Dann rufst du jetzt Julias Schule an und sagst, dass sie krank ist und sicher nicht vor Montag wiederkommen wird … Na los, ich warte.«

Widerspruchslos gehorchte ich. Als ich ans Handy zurückkehrte, summte White eine Melodie, die ich nicht erkennen konnte.

»Gut gemacht, Dave. Vielleicht sollte ich gleich eins noch sagen: Du wirst die nächsten Tage viel Zeit in einem Gebäude voller Telefone, Computer und vieler anderer für deine Tochter gefährlicher Dinge verbringen. Du könntest versucht sein, sie zu benutzen. Lass es sein. Falls du es noch nicht begriffen hast, ich beobachte dich auf Schritt und Tritt. Immer und überall. Und mit weitaus mehr Mitteln, als du dir vorstellen kannst.«

Im selben Moment piepste mein Handy dreimal. Eine Bildnachricht war eingegangen. Als ich sie öffnete, sah ich meine Tochter in dem Erdloch. Sie hatte die Augen geschlossen und umklammerte ihre Knie. Den Kopf auf ihre Beine gelegt, versuchte sie zu schlafen.

»Wenn du nicht tust, was ich dir sage, ist dies das letzte Bild, das du von ihr siehst. Vergiss das nicht, Dave.«

Ohne mir Zeit für eine Antwort zu geben, legte er auf. Voller Sehnsucht nach meiner Tochter starrte ich auf das Foto, als es plötzlich mit einem lauten Plopp verschwand.

Wie verrückt suchte ich es im Nachrichteneingang und im Bildarchiv, doch vergebens, er musste es gelöscht haben. Dieses Schwein hatte wirklich die totale Kontrolle über mein Telefon – und wie zum Beweis ging die nächste Nachricht ein.

An die Arbeit, Dave.

Als ich eine halbe Stunde später die Klinik betrat, arbeitete mein Verstand bereits auf Hochtouren.

Auf dem Weg zum Umkleideraum versuchte ich angestrengt, mir ein Bild meiner Lage zu machen. Einiges war klar. Erstens, White log. Er konnte mich nicht rund um die Uhr überwachen, erst recht nicht an einem Ort wie dem Saint Claire. Zweitens, ich brauchte Hilfe. Drittens, wenn ich mich irrte, oder wenn derjenige, den ich um Hilfe bat, einen Fehler beging, war Julia tot. Und wer immer Whites Auftraggeber war, würden sie dann auch bestimmt mich umbringen. Aber falls Julia etwas zustoßen sollte, wäre mir das ohnehin egal.

Die Tagesschicht hatte schon begonnen, weshalb im Umkleideraum kein Mensch mehr war. So konnte ich mir aus dem Ersatz-Versorgungsschrank einen verwaschenen Kasack und einen Kittel der Assistenzärzte holen, statt meine eigene Dienstkleidung aus dem Spind zu nehmen, die ich gestern Abend noch aus dem Bekleidungsautomaten gezogen hatte.

Chirurgen sind Alphatiere. Wir wollen den anderen in allem überlegen sein. Und dazu gehört auch, was wir im Operationssaal tragen. Man glaubt es nicht, aber wir Chirurgen lieben maßgeschneiderte OP-Kleidung und vor allem Hauben in extravaganten Farben. Es ist unsere Art, uns von den Krankenpflegern, Assistenzärzten, Stationsärzten und allen anderen abzuheben, die in der Hierarchie unter uns stehen. Wir stehen an der Spitze, und wir geben uns alle Mühe, das immer und überall klarzustellen.

Ich hatte keine Operation an diesem Tag, aber ich musste sichergehen, dass ich nichts trug, in dem White ein Mikrofon oder ein anderes Überwachungsgerät hätte einnähen können. Ich zog mich komplett aus, schlüpfte in den frisch gewaschenen Kasack und den weißen Kittel, und da ich weder mein Stethoskop noch sonst etwas, das mir gehörte, an mich nahm, sah ich nun aus wie ein gewöhnlicher Assistenzarzt.

Als Letztes musste ich entscheiden, ob ich das Handy und den Pager mitnehmen wollte. Einen Augenblick lang stand ich wie erstarrt da und betrachtete die beiden Geräte. Ich trennte mich nie von ihnen und bekam Panik, wenn bei einem der Akku leer war oder die Anzeige rot aufleuchtete. In diesem Moment stellten sie allerdings ein Problem dar.

Das Handy im Schrank zu lassen, hieß, den Kontakt zu

White zu verlieren. Und das konnte ihn nervös machen, und aus Rache würde er Julia dann vielleicht irgendwie dafür bestrafen. Aber nicht nur das. In diesem Moment war das kleine, 112 Gramm schwere Ding die einzige Verbindung zu meiner Tochter. Das durfte ich nicht aufs Spiel setzen. Entschlossen steckte ich das Handy ein und schloss die Tür meines Spinds.

Die Arbeit wartete. Ich hatte noch nichts gefrühstückt, aber ich war sowieso unfähig, auch nur den kleinsten Bissen zu mir zu nehmen.

Trotzdem durfte ich mir nichts anmerken lassen. White hatte mir deutlich zu verstehen gegeben, dass ich meinen gewohnten Tagesablauf einhalten musste und unter keinen Umständen Aufmerksamkeit erregen durfte. Zumal nicht nur er mich in den nächsten Tagen genau im Auge behalten würde.

Als ich den Aufzug betrat, stand schon ein Mitarbeiter aus der Verwaltung drin, ein dicker, gemütlicher Typ, den ich gut leiden konnte. Kaum sah er mich, zuckte er instinktiv zusammen, so wie fast alle Kollegen das seit Rachels Selbstmord taten, wenn sie mir begegneten.

»Wie geht's, Mike?«, fragte ich ihn statt, wie seither üblich, nur wortkarg »Hallo« zu grummeln.

Überrascht sah er mich an.

»Sie sehen ja, Doktor, ich kämpfe tapfer gegen meine Appetitlosigkeit an«, sagte er und tätschelte sich den stattlichen Bauch.

»Man sieht, dass du dabei Erfolg hast«, erwiderte ich lachend.

Auch Mike lachte, erfreut, mich wieder spaßen zu sehen.

»Wir sehen uns«, sagte ich beim Aussteigen und hob zum Abschied die Hand.

»Meinen Bauch sehen Sie wahrscheinlich zuerst«, rief er mir hinterher, und sein Lachen war noch zu hören, als sich die Türen längst geschlossen hatten.

Ich blieb vor dem Aufzug stehen. Das Läuten der Telefone, die Servierwagen und Betten, die über den Flur geschoben wurden, die in der Ecke tratschenden Schwestern, die leitende Assistenzärztin, die ihre jungen Kollegen von Zimmer zu Zimmer scheuchte, der Geruch nach Desinfektionsmittel: Alles, was Teil des geschäftigen Treibens um mich herum war, das, was für mich wie mein zweites Zuhause war, kam mir auf einmal völlig fremd vor.

Ich fühlte mich tausend Lichtjahre entfernt von all meinen unbedarften Kollegen, die keine Ahnung hatten, was für mich gerade auf dem Spiel stand. Wenn sie wüssten, dass Julia entführt worden war, würden sie kopfschüttelnd ein »O mein Gott, wie schrecklich!« murmeln, bevor sie nach Hause zu ihren Familien fuhren, im festen Glauben, dass ihnen so etwas nie passieren könnte. So wie viele von ihnen es wahrscheinlich auch nach Rachels Selbstmord gedacht hatten und mich seither diskret mieden, eine natürliche Reaktion, weil sie nicht wollten, dass das Pech an ihnen kleben blieb. In Krankenhäusern sind die Menschen sehr abergläubisch, vor allem die Chirurgen.

Eine Krankenschwester ging an mir vorbei und grüßte, was ich mit einem gezwungenen Lächeln erwiderte.

Die Kluft zwischen ihrer sorglosen Fröhlichkeit und meiner grenzenlosen Angst war niederschmetternd, und trotzdem musste ich mich nun zusammenreißen.

Als Erstes ging ich zur Schwesternstation.

»Irgendwas Neues?«

»Ein Anruf aus Stockholm. Wegen dem Nobelpreis, der Ihnen verliehen werden soll«, erwiderte Sandra, die Krankenschwester, die an diesem Tag die Schicht leitete.

»Sag ihnen, ich verzichte dankend. Heute bekommt den ja Hinz und Kunz.«

Sandra lachte. Auch sie war überrascht, dass ich heute zu Scherzen aufgelegt war. Ich fühlte mich ein bisschen schuldig. Zwischen Ärzten und Krankenschwestern gibt es seit jeher einen verborgenen Klassenkampf. Die Schwestern glauben, sie würden die ganze Arbeit erledigen, während wir nur Befehle erteilen und den Ruhm ernten. Und wir … Nun, wir können ziemlich herablassend sein. Ich hatte mich immer bemüht, die Krankenschwestern nicht so zu behandeln, doch der Vorsatz hatte sich durch meine schlechte Laune in den letzten Monaten in Luft aufgelöst, und ich hatte den Leuten um mich herum das Leben zur Hölle gemacht.

Leider übernahm meine Angst um Julia jetzt aber wieder die Kontrolle.

»Ich geh in mein Sprechzimmer, um die Visite vorzubereiten«, brummte ich. »Ich bin spät dran.«

»Warten Sie, Doktor, da ist noch etwas, das ich Sie fragen muss.«

Sandra kramte kurz in ihren Unterlagen und legte dann die Mappe mit dem Belegplan der Operationssäle zwischen uns.

Ich beugte mich über den Tresen und erschrak, als ich den unterstrichenen Namen sah. Ich wollte nicht, dass man allzu viele Fragen zu diesem Patienten stellte.

»Es geht um R. Wade. Wir haben seine Krankengeschichte, die Bezahlung ist geregelt und das Anmeldeformular ist ausgefüllt, nur die Sozialversicherungsnummer fehlt noch. Ich habe versucht, sie im System zu finden, aber sie taucht nirgendwo auf. Und bei der angegebenen Telefonnummer springt immer nur die Mailbox an.«

Natürlich würde unter der Nummer niemand abheben. Denn R. Wade, geboren am 4. August 1961 in Des Moines, existierte nicht. Seine Telefonnummer und die Adresse stammten vom Secret Service. Der Operationssaal war für den kompletten Freitag reserviert, und im anderen OP auf der Etage war eine Überprüfung der Technik geplant, die natürlich nie stattfinden würde. Nur drei Personen in der Klinik kannten bisher die wahre Identität des Patienten: der Klinikdirektor, meine Chefin und ich. Wir hatten Blut und Wasser geschwitzt, um alles zu arrangieren, an diesem Ort, wo es sonst keine Geheimnisse gab.

Aber das war nichts im Vergleich zu dem, was in den nächsten fünfzig Stunden noch bewerkstelligt werden musste. Wir mussten um jeden Preis verhindern, dass herauskam, wer am Freitag im Saint Claire operiert werden sollte. Denn wenn jemand Wind davon bekäme, würde er es, ganz im Vertrauen, einem Freund erzählen, dieser seiner Frau und die dann ihrer besten Freundin, die es sofort in die ganze Welt twittern würde … Und dann bliebe uns nur, die Operation zu verschieben oder ganz abzusagen. Und das wäre Julias sicherer Tod.

»Bestimmt ist da nur ein Zahlendreher drin.« Ich versuchte, so unbekümmert wie möglich zu klingen. »Wir tragen sie später nach.«

»Aber, Doktor Evans, das verstößt gegen die Vorschriften. Was ist, wenn die Versicherung …?«

»Glaub mir, Sandra, dieser Patient hat keine Geldsorgen. Nicht im Geringsten.«

Sie sah mich erstaunt an, sagte aber nichts. Plötzlich merkten wir, wie dicht wir beisammen standen, und ich trat erschrocken einen Schritt zurück. Verwirrt strich sie sich über die Haare und blätterte in der Krankenakte.

»Ich fürchte, ich muss das vorher klären, Doktor. Sie waren von Anfang an für den Patienten zuständig, nicht wahr? Könnten Sie nicht …?«

Das war zu viel für meine Nerven.

»Wenn es so dringend ist, dann ruf halt Meyer an, verdammt noch mal. Der Patient ist schließlich auf dessen Empfehlung hier!«

Erschrocken sah sie mich an. Der Finsterling Dave war zurückgekehrt.

Und ich? Ich eilte wortlos in mein Büro. Ich fühlte mich schlecht, denn eigentlich hätte ich mich entschuldigen müssen, dass ich sie so angepflaumt hatte. Aber ich brauchte unbedingt ein paar Minuten für mich allein, um mich zu beruhigen.

Ich ließ mich auf meinen Stuhl fallen. Meine überzogene Reaktion war nicht gerade hilfreich, um die Identität des Patienten geheim zu halten. Der Morgen hätte nicht schlimmer beginnen können.

Aber es sollte noch viel schlimmer kommen.

9

Zu lange konnte ich mich jedoch nicht in meiner Höhle verkriechen. Ich hatte einen Entschluss gefasst: Ich brauchte so schnell wie möglich ein anderes Handy, um den einzigen Menschen auf der Welt anzurufen, der mir, wenn überhaupt, helfen konnte.

Gegen halb elf, eine Stunde später als gewöhnlich, verließ ich mein Büro. Mittags hatte ich einen unumgänglichen Termin, weshalb ich nicht eine Minute länger trödeln durfte. Denn um meine morgendliche Visite kam ich nicht herum, auch wenn ich heute zum Glück keine Assistenzärzte mitnehmen musste.

Als Ersten besuchte ich Mr Melanson, einen pensionierten Anwalt, der bereits zum fünften Mal verheiratet war. Seine Frau, eine Blondine mit üppigen Formen, zog sich am Automaten gerade einen Becher Kaffee, umringt von mehreren Ärzten, einem Wachmann und dem Ehemann einer anderen Patientin.

»Guten Morgen, Roger. Gut geschlafen?«

»Wissen Sie, wo sich meine Frau herumtreibt?«, begrüßte er mich schlecht gelaunt. Kurioserweise machte ihn der postoperative Verband um seinen kahlen Kopf deutlich jünger, als er war.

»Sie bezirzt gerade ein paar böse Jungs am Kaffeeautomaten.«

»Verflucht, und ich bin hier ans Bett gefesselt. Wann lassen Sie mich endlich laufen, Doc?«

Vor nicht einmal fünf Tagen hatte Melanson mit einem gefährlichen Aneurysma in der mittleren Gehirnschlagader auf meinem OP-Tisch gelegen. Wie üblich wollte ich es mit einem Titan-Clip abklemmen, doch die Gefäßwand war schon so porös, dass es unter meinen Händen platzte und sein Blut bis hoch zu meinem Mundschutz und der Brille spritzte, während ich schnellstmöglich einen zerebralen Bypass legte. Hätte ich ihn nicht rechtzeitig operiert, würde dieser schlanke, lebenslustige Mann sich jetzt das Gras von unten besehen oder im besten Fall teilnahmslos seine Nahrung per Strohhalm zu sich nehmen und danach in die Windel machen.

»Warum so eilig, Roger? Das Aneurysma hätte Sie um ein Haar umgebracht. Gönnen Sie sich etwas Ruhe.«

Während ich die neuesten Werte in seiner Krankenakte studierte, warf ich einen verstohlenen Blick auf seinen Nachttisch. Melansons Handy war jedoch nirgends zu sehen.

»Ich habe Lust, mir eine neue Mrs Melanson zu suchen, Doktor. Mit der da draußen war's das wohl.«

»Das wäre dann die sechste. Haben Sie immer noch nicht genug?«

»Die siebte, um ehrlich zu sein. Ich hatte da so eine Blitzhochzeit in Las Vegas, die nur ein paar Tage gehalten hat und die ich nie in mein offizielles Verzeichnis aufgenommen habe. Und hätte ich alle meine vorehelichen Geschichten registrieren lassen, kämen noch einige dazu.«

Obwohl mir wirklich nicht danach zumute war, musste ich lachen.

»Ihnen scheint's wirklich glänzend zu gehen, Roger. Wenn also bis übermorgen keine Komplikationen auftreten, können wir Sie entlassen – allerdings nur, wenn Sie mir versprechen, dass Sie mit Ihrer Suche nach Nummer sieben noch mindestens ein, zwei Monate warten.«

»Versprochen«, sagte er und bekreuzigte sich. »Aber dass eins klar ist: Wenn Mrs Melanson in spe *mich* vorher findet, trage ich keine Verantwortung.«

Grinsend verabschiedete ich mich und wandte mich zur Tür, durch die gerade seine zukünftige Ex-Frau hereinkam. Da sie ihren Facebook-Account auf dem Handy checkte, beschränkte sie sich auf ein gemurmeltes »Hallo«, deutete dann aber wohl meinen begehrlichen Blick auf ihr Telefon falsch, denn kokett zog sie ihren tiefen Ausschnitt nach oben.

Kopfschüttelnd verließ ich das Zimmer.

Die nächsten drei Fälle auf meiner Liste waren unkompliziert, noch vor Freitag würden wir diese Patienten entlassen können. Dummerweise fand ich auch hier keine Möglichkeit, mir ein Handy auszuleihen, da alle Besuch von Familienangehörigen oder Freunden hatten. Leise fluchend machte ich mich auf den Weg zum Warton-Flügel.

Dieser Teil der neurochirurgischen Abteilung war 2010 dank der finanziellen Unterstützung von Josephine Warton renoviert worden, einer unter Agoraphobie und Epilepsie leidenden, misanthropischen Multimillionärin, die von den anderen Patienten abgeschirmt sein wollte, während wir sie behandelten. Der Warton-Flügel war genau genommen eine Suite, bestehend aus einem großen Krankenzimmer und einem Vorraum, in dem neben einer sündhaft teuren Polstergarnitur auch ein Schreibtisch für die Krankenschwestern stand. Kurzum, der Warton-Flügel war ein mehr als exklusiver Bereich in einer eh schon sehr exklusiven Klinik – und würde ab Freitag einen ziemlich berühmten Gast beherbergen.

Ironischerweise stammte der Patient, der sich momentan

hier erholte, aus einer völlig anderen Gesellschaftsschicht. Noch am Abend zuvor hatte Dr. Wong von Alabama aus angeordnet, Jamaal Carter nach dem Aufwachen in der Suite unterzubringen. Sie wollte ihn so weit wie möglich von unseren zahlenden Patienten entfernt wissen, ihn, aber auch sein Gefolge, eine bunte Truppe Halbwüchsiger, mit anderen Worten, seine Gang.

Die Beine auf dem geschmacklosen Marmortischchen ausgestreckt, lümmelten die vier auf den Ledersofas im Vorraum. Direkt darüber runzelte Mrs Warton, deren Porträt laut Testament auf ewig in diesem Raum hängen musste, missbilligend die Stirn. Die alte Dame, eine ergebene Anhängerin von Ayn Rand, wäre entsetzt gewesen, wenn sie gewusst hätte, dass jemand wie Jamaal Carter sich gratis in ihrem Trakt erholte. Mich scherte das nicht besonders, denn ich fand, wir konnten es uns leisten. Das Saint Claire hatte im letzten Jahr 128 Millionen Dollar Gewinn gemacht.

Drei der vier Jungs erhoben sich, als sie mich kommen sahen, und fingen gleichzeitig an, auf mich einzureden.

»Wurde auch Zeit, dass mal einer von euch Weißkitteln nach Jamaal sieht.«

»Ey, Doc, wenn es ein Problem wegen der Kohle gibt, sagen Sie Bescheid, okay?«

»Sagen Sie unserem Kumpel, dass wir hier sind. Der Bulle da lässt uns nicht rein«, schimpfte der Letzte und zeigte auf einen korpulenten Polizisten, der mit einer *›Washington Post‹* vor der Tür zur Warton-Suite saß.

Mein Magen krampfte sich zusammen, als ich den Cop sah. Körper und Geist flehten mich an, ihn augenblicklich an der Uniform zu packen und um Hilfe zu bitten. Doch in diesem Moment ging eine neue Kurznachricht ein.

Überleg dir gut, was du tust.

Ohnmächtige Wut erfasste mich. Ich ballte die Fäuste in den Kitteltaschen. Woher wusste White, was ich tat? Er konnte hier unmöglich Kameras oder Mikrofone installiert haben. Der Secret Service hatte letzte Woche den ganzen Flügel minutiös durchsucht und würde das Ganze morgen wiederholen.

Mein Verdacht von letzter Nacht bestätigte sich damit: Das Schwein spionierte mich über das Mikrofon meines Smartphones aus. Solange ich es bei mir trug, bekam er alles mit, was um mich herum gesagt wurde. Und möglicherweise hatte er auch die Kontrolle über meine Handykamera. Das verkomplizierte meinen Plan.

Während ich grübelte, fiel mein Blick plötzlich auf den jungen Schwarzen, der bei meinem Kommen als Einziger sitzen geblieben war. Schweiß stand ihm auf der Stirn, und er starrte mit hervortretenden Augen und zitternder Unterlippe auf den Marmortisch.

»Hey, was ist mit eurem Kumpel los?«, fragte ich die anderen.

»T-Bone ist völlig okay, Doc«, beeilte sich einer zu sagen, der der Chef der Gang zu sein schien. »Kümmern Sie sich lieber um Jamaal.«

Ich schüttelte den Kopf. Wahrscheinlich war der Kerl bis oben hin mit Crack zugedröhnt. Wenn sie nicht wollten, dass ich ihn mir ansah, war das ihr Pech. Ich jedenfalls hatte keine Zeit zu verlieren. Noch immer hatte ich mir kein Handy besorgt. Ich grüßte den Officer, der nur ein kurzes »Morg'n, Doc« knurrte, ohne den Blick von den Sportseiten zu heben, klopfte kurz und trat ein.

Eigentlich wollte ich höchstens fünf Minuten in der Suite bleiben, am Ende wurden es zwanzig.

»Guten Tag. Ich bin Dr. Evans.«

Die alte Frau, die am Kopfende des Bettes saß, war etwa

ein Meter fünfzig groß, wog um die achtzig Kilo und hatte ein sanftmütiges Gesicht. Die ideale Großmutter.

»Sie sind Dr. Evans? Halleluja! Der Herr hat Ihre Hände geführt, um meinen Kleinen zu retten, *blessed be Jesus*!«, rief sie, stürzte auf mich zu und fing an, mir die Hände zu küssen. »Kommen Sie, beten Sie mit mir, und danken Sie dem Herrn für Ihre göttliche Gabe.«

Ich fühlte mich schrecklich unbehaglich. Ich kannte diese Haltung gut. Viele Patienten danken dem Allmächtigen, weil er sie auf dem Operationstisch gerettet hat. Wenn es jedoch schlecht ausgeht, schicken sie einem die Anwälte auf den Hals.

»Das mache ich, Frau …«

»Ich bin Mama Carter, Jamaals Großmutter. Seine Mutter lebt nicht mehr. Sie sitzt jetzt zur Rechten Gottes und teilt jeden Abend Maisbrot und Koteletts mit ihm, das waren nämlich ihre Leibgerichte. Mein armes Mädchen war eine Seele von Mensch. Jetzt wacht sie über uns alle und hat Sie geschickt, um unseren Kleinen zu retten.«

Einen Hustenanfall vorschützend, befreite ich meine Hände aus ihren und trat an Jamaals Bett. Im Krankenhauspyjama wirkte er noch viel schmächtiger und jünger als gestern. Sein Gesicht war zum Fenster gewandt; er ähnelte einem verletzten Vögelchen, das zum unerreichbaren Himmel hinaufsieht. Als er sich zu mir umdrehte, war ein leises Klirren zu hören – einer seiner Füße war mit einer Fußfessel ans Bettgestell fixiert. Auch seine Großmutter hatte es gehört; sie beeilte sich, das Laken darüber zu decken, und diese sinnlose, zärtliche Geste rührte mich tief.

»Wie geht's dir, Junge?«

Er sah mich nur aus seinen großen braunen Augen an, zuckte dann die Schultern. Sein Gesicht verzerrte sich augenblicklich vor Schmerz.

»Vorsicht, du solltest die Arme noch nicht bewegen. Weißt du, dass du eine Kugel im Rücken hattest?«

»Ja, das hat mir die Schwester erzählt, die heute Morgen hier war. Ich hab ’nen totalen Blackout. Aber Ihre Stimme, die erkenne ich wieder. Wie Sie mir sagten, dass Sie sich um mich kümmern werden. Haben Sie die Kugel rausgeholt?«

Ich lächelte väterlich und nickte.

»Achte auf meinen Zeigefinger und folge ihm mit den Augen … Gut. Und jetzt beweg deine Finger … Und jetzt die Zehen … Wunderbar.« Ich deckte ihn wieder zu. »Um ein Haar wärst du für immer im Rollstuhl gelandet, Jamaal. Denk daran, bevor du das nächste Mal mit den Typen da draußen losziehst.«

»Das sind meine Blutsbrüder«, sagte er stolz. Es hätte sehr männlich klingen können, wenn sich seine Stimme nicht plötzlich überschlagen hätte.

»Kann sein, dass sie das behaupten. Aber mir ist nicht aufgefallen, dass sie so stark geblutet haben wie du.«

»Mein Kleiner möchte Ihnen danken«, mischte Mama Carter sich ein. »Nicht wahr, Jamaal?«

Ihr Enkel nickte, senkte dabei aber die Augen, denn in seinem Alter war Danken nicht gerade cool. Ich wandte mich wieder an seine Großmutter.

»Morgen wird er ins MedStar verlegt.«

»Kann er nicht hierbleiben?«

»Ich fürchte, das geht nicht. Wir brauchen das Zimmer.«

Wenn Mama Carter gewusst hätte, wer als Nächstes in diesem Bett liegen sollte, hätte sie garantiert einen Herzinfarkt bekommen.

»Ich mag das Zimmer.« Sie zeigte auf die Tiffany-Lampen und die mit Tropenholz verkleideten Wände. »Ich habe etwas Geld gespart. Wäre es nicht möglich …?«

Der plötzliche Aufruhr im Vorzimmer ersparte mir, ihr erklären zu müssen, dass eine Nacht in der Warton-Suite 27 500 Dollar kostete.

»Doktor, kommen Sie schnell! Hier stimmt was nicht.«

Der Polizist hatte aufgeregt seinen Kopf zur Tür hereingestreckt.

Ich stürzte nach draußen, wo die drei Ghettokids ihren Kumpel umringten, der vorhin schon so seltsam blass gewesen war. Er krümmte sich am Boden und schien keine Luft mehr zu bekommen.

»Macht Platz, verdammt!«

Sein Puls war so schwach, dass ich ihn kaum noch ertasten konnte. Mist, dachte ich, das hat mir gerade noch gefehlt.

»Laufen Sie zum Stationszimmer«, rief ich dem Officer zu, »und schreien Sie ›Code Blau‹, so laut Sie können!«

»Ich muss hier aber …«

»Verdammt, gehen Sie! Sie haben ihn doch eh ans Bett gefesselt«, schnauzte ich ihn an und wandte mich wieder dem Jungen am Boden zu, dessen Hände auf einmal voller Blut waren. Vorsichtig drehte ich ihn auf den Rücken und zog den Reißverschluss seiner Jacke auf. Ein blutiges Baseball-Shirt kam zum Vorschein.

»Was ist passiert?«, wollte ich wütend wissen, während ich das blutige Shirt vorsichtig hochschob.

»Äh … T-Bone … Er war völlig okay …«

»Dein Kumpel hier wird gleich abkratzen, Mann, wenn du nicht augenblicklich den Schnabel aufmachst!«

Unter dem XXL-Shirt hatte sich ein stümperhafter Verband aus alten Stofffetzen und Klebeband in ein unsägliches Desaster verwandelt. Ich presste mit aller Kraft meine Hände auf die Wunde, um den Blutverlust zu stoppen und ein paar wertvolle Sekunden zu gewinnen.

»Ist er angeschossen worden?«

»Nein, ein … ein Messerstich«, stotterte einer seiner Kumpel. »Wir dachten, das wird von allein wieder.«

In dem Moment traf das Rettungsteam ein und stieß die Jugendlichen resolut zur Seite. Die zwei Männer und die Frau waren einiges gewohnt und zudem unsere beste Wiederbelebungsmannschaft.

»Stichwundenverletzung im Bereich des Brustkorbs. Puls kaum noch spürbar. Er verliert seit Stunden Blut.«

»Wie kann man nur so bescheuert sein«, knurrte einer der Notfallärzte, während er sich neben T-Bone niederkniete. »Monika, Epinephrin!«

Erleichtert, die Verantwortung abgeben zu können, wollte ich mich gerade aufrichten, als ich zwischen den ganzen Leuten auf dem Teppich ein Handy liegen sah. Ohne lange zu überlegen, steckte ich es in meine Kitteltasche.

Während ich mir mit einer Mullbinde aus dem Notfallkoffer des Rettungsteams das Blut von den Fingern wischte, sah ich mich verstohlen um. Niemand schien mich beobachtet zu haben. Der beleibte Officer hatte sich zum Fenster gedreht und forderte über sein Funkgerät Verstärkung an, wahrscheinlich, um die drei anderen zu verhaften, die auf einmal Zeugen eines Mordversuchs waren und wer weiß, was sonst noch alles. Unschlüssig, ob sie bei ihrem Kumpel bleiben oder lieber vorsorglich die Fliege machen sollten, entschieden diese sich gerade für Letzteres. Als wäre nichts geschehen, gingen sie, die Hände in den Taschen ihrer ausgebeulten Hosen, eiligen Schrittes den Flur hinunter. Der Polizist bekam es erst mit, als sie schon um die Ecke waren. Ich hatte keinen Zweifel, wer zuerst den Aufzug erreichte.

Ich warf einen Blick auf die Uhr. 11 Uhr 53.

Mir blieb nicht mehr viel Zeit, darum rannte ich im Laufschritt hinunter in den Umkleideraum. Mein Handy und den Pager legte ich in den Spind, holte mir frische Kleidung aus dem Kleiderautomaten und eilte dann mit T-Bones Telefon in den Duschraum. Es war ein älteres Prepaid-Modell, weshalb ich ein Stoßgebet zum Himmel schickte, dass das Guthaben reichte, und wählte mit angehaltenem Atem die Nummer der Person, die die einzige Hoffnung für meine Tochter war.

KATE

Als Kate Robson auf der Veranda die unbekannte Nummer auf dem Display sah, zog sie eine Augenbraue hoch. Nur wenige Personen hatten ihre Nummer, und die waren alle in ihrem Blackberry gespeichert.

Sie drückte den Anruf weg, lehnte sich in ihrem Schaukelstuhl zurück und widmete sich wieder der Lektüre ihres Romans. Sie war zu Hause bei ihren Eltern, die Sonne schien, und sie hatte keine Lust, ihre Zeit mit jemandem zu verschwenden, der sich sicher nur verwählt hatte.

Wie alle beim Secret Service schaltete auch Special Agent Robson nie ihr Handy aus. Während ihrer Freizeit plötzlich zum Einsatz gerufen zu werden, war so normal, dass sie es nach neun Jahren bei der Behörde gelassen hinnahm. Solange sie aktiv waren, hatten die Agenten nun mal ewig lange Arbeitszeiten, darum war in den Fotoalben ihrer Familien auf den Bildern von Geburtstagspartys, Examensfeiern und anderer wichtiger Ereignisse ihr Stuhl oft leer.

Kate hatte nicht die geringste Ahnung, wie hart der Job sein würde, als sie sich in ihrem vorletzten Jahr an der juristischen Fakultät in Georgetown beim Secret Service bewarb. Es war ein spontaner Anflug von Patriotismus, der sie eine Woche nach den Anschlägen vom 11. September dazu bewogen hatte, die Bewerbungsformulare auszufüllen. In den folgenden Monaten hatte sie dann aber kaum noch daran gedacht, sodass sie vollkommen überrascht war, als man sie ein Jahr später zu einem Vorstellungsgespräch einlud.

Ohne sich große Hoffnungen zu machen, hatte sie sich der langen Aufnahmeprozedur gestellt, aber je mehr Hürden sie nahm, desto begeisterter war sie von der Idee, nicht zuletzt, weil es so schwierig war, so eine Stelle zu bekommen. Denn wenn man wollte, dass sich Kate Robson einer Herausforderung stellte, brauchte man nur zu betonen, dass sie wahnsinnig viel von ihr abverlangen würde.

Nach einer endlosen Reihe von Urinuntersuchungen, Befragungen am Lügendetektor, Schießübungen und sportlichen Leistungstests erhielt Kate kurz vor ihrem Juraexamen dann den entscheidenden Anruf.

»Sie gehören ab jetzt zum Secret Service, Robson.«

»Kann ich noch meinen Abschluss machen, bevor es mit der Ausbildung losgeht? Ich mag keine halben Sachen.«

»Okay, dann melde ich Sie für September im FLETC an. Zeigen Sie mir, dass ich mich nicht in Ihnen getäuscht habe«, antwortete ihr neuer Vorgesetzter knapp, bevor er auflegte.

Und so kam es, dass Kate Ende August 2003, die Tinte unter ihrem »Master of Laws« war noch nicht mal getrocknet, in ihren Wagen stieg und sich zum CITP aufmachte, dem obligatorischen Trainingsprogramm aller Bundespolizeibeamten der Vereinigten Staaten. Elf Stunden Fahrt bis Glynco, Georgia, während der es ihr nicht gelang, den vorwurfsvollen Abschiedsblick ihres Vaters zu vergessen.

Jim Robson hatte immer davon geträumt, dass seine Jüngste einmal Anwältin würde, und sie damit so unter Druck gesetzt, dass sie schließlich tatsächlich Jura studiert hatte. Doch im Grunde hatte es ihr nie richtig gefallen.

»Schau dir deine Schwester mit ihrem Gehalt als Anästhesistin an«, hatte er beim Abschied missmutig gebrummt, statt ihr Glück zu wünschen. »Willst du dir wirklich eine glänzende Zukunft als Anwältin verbauen, nur um für die Regierung zu arbeiten?«

Kate hatte sich jedoch auf keine Diskussionen mehr eingelassen. Es wäre reine Zeitverschwendung gewesen. Denn sie hatte den geschwisterlichen Wettstreit mit der gut aussehenden, großartigen und perfekten Rachel schon vor langer Zeit aufgegeben.

Darum beließ sie es bei einem Abschiedskuss für ihre Eltern und fuhr los. Am Abend würde sie im Ausbildungszentrum ihren Kummer mit einer Flasche Whisky runterspülen.

Vierzehn Wochen CITP und weitere achtzehn SATC, dem Weiterbildungsprogramm des Secret Service im James J. Rowley Training Center, lagen vor ihr. Acht harte Monate, sowohl körperlich als auch mental, die in einer großen Prüfungsfeier und einem lächerlichen Gehalt gipfelten. Aber das war für Kate zweitrangig. Was für sie wirklich von Bedeutung war, war die Tatsache, dass sie fortan eine Dienstmarke tragen durfte, die außer ihr nur dreihundert andere Frauen in den Vereinigten Staaten hatten. Sie fühlte sich auserwählt, und das war es, was für sie zählte.

Das Blackberry klingelte erneut. Verwundert blickte Kate darauf. Seltsam, dieselbe Nummer. Doch auch dieses Mal ging sie nicht dran. Der Tag zu Hause war viel zu schön, und sie hatte Erholung dringend nötig.

Wohlig streckte sie sich wieder in ihrem Schaukelstuhl aus und blickte hinab auf ihre langen, wohlgeformten Beine, die in der Mittagssonne glänzten. Sie hatte einen drahtigen Körper, allerdings war sie für ihre Größe und ihren anspruchsvollen Job ein bisschen unter dem Idealgewicht. Ihre Mutter schüttelte jedes Mal den Kopf, wenn sie nach Hause kam, und mästete sie dann mit Unmengen ihres Lieblingsgerichts, Hackbraten mit gefüllten Tomaten. Schuldbewusst versuchte Kate, die Kalorien danach so schnell wie möglich wieder zu verbrennen, indem sie auf den steinigen, von Unkraut überwucherten Pfaden, die das Landhaus umgaben, joggen ging. Die klare, saubere Landluft vertrieb zudem alle ihre Sorgen, und darum konnte sie davon auch nie genug kriegen.

In den letzten Jahren hatte sie viel zu selten Gelegenheit gehabt, zu ihren Eltern nach Virginia zu fahren. Nach ihrer Ausbildung hatte sie in der Abteilung für Geldfälschung und Finanzbetrug in Cleveland angefangen. Obwohl die Mehrheit der US-Bürger glaubte, der Secret Service sei nur für den Schutz der Präsidentenfamilie zuständig, bildete ein Großteil ihrer Arbeit die Bekämpfung illegaler Geschäfte. Internetkriminalität, Umlauf von Falschgeld, Kreditkartenbetrug … So sah damals ihr Alltag aus, und nachdem sie den hundertsten Kellner verhaftet hatte, der verdächtigt wurde, die Kreditkartendaten eines Gastes kopiert zu haben, begann sie sich langsam zu fragen, ob sie wirklich den richtigen Weg eingeschlagen hatte.

Nicht lange danach folgte dann jedoch die Versetzung in das Bostoner Büro, wo sie zum ersten Mal mit dem Schutz von Regierungsmitgliedern betraut wurde, angefangen beim Finanzminister. Zunächst waren die Einsätze noch sporadisch, aber dank ihrer professionellen, unerschütterlichen Art brachten ihr die Vorgesetzten mit der Zeit immer mehr Vertrauen entgegen. Die Politiker fühlten sich gut von ihr beschützt; sie war groß wie ein Model, ihre durchtrainierte Statur flößte Respekt ein, und mit ihren stets zu einem straffen Pferdeschwanz zusammengebundenen Haaren und der unbewegten Miene strahlte sie eine geheimnisvolle Souveränität aus.

Kate tat alles für diese Fassade. Ihre männlichen Kollegen durften sich kleine Schwächen leisten, ein Bauchansatz, ein Gläschen zu viel nach einem zwanzigstündigen Arbeitstag, etwas heimliche Gesellschaft in einem Hotelzimmer, mit oder ohne Bezahlung … Diese Art des Luxus mussten sich die weiblichen Agenten versagen, sah man bei ihnen doch immer doppelt so kritisch hin.

»Hey, Robson, ich habe gehört, Frauen müssen alle halbe Stunde pinkeln. Was ist, wenn Osama kommt, und du sitzt gerade auf dem Klo?«

»Keine Angst, der ist viel zu sehr damit beschäftigt, deine Alte zu vögeln, du Depp.«

So sahen die Dialoge mit ihren Kollegen während der Ausbildung und in den ersten Monaten ihres Berufslebens aus. Nie zeigte sie, dass es sie traf, auch wenn sie nachts oft vor Enttäuschung und Wut ihre Kissen vollheulte. Aber irgendwann sprach sich dann herum, dass Agentin Robson bei der Schießprüfung 100 von 100 Punkten gemacht hatte. Damit hatte sie sich endgültig Respekt verschafft. Kugeln haben kein Geschlecht.

Nach sieben langen Jahren wurde sie schließlich ins Washingtoner Büro versetzt und gehörte von da an zu der Einheit, die die First Lady beschützte. Das Mehr an Stress und Erschöpfung wurde durch den Stolz auf ihre Arbeit und die permanente Adrenalinausschüttung wettgemacht. Die Augen verborgen hinter einer verspiegelten Sonnenbrille, scannte Kate nun mit höchster Konzentration die Gesichter, wenn die First Lady bei öffentlichen Auftritten auf die Abgrenzung zuging, um den Menschen die Hand zu schütteln, analysierte blitzschnell jede Körperhaltung und jede noch so kleine Bewegung auf der Suche nach verdächtigen Personen. Das weite, zu dicke Kleidungsstück an einem heißen Tag. Das übertrieben fröhlich oder zu düster blickende Gesicht. Hände, die tief in den Hosentaschen steckten: Die Personenschützer wandelten immer auf dem schmalen Grat zwischen der Verantwortung, das Image von »Renaissance« (so lautete der Deckname der First Lady) nicht durch ein Übermaß an Misstrauen in Mitleidenschaft zu ziehen, und der Verpflichtung, sie unter allen Umständen zu schützen.

Kate stand auf, um ihre Beinmuskeln ausgiebig zu dehnen, als das Handy zum dritten Mal innerhalb von fünf Minuten klingelte. Fluchend unterbrach Kate ihr Aufwärmtraining. Sie würde dem aufdringlichen Anrufer wohl erklären müssen, dass er sich verwählt hatte, um endlich Ruhe zu haben.

»Kate, ich bin's.«

Ihr Ärger verwandelte sich in ungläubige Überraschung, als sie die Stimme erkannte. Ihr Schwager war der Letzte, mit dem sie gerechnet hätte.

»David! Warum rufst du mich unter dieser Nummer an?«, fragte sie, während sie innerlich dachte, warum rufst du überhaupt an? Das ist die eigentliche Frage.

»Ich habe jetzt keine Zeit für Erklärungen. Wir brauchen deine Hilfe, Kate. Julia braucht dich dringend.«

10

Zwei Blocks vom Krankenhaus entfernt, lehnten sie mit unbeweglichen Gesichtern an der schwarzen Limousine. Es waren zwei, der eine in einen blauen, der andere in einen grauen Anzug gekleidet. Sie mussten ein Foto von mir haben, denn kaum hatten sie mich hektisch um die Straßenecke biegen sehen, deutete einer der beiden auf sein Handgelenk.

»Sie sind spät dran.«

»Tut mir leid, mir wäre fast ein Patient gestorben.«

Nach dem Anruf bei Kate hatte ich schnell geduscht und war in frische Arbeitskleidung geschlüpft. Als ich mein Handy aus dem Spind genommen hatte, war das Display ein paarmal aufgeflackert und dann ausgegangen. Ich hatte versucht, es wieder anzuschalten, aber es hatte nicht reagiert.

»Hätten Sie nicht etwas Unauffälligeres anziehen können?«, fragte mich einer der beiden und deutete auf meinen weißen Kittel.

Ich zuckte mit den Schultern.

»Im Dienst habe ich keine Zeit, mich in Schale zu werfen. Das ist der Nachteil, wenn man Leben rettet.«

Sichtbar genervt sahen sie sich an. Ihr Auftrag lautete, mich so diskret wie möglich in der wenig befahrenen Straße abzuholen, und jetzt stand ich in einem weißen Arztkittel vor ihnen. Wenn die Angst um meine Tochter mich nicht so einnehmen würde, hätten sie mir beinahe leidgetan.

»Schon gut, steigen Sie ein.« Einer der beiden öffnete die hintere Wagentür. »Ich glaube, im Kofferraum haben wir noch etwas.«

Der im grauen Anzug setzte sich hinters Steuer, während der andere mir einen Trainingsanzug der US Navy zuwarf und sich dann neben mich setzte.

Nervös zog ich mich um. Mir wollte einfach nicht aus dem Kopf gehen, dass sich mein Smartphone von allein ausgeschaltet hatte. Es lag nicht am Akku, der war noch fast vollständig geladen. Also musste White das gesteuert haben. Aber warum? Wusste er von meinem Anruf bei Kate? Und falls ja, hatte ich damit meine Tochter zum Tode verurteilt?

All die quälenden Fragen mussten sich wohl auf meinem Gesicht gespiegelt haben, denn auf einmal nahm der Bodyguard neben mir seine Sonnenbrille ab und sah mich durchdringend an.

»Alles in Ordnung, Doktor?«

Sein Blick drang wie ein Messer in meine Seele, um dort nach meinen intimsten Geheimnissen zu bohren. Zumindest kam es meinem verängstigten Geist so vor. Ich musste mich unbedingt beruhigen. Das Letzte, was ich jetzt gebrauchen konnte, war, dass die Gorillas vom Secret Service ihre Vorgesetzten darüber informierten, dass der Arzt, der den Präsidenten operieren sollte, einen verstörten Eindruck machte.

»Ja, keine Sorge. Mir liegt nur das gestrige Abendessen etwas schwer im Magen. Ich habe wohl zu viele Jalapeños gehabt. Sie sollten vielleicht das Fenster öffnen«, sprudelte es aus mir heraus.

So wie immer, wenn ich hochgradig nervös war, redete

ich unnützes Zeug. Dazu muss man wissen, dass es in den Waisenheimen, in denen ich aufgewachsen bin, jede Menge brutale Rabauken gab. Ich dachte immer, ein ordentlicher Wortschwall könnte sie von mir ablenken, so, wie ein Tintenfisch seine Tinte gebrauchte. Eine hässliche Narbe auf meiner Schulter und zwei Zahnimplantate sind der Beweis, dass ich mich täuschte. Als er mich adoptierte, muss der gute Dr. Evans Senior auf etliche Gläser Bier verzichtet haben, um die Zahnarztrechnung bezahlen zu können.

Der Typ neben mir nickte langsam, er wirkte jedoch nicht sehr überzeugt.

»Bevor wir losfahren, bräuchte ich dann noch Ihr Handy. Sobald wir zurück sind, bekommen Sie es wieder.«

Kurz ergriff mich Panik, als ich ihn daran herumfingern sah, aber er versicherte sich nur, dass es ausgeschaltet war, und reichte es dann dem Fahrer, der es im Handschuhfach verstaute.

»Doktor, ich muss Sie jetzt leider noch um etwas bitten. Und das wird etwas unbequem sein.«

Überrascht sah ich ihn an.

»Das ist ein ungewöhnlicher Satz für jemanden vom Secret Service. So was sagt normalerweise mein Proktologe.«

Er ging nicht auf meinen Scherz ein.

»Aus Sicherheitsgründen müssen Sie sich jetzt auf den Wagenboden legen. Der Treffpunkt ist geheim, und Sie dürfen nicht wissen, wie wir dahin gelangen.«

»Jedes Kind weiß, wo das Weiße Haus liegt. Es ist dieses große Gebäude an der Pennsylvania Avenue.«

»Doktor … wir fahren nicht zum Weißen Haus.«

»Es ist mir egal, wo wir hinfahren«, knurrte ich ihn an, von Jähzorn übermannt, »Sie werden mich jedenfalls nicht dazu kriegen, mich wie ein Fußabtreter auf den Boden zu legen.«

Als einzige Antwort hielt der Fahrer am Straßenrand, und der im blauen Anzug stieg aus und setzte sich nach vorn. Sie wiederholten die Anweisung nicht, sie saßen einfach da und starrten aus dem Fester, so, als würde es mich gar nicht geben.

Innerlich kochte ich, so verletzt war ich in meiner Eigenliebe. Doch mir blieb keine Zeit zum Diskutieren. Ich hatte mich mit Kate um vier Uhr im Saint Claire verabredet und durfte auf keinen Fall zu spät kommen. Also legte ich mich zähneknirschend auf den Boden, worauf der Wagen seine Fahrt fortsetzte.

Je länger wir fuhren, umso unruhiger wurde ich. Wie weit lag der geheime Ort wohl entfernt? Was, wenn ich nicht rechtzeitig zum Treffen mit Kate zurück wäre?

Ich musste diese Gedanken irgendwie verdrängen, sonst würde ich noch verrückt. Im Versuch, mich zu beruhigen, rief ich mir darum die erste Begegnung mit meinem Patienten vor drei Wochen in Erinnerung, als ich noch nicht ahnen konnte, was auf mich zukam …

11

Wäre ich dem Mann mit der Fliege bloß etwas bescheidener gegenübergetreten …

Es war ein weiterer dieser entscheidenden Momente in meinem Leben, aber als ich ihn traf, hatte ich viel zu viel Adrenalin im Blut, um das zu begreifen. Ich hatte eine komplizierte Operation hinter mir, bei der ich ein Meningiom von der Größe eines Golfballs entfernt hatte, und genoss einen dieser grandiosen Momente, wie sie uns Neurochirurgen gelegentlich zuteilwerden, von denen wir aber niemandem erzählen. Man geht nicht, man schwebt über die Flure, um den Familienangehörigen die gute Nachricht zu überbringen wie ein allmächtiger Gott, der einen Todgeweihten ins Leben zurückbringen kann. Nach Rachels Tod hielten mich nur zwei Dinge aufrecht: Julias Liebe und dieses gelegentliche, trügerische Allmachtsgefühl. Jetzt, da alles vorbei ist, muss ich mir beschämt eingestehen, dass ich Letzteres viel mehr ausgekostet habe. Ein Eintrag mehr auf meiner Liste der Dinge, die ich zutiefst bereue.

An jenem Tag hatte ich gerade mit den Angehörigen gesprochen und war im Begriff, zufrieden nach Hause zu fahren, als der Mann mit der Fliege und einer Schildpattbrille auf seiner gebogenen Nase an die Tür meines Büros klopfte. Er hatte sonnengegerbte Haut und sah aus wie ein typischer Medizinprofessor.

»Dr. Evans, könnte ich Sie einen Augenblick sprechen?«

Er reichte mir eine Visitenkarte mit seinem Namen und akademischen Titel. Ich bat ihn, Platz zu nehmen, und wir tauschten zunächst ein paar Höflichkeitsfloskeln aus, bevor er zum Punkt kam und einen teuren Lederkoffer öffnete, aus dem er einen abgegriffenen Umschlag zog.

»Ich wäre Ihnen sehr verbunden, wenn Sie mir Ihre Meinung zu diesen MRT-Aufnahmen kundtun könnten.«

Er reichte mir vier große Folien, damit ich sie vor den Leuchtkasten klemmen konnte. Als ich darauf die unregelmäßige Form meines ältesten und meistgehassten Feindes erkannte, verzog ich das Gesicht.

»Ein frontoparietales Glioblastom. Noch dazu ein ziemlich übles, wie es aussieht. Wie schnell wächst es?«

»Zwischen den vier Aufnahmen liegt jeweils eine Woche.«

»Wer ist der Patient?«

»Der Mann einer früheren Schülerin von mir. Eine brillante, ganz außergewöhnliche Frau.«

»Und welcher Arzt hat die erste Diagnose gestellt?«

»Das kann ich Ihnen leider nicht sagen. Sehen Sie, sie braucht eine zweite Meinung, kann aber nicht selbst zu Ihnen kommen.«

Wortlos betrachtete ich eine Weile die Aufnahmen. Natürlich brauchte sie eine zweite Meinung. Sie wollte hören, dass alles nur ein Irrtum und der Befund auf die falsche Auswertung des MRTs zurückzuführen war. Und dass man den Tumor vollkommen entfernen könnte. Oder zumindest, dass es in der Schweiz eine neue klinische Studie gab, an der ihr Mann teilnehmen und dann wie durch Zauberhand geheilt werden könnte.

Aber es lag weder ein falscher Befund vor, noch gab es einen revolutionären Therapieansatz: Was auf den Aufnahmen zu sehen war, war sein sicheres Todesurteil.

»Also gut«, erklärte ich schließlich und wandte mich zu dem Professor um. »Wer immer dieser R. Wade ist, so hat er noch Glück, wenn man es so nennen will. Der Tumor scheint nicht sehr schnell zu wachsen. Leider ist das aber auch schon die einzige gute Nachricht. Wahrscheinlich wird er innerhalb der nächsten Monate sein Sprachvermögen verlieren. Und im Ganzen gebe ich ihm vielleicht noch ein Jahr.«

Der Mann nahm die Brille ab und putzte sie mit einem Seidentaschentuch, das dieselbe Farbe wie seine Fliege hatte. Er wirkte gedankenverloren, als hätte er meine Diagnose schon mehr als einmal gehört. Behutsam faltete er nach einer Weile das Taschentuch zusammen und steckte es in die Jacketttasche zurück. Dann blinzelte er ein paarmal, setzte sich die Brille wieder auf und sah mir in die Augen.

»Würden Sie ihn operieren?«

Das war der Moment, in dem ich anders hätte reagieren sollen.

»Selbstverständlich«, erklärte ich stattdessen selbstbewusst. »Auch wenn das Risiko hoch ist und das Resultat aller Voraussicht nach nicht besonders spektakulär. Denn viel mehr Lebenszeit werde ich ihm nicht verschaffen können.«

»Und was ist mit dem Sprachvermögen?«

»Ich denke, man kann den Tumor im Bereich des Sprachzentrums weitestgehend entfernen, wenn man das Fasciculus arcuatus und das Wernicke-Areal nicht beschädigt. Aber das ist natürlich nur eine provisorische Einschätzung.«

»Eine provisorische?«

»Ich muss den Patienten sehen, wissen, welche Symptome er genau hat, um das wuchernde Gewebe lokalisieren zu können … Das Übliche eben. Ich kann verstehen, dass Sie Ihrer Bekannten einen Gefallen tun wollen, aber so aus der Ferne geht das leider nicht.«

Er nickte bedächtig und stand auf. Genau das hatte er wohl hören wollen.

»Vielen Dank, Dr. Evans. Sie haben mir sehr geholfen.«

Am nächsten Morgen rief mich meine Chefin in ihr Büro. Mein Arbeitsplatz ist stets aufgeräumt, eine Gewohnheit, die mir mein Adoptivvater mit seinem guten Beispiel und ein paar Nächten ohne Abendbrot eingetrichtert hatte. Stephanies Schreibtisch hingegen war ein Desaster, ein einziges Chaos aus losen Papieren, Fachzeitschriften und Laborberichten.

»Meyer erwartet uns«, sagte sie kurz angebunden und stand auf, kaum hatte ich meinen Kopf zur Tür hereingesteckt.

»Der Fürst der Dunkelheit? Was haben wir verbrochen, Stephanie?«

»Sag du es mir«, meinte sie nur und war schon an mir vorbei.

Ich musste fast rennen, um ihr zum Aufzug zu folgen. Obwohl sie ziemlich kurze Beine hat, kann sich meine Chefin ausgesprochen schnell bewegen, wenn sie wütend ist, und an dem Tag war sie stinksauer. Sie hatte nicht die geringste Ahnung, warum wir zum Big Boss gerufen wurden, und wenn es etwas gab, das sie hasste, dann war es, nicht zu wissen, was in der Klinik vor sich ging.

Schweigend fuhren wir hinauf in das Stockwerk, wo die Klinikleitung ihre Büros hatte. Ich kam nur selten hierher, aber jedes Mal stellte ich mir dieselbe Frage: Wie konnte man in diesen Räumen mit den dicken Teppichen, den vielen Zierpflanzen, dem ständigen Patschuli-Duft und den sanften Saxofonklängen von Kenny G. in der Luft bloß arbeiten, ohne komplett verrückt zu werden? Die Antwort war klar: Man wurde verrückt, unweigerlich. Der Beweis dafür war die Geschäftsleitung der Klinik, tat die doch den ganzen Tag nichts anderes, als unsere Arbeit noch effizienter, sprich billiger, und die Preise noch konkurrenzfähiger, das heißt obszön teuer, zu machen.

Robert Meyer erwartete uns hinter seinem Mahagonischreibtisch, der so riesig war, dass man darauf Tischtennis hätte spielen können. Meyer war das typische Produkt eines Management-Studiengangs an einer Eliteuniversität: arrogant und voller absonderlicher Ideen, die sich im jährlichen Abschlussbericht zwar gut lasen, für den tatsächlichen Klinikbetrieb jedoch fatal waren. Wenn Sie mich fragen, geht es mit dem Gesundheitswesen in diesem Land den Bach runter, seit die Krankenhäuser nicht mehr von Ärzten, sondern von Erbsenzählern wie Meyer geleitet werden.

»Ah, Dr. Wong und Dr. Evans! Kommen Sie herein«, begrüßte er uns und deutete auf den Mann, der ihm gegenübersaß. »David, ich glaube, Sie kennen sich bereits …«

Der Mann mit der Fliege hatte sich inzwischen erhoben, reichte meiner Chefin und mir die Hand, und nachdem wir uns alle gesetzt hatten, erklärte er, wer der krebskranke Patient war, den er vertrat.

»Er möchte, dass Sie ihn operieren, David.«

Alle sahen mich an. Stephanie überrascht und mit einem an Hass grenzenden Neid. Meyer mit maßloser Habgier, überlegte er doch sicher schon, wie er diesen außergewöhnlichen Glückstreffer am besten nutzen konnte. Und der Mann mit der Fliege in ruhiger Erwartung.

In meinem Kopf drehte sich alles.

»Warum ich?«, brachte ich schließlich heraus.

»Das werden Sie zu gegebener Zeit erfahren. Sie werden verstehen, dass wir dabei mit äußerster Diskretion vorgehen müssen und außergewöhnliche Sicherheitsmaßnahmen erforderlich sind.«

»Oh, Sie können sich ganz auf uns verlassen«, beeilte sich Meyer zu sagen und stand auf. »Nicht wahr, David?«

Ich kann einen Befehl von einer Frage unterscheiden, aber ich war noch viel zu durcheinander, um zu protestieren.

»Selbstverständlich.«

»Genau das wollte ich hören. Dr. Evans ist ein großes Talent und der beste Neurochirurg, den wir haben.«

Breit grinsend kam Meyer um den Tisch herum und klopfte mir ein paarmal jovial auf die Schulter. Er wollte es sich nicht im Geringsten anmerken lassen, dass wir uns auf den Tod nicht ausstehen konnten. In seinen Augen war ich ein Querulant und Weichling – und was ich von ihm halte, habe ich ja bereits deutlich zum Ausdruck gebracht.

»Dann können Sie ihn also noch heute untersuchen?«, fragte mich der Mann mit der Fliege.

»Ist er … ist er hier?«

Meine Naivität entlockte ihm ein Lächeln.

»Wie ich bereits sagte, Dr. Evans: Es sind gewisse Vorsichtsmaßnahmen erforderlich.«

Eine Stunde später betrat ich zum ersten Mal das Weiße Haus durch den Mitarbeitereingang.

Dass einen der mächtigste Mann der Welt um Hilfe bittet, ist schon seltsam und surreal genug, sein Domizil heimlich wie eine Geliebte zu betreten, die sich vor den Blicken der Nachbarn versteckt, kam mir aber noch unwirklicher vor.

»Die Journalisten sind zwar gerade bei einer Pressekonferenz, aber zur Sicherheit nehmen wir dennoch nicht den offiziellen Weg«, erklärte mir der Sicherheitsbeamte, der mich am Eingang in Empfang genommen hatte.

Wir durchquerten einen Innenhof, bogen in einen hell erleuchteten Flur für das Personal und gelangten von dort durch einen zweiten Hof, wo es nach Essen duftete und das Klappern von Töpfen zu hören war, in einen Saal mit Palmen in großen Alabastertöpfen. Danach ging es in einen langen Flur, der mit einem rot-goldenen Teppichläufer ausgelegt war. Vor der dritten Tür blieben wir stehen.

»Das ist der *Map Room*«, sagte der Beamte knapp. »Hier müssen wir warten.«

Obwohl es einige Stühle und Sessel gab, blieb ich in der Mitte des Raumes stehen. Der Sicherheitsbeamte postierte sich breitbeinig neben der Tür, den Blick stur geradeaus gerichtet.

Ich kannte diese Pose des harten, schweigsamen Typen aus zig Filmen und fragte mich, ob er die Schauspieler kopierte oder ob im Gegenteil Hollywood sich was von der Realität abgeschaut hatte. Kurz war ich versucht, ihn danach zu fragen, hielt dann aber doch den Mund. Vor Rachels Tod hatte ich oft versucht, den Leuten um mich herum mit einem Witz, einer geistreichen Bemerkung oder einer lustigen Anekdote ein Grinsen zu entlocken. Rachel hatte mich immer amüsiert beobachtet, wie ich mich mit Kellnern, Hotelangestellten oder Taxifahrern abmühte, und mich dann je nach Schwierigkeitsgrad und Erfolg mit Punkten belohnt. Bei diesem Beamten hätte mir Rachel garantiert die Höchstpunktzahl verliehen. Doch sie war nicht mehr da, weshalb ich die Lust an diesem Spiel gänzlich verloren hatte.

Ich sah mich um. Die Umgebung schüchterte mich enorm ein. Die Gemälde, der wertvolle Perserteppich, die antiken Möbel, das viele Silber: Alles an diesem Ort war dazu gedacht, die Besucher tief zu beeindrucken.

Nach einer halben Ewigkeit betrat schließlich ein kahlköpfiger, etwa sechzigjähriger Mann mit breiten Schultern und kräftigen Händen das Zimmer.

»Guten Tag, Dr. Evans. Ich bin Captain Hastings, Chefarzt der medizinischen Abteilung des Weißen Hauses. Folgen Sie mir bitte.«

Wir gingen zur Tür nebenan, an der ein Bronzeschild mit der Aufschrift »Arztpraxis« hing. Dahinter verbarg sich ein kleiner Empfangsbereich, von dem zwei weitere Türen abgingen. Voller Stolz zeigte Hastings mir zunächst sein Büro und danach das angrenzende Untersuchungszimmer, wo ein alter, über der Liege hängender Druck mit der Darstellung eines Querschnitts von Herz und Lungen meine Aufmerksamkeit erregte. Ich trat näher, um ihn genauer zu betrachten.

»Gefällt er Ihnen?«, fragte Hastings freundlich.

»Im Sprechzimmer meines Vaters hing genau der gleiche. Mit demselben Druckfehler bei der Vena subclavia.«

Lächelnd tippte Hastings mit seinem langen, knochigen Zeigefinger auf den Fehler.

»Für mich ist es eine Erinnerung an bessere Zeiten. Rauere, aber auch menschlichere Zeiten.«

Ich nickte. Der Mann gefiel mir. Er erinnerte mich an den alten Dr. Evans.

»Was ist Ihr Fachgebiet, Captain?«

»Innere Medizin. Das ist seit Jahren unerlässliche Voraussetzung für diesen Posten.«

»Und Sie gehören dem Militär an, nicht wahr?«

»Ja, der Navy. Jede der fünf Streitkräfte stellt einen Arzt für das Weiße Haus«, sagte er und wandte sich zur Tür. »Kommen Sie, gehen wir wieder hinüber in mein Büro.«

»Machen Sie das hier ganz allein?«, fragte ich, als wir sein bis oben hin mit Büchern vollgestopftes Arbeitszimmer betraten.

»Nein, natürlich nicht. Meine Mitarbeiter sind bei einer Sicherheitsübung, damit wir ungestört reden können.«

»Ich hoffe nicht, weil Sie sich für mich schämen, Dr. Hastings.«

In der Mitte des Raums stand ein gewaltiger Mahagonischreibtisch. Der wahre Protagonist war jedoch ein Skelett an einem alten Ständer.

»Das ist Fritz. Eine Erinnerung an meine Anfangstage. Ich habe ihn bei einer Pokerpartie in Pearl Harbor vom Truppenarzt gewonnen, der ihn seinerseits von seinem Vorgesetzten in Korea bekommen hatte. Er schwor bei seiner Ehre, dass es die Knochen eines bei Kriegsende in Berlin gefallenen Nazis sind.«

»Und Sie haben ihm geglaubt?«

»Es ist zu klein.«

Ich musste lachen.

»Es freut mich, dass Sie Sinn für Humor haben, Dr. Evans. Entgegen dem Klischee schätzen wir das beim Militär sehr. Ohne Humor würde man eine Arbeit wie diese hier auch nicht lange aushalten.«

»Sie machen eine Menge Überstunden, nehme ich an.«

»Wenn mich jemand nach meinem Beruf fragt, höre ich erst mal neidisches Seufzen. Die Leute denken an jede Menge Partys, Reisen, Macht … Aber sie haben ein völlig falsches Bild von unserem Job. Wir fliegen mit ihm an den Arsch der Welt oder nach Absurdistan, passen auf, dass er genug schläft, nur abgekochtes Wasser trinkt und ihn die Hitze nicht während der vierten Rede des Tages umhaut. Und das in Achtzehn-Stunden-Schichten, in denen wir uns nebenher auch noch um die Kopfschmerzen und verstauchten Knöchel seiner Gäste oder nerviger Journalisten kümmern müssen. Und dabei fürchten wir ständig das Unvermeidliche: den Moment, in dem jemand mit einer Pistole in der Hand aus der Menge tritt und unseren schlimmsten Albtraum wahr werden lässt.«

»Das Unvermeidliche?«

»Beim Secret Service kursiert ein alter Spruch über die Ermordung des Präsidenten: Die Frage ist nicht, *ob,* sondern *wann.*«

»Ich wusste nicht, dass die Agenten nach der Goldmedaille für Optimismus streben.«

»Na ja, das ist ihre Art, sich auf den *worst case* vorzubereiten. Bis jetzt hatten wir Glück. Erinnern Sie sich an die Handgranate, die auf den letzten Präsidenten geschleudert wurde?«

Ich nickte. Der Sprengkörper war genau vor seinem Rednerpult gelandet, aber zum Glück nicht explodiert.

»Das ist nur eine von Dutzenden Bedrohungen, mit denen wir tagtäglich konfrontiert sind«, fuhr Hastings mit düsterer Miene fort. »Früher oder später wird uns das Glück jedoch verlassen. Ich kann nur hoffen, dass es nicht während meines Bereitschaftsdiensts passiert.«

Ein Moment angespannter Stille trat ein. Einer von uns musste den eigentlichen Grund unseres Treffens zur Sprache bringen, aber Hastings zögerte noch, also machte ich den ersten Schritt.

»Warum haben Sie mich ausgewählt?«

»Sie sind gegen meinen Willen hier, Dr. Evans«, sagte der Arzt ganz offen und sah mir dabei in die Augen. »Die Navy kümmert sich von jeher um die Gesundheit des Präsidenten. Wenn es nach mir gegangen wäre, würde der Chefchirurg des Bethesda Naval Hospitals unseren Patienten operieren.«

»Ein hervorragender Arzt. Er hat viele berühmte Persönlichkeiten operiert. Warum sitzt er also nicht auf diesem Stuhl?«

Hastings beugte sich zu mir über den Schreibtisch und senkte die Stimme.

»Weil die First Lady mit vielen anderen dasselbe Spiel gespielt hat wie mit Ihnen. Sie hat einen ihrer Vertrauten mit den MRTs vorgeschickt, um zu vermeiden, dass das Amt des Patienten schwerer wiegt als die Diagnose.«

Ich war nicht besonders überrascht, schließlich hatte der Mann mit der Fliege das bereits angedeutet.

»Hat sie auch die Ärzte der Navy konsultiert?«

»Das waren die Ersten, an die sich ihr Mitarbeiter gewandt hat. Alle haben den Patienten für einen hoffnungslosen Fall erklärt. Das Risiko einer Operation sei viel zu hoch.«

»Bin ich ...« Ich zögerte einen Moment. »Bin ich der Einzige, der eine Operation für machbar hält?«

Hastings schüttelte den Kopf und blätterte in den Papieren auf seinem Schreibtisch.

»Nein.«

»Und weshalb hat man sich dann für mich entschieden?«

Bevor er noch antworten konnte, öffnete sich die Tür. Hastings sprang mit einem Satz auf. Ich tat es ihm gleich – und obwohl ich nicht eitel bin, ertappte ich mich dabei, wie ich mir instinktiv das Jackett zuknöpfte.

»Es ist mir ein Vergnügen, Sie kennenzulernen, Dr. Evans.«

Da stand er, groß, charismatisch, voller Autorität, und streckte mir mit einer eleganten Bewegung die Hand entgegen.

»Ganz meinerseits, Mr President.«

Durch seine präsidiale Aura eingeschüchtert, schüttelte ich ihm etwas steif die Hand. Sein Händedruck war energisch und zugleich herzlich. Er hatte die Ärmel seines weißen Hemdes hochgekrempelt, und die rote Krawatte saß leicht schief. Er sah erschöpft aus.

»Doc, könnten Sie mir eine Tylenol geben?«

Während Hastings im Untersuchungszimmer verschwand, machte der Beamte vom Secret Service, der die ganze Zeit neben der Tür gestanden hatte, ein paar Schritte auf uns zu. Der Präsident drehte sich zu ihm um.

»Alles in Ordnung, Ralph. Gehen Sie sich ein wenig ausruhen.«

»Mr President, Ihr Gast hat nicht die Sicherheitskontrollen passiert. Ich habe die Anweisung …«

»Ralph, bitte.«

Den ersten Befehl hatte er mit einem freundlichen Lächeln erteilt, der zweite klang deutlich schärfer. Kein Zweifel, das war die wahre Macht, und sie ging nicht nur vom Amt selbst aus, sondern auch von der Person, die dieses Amt bekleidete. Er flößte mir Respekt ein und rief gleichzeitig noch ein anderes Gefühl in mir hervor, das dem Neid sehr nahekam.

Schweigend nickte der Beamte und zog sich zurück.

Kaum war er draußen, ließ der Präsident sich auf den Stuhl fallen, auf dem vor einem Moment noch ich gesessen hatte, und massierte sich die Schläfen. Die Falten um seine Augen bildeten zwei verzweigte Äste auf seinem ernsten Gesicht.

»Hier, bitte, Mr President.«

Hastings war mit einem Schmerzmittel und einem Pappbecher mit Wasser zurückgekehrt. Der Präsident schluckte die Tabletten, ohne ein Wort zu sagen, und knüllte den Becher mit der Hand zusammen. Dann schloss er die Augen und legte den Kopf für einen Moment in den Nacken.

»Entschuldigung«, sagte er verlegen, als er uns schließlich wieder ansah. Es schien ihm zu schaffen zu machen, sich so schwach zeigen zu müssen.

»Wie viele nehmen Sie davon am Tag?«, wollte ich wissen.

»Sechs oder sieben.«

»Und haben Sie diese Kopfschmerzen ständig?«

»Nein. Wenn sie kommen, sind sie heftig, gehen dann aber auch schnell wieder vorbei. Gestern hatte ich überhaupt keine, vor zwei Tagen hingegen war es die Hölle.«

»Hatten Sie früher schon gelegentlich Kopfschmerzen?«

»Eigentlich nicht … Na ja, hin und wieder, wenn ich weniger als fünf Stunden geschlafen hatte. Aber sie waren nie so heftig wie jetzt.«

»Und waren diese Kopfschmerzen das erste Anzeichen?«

»Ja, beim ersten Mal dachte ich, mir platzt gleich der Schädel. Es waren die schlimmsten Kopfschmerzen meines Lebens.«

Ich nickte. Auf »Ich habe die schlimmsten Kopfschmerzen meines Lebens« sollte jeder Lebenspartner, jeder Sohn, jede Tochter, jeder Bruder oder jede Schwester automatisch mit »Lass uns einen Termin beim Neurologen machen« reagieren. Ich habe aufgehört zu zählen, wie oft ein Patient viel zu spät zu mir gekommen ist, weil er seine Kopfschmerzen monatelang mit allen möglichen Schmerzmitteln bekämpft hat. Eine Dosis von achtzig Tabletten pro Woche sollte eigentlich jeden alarmieren, erstaunlicherweise verschließen viele lieber die Augen davor. Weniger erstaunlich ist, dass die meisten von ihnen dann bald sterben.

»Wie lange ist das her?«

»Vier Wochen«, antwortete Hastings an seiner Stelle. »Wir haben das erste MRT noch in derselben Nacht gemacht.«

»Hier haben Sie doch sicher kein MRT-Gerät …«

Der Präsident und Hastings sahen sich unschlüssig an. Ersterer schüttelte fast unmerklich den Kopf.

»Wo, können wir Ihnen leider nicht sagen«, erklärte der Captain. »Aus naheliegenden Gründen haben wir uns nicht an das Bethesda gewandt. Wir müssen unter allen Umständen vermeiden, dass etwas durchsickert.«

Sie schwiegen. Hastings nahm den Umschlag mit den MRT-Aufnahmen und reichte ihn mir. Ich suchte die letzte und hielt sie hoch. Das matte, goldene Licht, das durch die Gardinen fiel, verlieh diesem Todesurteil einen fast surrealen Anstrich.

»Und wer hat sie gemacht?«

»Ich«, antwortete Hastings.

»Nur eine Handvoll Leute wissen davon, abgesehen von Ihren beiden Vorgesetzten, Dr. Evans«, fügte der Präsident hinzu. »Und das soll auch so bleiben.«

»Ich verstehe. Gibt es noch andere Symptome, außer den Kopfschmerzen? Schwindel, Übelkeit, Erbrechen, ein verändertes Sehvermögen?«

»Nein, ich sehe gut. Und Übelkeit habe ich bisher auch nicht verspürt.«

Auch das kommt vor. Je nach Hirnregion, die betroffen ist, führt der Tumor bei den einen zu Brechreiz, Sehstörungen oder entsetzlichen Kopfschmerzattacken, während er sich bei anderen mit ganz anderen Symptomen zeigt. Jeder Patient ist eine Welt für sich. Und es gibt nichts, was es nicht gibt. Das habe ich im Laufe meiner Karriere als Neurochirurg schon hinreichend erfahren. Beispielsweise hatte ich einmal eine Frau auf meinem OP-Tisch, der man bei einem Überfall in den Kopf geschossen hatte. Und wissen Sie was? Zwei Tage später konnte sie wieder zu Hause mit ihrer Familie essen. Die Kugel war zwischen den Augenbrauen in den Schädel eingedrungen und auf der Rückseite wieder ausgetreten, ohne nennenswerte Schäden verursacht zu haben. So leicht konnte mich also nichts mehr schocken. Aber das hier war dennoch etwas anderes. Die Möglichkeit, der Präsident der Vereinigten Staaten könnte nicht ausreichend über seinen Zustand informiert sein, beunruhigte mich doch sehr.

»Wie umfassend sind Sie aufgeklärt worden, Mr President?«, fragte ich mit einem Blick auf Hastings.

»Ich habe ihm in groben Zügen erklärt, wie es um ihn steht«, sagte der Arzt an seiner statt und starrte dabei auf seine Schuhspitzen. »Mehr lässt er nicht an sich ran, ihm war nur wichtig, dass es streng geheim gehalten wird. Es gibt Probleme politischer Natur, die …«

»Hastings!«, wies ihn der Präsident zurecht.

Der arme Captain schloss den Mund so schnell, dass er sich beinahe auf die Zunge gebissen hätte. Darum war es nun wohl an mir, dem Präsidenten den Ernst der Lage klarzumachen.

»Mr President, ein Glioblastom ist ein stark wuchernder, besonders aggressiver Tumor. Sie dürfen ihn sich nicht wie einen Ball, kompakt und fest umrissen, vorstellen. Er ist eher eine Art Alien, das sich von selbst reproduziert, dabei Blut aus allen verfügbaren Kapillargefäßen anzapft und sich so gnadenlos ausbreitet. Es gibt keine Behandlung, die den Tumor auf signifikante Weise verkleinern könnte, ohne Ihren Körper ernsthaft zu schädigen.«

»Aber man kann ihn rausoperieren.«

Ich schüttelte den Kopf.

»Man kann Teile des Tumors entfernen, aber es gibt leider keine Heilung, Mr President. Wenn sich die ersten Symptome zeigen, hat sich der Tumor schon tentakelartig im Gehirn verzweigt. Sie werden sehr bald sterben, daran kann weder ich noch sonst irgendjemand etwas ändern. Ich kann höchstens dafür sorgen, dass aus dem ›sehr bald‹ ein ›bald‹ wird.«

Eine Weile sagte er kein Wort, starrte nur vor sich hin. Dann nickte er bedächtig.

»Ich verstehe.«

»Ich kann einen Großteil des Krebsgewebes herausschneiden, um den Druck auf das gesunde Gewebe zu verringern und das Wachstum zu verlangsamen, und so ein paar Monate Lebenszeit für Sie gewinnen.«

Er sah mir fest in die Augen.

»Dann tun Sie das.«

Ich nickte, doch so leid er mir tat, ich konnte ihn trotzdem noch nicht in Frieden lassen.

»Mr President, als Ihr behandelnder Chirurg ist es meine Pflicht, Sie noch über ein paar weitere Details aufzuklären. Die Operation wird höchst kompliziert werden und etliche Stunden dauern. Der Tumor ist bereits bis zum Fasciculus arcuatus vorgedrungen, das sind die Nervenfasern, die das Wernicke- mit dem Broca-Areal verbinden. Passiert mir dort nur der winzigste Fehler, enden Sie als wandelndes Gemüse.«

»Das hat Hastings schon erklärt, Doktor. Auch, dass das früher oder später sowieso geschehen wird.«

»Wenn Sie nicht operiert werden, verlieren Sie schon innerhalb der nächsten zwei bis drei Monate die Fähigkeit, Gesprochenes zu verstehen, und werden von Tag zu Tag mehr Probleme haben, ihre Gedanken verständlich mitzuteilen. Oder es fällt Ihnen immer schwerer, Wörter und ganze Sätze zu bilden. Unter Umständen geschieht das auch gleichzeitig.«

»Was bei der OP ebenfalls passieren kann.«

»Richtig.«

Eine lange, unangenehme Stille trat ein. Der Präsident beugte sich vor, stützte sein Kinn in die Hand und starrte mit hängenden Schultern zu Boden. Bis vor wenigen Wochen war er noch unbesiegbar gewesen, ein König unter den Menschen. Jetzt sah er sich gezwungen, seiner Sterblichkeit ins Auge zu blicken wie jeder andere auch, aber zugleich lastete die Bürde seines Amtes auf ihm.

»Ich möchte, dass Sie mich operieren«, sagte er schließlich, ohne aufzublicken.

Angesichts der immensen Verantwortung, die da auf mich zukam, schloss ich für einen Moment die Augen. Tief holte ich Luft, bevor ich antworten konnte.

»In Ordnung, Mr President. Und wann?«

»Wie lange werde ich außer Gefecht gesetzt sein?«

»Wenn alles gut läuft, werden Sie die Klinik nach fünf, sechs Tagen verlassen können.«

Entschieden schüttelte er den Kopf.

»Das ist unmöglich.«

»Erklären Sie das Gott«, entgegnete ich ruhig.

Erneut verstummte er. Seinem Gesicht war anzusehen, wie es in ihm arbeitete, wie ihm all seine anstehenden Termine und Verpflichtungen in den Sinn kamen und er die Züge seiner politischen Gegner vorauszusehen versuchte. Er überlegte, wie er seine Abwesenheit am besten einfädeln konnte, was er wem dazu erklären musste, und auch, wie mit der öffentlichen Meinung umzugehen war. Und er musste das alles allein bedenken und entscheiden, ohne irgendeinen Berater. Gebeugt saß er vor mir, das Kinn in die Handflächen gestützt. Sein Kopf war gerade einmal drei Handbreit von mir entfernt. Er hatte eine leicht längliche Form, und sein Haar war sehr kurz und vorzeitig ergraut. Einen Moment lang stellte ich mir vor, wie ich die äußere Kopfhaut, den Schädelknochen und die innere Hirnhaut öffnete und so die anderthalb Kilo Gehirnmasse freilegte, die die wichtigsten Entscheidungen unseres Landes traf, ja sogar manche der ganzen Welt. Und genau in der Mitte dieser anderthalb Kilo gallertartiger Substanz lieferten sich einige wenige unkontrollierte Gramm Krebsgewebe einen Krieg ohne Gegner. Mit nur einem einzigen möglichen Sieger.

»In den nächsten drei Wochen habe ich unumgängliche Verpflichtungen«, sagte der Präsident nach einer Weile. »Danach ginge es.«

»In Ordnung, Mr President. Allerdings muss ich Sie darauf hinweisen, dass sich die Symptome bis dahin verschlimmert haben können.« Ich zog mein Notizbuch aus dem Jackett. »Ich schreibe Ihnen etwas auf, das die Kopfschmerzen besser lindert.«

Schnell notierte ich den Namen des Medikaments und reichte Hastings den Zettel.

»Das hätte ich auch gegeben«, sagte dieser, nachdem er ihn gelesen hatte. »Ich werde mich darum kümmern, einen Operationssaal im Bethesda zu reservieren.«

Verwirrt starrte ich ihn an und schüttelte dann energisch den Kopf.

»Entschuldigen Sie, aber ich werde nicht im Bethesda operieren.«

»Wieso nicht, Dr. Evans? Das Krankenhaus hat einen ausgezeichneten Ruf und verfügt über die modernste Ausstattung, außerdem können wir dort die Privatsphäre des …«

»Ich weiß, was für das Bethesda sprechen würde«, unterbrach ich ihn und wandte mich wieder an den Präsidenten. »Aber beantworten Sie mir bitte zuerst eine Frage: Warum ich und kein anderer von denen, die sich bereit erklärt haben?«

»Sie haben in den letzten vier Jahren 234 Glioblastome operiert. Davon hatten 61 bereits das Sprachzentrum befallen, und in 39 Fällen haben Sie den Krebs komplett daraus entfernt.«

»Diese Zahlen sind vertraulich. Sie …«

Hastings ließ mich nicht ausreden.

»Das ist die zweitbeste Erfolgsquote im ganzen Land, Doktor. Ihre Professoren an der Universität haben uns bestätigt, dass Sie ein Naturtalent sind und während Ihrer Ausbildung zum Assistenzarzt ...«

Abwehrend hob ich die Hand.

»Und was ist mit den zwei Patienten, die anschließend halbseitig gelähmt waren, weil es zu Komplikationen im Stammhirn kam? Und die elf, die ins Koma fielen und nicht wieder aufwachten? Zählen die etwa nicht?!«, schnaubte ich angespannt.

»Was wollen Sie uns damit sagen, Doktor?«, fragte der Präsident kühl.

»Ich will damit sagen, dass es sich um eine höchst komplizierte und risikoreiche Operation handelt. Es geht nicht allein um meine Geschicklichkeit und welche Erfolgsquote ich habe, als wäre ich ein Schlagmann der Yankees. Es ist wie eine Gratwanderung, bei der ich verdammt viel Glück brauchen werde. Glück und Konzentration. Und Letztere ist mit Sicherheit gefährdet, wenn ich den Eingriff in einem fremden Operationssaal und mit einem fremden Team vornehmen muss. Und das ist ein zusätzliches, völlig unnötiges Risiko.«

»Wir finden bestimmt einen Weg, Sie damit vertraut zu machen«, meinte Hastings zuversichtlich.

»Nein, den finden wir nicht, Captain! Verdammt, hier geht es um den Präsidenten der Vereinigten Staaten! Dessen Gehirn zu operieren, ist die höchste Verantwortung, die man einem Arzt übertragen kann.« Ich wandte mich an den Präsidenten. »Ich will Sie nicht aus purem Spaß in meinem Krankenhaus operieren. Ich brauche meine gewohnte Umgebung, weil ich mir sonst vor Angst in die Hose mache, verstehen Sie?«

Der Präsident dachte einige Sekunden nach, während denen ich mir von ganzem Herzen wünschte, dass er meine Bedingung nicht akzeptieren konnte. Das Risiko, dass es schiefging und ich es total vergeigte, war so gewaltig, dass mir die Möglichkeit, ihn erfolgreich operieren zu können, in diesem Moment wie ein absolutes Hirngespinst vorkam.

»Ich verstehe Sie«, sagte er schließlich. »Aber ich darf mich nicht in einer teuren Privatklinik operieren lassen. Nicht ich, der ich für ein anständiges öffentliches Gesundheitssystem kämpfe. Das wäre ein gefundenes Fressen für die Medien und meine Gegner«, antwortete er.

Mir entfuhr ein Seufzer der Erleichterung. Er hatte mir die Ausrede geliefert, die ich brauchte.

»Dann müssen Sie sich leider nach jemand anderem umsehen.«

Ich stand auf und reichte dem Präsidenten zum Abschied die Hand. Hastings begleitete mich hinaus.

»Es tut mir leid«, sagte ich im Flur mit den roten Teppichen zu ihm.

»Machen Sie sich keine Sorgen. Ich kann Sie verstehen, ich hätte an Ihrer Stelle genauso agiert.«

Wenn er sich da mal nicht irrte, dachte ich. Hastings war ein freundlicher, ruhiger Mann. Er hatte die Ausdauer eines Zugpferds – aber auch dessen Ergebenheit. Wenn der Präsident »Hü!« sagte, zog er, noch ehe das Wort verklungen war, wie ich in den vergangenen Minuten gesehen hatte. Jemand mit seinem Charakter könnte nie als Neurochirurg arbeiten, war emotionale Stärke doch eine der Grundvoraussetzungen für meinen Job. Und so war sein Verständnis eine zwar liebenswürdige, aber leere Geste.

»Begleiten Sie mich zum Ausgang, oder kommt gleich einer Ihrer Sicherheitsbeamten?«

»Bevor Sie gehen, Dr. Evans, würde ich Sie gern noch jemandem vorstellen.«

Hastings ging ein paar Schritte und klopfte kaum an die Tür des *Map Room*.

Sie saß in einem roten Samtsessel, die Beine elegant übereinandergeschlagen, und war in ihr iPad vertieft, als wir eintraten. Nach Hastings' respektvollem Räuspern hob sie den Kopf und stand auf, um mich zu begrüßen.

In natura war ihre Erscheinung noch beeindruckender als im Fernsehen: Sie hatte edle Gesichtszüge, gleichzeitig aber auch eine warmherzige Stimme, die ihr streng wirkendes Äußeres Lügen strafte.

»Guten Tag, Dr. Evans.«

Ich murmelte eine höfliche Erwiderung, während sie sich bereits zu Hastings drehte.

»Wie ist es gelaufen?«

Der Captain räusperte sich unbehaglich, bevor er mit der Sprache herauskam.

»Sehen Sie ... Also ... Der Präsident will nicht nachgeben, was das Krankenhaus betrifft. Dr. Evans will ihn jedoch nur im Saint Claire operieren.«

»Darf ich Sie fragen, warum?«, wandte sie sich an mich.

»Ich kann die politischen Beweggründe für seine Weigerung verstehen«, antwortete ich, »aber ich benötige für so eine OP mein vertrautes Umfeld.«

»Und wenn ich meinen Mann dazu bewegen könnte, seine Meinung zu ändern, würden Sie ihn dann operieren, Dr. Evans?«

Schweigend schaute ich einen Moment zu Boden, bevor ich den Kopf hob und ihr fest in die Augen schaute.

»Ehrlich gesagt, Madam, frage ich mich gerade, ob diese Verantwortung nicht ein paar Nummern zu groß für mich ist.«

Sie lächelte. Es war ein spontanes, trauriges Lächeln, durch und durch authentisch.

»Sie ist zu groß für uns alle, Doktor. Die erste Nacht hier im Weißen Haus habe ich nur geweint. Vor Glück und vor Angst. Glauben Sie mir, mein Mann und ich wissen, was es heißt, eine Last auf den Schultern zu tragen, die größer ist, als man es eigentlich ertragen kann.«

»Manche sind aus dem Holz geschnitzt, um Derartiges leisten zu können.«

»Ich danke Ihnen für das Kompliment.«

Sie hielt inne und starrte über meine Schulter hinweg ins Leere, wohl, um nach den richtigen Worten zu suchen.

»Wahrscheinlich haben Sie sich gefragt, warum wir so diskret nach dem richtigen Neurochirurgen gesucht haben, Dr. Evans. Wissen Sie, als Bill Clinton vor zehn Jahren am Herzen operiert wurde, wünschte er sich die besten Chirurgen im OP. Es war schließlich ein ganzes Heer, denn sie alle wollten erzählen können, den früheren US-Präsidenten operiert zu haben. Es ging ihnen nur um seine Berühmtheit, nicht um den Menschen. Aber mein Mann und ich, wir …«, ihre Unterlippe zitterte leicht, und einen Moment lang glaubte ich, sie würde in Tränen ausbrechen, »wir sind da anders.«

»Aber Sie haben doch auch Ihre Macht und Ihren Einfluss genutzt, um den besten Neurochirurgen dafür zu bekommen, Madam. Ich sehe da keinen großen Unterschied.«

»Den gibt es aber, Doktor. Wären wir nur nach der reinen Erfolgsquote gegangen, hätten wir Alvin Hockstetter gewählt. Sie kennen ihn gut, nicht wahr?«

Unwillkürlich bekam ich eine Gänsehaut. Auch nach acht Jahren noch, in denen ich ihm kein einziges Mal begegnet war, machte mir mein ehemaliger Vorgesetzter im Johns Hopkins Hospital Angst. Seinen Namen jetzt ins Spiel zu bringen, war ein raffinierter, ganz offensichtlicher

Trick, und dennoch konnte ich mich seiner Wirkung nicht entziehen.

»Haben Sie ihm auch die MRT-Aufnahmen gezeigt?«

Die First Lady nickte.

»Und er war sofort bereit, zu operieren.«

Natürlich war er das. Alvin Hockstetter war der arroganteste und eitelste Chirurg, dem ich je begegnet war. Er war ein Genie der Selbstvermarktung und suchte sich die Fälle, die ihn beruflich weiterbrachten, sorgfältig aus. Die Patienten waren für ihn dabei nichts weiter als eine Anhäufung von Zellen, denn Hockstetter glaubte nicht an so etwas wie eine Seele. Für ihn waren Krankheiten nichts anderes als Nachjustierungen im ewigen Kreislauf des Lebens.

Und in gewisser Weise hatte er sogar recht: Evolutionsbiologisch gesehen ist Krebs der Preis, den das Leben für seine erfolgreiche Entwicklung bezahlt, denn den größten Überlebensvorteil haben Zellen, die durch Mutation in der Lage sind, sich ungehemmt zu vermehren. Doch menschlich gesehen war für mich Krebs auch der Feind, der meine Frau getötet hatte, und darum kam es für mich nicht infrage, den Kampf gegen ihn jemals aufzugeben.

»Und warum bin ich dann hier, Madam?«

»Weil eine Agentin des Secret Service zufällig ein Telefonat mit dem Mann verfolgt hat, der Sie in Ihrer Praxis aufgesucht hat. Dabei fiel Ihr Name, und die Agentin erklärte mir danach, Sie zu kennen.«

Sprachlos starrte ich die First Lady an. Besagte Agentin konnte nur eine Frau sein. Ich hatte sie seit Monaten nicht mehr gesehen. Denn wie mein Schwiegervater machte auch sie mich dafür verantwortlich, was mit Rachel geschehen war.

»Kate? Kate Robson? Aber …«

»Ms Robson ist eine bewundernswerte Frau, ich schätze ihre Meinung sehr. Auf meine Frage, ob Sie ein guter Chirurg seien, erklärte sie, das könne sie nicht beurteilen. Aber Sie seien absolut integer. Mehr brauchte ich nicht zu wissen.«

Und genau diese Erfahrung, ihre Genügsamkeit und das in mich gesetzte Vertrauen, waren das Zünglein an der Waage. Meine Riesenangst vor der Aufgabe zählte nicht mehr länger. Die Zeit der Ausreden war vorbei, weshalb mir nur noch eins zu sagen blieb:

»Mehr brauche ich auch nicht zu wissen, Madam. Ich werde Ihren Mann operieren.«

12

Keine Ahnung, wie lange ich auf dem Boden der Limousine lag. Die beiden Sicherheitsbeamten stellten nicht mal das Radio an, wahrscheinlich, damit ich mein Zeitgefühl verlor.

Nach einer Weile bekam ich Krämpfe in den Beinen, und die Beklemmung wurde immer größer. Endlich verließen wir den Highway und fuhren einige Minuten über Nebenstraßen, bis wir schließlich auf einen unbefestigten Weg einbogen. Ich weiß nicht, ob die Limousine ein einziges Schlagloch ausließ; wenn ja, dann nur, weil der Fahrer es nicht rechtzeitig sah. Ich hätte schwören können, dass er sie bewusst ansteuerte, eins nach dem anderen, und meine Gelenke und Zähne fingen an zu vibrieren, so sehr holperten die Räder über den Schotter. Endlich drosselte der Wagen die Geschwindigkeit – ein paar Sekunden später wurde es dunkel, und der Wagen hielt.

»Sie können sich jetzt wieder aufrichten, Doktor. Tut mir leid wegen der Unannehmlichkeiten«, erklärte der Agent im blauen Anzug.

Mühsam zog ich mich am Vordersitz hoch. Arme, Beine und Steißbein waren inzwischen taub, meine Sinne abgestumpft.

Ich kniff die Augen zusammen, um besser sehen zu können, doch bis auf das Leuchten des Armaturenbretts war es um uns herum komplett dunkel. Ein seltsamer Ort.

Plötzlich gingen schlagartig mehrere bläuliche Lampen an. Geblendet hob ich eine Hand vor die Augen, als ein lang anhaltendes metallisches Knacken ertönte, dessen Echo noch einige Sekunden in meinen Ohren dröhnte, und das ganze Auto sich auf einmal zu bewegen begann.

Wir waren in einem Aufzug, an dessen stählernen Wänden aber nirgends ein Steuerungspanel mit Knöpfen oder Bedienungsfeldern zu entdecken war. Die Fahrt dauerte mehrere Minuten, während der ich mir die Waden massierte, um den Blutfluss wieder zu regulieren.

Kaum hielten wir an, hob sich die Stahlwand vor uns auch schon langsam und gab den Blick auf eine Tiefgarage frei. Sie bot Platz für etwa zwanzig Autos, doch die mit roter Farbe auf dem Betonboden markierten Stellflächen waren allesamt leer.

Der Fahrer parkte direkt neben der einzigen Tür, die beiden stiegen aus, und der im blauen Anzug winkte mich aus dem Wagen.

»Hier entlang, Doktor.«

Wie durch Zauberhand öffnete sich die Tür automatisch zu einem Flur, der vor einem weiteren Aufzug endete. Nach einer kurzen Fahrt nach unten gelangten wir in einen riesigen Saal, der von Wandlampen spärlich beleuchtet war. Jede Menge Papier lag auf dem Boden, und überall standen Kartons und ausrangierte Büromöbel herum. Es roch staubig und muffig.

»Wo zum Teufel sind wir?«

Der im grauen Anzug zuckte mit den Schultern.

»Das tut nichts zur Sache. Passen Sie einfach auf, wo Sie hintreten, Doktor. Dieser Teil hier wird etwas vernachlässigt.«

Wir schlängelten uns durch das Gerümpel zum anderen Ende des Raums, wo sich neben mehreren Türen ein weiterer Aufzug befand. Als wir an einer dieser Türen vorbeikamen, blieb ich wie angewurzelt stehen, denn vor mir tat sich eine staubige Kopie des Oval Office auf, so, wie ich es schon unzählige Male im Fernsehen gesehen hatte. Durch ein Fenster hinter dem Schreibtisch schien sogar künstliches Tageslicht, so überzeugend, dass ich mich fragte, ob wir uns wirklich viele Meter unter der Erdoberfläche befanden.

Ein Räuspern meiner Begleiter holte mich in die Wirklichkeit zurück, und wir fuhren ein weiteres Mal nach unten. Wir stiegen in einem Gang mit gläsernen Wänden aus, hinter denen mehrere Zimmer lagen, deren Mobiliar an ein Krankenhaus denken ließ. Am Ende des Flurs, abgetrennt von halbhohen Stahlwänden, befanden sich mehrere offen stehende Untersuchungsräume – und in einem davon saß der Präsident und telefonierte.

Sogar Handy-Empfang scheint es an diesem seltsamen Ort zu geben, wunderte ich mich, während ich auf ihn zusteuerte. Gedankenverloren wollte ich das Zimmer betreten, als sich auf einmal jemand vor mir aufbaute. Er war ein Schrank von einem Mann, dessen Kleidung zwei Nummern zu klein wirkte. Aber vielleicht war die Welt auch einfach nur zwei Nummern zu klein für ihn. Ein dünner rothaariger Bart umrahmte seine extrem schmalen Lippen, und sein kahl rasierter Schädel glänzte im Neonlicht. Alles an ihm verriet, dass er früher bei den Navy SEALs gewesen war.

»Special Agent McKenna, Chef der Präsidentengarde.«

Er reichte mir nicht die Hand.

Und ich ihm meine auch nicht.

Ein paar Sekunden taxierten wir uns im Bewusstsein unserer gegenseitigen Abneigung, wie sie sich manchmal schon von der ersten Sekunde an zwischen zwei völlig fremden Menschen manifestiert. Der berühmte erste Eindruck, den man hat und der in den allermeisten Fällen stimmt.

Ich nickte mit unbeweglicher Miene.

»Angenehm.«

»Dr. Evans, Sie sind auf ausdrücklichen Wunsch des Präsidenten hier. Alles, was Sie hier sehen, ist Staatsgeheimnis und muss deshalb strikt geheim gehalten werden. Ich hoffe, wir können auf Ihre Verschwiegenheit bauen.«

»Mister, alles, was ich mit einem Patienten berede, unterliegt der …«

»Schon gut, die Leier kenne ich«, unterbrach er mich.

»Dann weiß ich nicht, warum Sie noch fragen.«

McKenna blitzte mich zornig an und verzog angewidert sein Gesicht.

»Sie haben recht, Doktor, warum frage ich überhaupt, ich sollte meinem Instinkt besser vertrauen.«

Ich kannte dieses Alphamännchen-Gehabe nur zu gut aus unzähligen Dokumentarfilmen im National Geographic Channel. Trotzdem durfte ich mir nicht alles gefallen lassen.

»Bravo, da haben Sie mir gut ans Bein gepinkelt. Dann kann ich ja jetzt meinen Patienten sehen.«

Ein leises Knurren verriet mir, dass ich einen Fehler begangen hatte. Normalerweise brachte es diese Kraftprotze völlig aus der Fassung, wenn man sich nicht von ihnen einschüchtern ließ. Aber McKenna war alles andere als dumm. Er machte eine kaum wahrnehmbare Armbewegung, sodass seine Muskeln den Anzug fast zum Platzen brachten.

Ich schluckte, machte aber zum Glück keinen Satz nach hinten. Wären wir in einer Kneipe gewesen, hätte dieser Rambo mich am Ende als Wischlappen benutzt, hier aber unterbrach die Stimme seines Chefs unsere kleine Kraftprobe.

»Ah, Dr. Evans, kommen Sie doch herein!«

Mit versteinerter Miene trat McKenna zur Seite.

»Wir sehen uns dann morgen, Doc«, knurrte er, als ich mich an ihm vorbeizwängte. »Ich freue mich schon.«

Mir blieb keine Zeit, mich zu fragen, was zum Teufel er damit meinte, denn der Präsident kam bereits auf mich zu, um mir die Hand zu schütteln.

»Danke, dass Sie die Mühe auf sich genommen haben, Dr. Evans. Hier haben wir alles, was Sie brauchen.«

»Wo um alles in der Welt sind wir, Mr President?«

»Mein Amtsvorgänger hat das alles bauen lassen. Die terroristische Bedrohung war zu seiner Zeit allgegenwärtig, und es gab geheimdienstliche Hinweise darauf, dass eine schmutzige Bombe in Washington explodieren könnte. Im Falle eines solchen Angriffs hätten der Präsident und sein Kabinett hier Schutz suchen können. Neben den üblichen Amtszimmern gibt es hier alles: diese Krankenstation hier, Fitnessräume, und natürlich jede Menge Nahrungsmittelvorräte, die Wasserversorgung steht …«

»Offen gestanden wirkt das Ganze ein bisschen heruntergekommen«, unterbrach ich ihn, während ich mit dem Zeigefinger über ein staubiges Sideboard fuhr.

Der Präsident zog bedauernd die Schultern hoch.

»Die Staatskasse ist leer. Als ich die Amtsgeschäfte übernahm, musste ich mich entscheiden. Dieser Bunker hier war strategisch nicht so wichtig, es gibt noch ein paar mehr solcher Militäreinrichtungen«, sagte er und zeigte dann hinter sich. »Aber das Wichtigste ist, dass wir das hier haben.«

Mitten im Zimmer stand ein riesiges MRT-Gerät, ein deutsches Markenfabrikat, das um die sechs Millionen Dollar kostete. Es war nicht das neueste Modell, hatte vielleicht acht, neun Jahre auf dem Buckel, und wahrscheinlich verfügte es auch nicht über die aktuellste Software, aber die Aufnahmen waren sicher gut genug.

Ich bat den Präsidenten, sich auszuziehen.

»Ich weiß schon, wie das läuft, ich muss alles aus Metall ablegen, auch die Zahnspange, wenn ich denn eine hätte«, versuchte er, leicht nervös, zu spaßen. »Ah, und ich brauche keine Decke.«

Als er hinter dem Wandschirm verschwand, überkam mich ein absurdes Gefühl der Unwirklichkeit. Während ich das Gerät einschaltete, hörte ich, wie der Präsident der Vereinigten Staaten sorgfältig seine Kleidungsstücke zusammenfaltete. Unwillkürlich schüttelte ich den Kopf. Mit jedem Schritt, der mich mehr von meinem Alltag als Arzt entfernte, in dem ich alles unter Kontrolle hatte, fühlte es sich zunehmend so an, als würde ich in einem Film mitspielen. Und in diesem Film war ich der Schuft, zumindest für diesen kranken Mann mir gegenüber und die Gorillas vor der Tür. Wenn sie nur den Hauch einer Ahnung hätten, was los war, würden sie mich augenblicklich zu Boden reißen und Hände und Füße fesseln.

Und dann würde Julia sterben.

Und das konnte und durfte ich nicht zulassen.

Als mein Patient in einem Krankenhauspyjama hinter dem Wandschirm hervorkam, sah ich ihn überrascht an. Er sah gesünder aus als noch vor drei Wochen, zumindest physisch. Ich wusste, dass er in der Zeit das Oval Office kaum verlassen hatte, und das war auch einem Journalisten aufgefallen, der sich in seiner Kolumne über die ungewöhnlich wenigen Termine des Präsidenten ausgelassen hatte. Normalerweise erinnerten sich die Bewohner des Weißen

Hauses nämlich in der zweiten Amtszeit daran, dass ihnen ein Flugzeug zur Verfügung stand, das nur darauf wartete, so oft wie möglich benutzt zu werden. Stattdessen hatte der Präsident seine öffentlichen Auftritte auf ein Minimum beschränkt.

Er hatte in der Zeit sogar etwas zugenommen.

»Ich weiß, das ist meiner Frau gestern Abend auch aufgefallen«, sagte er, als er merkte, dass ich ihn musterte, und klopfte sich auf den Bauch. »So rund war er lange nicht.«

Ich nickte.

»Wenn Sie sich nun bitte hinlegen würden, Mr President.«

Er streckte sich auf der fahrbaren Liege aus. Als seine nackten Beine die kalte Oberfläche berührten, zuckte er zusammen.

»Sind Sie sicher, dass Sie keine Decke wollen?«

Er schüttelte den Kopf.

»Nein, aber wenn Sie Ohrenstöpsel hätten ... Laute Geräusche habe ich noch nie gut vertragen.«

Ich reichte ihm ein paar aus einer Packung, die neben mir auf einem Tisch lag.

»Versuchen Sie, sich so wenig wie möglich zu bewegen«, sagte ich noch und zog mich dann in den verglasten Bereich zurück, von wo aus man das Gerät bediente.

In den dreißig langen Minuten, die die MRT-Aufnahme dauerte, gingen mir die düstersten Gedanken durch den Kopf. Während die gewaltigen Zylinder im Inneren der Maschine die Millionen von Wasserstoffatomen im Gehirn des Präsidenten in Bewegung setzten, um ein perfektes Bild jeder einzelnen Schicht anzufertigen, wuchs mein Hass auf White von Minute zu Minute. In dieser Überwachungskammer, Hunderte von Metern unter der Erde, ohne jeglichen Handlungsspielraum, fühlte ich mich wie eine Ratte in einem dunklen Loch gefangen, und als mir dann noch Julia in ihrem Erdloch in den Sinn kam, brauchte ich all meine mentale Widerstandskraft, um mich gegen die Verzweiflung zu wehren und nicht laut schreiend zusammenzubrechen.

Ich hasse von jeher das Eingesperrtsein. Vielleicht aufgrund meiner Kindheitserfahrungen. Jedes Mal, wenn ich in ein neues Kinderheim kam, zitterte ich am ganzen Leib vor Angst. Ich sollte wieder mit völlig Fremden zusammenwohnen, die mich nicht mochten und nur auf den monatlichen Scheck für meine Betreuung warteten. Alle waren sie gleich. Die gleichen unfreundlichen, leeren Blicke, die gleichen fettigen Pizzaflecken auf dem Hemd des Heimleiters, die gleichen nikotinverfärbten Finger der Hausvorsteherin, die gleichen lärmenden Waisenkinder, die sich in den Fluren drängten. Wenn es regnete oder zu kalt war, um sich draußen aufzuhalten, versteckte ich mich in dem Zimmer, das der Haustür am nächsten lag. Die Nähe der anderen war mir ein Gräuel – wohl, weil ich nicht wieder verletzt werden wollte.

Als meine Adoptiveltern mich zu sich nach Hause nahmen, führte ich mich darum auch auf wie ein Teufel. Aber die Evans zeigten Verständnis und unendliche Geduld und brachten mich so letztlich dazu, die zweitwichtigste Entscheidung meines Lebens zu treffen: sie zu lieben.

Meine wichtigste – und beste – Entscheidung war es dann, Rachel zu heiraten. In dieser schnelllebigen Zeit mag das wie eine Bagatelle klingen, aber für jemanden, der aufgrund seiner frühen Kindheit Bindungsangst hatte, war das Ja-Wort eine enorme Leistung. Zumal, einmal gegeben, ich keiner von denen bin, die ihr Wort jemals brechen.

Und mit derselben Ernsthaftigkeit hatte ich vor Jahren

dann auch den Eid geleistet, niemals einem Patienten Schaden zuzufügen …

In diesem Moment fiel mein Blick auf das letzte Bild, das sich langsam auf dem Bildschirm aufbaute. Ich runzelte die Stirn. Das sah gar nicht gut aus.

Kaum war die Liege mit einem summenden Geräusch herausgefahren, richtete sich mein Patient auf und fing an, sich Arme und Beine zu massieren.

»Verdammt, war das anstrengend.«

Ich nickte langsam. Ich wollte so schnell wie möglich von hier fort, aber vorher musste ich ihm noch die schlechte Nachricht überbringen. Und das fiel mir alles andere als leicht.

Doch wenn es jemanden gab, der die Gesichter anderer Menschen lesen konnte, war er das.

»Er ist gewachsen, stimmt's?«

»Ja, das Wachstum hat sich beschleunigt, Mr President. Und das ist kein gutes Zeichen.«

Er schwieg einen Moment.

»So schlimm ist es auch wieder nicht, oder?«, meinte er dann mit betont munterer Stimme. »Schließlich fehlen nur noch ein paar Stunden bis zur Operation.«

»Je größer der Tumor, desto schwieriger wird es, ihn weitestgehend zu entfernen. Das heißt, es bleiben mehr Krebszellen zurück, die das noch gesunde Gewebe weiter infiltrieren. Und wenn ich doch alles herauszuschneiden versuche, besteht die Gefahr, lebenswichtige Funktionen des Gehirns zu verletzen, sodass Sie nach der OP unter Umständen nur noch wie ein Kopfsalat vor sich hin vegetieren.«

Er lachte auf seine typische Art, mit diesem nasalen Lachen, wie ich es so oft schon bei den Übertragungen seiner

Reden gehört hatte. Aber das traurige Lächeln, das er mir danach schenkte, war neu und eine Seite des Präsidenten, die sicher nicht viele zu Gesicht bekamen.

Er stand auf und ging hinter den Wandschirm. Kurz darauf kam er mit einer Schachtel Marlboro und einem Feuerzeug zurück.

»Rauchen Sie?«

»Nein. Und Ihrem Kabinettschef zufolge haben Sie damit auch längst aufgehört.«

»Ich fürchte, da waren wir nicht ganz ehrlich zu den Wählern«, erwiderte er, steckte sich eine Zigarette an und setzte sich auf die Liege.

Instinktiv wollte ich ihm sagen, wie ungesund das Rauchen war, hielt dann aber den Mund; schließlich war es nur zu verständlich, angesichts seines Todesurteils eine Zigarette zu rauchen.

»Ein Politiker, der lügt? Hat man so was schon mal erlebt?«, sagte ich darum nur.

»Sie halten wohl nicht viel von uns Politikern.«

»Stimmt.«

Er lächelte schwach, schien für einen Moment vergessen zu haben, warum wir hier waren. Dass jemand so mit ihm redete, kannte er nicht.

»Sie mögen mich nicht, habe ich recht, Doktor?«

»Offen gestanden habe ich für einen Wahlmann des anderen Kandidaten gestimmt«, sagte ich, auch wenn es nicht stimmte; aber ich konnte nicht anders, irgendwie musste ich meine ohnmächtige Wut loswerden, denn gerade wuchs meine Angst um Julia wieder ins Unermessliche.

»Ich kann gut verstehen, dass Sie sauer auf mich sind, Doktor. Ich weiß, dass es Ihnen nicht behagt, dass die Dinge nicht so laufen, wie Sie es in einem solchen Fall gewohnt sind. Ich könnte Ihnen Dutzende Situationen schildern, in denen ich in den letzten Jahren allgemein gültigen Normen zuwiderhandeln musste. Von einigen wissen Sie bestimmt durch die Presse, oder Sie können sie sich zumindest vorstellen. Neuerdings kann man ja auch alles auf Twitter verfolgen. Selbst als wir Osama geschnappt haben, hat das einer getwittert.«

»Ich habe nicht viel Ahnung vom Twittern, Mr President, aber ich weiß, dass Justin Bieber mehr Follower hat als Sie.«

Er lachte, während er den Rauch ausstieß, sodass er sich verschluckte und ein paarmal nervös husten musste.

»Ich dachte immer, dass mich dieses Laster irgendwann umbringt. Aber das wird wohl nicht der Fall sein.«

»Sicher nicht.«

Wortlos erhob er sich und drückte die Zigarette in einer alten Dose aus, die auf dem Tisch des Untersuchungszimmers stand.

»Es tut mir leid, Dr. Evans.« Er setzte sich wieder auf die Liege. »Ich hätte diese Operation unmittelbar nach der Diagnose machen sollen, dann wäre alles nicht so kompliziert, und wir hätten es schon hinter uns.«

Allerdings, dachte ich verbittert, und dann hätte White auch nicht meine Tochter in seiner Gewalt.

»Aber wissen Sie, ich bin nicht in die Politik gegangen, weil ich nach persönlichem Ruhm trachte, sondern um für die soziale Gerechtigkeit zu kämpfen«, fuhr er fort. »Ich und meine Partei haben viel erreicht in dieser Zeit. Aber es bleibt noch so viel zu tun. Denken Sie nur an die geplante Steuerreform. Wenn wir die durchbringen, können wir die Machtkonzentration jener ein Prozent Superreicher in unserer Gesellschaft deutlich eindämmen.«

Die ganze Welt hatte in den letzten Monaten von diesem Gesetz gehört, und jeder Politiker schien eine dezidierte

Meinung dazu zu haben, obwohl der Gesetzesentwurf laut der ›*Washington Post*‹ achthundert Seiten umfasste, die wohl kaum einer vollständig gelesen hatte. Wenn das Gesetz verabschiedet würde, wäre das jedenfalls ein gigantischer Erfolg, der seine Regierung bis in alle Ewigkeit auszeichnen würde. Doch als Arzt musste ich ihm eine ganz andere Frage stellen.

»Ist dieser Kampf Ihr Leben wert, Mr President?«

Er sah mir ernst in die Augen.

»Das ist eine gute Frage, Dr. Evans. Wissen Sie, an dem Tag, an dem ich Sie im Weißen Haus kennengelernt habe, habe ich meine Frau dasselbe gefragt. Und sie …«

Seine Stimme zitterte auf einmal, sodass er innehielt, wohl, um seine Emotionen wieder in den Griff zu kriegen.

Ich bin es gewohnt, dass meine Patienten sich mir anvertrauen. Früher oder später machen sie das alle, selbst die dickhäutigsten oder introvertiertesten. Alle haben irgendein Geheimnis zu offenbaren, etwas, das sie sich von der Seele reden wollen, der nahe Tod drängt sie dazu. Denn sie wollen, ja, sie müssen an mich glauben, so wie an sich selbst und ihren Überlebenswillen. Sie wollen glauben, dass meine Hand beim Operieren danach sicherer ist, weil ich dann wüsste, warum sie es verdienen weiterzuleben. So, als wäre es an mir, über ihr Leben zu richten, oder als hätte ich die Macht, ihr Schicksal zu ändern.

»Niemand kennt mich so wie sie«, fuhr der Präsident schließlich leise fort. »Sie hat lange schweigend aus dem Fenster geschaut, bis sie sich irgendwann umgedreht und mich angesehen hat. Mit ruhiger Stimme sagte sie dann, wenn ich in der Zeit, die mir noch bleibt, wirklich etwas bewirken könnte, wenn es mir gelänge, dadurch eine bessere Welt für unsere Töchter Töchter zu hinterlassen, dann wäre es das Risiko wert. Und genau deshalb habe ich …«

»Warten Sie, Mr President«, unterbrach ich ihn. »Ist Ihnen aufgefallen, dass Sie gerade ein Wort zweimal gesagt haben?«

»Wie?« Er runzelte die Stirn. »Nein, das habe ich sicher nicht.«

»Doch, das haben Sie. Bitte wiederholen Sie für mich folgenden Satz: ›Meine Töchter haben einen kleinen Hund.‹«

Er zögerte einen Augenblick, gehorchte dann aber.

»Meine Töchter Töchter haben einen kleinen Hund.«

»Haben Sie es jetzt bemerkt?«

»Nein«, sagte er mit lauterer Stimme als sonst, während in seinen Augen so etwas wie Panik aufblitzte.

»Sagen Sie bitte ›Töchter‹.«

»Töchter Töchter.«

»Jetzt sagen Sie das Wort bitte in zwei Silben.«

»Töch-ter«, sagte er, indem er eine lange Pause zwischen den Silben einlegte.

»Sehr gut. Und nun wieder in einem Wort.«

»Töchter Töchter.« Unwirsch sprang er von der Liege. »Bitte hören Sie auf, Doktor. Das ist erniedrigend.«

Ein Anflug von Mitleid verdrängte den Groll, dass ich mich nur seinetwegen in dieser ausweglosen Lage befand. Ich hatte meinem Patienten zu viel zugemutet. Dabei hatte ich gelobt, mein Leben als Arzt auch in den Dienst der Menschlichkeit zu stellen. Für einen kurzen Moment schämte ich mich fürchterlich.

»Ist das in den letzten Wochen schon einmal passiert?«

Der Präsident schüttelte zuerst heftig den Kopf, nickte letztlich aber doch.

»Was hat das zu bedeuten, Doktor?«, fragte er mit leiser Stimme.

»Der Tumor hat Ihr Sprachzentrum erreicht. In wenigen Tagen werden Sie nicht mehr richtig sprechen können.«

Im selben Moment spürte ich einen heftigen Druck am Unterarm. Als ich nach unten blickte, sah ich die große, kräftige Hand des mächtigsten Mannes der Welt und in seinen Augen, trotz der würdevollen Maske, die noch immer die Oberhand behielt, eine furchtbare Todesangst.

»Retten Sie mich, Doktor, ich flehe Sie an! Ich habe noch so viel zu tun.«

13

Als mich die Beamten vom Secret Service wieder ein paar Blocks vom Saint Claire entfernt absetzten, musste ich erst einmal blinzeln. Im mondänen Kalorama war es wie üblich vornehm still, und diese Normalität wirkte auf mich wie ein Schock. Um mich herum war alles, als wäre nichts geschehen, so, als hätte ich nur schlecht geträumt.

Aber das hatte ich nicht.

Julia war noch immer in der Gewalt dieses skrupellosen Psychopathen.

Bei dem grauenerregenden Gedanken an White zog ich im Laufen das Handy aus der Tasche, um noch einmal zu versuchen, es einzuschalten. Seltsamerweise war es schon von alleine angegangen. Das Display leuchtete, und als ich näher hinsah, blieb mir fast das Herz stehen: Statt des voreingestellten bläulichen Hintergrundbilds war wieder das andere zu sehen, das, was ich vor ein paar Monaten gelöscht hatte, weil es zu viele schmerzhafte Erinnerungen in mir wachrief. Es war ein Foto von Julia und Rachel, wie sie sich glücklich ein Erdbeereis teilten; auf Julias T-Shirt war mehr von dem Eis als in der Waffel.

Ich war wie gelähmt. Dieses verdammte Arschloch! Er spielte mit meinen Erinnerungen und Gefühlen wie mit Schachfiguren! Er brauchte mir nicht einmal eine seiner fiesen Kurznachrichten zu schicken, allein mit diesem Foto drückte er mir wieder die Kehle zu. Ich sollte bloß nicht vergessen, dass Julias Leben auf dem Spiel stand. Als könnte ich das auch nur für eine Sekunde!

Ich zwang mich, den Blick vom glücklichen Gesicht unserer Kleinen und Rachels gespielt entrüsteter Miene abzuwenden, und sah auf die Uhr.

Es war bereits kurz vor vier Uhr nachmittags. O Gott, ich kam zu spät zu meinem Termin!

In diesem Moment begannen mir die Beine zu zittern, und mit einem Mal spürte ich meine ganze Erschöpfung, sodass ich mich kurz an einer Wand des Klinikfoyers abstützen musste. Ich hatte die letzten vierundzwanzig Stunden so gut wie nichts gegessen oder getrunken, und auch nur ein paar Stunden unruhigen Schlafs gehabt. Wenn ich so weitermachte, lief ich Gefahr, einen fatalen Fehler zu begehen, und das konnte ich mir auf keinen Fall erlauben. Ich schwankte kurz, ob ich gleich zu meinem Treffen hetzen oder mir lieber zuerst ein Sandwich kaufen sollte. Schließlich siegte die Vernunft.

Neben meinem knurrenden Magen gab es nämlich noch einen gewichtigeren Grund, mich zu verspäten: Ich musste erst mein manipuliertes Smartphone loswerden, damit White mir nicht auf die Schliche kam. Also legte ich es im Büro auf meinen Schreibtisch, zog dann geräuschvoll ein paar Fünf-Dollar-Scheine aus der Brieftasche, ging zur Tür, von wo aus ich der Kollegin im Büro nebenan laut zurief, dass ich schnell etwas essen ginge und ob ich ihr etwas aus der Kantine mitbringen solle, und zog sie dann hinter mir zu, darauf hoffend, dass meine scheinbare Vergesslichkeit White nicht zu sehr beunruhigte.

Mit großen Schritten eilte ich schon zum Aufzug, da rief Carla, die diensthabende Oberschwester, mir hinterher:

»Dr. Evans! Dr. Wong hat eben angerufen, sie will Sie dringend sprechen. Und Meyer auch.«

»Ich komme um vor Hunger. Die Chefs müssen warten!«, brüllte ich nur zurück, betrat den Lift und drückte auf den Knopf nach unten.

Ich brauchte sie nicht zu sehen, um zu wissen, dass sie mir mit offenem Mund nachstarrte. Carla war wie eine Bienenkönigin, vor der die anderen Krankenschwestern gewaltigen Respekt hatten und der niemand widersprach. Auch ich mochte sie nicht, und darum behandelte ich sie normalerweise mit der ausgesuchten Höflichkeit, mit der ich alle unangenehmen Mitmenschen bedachte. Meine Entgleisung hatte sie darum völlig unerwartet getroffen, und die Vorstellung, wie perplex sie war, verlieh mir für einen kurzen Augenblick ein geradezu gutes Gefühl. Doch meine Erleichterung währte nur kurz. Für meine Nerven war es gut gewesen, Dampf abzulassen – ich hatte damit aber auch Whites Befehl zuwidergehandelt, mich ganz und gar unauffällig zu benehmen. Und zu allem Überfluss würden mich meine Chefin und der Big Boss gleich zusammenstauchen, weil ich sie nach dem Präsidentenbesuch nicht sofort angerufen hatte.

Der Anblick der von kaltem Neonlicht beleuchteten Kantinentheke machte meine schlechte Laune auch nicht besser. Ich aß nur dort, wenn ich keine Zeit hatte, meinen Hunger außerhalb der Klinik zu stillen, so wie die meisten meiner Kollegen. Die in Fett schwimmenden Gerichte waren einfach ungenießbar. Das einzig Gute war die unmittelbare Nähe zur Notaufnahme – falls man beim Essen des Fraßes Bauchweh bekam.

Jetzt blieb mir jedoch keine andere Wahl, denn ich war so erschöpft und ausgehungert, dass mir schon richtig schwindlig war. Und ich durfte mich nicht noch mehr verspäten. Schnell schnappte ich mir ein paar Energieriegel und eine große Cola und eilte damit zur Kasse. Um mein schlechtes Gewissen zu beruhigen, dass ich Whites Anordnung bei der Oberschwester nicht befolgt hatte, lächelte ich der gelangweilten Kassiererin zu. Doch es schien nicht in die Gehirnmasse hinter ihrer ausdruckslosen Miene vorzudringen, sie reichte mir nur stur das Wechselgeld und besah sich dann wieder ihre Fingernägel.

Die Aufzüge in diesem Teil des Gebäudes fuhren nur vom Erdgeschoss nach unten, wenn man einen speziellen Schlüssel dafür besaß, darum musste ich die Treppe neben dem Zeitungskiosk nehmen. Es war inzwischen schon zwanzig nach vier, und so stürmte ich die ausgetretenen Stufen hinunter, während ich voller Heißhunger zwei Schokomüsliriegel verschlang – was nicht besonders clever war, erst recht nicht, wenn man Krankenhausclogs trug: Es vergingen kaum zwei Monate, in denen nicht irgendein Kollege in der Traumatologie behandelt werden musste, weil er beim Lesen einer Krankenakte oder seiner Handy-Nachrichten die Treppe hinuntergestürzt war.

Das Saint Claire ist wie eine alte viktorianische Dame. Äußerlich imposant, mit großen Sprossenfenstern und hübschen Kletterpflanzen, die an den ehrwürdigen Mauern aus rotem Ziegelstein hinaufwuchern, ist die Privatklinik im Inneren dagegen wie eine schrullige alte Schachtel, die jede Menge Geheimnisse birgt. Die dunkelsten befanden sich im Keller, zu erreichen durch eine Tür vom Treppenhaus aus, die eigentlich verschlossen sein sollte, es aber nie war. Soweit ich weiß, war Meyers Vorgänger der Letzte, der sich die Mühe gemacht hatte, darauf zu achten. Er ließ ein Schloss anbringen und erklärte, dass bis auf die Hausmeister, das Reinigungspersonal und die für den Leichenkeller zuständigen Mitarbeiter niemand dort unten was zu suchen hatte. Am nächsten Morgen war das Schloss aufgebrochen. Der Direktor, ein evangelischer Methodist, ließ einen Schlosser rufen und beklagte sich in einem internen Rundschreiben über den Vandalismus. Die Mitarbeiter hätten »es zu unterlassen, diesen Bereich der Klinik für ihre unkeuschen Handlungen zu missbrauchen, die unserem Beruf und unserer altehrwürdigen Institution unwürdig sind«. Am nächsten Tag war das Schloss wieder aufgebrochen, ebenso am übernächsten. So ging es zehn Tage lang. In der elften Nacht sägte der »Vandale« mit einer Kreissäge ein großes Loch aus der Tür. Zur allgemeinen Erleichterung – sah man vom Schlosser ab, der sich eine goldene Nase verdient hatte – unterließ es der Direktor von da an, seine Mitarbeiter an eventuellen Ausflügen zu hindern.

Niemand hatte sich seither die Mühe gemacht, die Tür zu reparieren. Der Rand des riesigen Lochs war mit der Zeit dunkel geworden, aber es ragten immer noch gelegentlich Splitter heraus, wie ich am eigenen Leib erfuhr, als ich mit dem Ellenbogen schwungvoll die Tür aufstieß. Während ich mir mit schmerzverzerrtem Gesicht die aufgeschürfte Haut rieb, hielt ich kurz inne, um mich zu orientieren. Der Leichenraum lag in dem Flur rechts von mir, im bekannteren Flügel dieses schummrigen Labyrinths. Geradeaus ging es zur Wäscherei und dem Raum für den Müll, einem düsteren Ort mit zahlreichen Warnschildern, wo die medizinischen Abfälle der ganzen Klinik entsorgt wurden. In dem langen Gang links von mir befanden sich ganz am Ende der Heizungsraum und die Stromgeneratoren. Langjährige Ärzte erzählen den jüngeren Kollegen gern, dort gäbe es noch einen Eingang zu einem zweiten Keller direkt darunter, der jedoch seit Jahrzehnten verschlossen sei; wenn das wirklich stimmt, möchte ich nicht wissen, welch schreckliche Dinge dort unten lauern. Aber auch hier im ersten Untergeschoss fühlten sich die Ratten wohl, trotz des vielen Gifts, das überall verstreut wurde. Blieb man ein paar Minuten ruhig in einem dieser unterirdischen Gänge stehen, konnte man sie in den Hohlräumen zwischen den Mauern und den Dutzenden von heißen Leitungsrohren entlangflitzen und fiepen hören.

Das Einzige, was ich indes jetzt hörte, war mein stoßweiser Atem, während ich den linken Gang entlangrannte. Zweimal irrte ich mich an einer Gabelung, bis ich schließlich mit hängender Zunge und Seitenstichen den Heizungsraum erreichte. Während ich die Hände auf den Knien abstützte und nach Luft rang, vernahm ich plötzlich ein Geräusch hinter mir.

»Du bist spät dran, David.«

In eine Lederjacke und Jeans gekleidet, lehnte Kate mit verschränkten Armen an der Wand und starrte mich mit ihren tiefblauen Augen an. Ihrem von katzenhaften Zügen geprägten Gesicht nach zu schließen, war sie äußerst angespannt. Die Gefühle, die seit Rachels Tod und schon davor in ihr brodelten, schienen sie noch immer fest im Griff zu haben. Ich sah es ihr an, und sie wusste das, was unser Verhältnis zueinander noch viel komplizierter machte, als es sowieso schon war. Darum hatten wir uns im letzten Jahr immer mehr entfremdet, und so hatte sie Julia auch nur die paar Male gesehen, die wir uns zufällig bei meinen Schwiegereltern über den Weg gelaufen waren. Und auch das musste sie sehr schmerzen, denn die beiden liebten sich abgöttisch und hatten viel miteinander gemein: Beide, Julia und Kate, waren ungestüm, spontan und unheimlich zärtlich.

»Tut mir leid, Kate, tut mir wirklich leid«, stammelte ich mit einem dicken Kloß im Hals.

Bedächtig nickte sie, denn bestimmt dachte sie, meine Worte bezögen sich auf die Verspätung. Nichts ferner als das.

»Also, David, was zum Teufel ist passiert, dass du mich von Virginia in diesen düsteren Keller zitierst?«

Ich holte tief Luft, um mich zu wappnen.

Denn sobald ich den Mund aufmachte, würde die Welt auch für Kate zusammenbrechen.

14

»Julia ist entführt worden.«

Ungläubig starrte Kate mich an und stieß sich von der Kellerwand ab.

»Was sagst du da?! Bist du sicher?«

»Absolut.«

»Wann war das?«

»Gestern Abend, zwischen neun und elf.«

»Und? Hast du die Polizei verständigt?!«

Kaum schüttelte ich den Kopf, zog sie auch schon ihr Handy aus der Lederjacke und wählte eine Nummer.

»Ich habe einen Freund, der …«

Ich packte sie am Arm.

»Nicht, Kate. Sie haben gesagt, dass ich das besser nicht tun sollte.«

»Das sagen sie immer. Verdammt, David, das FBI muss so schnell wie möglich eingeschaltet werden!«

Ungestüm riss sie sich los. Ich hatte sie noch nie so bestürzt gesehen. Und bei einer Agentin des Secret Service, die sich von nichts erschüttern ließ, war das umso beängstigender.

»Die ersten Stunden sind entscheidend! Und du musst so viel Bargeld auftreiben, wie du nur kannst. Haben sie schon die Lösegeldsumme genannt?«, wollte sie wissen, während sie wieder hektisch auf ihrem Handy herumtippte.

»Es geht nicht um Geld, Kate. Und du wirst auch niemanden anrufen.«

»Mist, hier unten hab ich keinen Empfang!« Sie hielt das Handy hoch und wedelte verzweifelt damit herum. »Wir müssen sofort nach oben und anrufen.«

»Ich weiß, dass es hier keinen Empfang gibt, Kate. Genau deshalb wollte ich mich hier unten mit dir treffen, wo uns niemand sieht oder hört.«

Kreidebleich ließ sie das Handy sinken und wandte sich mir langsam zu. Argwöhnisch kniff sie die Augen zusammen, sodass ich augenblicklich begriff, wie paranoid meine Worte geklungen haben mussten und wie merkwürdig mein Verhalten für sie war.

»David, was genau ist passiert? Ist Julia wirklich … entführt worden?«

Dachte sie etwa …? Zu verstehen wäre es, denn ich wäre nicht der erste verzweifelte Witwer, der durchdrehte und eine schreckliche, unverzeihliche Tat beging, bevor er sich selbst das Leben nahm.

»Kate, es ist so …«

»Wo ist Julia, Dave?«

Wie sollte ich ihr nur beibringen, was White von mir verlangte? Ich zögerte, und als ich schließlich antwortete, tat ich das auf die denkbar bescheuertste Art.

»Ich … ich … Es ist alles meine Schuld, Kate. Ich hoffe, du kannst mir verzeihen«, stammelte ich und wollte, um Vergebung bittend, nach ihrer Hand greifen.

Auch Kate streckte die Hand aus, packte mich jedoch damit blitzschnell am Handgelenk, drehte mir den Arm auf den Rücken und presste mich mit dem Gesicht gegen die Wand. Sie war gut fünfzehn Zentimeter kleiner und zwanzig Kilo leichter als ich, hatte mich aber in weniger als einer Sekunde überwältigt. Ich versuchte erst gar nicht, mich zu wehren, bei einer Agentin des Secret Service würde ich sowieso den Kürzeren ziehen.

»Wenn du mir nicht sofort sagst, wo Julia ist, breche ich dir den Arm, das schwöre ich dir!«, zischte sie und presste mich noch etwas fester gegen die Mauer, sodass ich vor Schmerz aufstöhnte.

»Lass mich los, verdammt! Verstehst du denn nicht?! Sie haben sie mitgenommen! So können wir ihr ganz bestimmt nicht helfen!«

Einen endlosen Moment lang sagte keiner ein Wort. Dicht an meinem Ohr hörte ich im Mauerwerk die Ratten vorbeihuschen und das Rauschen in den Abwasserleitungen. Die Wand roch nach feuchtem Kalk.

Da endlich ließ sie mich los und trat einen Schritt zurück.

»Dreh dich um.«

An die Wand gelehnt, rieb ich mir stöhnend die Schulter und die rechte Wange, während sie mich voller Argwohn musterte und sicher überlegte, ob ich auch wirklich nicht log. Dabei stand sie so dicht vor mir, dass ihre Nähe mir noch weitaus unangenehmer war als der Hebelgriff zuvor. Meine Kehle war wie ausgetrocknet, und so versuchte ich, durch die Nase zu atmen, bis sie endlich ein paar Schritte zurücktrat.

»Tut mir leid, David. Ich habe wohl überreagiert.«

»Du … du glaubst mir also?«

Ohne mich aus den Augen zu lassen, stemmte sie die Arme in die Hüften.

»Ich glaube dir, dass Julia verschwunden ist und du nichts damit zu tun hast. Aber ich denke auch, dass du noch nicht mit der ganzen Wahrheit herausgerückt bist.«

»Stimmt. Ich erzähle es dir gleich. Aber nur unter einer Bedingung: Du musst mir zuhören bis zum Schluss. Wenn du danach immer noch das FBI anrufen willst, werde ich dich nicht daran hindern.«

Sie zögerte kurz und nickte dann.

»Raus mit der Sprache, David.«

Und das tat ich dann auch. Ich erzählte ihr alles, von Jamaal Carters Notoperation, und dass ich dadurch etliche Stunden später als geplant nach Hause kam, bis zu dem beißenden Geruch nach Desinfektionsmittel in Svetlanas Zimmer.

»Klar, damit haben sie alle DNA- und Blutspuren beseitigt, falls es zu einem Kampf gekommen ist.«

»Den scheint es nicht gegeben zu haben. Im Haus ist nichts durcheinander.«

»Das Kindermädchen war erst seit Kurzem bei euch, nicht wahr? Vielleicht hat sie mit den Entführern zusammengearbeitet.«

Ich zog die Schultern hoch und erzählte, wie mein Verdacht erst auf sie und Kates Vater gefallen und ich darum sofort nach Fredericksburg gerast war, wo ich mich mit Jim gestritten hatte und er mir noch im Regen hinterhergelaufen war.

»Ah, darum war er heute Morgen auf einmal erkältet und so schlecht drauf. Ich hätte mir denken können, dass du etwas damit zu tun hast. Du bist der einzige Mensch, der ihn so auf die Palme bringen kann.«

»Das hat Rachel auch immer gesagt.«

Ein unangenehmes Schweigen trat ein, und Kate wandte verlegen den Blick ab.

»Erzähl mir von den Kurznachrichten, die du bekommen hast.«

»Erst schickte er mich in den Keller, wo ich … wo ich Svetlanas Leiche fand«, berichtete ich stockend, wobei mir einmal mehr ein Schauer über den Rücken lief. »Und … und dann zitierte er mich in den Diner, in dem ich mir morgens immer einen Kaffee hole. Und da saß er …«

Ich hielt inne und schluckte. Zum ersten Mal würde ich seinen Namen laut aussprechen, und selbst hier, in der Unterwelt des Saint Claire, wo uns niemand hörte, machte es mir Angst.

»… Mr White.«

Dann lieferte ich ihr eine genaue Beschreibung von ihm und ließ auch nicht seine gewählte Ausdrucksweise und seine beiden Schläger unerwähnt.

Aber offenbar waren meine Hinweise nicht viel wert, denn Kate seufzte nur.

»Nach dem, was du sagst, David, sieht er leider viel zu gewöhnlich aus. Wenn er nicht vorbestraft ist, sprich, wir kein Foto von ihm in der Zentraldatei haben, führt uns das nicht weiter. Zumal Mr White garantiert nicht sein richtiger Name ist. Komisch ist nur, dass er sich mit dir getroffen hat. So verhält sich kein normaler Entführer.«

Ich nickte und erzählte ihr dann von dem Gespräch im »Marblestone Diner« und seinen umfassenden Kenntnissen von meinem Leben.

»Er weiß alles über mich, jedes noch so kleine Detail … ja, und dann, dann nannte er mir seine Forderung.«

Kate, die während meines Berichts nervös mit dem Fuß auf den Boden getippt hatte, hielt inne. Ihre Augen waren jetzt weit aufgerissen, sodass ich die furchtbare Angst in ihnen sah.

»David … Was will er?«

»Nein!«

Kreidebleich wich Kate ein paar Schritte zurück in den Gang.

»Kate, bitte …«

»Nein, nein und nochmals nein«, wiederholte sie und schüttelte vehement den Kopf. »Ich muss sofort meinen Chef informieren. Wir müssen den Präsidenten auf der Stelle in Sicherheit bringen.«

»Kate, bitte. Wenn du das tust, wird Julia sterben!«

»David, ich bin beim Secret Service! Verdammt, das ist ein Mordkomplott! Und sein Mörder steht auch noch direkt vor mir!«

»Sie ist deine Nichte, Kate!«, flehte ich sie an. »Julia ist ein Kind, gerade mal sieben Jahre alt.«

Ein paar Sekunden lang rührte sie sich nicht, doch plötzlich drehte sie sich um, beugte sich nach vorn und übergab sich. Einen Arm gegen die Wand gestützt, zuckte ihr ganzer Körper, während das Erbrochene auf ihre hohen Lederstiefel spritzte.

Ich sah sie nur an, während sie versuchte, die Kontrolle zurückzugewinnen. Ich verstand ihren Schmerz und ihre Wut nur zu gut, aber ich konnte sie nicht trösten, auch wenn ich am liebsten zu ihr gegangen wäre und sie in den Arm genommen hätte. Es hätte ihr nicht weitergeholfen. Eine der ersten Lektionen, die ich als Arzt gelernt hatte, war die, dass man Menschen mit Mitleid manchmal mehr schadete, als ihnen zu helfen. So traurig und zynisch es klingen mag, es ist besser, wenn man in einer solchen Extremsituation einfach nichts tut.

Trotzdem legte ich ihr schließlich doch eine Hand auf die Schulter. Sofort riss Kate sich los. Geschah mir nur recht.

Aber ich konnte einfach nicht anders. Ich weiß, was es heißt, eine Nachricht zu bekommen, die die Welt aus den Angeln hebt. Das Herz bleibt für den Bruchteil einer Sekunde stehen, denn der Körper reagiert schneller als der Verstand und würde in diesem Moment am liebsten alles anhalten. Aber die Welt hält nicht inne, und darum schlägt das Herz dann auch weiter, und die Nachricht erreicht das Gehirn. Und wenn man klug ist – und das war Kate –, verwandeln sich die Worte in einen elektrischen Funken, der ein dunkles Zimmer voller Albträume erhellt, ein Zimmer, das schon immer da war, das man aber bisher noch nie betreten hatte. Und von diesem Moment an spielt sich das Leben nicht mehr länger im Wohnzimmer ab, wo man die Füße hochlegt, während im Kamin das Feuer knistert, nein, fortan findet es in diesem düsteren Raum statt, in dessen hintersten Ecken noch mehr Schatten hausen, Schatten, die man lieber nicht benennt.

Nichts wird je wieder so sein wie zuvor. Und das ist nicht zu ertragen.

Darum weigert man sich zuerst, die Nachricht zu akzeptieren, wehrt sich mit allen Mitteln dagegen, und auch der Verstand sucht blitzschnell nach Möglichkeiten, die es einem erlauben, trotzdem weiter im Wohnzimmer zu leben, fern der dunklen Kammer – oder besser gar nicht mehr; denn warum, glauben Sie, wird die Nachricht von einem tödlichen Unfall persönlich überbracht? Sie wären überrascht zu hören, wie oft ein Polizist verhindern muss, dass sich jemand eine Minute, nachdem man ihm mitgeteilt hat, dass der Partner nie mehr nach Hause kommt, eine Kugel in den Kopf jagt.

Erst wenn man begriffen hat, dass man keine Wahl hat und die neue Realität notgedrungen akzeptieren muss, reagiert der Körper ein zweites Mal. In der ersten Schrecksekunde hatte er Kate dazu gebracht, sich dagegen aufzulehnen und sich zu übergeben. Als sie sich nun aufrichtete, begann sie, mit der hohlen Hand laut fluchend auf die Abflussrohre einzuschlagen, minutenlang, bis sich ihre ganze ohnmächtige Wut entladen hatte.

Vollkommen erschöpft lehnte sie sich schließlich an die Wand, sah mich an und brach in Tränen aus.

»Ich verfluche dich, Dave. Ich verfluche dich, weil du mich zwingst, mich zu entscheiden.«

IRGENDWO IN COLUMBIA HEIGHTS

Gereizt blickte Mr White auf die Uhr in der rechten oberen Ecke des Hauptmonitors. David Evans war bereits mehr als vierzig Minuten ohne sein Handy unterwegs, was in keiner Weise seinem üblichen Verhaltensmuster entsprach. Natürlich befand er sich in einer Ausnahmesituation. Doch seinem Persönlichkeitsprofil zufolge hielt er in Krisensituationen eigentlich nur umso stärker an seinen Gewohnheiten fest.

Nachdenklich öffnete White einmal mehr das Dokument mit den im Laufe der letzten Wochen erfassten Daten des Chirurgen, klickte sich durch die Tabellen und Diagramme, in denen er Evans' Anlagen, seine Potenziale, Handlungsweisen, Stärken, Schwächen, seine politischen Einstellungen, sein Weltbild, seine grundlegenden Wertvorstellungen und noch etliches mehr festgehalten und ausgewertet hatte. Ja, er hatte ihn komplett dechiffriert, wie einen DNA-Code, und wusste nun ganz genau, was den Arzt antrieb, ihn motivierte, und hinter welcher Maske er seine dunklen Seiten verbarg. Kurzum, er kannte ihn hundertmal besser als Evans sich selbst. Und darum verstand er jetzt einfach nicht, wo der Arzt so lange blieb. Hatte er irgendeinen winzigen, doch entscheidenden Punkt in seinem Experiment übersehen?

Dabei waren seine Tools zur Manipulation seiner Probanden eigentlich inzwischen unfehlbar. White hatte sie selbst entwickelt und im Laufe vieler Jahre perfektioniert, dank umfassender Beobachtung seiner Versuchspersonen, vor allem aber auch dank seines erbarmungslosen, nahezu chirurgischen Verständnisses der menschlichen Natur. Würde er seine gewonnenen Erkenntnisse der wissenschaftlichen Gemeinschaft präsentieren, würde man ihn garantiert zu einem Genie erklären. Zumindest, bis jemand nach den Methoden fragte, wie er zu diesen Erkenntnissen gekommen war.

Oder wozu er diese letztlich benutzte.

Seine absolute Skrupellosigkeit hatte ihm erlaubt, mit realen Menschen zu experimentieren. Zahlreiche Leben hatte er schon zerstört, um die Bandbreite psychisch-seelischer Verhaltensmuster zu erkunden. Ja, es war zu seinem ganzen Lebensinhalt geworden, seine Profilanalyse immer mehr zu vervollkommnen.

Entdeckt hatte er seine spezielle Leidenschaft während seines Studiums an der Stanford University. Nach der Highschool hatte er dort begonnen, Psychologie zu studieren. Doch schon bald langweilten ihn die Seminare; es kam ihm so vor, als würden die Professoren alles nur zigmal wiederkäuen. Darum verlegte er sich aufs Selbststudium, und dabei stieß er auf ein Essay über die Erstellung von Persönlichkeitsprofilen – und war sofort Feuer und Flamme. Noch bevor das erste Jahr um war, hatte er nicht nur die meisten Lektüreempfehlungen für den kompletten Studiengang gelesen, sondern auch sämtliche Fachliteratur zu seinem Spezialgebiet, und als das zweite Jahr begann, präsentierte er einem Professor dann seine erste Analyse. Er hatte die Persönlichkeitsmerkmale und Verhaltensweisen einer ganz konkreten Testperson genau studiert und dabei Faktoren und Schlüsselreize herausgearbeitet, die sie in der Vergangenheit unweigerlich dazu gebracht hatten, gewisse Dinge zu tun.

»Der Mensch funktioniert nach einem Reiz-Reaktions-Schema«, hatte er seinem Professor selbstbewusst erklärt. »Nach dem, was ich inzwischen herausgefunden habe, bin ich überzeugt, dass man bei einem Probanden eine ganz bestimmte Reaktion provozieren kann, wenn es einem gelingt, die exakt passenden Emotionen zu wecken und in Aufruhr zu versetzen. So wie mit einer Fernbedienung.«

Voller Entsetzen hatte der renommierte Professor ihn angestarrt und Whites Forschungsansatz daraufhin in Fetzen zerrissen.

»Das ist kompletter Unsinn!«, hatte er geschrien. »Die Psychologie untersucht und beschreibt menschliches Erleben und Verhalten, damit der Mensch sich selbst besser versteht, und nicht, damit er anderen seinen Willen aufzwingen kann! Allein sich solche Gedanken zu machen, ist absurd und höchst ...«

Was er sonst noch gebrüllt hatte, hatte White schon nicht mehr gehört. Während der Professor immer lauter geworden war, war er aufgestanden und zufrieden aus dem Büro geschlendert. Er hatte diese Reaktion vorhergesehen. Und noch viel mehr als das.

Elf Tage später schoss sich der Professor im Wohnzimmer seines Hauses vor den Augen seiner Frau und seiner drei Kinder eine Kugel in den Kopf. Die Polizei, die den Fall untersuchte, war ratlos: Der gutmütige Familienvater, der Lyrik liebte und hin und wieder ein gutes Glas Wein genoss, war weder spiel- oder drogensüchtig gewesen, noch hatte er Schulden oder sonst irgendwie Dreck am Stecken gehabt. Und ebenso wenig war er depressiv gewesen oder fremdgegangen. Sosehr man auch nach einem Grund suchte, sein Selbstmord ergab einfach keinen Sinn, weshalb der Fall schließlich zu den Akten gelegt wurde und man die Familie mit ihrer Trauer und ihrem Unverständnis allein ließ.

White grinste, als er jetzt daran dachte. Ja, wenn sie *ihn* damals gefragt hätten ... Er hatte den Freitod vorausgesehen. Das Persönlichkeitsprofil, das er dem Professor präsentiert hatte, war nämlich dessen eigenes gewesen, und um zu beweisen, dass er mit seiner Theorie recht hatte, hatte White die Tage danach damit verbracht, sich die erforschten Schwächen des Mannes zunutze zu machen, bis dieser sich am Ende voller Verzweiflung das Leben nahm. Allerdings war White nicht hundertprozentig zufrieden gewesen. Er hatte angenommen, ihn in weniger als acht Tagen in den Selbstmord zu treiben. Die Verzögerung lag zweifelsohne an einigen Ungenauigkeiten im Modell seiner Persönlichkeitsprofile, Fehler, die es noch zu korrigieren galt. Wozu White neue Testpersonen brauchte.

Die Universität brachte ihn da allerdings nicht mehr weiter, und so schmiss er das Studium, um durch Asien und Europa zu reisen und dort seine Bibliothek menschlicher Verhaltensmuster zu vergrößern und sein System zu verfeinern, wie Menschen zu kontrollieren und zu den ungewöhnlichsten Handlungen zu bewegen waren. Ein italienischer Bischof, der Mitarbeiter einer NGO in Bombay, eine dänische Nonne, eine vietnamesische Grundschullehrerin, ein baskischer Terrorist, ein korsischer Drogendealer, ein illegaler Buchmacher in Schweden, die Puffmutter des teuersten Bordells von Moskau: Sie alle waren seine Versuchskaninchen gewesen, ohne es zu merken, und brachten sich am Ende seines Experiments um oder wurden getötet, nachdem sie schreckliche Dinge getan hatten.

Doch White gab sich damit noch nicht zufrieden. Sein Erkenntnisinteresse war einfach unermesslich, er wollte eine vollständige Karte des menschlichen Antriebs. Und das nicht nur, um die definitive Fernbedienung für die Willenssteuerung jedes Menschen in die Hand zu bekommen, wie er sein unablässiges Streben vor sich selbst rechtfertigte. Nein, im Hintergrund schwang auch sein Wunsch mit, sich selbst zu verstehen. Er war ein Monster, und er wusste es. Und wie alle Monster war er ein Gefangener seiner ganz besonderen Einsamkeit. Darum redete er sich ein, dass, wenn es ihm gelänge, die Emotionen der anderen zu beherrschen, er vielleicht auch irgendwann verstehen könnte, was ihm komplett fehlte und diese große Leere in ihm bewirkte, die er nur mit Selbstgefälligkeit zu füllen verstand, indem er von Erfolg zu Erfolg jagte.

Für seine weiteren Studien brauchte er jedoch Geld. Anfangs hatten seine Erzeuger noch seine »Studienjahre« im Ausland finanziert, aber irgendwann waren sie es leid gewesen und hatten den Geldhahn zugedreht, sodass White sich gezwungen sah, seine Genialität in den Dienst von Menschen zu stellen, die noch skrupelloser waren als er.

Sein erster Klient war ein neapolitanischer Camorra-Boss gewesen, der einen Journalisten ausschalten wollte, welcher ein erhellendes Buch über die Aktivitäten seines Clans veröffentlicht hatte. Für eine Million Euro versprach White, ihm dessen Kopf zu liefern. Der Mafioso hatte zunächst nur laut gelacht, denn vor White hatten das schon viele andere vergeblich versucht, da er jedoch nichts zu verlieren hatte, akzeptierte er das Angebot.

Sechs Wochen später betrat in Neapel ein uniformierter Polizist eine heruntergekommene Trattoria im Stadtteil Scampia. Mit einem blauen Rollkoffer ging er ganz nach hinten, wo zwei Gorillas sich vor einem Tisch aufgebaut hatten, an dem ein dicker Glatzkopf eine große Portion Ravioli aß.

»Ihr amerikanischer Freund hat mich beauftragt, Ihnen das hier zu bringen. Der Zahlencode ist 1-6-1«, erklärte der Polizist, ohne seine Angst ganz verbergen zu können.

Mit einer gnädigen Handbewegung entließ ihn der Mafioso, woraufhin einer seiner Bodyguards den Koffer öffnete und den Inhalt dann im flackernden Kerzenschein präsentierte. Kurz rümpfte der Pate die Nase wegen des Gestanks, beendete dann aber bester Laune seine Mahlzeit, und ein paar Stunden später ging auf dem Nummernkonto einer Scheinfirma auf den Cayman Islands eine Überweisung von einer Million Euro ein, selbstverständlich steuerfrei.

White feierte den erfolgreichen Abschluss gebührlich. Natürlich wäre ihm noch viel lieber gewesen, wenn der Journalist sich selbst ans Messer geliefert hätte. Hätte er ihn so weit manipulieren können, wäre das ein wahrer Triumph gewesen. Aber schließlich war noch kein Meister vom Himmel gefallen, wie es so schön hieß, und darum hatte er zwei Leibwächter und eine Gerichtsdienerin benutzen müssen, die danach leider ebenso das Zeitliche gesegnet hatten. Ein wirklich bedauerlicher Kollateralschaden.

Im Großen und Ganzen war White jedoch zufrieden, denn er hatte endlich einen Weg gefunden, seine Leidenschaft und seine materiellen Bedürfnisse zu verbinden. In den ersten Jahren musste er sich seine Klienten zwar noch suchen, aber mit der Zeit sprachen sich seine Erfolge herum, sodass die Kunden bald schon Schlange standen, um seine diskreten und effizienten Dienste in Anspruch zu nehmen. Dabei gehörten nicht nur Kriminelle zu seinem Klientel, sondern auch diverse Geheimdienstler aus der ganzen Welt. Bei ihnen war White allerdings besonders vorsichtig und sicherte sich immer dreifach ab, hatte die Erfahrung ihn doch gelehrt, dass diese seine Strohmänner oft folterten, um seine wahre Identität herauszufinden, und da es ihnen nicht gelang, sie schließlich um die Ecke brachten.

White war das egal, es gehörte nun mal zu seinem Geschäft. Er legte nur Wert darauf, sich aussuchen zu können, welche Aufträge er annahm, denn es kamen nur die für ihn infrage, mit denen er seine Methoden der Willenssteuerung weiter perfektionieren konnte. Er hatte es geschafft, seine Probanden in unfehlbare, tödliche Waffen zu verwandeln … und David Evans würde da keine Ausnahme bilden.

White suchte jetzt auf dem iPad nach seinem Lieblingslied, das er in einer Endlosschleife hören musste, wenn er die Profile seiner Testpersonen erstellte. Während er leise Leonard Cohens ›*First We Take Manhattan*‹ vor sich hin summte, rief er die

Bildverwaltung seiner Foto-App auf. Im Evans-Ordner waren inzwischen mehr als tausend Fotos gespeichert, aufgenommen zwischen dem Tag, an dem der Neurochirurg sich bereit erklärt hatte, den Präsidenten zu operieren, und dem heutigen Morgen.

Während er sich wahllos durchklickte, musste er immer wieder spöttisch grinsen, wenn er einen der Secret-Service-Agenten entdeckte, die David unterdessen beschattet hatten. Schließlich verweilte er bei dem letzten Foto, aufgenommen von einer der Kameras in Evans' Küche, die in einer Steckdose verborgen war: Verzweifelt starrte der Arzt auf den leeren Stuhl, auf dem sonst jeden Morgen seine Tochter saß.

Bisher war alles genau nach Plan gelaufen. Nur ein einziges Mal hatte er in den letzten drei Wochen seine allumfassende Überwachung unterbrechen müssen, nämlich an diesem Mittag, als Evans noch mal bei der Zielperson gewesen war. Das war unvermeidlich gewesen, wenn White den Komplott nicht in den letzten entscheidenden Stunden in Gefahr bringen wollte.

Doch jetzt war auch das Smartphone wieder im Einsatz. Nur: Es konnte nichts überwachen. Der Neurochirurg hatte Whites Kontrolltool auf dem Tisch seines Büros vergessen – und war nun schon seit siebenundvierzig Minuten verschwunden!

Evans' Persönlichkeitsprofil zufolge trennte er sich niemals von seinem Telefon, außer, wenn er duschen ging. Bei anderen Personen konnte das schon mal vorkommen. Aber nicht bei David Evans. Seinem Profil zufolge war das unmöglich, und das Profil war so präzise wie noch nie eines zuvor.

»Sollte ich mich so in dir getäuscht haben, Dave?«, murmelte White. »Muss ich mich tatsächlich einer raueren Gangart bedienen?«

White warf einen Blick auf den Bildschirm, der das Gefängnis von Julia Evans zeigte. Die Augen starr auf einen Punkt an der Wand gerichtet, hielt die Kleine die Knie umschlungen und wiegte sich vor und zurück.

»Du brauchst wohl mehr Kontrolle, Dave. Mehr Kontrolle und einen zusätzlichen Motivationsschub.«

White drückte eine Kurzwahltaste auf seinem Handy.

»Ich bin's. Ich habe das Gefühl, dass da irgendetwas nicht stimmt. Geh runter in die Kantine und schau nach, was der gute Doktor dort treibt.«

15

Schweigend wartete ich ab, bis Kate sich etwas beruhigt hatte. Ich bat sie nicht um Verzeihung, weil ich sie in Julias Entführung hineingezogen hatte, jammerte auch nicht über die Ungerechtigkeit, dass es ausgerechnet uns getroffen hatte. Die Würfel waren nun mal so gefallen. Selbst wenn wir Julia retten konnten, um welchen Preis auch immer, war unser Leben ruiniert. Unsere beiden Bilderbuchkarrieren waren für immer beendet. Mir würde man die Approbation entziehen, und Kate würde man aus dem Secret Service werfen. Und auch wenn man White zu fassen bekam, würden wir eine Weile ins Gefängnis wandern, denn wir hatten, wenn auch gezwungenermaßen, an einem Mordkomplott mitgewirkt, was in Kates Fall zusätzlich noch Hochverrat gleichkam.

Und sollte man White nicht schnappen …

Mit einem Schaudern verdrängte ich den Gedanken. Das brachte uns jetzt nicht weiter. Durch eine Verkettung unglückseliger Umstände waren wir Whites Opfer geworden, und wie bei einer Krebserkrankung machte es keinen Sinn, zu fragen: »Warum ausgerechnet ich?« Kate konnte noch so sehr damit hadern, dass ich sie zu einer Entscheidung zwang: Ich hatte keine andere Wahl.

Und Kate hatte nun auch keine Wahl mehr. Wir beide mussten Julia retten, das war alles, was jetzt zählte.

Als Kate sich so weit gefasst hatte, dass sie mir wieder ins Gesicht sehen konnte, hatte sich etwas in ihr verändert. Es war kaum wahrnehmbar, und es wäre mir sicher nicht aufgefallen, wenn ich es nicht erwartet hätte. Aber da war es, in ihrem Blick, selbst wenn ich ihn in diesem Moment noch nicht deuten konnte.

Mir blieb auch keine Zeit dafür, denn Kate begann nun in kühlem, professionellem Ton, sämtliche Details zu erfragen. Ihr Verstand hatte wieder die Kontrolle übernommen.

»David, eins musst du gleich wissen«, sagte sie. »Ich habe zwar eine solide Ausbildung als Bundesbeamtin und bin nun schon etliche Jahre beim Secret Service, aber mit Entführungen habe ich keinerlei Erfahrung.«

»Ich weiß, aber du darfst dich trotzdem an niemanden wenden, Kate. Versprich mir das.«

»Genau das ist das Problem, David. Ich bin allein. Und allein kann ich das nicht schaffen.«

»Hast du einen besseren Vorschlag? Hast du zu irgendjemandem in deinem Umfeld so viel Vertrauen, dass du ihm davon erzählen kannst, ohne dass er die Flucht nach vorn antritt?«

Sie starrte auf ihre Stiefelspitzen, suchte nach einer Antwort, die wir beide von vornherein kannten.

»Nein, hab ich nicht.« Bedrückt schüttelte sie den Kopf. »Das Ganze übersteigt alles bisher Dagewesene. Wer dieses Komplott aufdeckt, wird weltberühmt und hat für alle Zeiten ausgesorgt. Julia wird dabei höchstens eine Fußnote in seinem Bericht sein. Nein, ich kann auf niemanden zählen …«

»Auf mich schon.«

»Nein, auch das nicht, Dave. White lässt dich sicher beschatten.«

»Nicht nur das. Sie … sie haben auch mein Handy manipuliert. Sie belauschen meine Telefongespräche, und ich glaube, sie können auch sonst alles hören, was ich sage.«

»Okay, dann haben sie also dein Smartphone gehackt, damit es einen Großteil der Überwachung übernimmt.« Nachdenklich rieb Kate sich das Kinn. »Wahrscheinlich können White und seine Helfershelfer also sämtliche ein- und abgehenden Anrufe kontrollieren und Daten abgreifen, nachverfolgen, wo du gerade bist, und sicher auch ferngesteuert Daten löschen, wenn ihnen danach ist. Sie mussten dafür nur ein paar Funktionen dauerhaft aktivieren, wie etwa den integrierten Lautsprecher, die Kamera und den GPS-Chip. Alles andere hast du unbewusst selbst gemacht. Und damit die Überwachung auch rund um die Uhr funktioniert, hast du brav jeden Abend den Akku aufgeladen.«

»Jetzt, wo du es sagst … in den letzten Wochen war der Akku immer ruck, zuck leer.«

»Kein Wunder, bei den vielen Funktionen, die sie ohne dein Wissen aktiviert haben. Diese miesen Schweine …«

»Sagt dir das was über sie?«

Kate biss sich auf die Lippen.

»Nur, dass sie technologisch hochversiert sind. Und dass sie ganz genau wissen, was sie tun. Du hast gesagt, dein Handy hätte sich von allein ausgeschaltet, bevor du heute Mittag zu meinen Kollegen in die Limousine gestiegen bist?«

»Ja, und das Display hat dabei merkwürdig geflackert.«

»Keine Ahnung, wie das geht, aber ich weiß, warum sie es ausgeschaltet haben. Im Umfeld des Präsidenten werden zu seinem Schutz zahlreiche Störsender eingesetzt. Von manchen weiß die Öffentlichkeit, etwa, dass die Staatslimousinen und die Wagen des Secret Service mit solchen Sendern ausgerüstet sind, um die Fernzündung von Bomben zu verhindern. Es gibt aber auch welche, die in einem geschlossenen Raum mögliche Überwachungssysteme ausschalten können. Deshalb hat White dein Handy ausgeschaltet. Sonst hätte man ihn entdeckt.«

»Mein Handy ist also infiziert.«

»Wenn ich es den Kollegen der Abteilung für Computerkriminalität geben könnte, wüssten wir innerhalb von ein paar Stunden eine ganze Menge mehr über diese Typen. Ein Smartphone so umfassend zu hacken, ist sehr schwierig. Das kann nicht jeder, und er hinterlässt dabei notgedrungen Spuren. Leider scheidet dieses Möglichkeit aus. Aber …«

»Aber was?«

»Hast du in letzter Zeit dein Handy einmal zur Reparatur gegeben, wegen eines technischen Problems zum Beispiel?«

Ich überlegte einen Moment und nickte dann.

»Ja, vor etwa drei Wochen ging es morgens mal nicht an. Ich habe bei dem Händler angerufen, wo ich es gekauft hatte, und sie haben mir noch am selben Tag ein neues geschickt. Ich habe ein Backup gemacht und nicht weiter darüber nachgedacht.«

»Kannst du dich noch an den Paketboten erinnern?«

»Nein, weil …« Ich stockte und schlug mir dann wütend auf den Oberschenkel, »weil Svetlana das Paket angenommen hat!«

»David, ganz ruhig.«

»Wie soll ich da bitte ruhig bleiben?!«, rief ich aufgebracht. »Ich habe diese Frau in meinem Haus aufgenommen! Sie hatte auf meine Tochter aufzupassen, verdammt noch mal!«

»Der arme Dr. Evans ist ja auch viel zu sehr im Stress, als dass er sich selbst um das Wohlergehen seiner Lieben kümmern kann«, sagte Kate zynisch und blitzte mich glühend vor Zorn an.

Überrascht wich ich zurück angesichts der Attacke. Da war es endlich, das Gespräch, das wir bisher immer vermieden hatten. Alles, was sie mir schon immer hatte an den Kopf werfen wollen und wovor ich stets ausgewichen war, offenbarte sich, Unheil verkündend, in diesem einen Satz. Genährt von ihrem Groll und meinem Schuldgefühl schwebte es wie ein Schreckgespenst über uns im düsteren Heizungskeller von Saint Claire. Früher oder später würden wir uns dem stellen müssen. Aber nicht jetzt, nicht in diesem Moment.

»Nur zu. Mach mich dafür verantwortlich, wenn du dich dann besser fühlst. Aber Sarkasmus macht deine Schwester auch nicht wieder lebendig. Und Svetlana ebenso wenig. White hat seine Handlangerin ermordet. Einfach gnadenlos aus dem Weg geräumt. Was, glaubst du, werden sie mit meiner Tochter tun, wenn sie ihnen nichts mehr nützt?!«

Aus Kates Gesicht entwich alles Blut. Sie wandte den Blick ab.

»Okay, konzentrieren wir uns auf das Wesentliche. Wann soll der Präsident operiert werden?«

»Freitagmorgen um neun.«

Mit zwei, drei schnellen Klicks programmierte sie den Timer ihres Handys.

»Das heißt, mir bleiben gerade mal vierzig Stunden.«

Schweigend sahen wir uns an. Wir wussten beide, dass es nahezu ein Ding der Unmöglichkeit war, Julia in der kurzen Zeit zu finden. Doch uns blieb nichts anderes übrig, als es zu versuchen.

»Heute Morgen, nach dem Aufstehen … Bist du da noch einmal in den Keller gegangen?«

Ich schüttelte den Kopf.

»Nein, das habe ich mich nicht getraut.«

Kate begann, auf und ab zu gehen.

»Ist auch egal. Die Leiche war sicher weg. Wenn sie sich die Mühe gemacht haben, ihr Zimmer komplett leer zu räumen und blitzblank zu hinterlassen, dann aus einem einfachen Grund.«

»Das Kindermädchen hatte Verbindung zu White.«

»Ganz genau. Schon paradox: Durch das sorgfältige Beseitigen der Spuren haben sie uns auf eine mögliche Spur gebracht. Vielleicht kann uns Svetlana zu White führen.«

»Und wie willst du das anstellen?«

»Ich muss in dein Haus, David.«

Mir blieb fast das Herz stehen.

»Kate, die haben überall Kameras und Wanzen und was weiß ich noch alles versteckt. Wenn White dich in meinem Haus sieht, weiß er sofort, dass ich dich kontaktiert habe. Und Julia wird sterben.«

»Wir haben nur zwei Anhaltspunkte. Dein Handy kann ich nicht an mich nehmen, bleibt also nur, mich bei dir zu Hause umzusehen.«

»Das ist zu gefährlich, Kate«, widersprach ich noch einmal, auch wenn ich wusste, dass sie recht hatte.

»Es ist unsere einzige Chance, David. Aber in einem Punkt hast du völlig recht: Wir dürfen uns nicht mehr sehen, bis das alles vorbei ist.«

»Und wie bleiben wir in Verbindung?«

»Auf keinen Fall mit dem Billighandy, das du diesem jugendlichen Gangster abgenommen hast. Ich gebe dir meins.« Sie zog ihr privates Blackberry aus der Jackentasche und tippte kurz was ein. »Ich schalte die Klingel- und die Vibrationsfunktion aus, sodass nur noch das Display aufleuchtet, wenn ich anrufe. Pass aber auf, dass White es nicht entdeckt.«

»Und du?«

»Ich kaufe mir gleich ein neues«, sagte sie und streckte mir ihr Handy hin.

Kaum hatte ich danach gegriffen, packte sie mich am Handgelenk und sah mir fest in die Augen.

»Wegen meiner Schwester, und weil ich Julia von ganzem Herzen liebe, helfe ich dir, sie zu finden. Aber eins solltest du wissen, David. Egal, was passiert, ich werde nicht dulden, dass du dich Whites Willen beugst. Wenn ich Julia nicht da rausgeholt habe, bevor der Timer auf dem Handy abgelaufen ist, mache ich einen Anruf, und meine Kollegen holen dich aus dem OP. Hast du mich verstanden?«

Ihre Stimme war so kalt und schneidend, dass es sich anfühlte, als bohrte sich mir ein eisiger Dolch in die Rippen. Instinktiv wollte ich an ihr Gewissen und die Bande des Blutes appellieren, hielt dann aber den Mund. Ich hatte sie bereits um viel zu viel gebeten. Und darum war das Einzige, was ich sagte:

»Verstanden.«

Doch noch während sie mich losließ, überkam mich ein beklemmendes Gefühl. Mit einem Mal begriff ich, welche Veränderung ich zuvor in Kates Augen wahrgenommen hatte.

Ich war nicht länger ein Mitglied ihrer Familie, das sie grenzenlos enttäuscht hatte.

Ich war ein potenzieller Präsidentenmörder.

16

Ich ließ Kate drei Minuten Vorsprung, damit uns niemand miteinander in Verbindung brachte, sollte sie gesehen werden.

Als ich im Erdgeschoss aus dem Treppenhaus trat, erregte irgendetwas am anderen Ende des Foyers meine Aufmerksamkeit. Vielleicht war es das heulende kleine Mädchen an der Hand seiner Mama, vielleicht die Eingangstür, die sich gerade automatisch öffnete, jedenfalls fiel mein Blick auf einen stämmigen Mann mit rasiertem Schädel, der in seinen großen Händen einen Blumenstrauß hielt.

Mit einem Satz war ich hinter dem Zeitungskiosk und presste mich mit dem Rücken gegen die Wand. Es war eine absurde, irrationale Reaktion, und vielleicht täuschte ich mich, schließlich hatte ich ihn letzte Nacht nur aus den Augenwinkeln gesehen. Aber aus irgendeinem Grund wusste ich es. Ich wusste, es war der Schlägertyp, der mich vor dem »Marblestone Diner« abgefangen hatte. Dort stand er in einer schwarzen Lederjacke, die weit genug war, um eine Pistole zu verbergen, und ließ die Schwingtür zur Kantine und den Haupteingang nicht aus den Augen.

Du warst zu lange weg, dämlicher Idiot, schalt ich mich innerlich, hast du wirklich geglaubt, White überwacht dich hier nur mit deinem Handy? Bei dem, was auf dem Spiel steht?

Ich machte drei Schritte vor, um hinter dem Zeitschriftenständer auf der Seite des Kiosks in Deckung zu gehen, durch dessen Ablagefächer sich hindurchspähen ließ, ohne selbst gesehen zu werden. Wenn ich in diesem Moment geahnt hätte, dass mein Gesicht eine knappe Woche später die Titelseiten sämtlicher hier ausliegenden Blätter beherrschen würde …

Hatte Whites Handlanger Kate hinausgehen sehen?, fragte ich mich, während ich, scheinbar interessiert, die Schlagzeilen von *›Globe‹*, *›People‹* und dem *›National Enquirer‹* studierte. Wusste er, wer sie war? Wenn sie mich schon wochenlang ausspionierten, mussten sie es wissen, auf meinem Handy waren zwei Fotos von ihr zusammen mit Rachel und Julia gespeichert. Wenn er sie gesehen hatte, war Julia jedenfalls verloren. Und wenn in ihm der Verdacht aufkeimte, dass ich nicht essen gegangen war …

In diesem Moment wandte der Mann den Kopf in meine Richtung, worauf ich mit einem erschrockenen Satz wieder hinter dem Kiosk verschwand. Zwar fand ich mich lächerlich, weil ich mich hier versteckte, gleichzeitig war ich aber halb tot vor Angst. Und plötzlich fühlte es sich so an, als sei ich nicht sechsunddreißig und ein anerkannter Neurochirurg, sondern wieder der achtjährige Knirps, der sich zitternd hinter einem Speiseschrank versteckte, in der Hoffnung, die größeren Jungs im Kinderheim fänden bald ein spannenderes Vergnügen, als dem Neuen eine weitere Tracht Prügel zu verpassen. Bald drei Jahrzehnte waren seitdem vergangen, und dennoch war mir auf einmal wieder die raue Oberfläche jenes Möbelstücks präsent, der Geruch nach feuchtem Lack und das Geräusch, wie mein Pullover über das Holz schabte, während sie mich feixend aus meinem Versteck zogen …

Meine Angst von damals und die, die ich jetzt hinter

dem Kiosk verspürte, waren gleich groß und intensiv, doch jetzt hatte ich keine Angst mehr um mich, sondern um Julia. Nur sie war es, die für mich noch zählte. Ich war ihr Vater, und darum durfte ich sie nicht im Stich lassen.

Während ich krampfhaft überlegte, wie ich an dem Schläger vorbeikam, ohne Verdacht zu erregen, bemerkte ich plötzlich eine Putzfrau, die ein paar Meter von mir entfernt den Boden wischte.

Ich versuchte, ihr Zeichen zu machen, einmal, zweimal, aber ohne Erfolg. Sie war viel zu sehr in ihre Arbeit vertieft. Ich kannte sie, sie arbeitete schon seit Jahren im Saint Claire, doch wie hieß sie nur? Aus dieser Entfernung war ihr Namensschild nicht zu lesen. Marcela … Laura … irgendein spanischer Name …

»Amalia«, rief ich leise, als mir der Name endlich wieder einfiel, und dann noch etwas lauter: »Amalia!«

Und Gott sei Dank, sie drehte sich zu mir um und kam mit ihrem Putzkarren zu mir.

»Amelia, Doktor, nicht Amalia. Was kann ich für Sie tun?«, fragte sie mit einem freundlichen Lächeln.

»Ich habe ein kleines Problem, Amelia.« Ich kramte nach den von meinem Kantinenbesuch übrig gebliebenen Dollarnoten und drückte ihr die zerknitterten Scheine in die Hand. »Hören Sie, ich werde jetzt etwas tun, was Ihnen vielleicht merkwürdig vorkommt. Vergessen Sie einfach, was Sie gleich sehen.«

Befremdet sah sie mich an, zuckte dann aber mit den Achseln, während sie das Geld in ihre Kittelschürze steckte.

»Wenn Sie wüssten, was ich hier schon alles erlebt habe, Doktor.«

Ich spähte vorsichtig um die Ecke, um zu sehen, ob der Typ nicht in unsere Richtung sah, trat dann zu ihrem Putzwagen und fing an, dessen Müllbehälter zu durchsuchen.

»Ich nehme zurück, was ich gesagt habe. Das ist mir wirklich noch nicht untergekommen«, meinte Amelia staunend.

Ohne darauf einzugehen, durchwühlte ich den Plastiksack, schob fleckige Exemplare der *›Washington Post‹*, tropfende Getränkebüchsen und klebrige Verpackungen zur Seite, bis ich gefunden hatte, was ich suchte.

Eine Papiertüte von »Starbucks«.

Sie war ziemlich zerknittert, und eine Seite war mit etwas durchtränkt, das sicher nicht Kaffee war, aber wenn ich sie an mich drückte, würde das nicht weiter auffallen. An die Rückwand des Kiosks gelehnt, öffnete ich sie, zog einen leeren Pappbecher und einen angebissenen Donut heraus, den ich mir vorsichtig zwischen die Zähne steckte.

»Mein Gott, verdient ihr Ärzte neuerdings so wenig? Wenn Sie wollen, gebe ich Ihnen Ihre Kröten zurück.«

Wortlos schüttelte ich den Kopf und zwinkerte ihr zu, um sie glauben zu machen, dass ich irgendeinen meiner Kollegen damit foppen wollte, aber ich glich wohl eher der schlechten Kopie eines Geisteskranken, denn Amelia verdrehte nur die Augen und zog mit ihrem Karren weiter.

Den Donut im Mund machte ich mich auf den Weg Richtung Fahrstuhl. Dabei achtete ich darauf, die ersten paar Meter nicht ins unmittelbare Blickfeld des Schlägers zu geraten. Von dort, wo er stand, hatte er den Haupteingang im Auge, durch die Tür konnte ich also nicht gekommen sein. Aber das Gebäude war groß, und ich konnte den Eingang der Notaufnahme benutzt haben. Zwar lagen auf der Seite keinerlei Geschäfte, weshalb keiner, der im Saint Claire arbeitete, jemals den Umweg machen würde, doch das konnte er nicht wissen, zumindest vertraute ich darauf in der Hoffnung, dass White dort nicht noch einen seiner Handlanger postiert hatte.

Eine Minute später entdeckte er mich dann.

So ungezwungen wie möglich schlenderte ich weiter und hielt die Tüte dabei so, dass das grüne Logo mit der Sirene wie ein Schutzschild in seine Richtung wies. Plötzlich ging mir auf, dass ich mit dem Donut im Mund ziemlich albern aussehen musste. Also zwang ich mich, einmal davon abzubeißen, obwohl es mich ekelte, wenn ich auch nur an den Speichel des Vorbesitzers dachte und mir danach etwas Glattes, ein Stückchen Serviette oder ein Fetzen vom Kassenzettel, zwischen den Zähnen hing. Mich innerlich schüttelnd, schluckte ich den Bissen runter, als ich, dem Schlägertyp den Rücken zugewandt, vor dem Fahrstuhl stehen blieb.

»Hallo, David«, hörte ich hinter mir die Stimme von Ruth Miller, einer der Anästhesistinnen. »Operierst du heute Abend etwa noch? Ich habe dich nicht auf der Liste gesehen.«

»Nein, erst Freitag wieder. Die Chefin lässt mich ein paar Tage pausieren.«

»Du Glücklicher. Ich muss noch mal ran, zum Glück ist es nur 'ne einfache OP. Morgen habe ich dafür frei und kann abends mit den Kindern ins Kino.«

»Mitten in der Woche?«

»Ist mir egal, wenn sie ein paar Stunden weniger schlafen. Hauptsache, sie nerven mich nicht länger, dass sie endlich den neuen Pixar-Film sehen wollen. Sie treiben mich sonst noch in den Selbst…« Erschrocken hielt sie inne und schlug sich die Hand vor den Mund. »Oh, sorry, David, ich bin so …«

Ich winkte nur ab.

»Keine Sorge.«

Als der Aufzug hielt, mussten wir kurz zur Seite treten, denn er spuckte eine Menge Leute aus. Kaum waren wir eingestiegen, drehte ich mich wieder zur Tür. Aus den Augenwinkeln merkte ich, dass Ruth mich schuldbewusst ansah, offenbar hielt sie meine knappe Antwort für ein Zeichen, dass sie mich verletzt hatte, aber das war mir jetzt egal. Ich war viel zu sehr damit beschäftigt, im Foyer nach dem Glatzkopf mit der Lederjacke zu suchen.

Vergeblich.

Er war nicht mehr da.

17

Kaum war ich zurück in meiner Abteilung, war auch schon die Hölle los.

Ihr Clipboard gegen die Brust gedrückt, rauschte als Erstes die Oberschwester in mein Büro, schwenkte ein Blatt Papier, das sie mir genau vor die Nase auf den Schreibtisch legte, und stolzierte hochmütig wieder hinaus, ohne auch nur ein Wort zu sagen. Es war eine Kopie der internen Verhaltensregeln. Mit Leuchtstift fett unterstrichen waren die Zeilen, dass wir Ärzte dazu verpflichtet waren, den Pager während der Arbeitszeit jederzeit bei uns zu tragen und »auf alle Mitteilungen zu reagieren«.

Ich schlug mir mit der flachen Hand gegen die Stirn. Ich hatte meinen Pager im Spind vergessen! Das war mir noch nie passiert, während meiner ganzen Karriere nicht. Bei all der Hektik wegen meines Anrufs bei Kate und der Fahrt zum Präsidenten hatte ich diesen dummen Fehler begangen.

Wütend auf mich selbst nahm ich mein Smartphone vom Tisch. Es hatte niemand angerufen, aber kaum hielt ich es in der Hand, fing es an zu klingeln. Auf dem Display war keine Nummer zu sehen, weshalb gleich klar war, mit wem ich die zweifelhafte Ehre hatte. Ich spürte dieselbe Beklemmung wie jedes Mal, wenn ich mit ihm sprach, nur dass sie jetzt nach meinem Treffen mit Kate noch viel größer geworden war.

»Hallo, Dave. Wie waren die Donuts?«

»Was wollen Sie, White?«

»Ich will nur wissen, ob dir die Donuts geschmeckt haben, Dave.«

Ich schluckte.

»Ja … Sie waren gut.«

»Und der Kaffee war sicher auch ein Gedicht, oder? Was trinkst du bei ›Starbucks‹ eigentlich am liebsten, Dave?«

Ich hasse den Kaffee bei »Starbucks«, aber Rachel hatte ihn geliebt, also nannte ich ihren Favoriten.

»Mocha-Frappuccino mit Sahne. Doppelte Menge Zucker.«

»Hm, keine schlechte Wahl, Dave, wirklich nicht. Willst du wissen, was aber eine echt schlechte Wahl ist?«

Seine Stimme hatte sich in ein eisiges Flüstern verwandelt, das mir die Haare zu Berge stehen ließ.

»Was?«, stammelte ich.

»Die Klinik ohne dein Handy zu verlassen, das ist eine schlechte Wahl. Dave, Dave, es hätte in der Zwischenzeit geklaut werden können, und dann hättest du ein ziemliches Problem.«

»Hören Sie, ich hatte tierischen Hunger und brauchte ein bisschen frische Luft, ich bin …«

»Du bist ein cleverer Kerl, Dave, oder?«

»Ich weiß nicht, was das damit zu tun hat, dass …«

»Und du bist jemand, der zwei und zwei zusammenzählen kann, nicht wahr?«

Wieder wurde es in der Leitung still. Ich überlegte, ob ich mich besser nicht weiter rechtfertigen sollte, denn je mehr Erklärungen ich gab, desto schuldbewusster klangen sie.

»Ich denke schon.«

»Und deshalb weißt du auch, dass ich dein Handy manipuliert habe. Das ist okay, Dave, ich kann dir nicht zum

Vorwurf machen, dass du ein gewitzter Junge bist. Aber solltest du hier Mr Superschlau spielen wollen, dann könnte ich dir das sehr wohl krummnehmen. Wofür aber nicht du, sondern jemand anderes bezahlen müsste. Haben wir uns verstanden?«

Unwillkürlich musste ich schlucken.

»Klar.«

»Dann ist ja gut. Und jetzt hätte ich gern, dass du mir noch eine Frage beantwortest. Und ich will die volle Wahrheit hören. Wenn du mich anlügst, merke ich das augenblicklich.«

In diesem Augenblick zerbrach etwas in einem Winkel meiner Seele. Ganz leise, als träte jemand auf ein Glas, das in ein Taschentuch gewickelt ist. Genau dieselben Sätze sagte ich immer zu Julia, wenn sie etwas angestellt hatte. Ein umgekippter Saft auf dem Spielteppich in ihrem Zimmer; eine Angry-Birds-Puppe, die sie in ihrem Ranzen in die Schule geschmuggelt hatte, obwohl das streng verboten war; ein Berg schmutziger Strümpfe unter dem Bett: belanglose Kleinmädchensünden, die letztlich das gegenseitige Vertrauen und unsere Verbundenheit stärkten, wenn sie sie eingestanden hatte.

Du beschissenes Arschloch, dachte ich, sagte aber:

»Nur zu, White, was wollen Sie wissen?«

»Hast du in der Zwischenzeit mit jemandem geredet, Dave? Ich meine, über deine … spezielle Lage?«

Meine Tochter ist eine ausgesprochen schlechte Lügnerin. Das hat sie von mir. Konfrontiert man sie mit irgendeiner Ungereimtheit, ziehen sich ihre Mundwinkel automatisch nach oben, während sie vehement versucht, sich herauszureden. Mir war das auch immer so mit Rachel ergangen. Sie war unheimlich gut darin, mich bei meinen kleinen Schwindeleien zu ertappen. Wenn sie mich mit einem verschmitzten Lächeln in den Augen fragte, ob ich wirklich den Müll rausgebracht, die Gasrechnung bezahlt oder schon wieder diese lächerlichen Rubbellose gekauft hatte, musste ich wie unsere Tochter unweigerlich grinsen. Und manchmal passierte mir das sogar, wenn ich gar nichts verbrochen hatte.

»Nein, habe ich nicht«, entgegnete ich angespannt.

»Echt nicht, Dave? Weißt du, ich könnte das gut verstehen. Du gehst zu Fuß zu ›Starbucks‹, weil du ein bisschen frische Luft brauchst, und triffst unterwegs auf einen Bekannten, der so nett ist, dir kurz sein Handy zu leihen. Oder du hast beim Warten in der Schlange eine nette Mum gefragt, die dir wegen deines Arztkittels schöne Augen gemacht hat. Sicher warst du versucht, die Polizei zu rufen. Obwohl … nein, das wäre ziemlich dumm gewesen, schließlich weiß so ein kluger Kopf wie du, dass diese Meister der Tarnung in der Klinik auftauchen würden, ohne ihre ach so unauffälligen Krawatten abzulegen. Das hättest du also auf keinen Fall getan.«

»Ich habe bei einem unfreundlichen jungen Kerl Kaffee und Donuts bestellt und dann eine Weile nachgedacht, White. Mehr nicht.«

Meine Stimme klang fest, doch ich merkte, dass auf einmal meine linke Hand zitterte. White konnte mich nicht sehen, trotzdem steckte ich die Hand in die Tasche meines Kittels und presste sie gegen meinen Oberschenkel.

»Nein, die Polizei hast du sicher nicht angerufen. Aber vielleicht, nur vielleicht, konntest du der Versuchung nicht widerstehen, deine Schwägerin zu kontaktieren? Doch nein, auch das wäre eine Riesendummheit gewesen. Denn wenn etwas Unvorhergesehenes passieren sollte, wenn in letzter Minute … Nun, das bekäme Julia sicher schlecht. Und das kannst du auf keinen Fall wollen, Dave, oder?«

»Nein.«

»Manchmal braucht es einfach eine Weile, bis man mit der ganzen Wahrheit rausrücken kann. Das verstehe ich, Dave, und könnte es dir auch verzeihen. Schließlich bin ich kein Unmensch. Und wir hätten ja auch noch genug Zeit, um so einem Fauxpas Rechnung zu tragen, das verspreche ich dir. Darum zum letzten Mal, Dave: Hast du mit Kate Robson gesprochen?«

Ein eiskalter Schauder lief mir den Rücken hinunter. Wenn White es wusste, weil ich doch irgendeinen seiner Überwachungstricks übersehen hatte ... dann wäre alles aus. Whites unsichtbares, allwissendes Auge lauerte letztlich überall, und das Risiko, dass er von meinem Treffen mit Kate längst wusste, war enorm hoch. Er hatte versprochen, mir zu verzeihen. Er sei kein Unmensch, hatte er gesagt. Doch wenn ich gestand, war Kate geliefert. Sie würden sie auf der Stelle umbringen ... Aber Julia wäre noch am Leben ... Einen winzigen Moment war ich versucht, Kate zu verraten und so ein paar wertvolle Stunden für das Leben meiner Tochter zu gewinnen. Ich musste bloß die Wahrheit sagen.

»Nein, ich habe nicht mit Kate gesprochen. Soweit ich weiß, ist sie in Fredericksburg bei ihren Eltern.«

Wieder wurde es still in der Leitung, diesmal sehr lange. Vor Anspannung biss ich mir auf die Innenseite der Wangen, bis ich einen blutigen Geschmack im Mund spürte. Schließlich räusperte er sich.

»Unser Spiel geht weiter, Doktor.«

Dann legte er auf.

Am ganzen Leib zitternd, ließ ich mich auf meinen Stuhl fallen.

Wie ein verschrecktes Reh in die Scheinwerfer eines heranrasenden Autos starrte ich auf das Handy, das ich mit spitzen Fingern auf den Tisch gelegt hatte. Es war nur ein schwacher Trost, wenn überhaupt einer, aber White schien tatsächlich nichts von unserem Treffen zu wissen. Kurz schoss mir durch den Kopf, Kate darüber zu informieren, bis mir bewusst wurde, dass sie gerade erst ein neues Handy kaufte und ich ihr darum auch keine Nachricht schicken konnte. Im Nachhinein betrachtet, war diese Überlegung natürlich absolut unsinnig. Kate hatte mir klargemacht, dass jeder Kontakt zu vermeiden war, damit White uns nicht auf die Schliche kam. Aber in jenen ersten Stunden nach unserem Treffen war ich so erleichtert, nicht mehr ganz auf mich allein gestellt zu sein, dass ich die Illusion hatte, gemeinsam würden wir uns irgendwie aus diesem Albtraum befreien können.

Eine törichte Hoffnung.

Es dauerte eine ganze Weile, bis mein Herz vor Anspannung nicht mehr laut hämmerte, kaum hatte es sich jedoch beruhigt, klingelte das Telefon auf meinem Schreibtisch. Erleichtert, für einen Augenblick abschalten und mich auf meine Arbeit konzentrieren zu können, holte ich tief Luft und nahm ab.

»Evans, Neurochirurgie.«

»Wong hier. Wo zum Teufel hast du den ganzen Nachmittag gesteckt?«

»Ich war beim Patienten, Stephanie, das weißt du doch. Seit wann bist du wieder in Washington?«

»Mit ausgeschaltetem Handy, und ohne auf den Pager zu reagieren … Verdammt, Evans.«

»Die Typen vom Secret Service hatten mich aus Sicherheitsgründen dazu aufgefordert«, redete ich mich heraus. »Und da, wo sie mich hingebracht haben, hätte nicht mal der Pager funktioniert, das kannst du mir glauben.«

»Das ist jetzt auch egal. Ich bin bei Meyer. Komm auf der Stelle hoch.«

Ich horchte auf. Der versteckte Beiklang in ihrer Stimme gefiel mir ganz und gar nicht.

»Was ist los, Stephanie? Ist was passiert?«

»Das erfährst du, wenn du hier oben bist, Evans.«

Mir blieb nichts anderes übrig, als augenblicklich den Aufzug hinauf in die Chefetage zu nehmen. Um diese Uhrzeit waren dort schon fast alle Schreibtischlampen aus und die Büroräume leer. Die, die hier oben arbeiteten, achteten genau darauf, pünktlich Feierabend zu machen. Auch die Musikberieselung war abgeschaltet, und der dicke Teppichboden verschluckte meine Schritte, sodass ich für einen kurzen Moment das Gefühl hatte, wie ein Gespenst durch den menschenleeren Flur zu schweben.

Wie immer trat ich ohne anzuklopfen ein. Ein pubertärer Akt der Rebellion, ich weiß, was Meyer aber jedes Mal auf die Palme brachte.

Doch diesmal zeigte es nicht die erwartete Wirkung.

Dr. Wong hatte die Arme verschränkt und die Beine übereinandergeschlagen und sah mir mit ernstem Gesicht entgegen, während Meyer unablässig mit seinem Montblanc-Kugelschreiber auf den Schreibtisch klopfte. Er trug kein Jackett und hatte sich die Ärmel seines teuren Hemds bis über die Ellbogen hochgekrempelt. Unter den Achseln sah ich große Schweißflecken.

»Was hast du getan, Evans?«

Mit großen Augen sah ich meine Chefin an.

»Wie, getan? Wovon redest du?«

»Er weiß es nicht. Er weiß nicht, wovon Sie reden!«, rief Meyer aufgebracht und verdrehte die Augen zur Decke.

»Gerade hat jemand vom Weißen Haus angerufen«, erklärte Stephanie Wong und hielt dann inne, als koste es sie enorme Mühe, weiterzureden.

»Und? Was wollten sie?«

»Du hast es verbockt, David. Es wird ihn jemand anders operieren.«

Plötzlich drehte sich alles, und vor mir tat sich ein riesiges schwarzes Loch auf. Vollkommen erstarrt stand ich im Büro meines obersten Chefs, aber innerlich fiel und fiel ich bereits ins Bodenlose, während meine Finger verzweifelt nach irgendwas suchten, an das ich mich noch hätte klammern können.

In diesem Moment piepste mein Handy erneut.

Ich bin enttäuscht, Dave.

KATE

Der Abend dämmerte bereits, und dicke, bedrohlich schwarze Wolken hingen tief über Davids Haus, sodass von dort, wo sie geparkt hatte, dessen Dach kaum noch zu erkennen war.

Special Agent Kate Robson atmete tief ein und aus und versuchte, sich zu konzentrieren. Sie fühlte sich nicht gerade sicher. Seit drei Jahren hatte sie nun schon kein Anwesen mehr observiert, und bei ihren früheren Einsätzen war stets ein Kollege dabei gewesen, und sie hatten ständig Funkkontakt zur Einsatzzentrale gehabt. Und wenn sie schließlich zugegriffen hatten, waren genug Polizeikräfte vor Ort, dass die Überführten genau wussten, wer ihre Tür eintrat.

Nun aber war Kate ganz auf sich allein gestellt. Und wusste nicht, was sie erwartete. Wenn man als Special Agent zum Schutz der Präsidentenfamilie abgestellt war, plante man jeden Einsatz penibel mithilfe von Karten, Bauplänen, Fotos und Videos, die ein Vorauskommando des Secret Service bereits Wochen vorher direkt vor Ort gemacht hatte. Und vor besonders riskanten Auftritten trainierte der Secret Service seine Agenten zusätzlich noch mittels Computersimulationen, damit sie für alle Eventualitäten gerüstet waren und sämtliche Fluchtrouten kannten.

Auf all das konnte Kate in diesen Stunden nicht zurückgreifen. Sie musste den Tatsachen ins Auge sehen. Sie war allein, völlig unvorbereitet, und was das Schlimmste war: Das Leben ihrer heißgeliebten Julia stand auf dem Spiel.

Im Geiste begann sie eine Liste mit den Fehlern aufzustellen, die sie unter keinen Umständen machen durfte, ließ aber schnell wieder davon ab, um nicht noch nervöser zu werden. Es war sicher besser, zu überlegen, wie sie es am besten angehen konnte.

Zum Glück kannte sie das Haus wie ihre Westentasche, schließlich hatte sie in den vergangenen Jahren unzählige Male mit ihrer Nichte darin Verstecken gespielt. Sich innen zu orientieren, war also prinzipiell kein Problem. Reinzukommen, ohne gesehen zu werden, stand allerdings auf einem anderen Blatt. Womöglich hatte dieses Arschloch von White auch die Überwachungskamera in der Einfahrt gehackt …

Auf einmal näherten sich von hinten Scheinwerfer. Kate drückte sich instinktiv tief in ihren Sitz, schalt sich aber augenblicklich dafür, weil sie das viel verdächtiger machte, als ruhig sitzen zu bleiben. Ihr schwarzer Ford Taurus war schon ziemlich alt, aber noch in einem tadellosen Zustand. Er gehörte zwar zum Fuhrpark des Secret Service, sie durfte ihn aber auch als Privatwagen nutzen, einer der wenigen Privilegien ihrer Arbeit. Etwas grenzte die private Nutzung allerdings ein: Es durften ausschließlich Mitglieder des Secret Service darin fahren. Was im Grunde nichts anderes hieß, als dass jeder, der Familie hatte, doch einen zweiten Wagen brauchte.

Kate hatte sich darüber noch nie Gedanken machen müssen. Eine eigene Familie zu haben, war zwar tief in ihrem Lebensentwurf verankert, sie wünschte es sich wirklich sehr, doch dieses Ziel schien für sie einfach unerreichbar zu sein, so ähnlich, wie den Mount Everest zu besteigen oder den Jackpot zu knacken.

Sie zog das Kabel aus dem Zigarettenanzünder, mit dem sie ihr neues Billighandy aufgeladen hatte, und schaltete es ein, um eine SMS an ihr Blackberry zu schicken.

Bin vor Ort.

Dann wandte sie sich wieder Davids und Julias Zuhause zu. Es war eines dieser hübschen zweigeschossigen Häuser im Kolonialstil, hinter dem ein grasbewachsener Hang hoch zu der ruhigen Seitenstraße führte, wo Kate in diesem Moment parkte. Vom weißen Zaun bis hinunter zur Hintertür waren es etwa zwanzig Meter. Dafür würde sie zehn Sekunden brauchen, schätzte sie. Zehn Sekunden, in denen sie jeder sehen konnte, der von dieser Seite aus das Haus überwachte.

Bei den Einsatzplanungen des Secret Service wurde jede der möglichen Vorgehensweisen danach bewertet, wie hoch die Wahrscheinlichkeit war, dass etwas schiefgehen konnte. Intern sprachen sie von der Versagensquote. Jede Option mit einer höheren Quote als 15 Prozent wurde auf der Stelle verworfen. Da sie so gut wie nichts über Julias Entführer wusste, waren es hier mindestens 80 Prozent – bei optimistischer Einschätzung.

Voll ohnmächtiger Wut schlug Kate mit der Faust aufs Lenkrad. Sie hatte Angst, panische Angst. Doch jede Minute, die sie untätig blieb, verringerte die Chance, Julia rechtzeitig zu finden. Sie musste ins Haus, ihr blieb nichts anderes übrig.

Nach und nach schaltete sich die Außenbeleuchtung der umliegenden Häuser ein und erzeugte im sanften blauen Dämmerlicht kleine Lichtinseln. Kate blickte auf die Uhr. In wenigen Minuten würde es dunkel sein, dann musste sie losspurten.

Unbewusst griff sie nach ihrem Portemonnaie und zog ein kleines Foto heraus, das sie tags zuvor zufällig in einem Album ihrer Mutter entdeckt und eingesteckt hatte. Das Bild war nach einem Lacrosse-Match aufgenommen worden, als Rachel und sie noch auf der Highschool waren. Rachels Lächeln wirkte wie vom Pinsel eines großen italienischen Meisters gemalt und ihr Trikot war wie immer makellos, während ihr eigenes mit Gras- und Schweißflecken übersät und ihr Mund lachend aufgerissen war, wie der eines wildes Tieres. Mit der rechten Hand stützte sie sich auf ihren Schläger, während ihr anderer Arm um Rachels Schulter gelegt war und sie in einer beschützenden Geste deren Schläger in der linken Hand hielt.

So war es immer gewesen. Die Kleine, die die Große beschützt.

Kate nahm einen Schluck Wasser aus der Flasche, die seit Tagen in der Ablage der Wagentür steckte. Es schmeckte abgestanden und hinterließ einen so schalen Nachgeschmack, dass ihr einmal mehr die mangelnde Zuneigung ihres Vaters zu Bewusstsein kam.

Rachel, im Januar 1978 geboren, war die Tochter, die Aura Robson sich immer gewünscht hatte. Doch Jim wollte unbedingt noch einen strammen Stammhalter, der zu seinem Ebenbild werden sollte. Und so folgte bereits im Dezember das nächste Kind – dem aber ebenfalls das erhoffte Etwas zwischen den Beinen fehlte.

Bei der Geburt kam es zu Komplikationen, sodass die Ärzte Aura anschließend die Gebärmutter entfernen mussten. Als er das Geschlecht seiner Tochter erfuhr und begriff, dass es nie einen Jimmy Robson geben würde, wartete der toughe Mann aus Virginia nicht einmal ab, bis das Baby gewickelt war. Er stürmte aus der Klinik, sprang in seinen Wagen und fuhr zu einer Kneipe am Highway, wo er sich volllaufen ließ. Seine Jüngste lernte er erst zwei Tage später kennen, als Freunde ihn mit einem gigantischen Kater nach Hause brachten.

Jim hatte seine jüngste Tochter nach jenem Besäufnis zwar doch noch irgendwie lieb gewonnen, aber etwas hinderte ihn bis heute daran, sie uneingeschränkt zu lieben: Sie würde immer die Tochter bleiben, die ihrer Mutter die Energie und Lebenskraft geraubt hatte, die eigentlich für seinen Stammhalter vorgesehen war.

Entgegen der landläufigen Meinung sind Kinder alles andere als dumm. Sie sind von frühester Kindheit an in der Lage, höchst komplexe Gefühle wahrzunehmen. Und ein so tiefer Graben der Enttäuschung, wie Kate ihn überwinden musste, um zu ihrem Vater vorzudringen, bildete da keine Ausnahme.

Doch wie konkurriert man mit einem ungeborenen Kind, mit einem Wunschbild, einer Sehnsucht? Das war widersinnig und unmöglich. Dennoch tat Kate alles, um Jim Robson den Sohn zu ersetzen. Und so bereitete ihr eigensinniger, unbezähmbarer Charakter ihm und Aura etliche Kopfschmerzen.

Am stärksten zum Ausdruck kam dies in ihrem Verhältnis zu Rachel. Sie wuchsen zusammen auf und waren sich dabei so nah, wie zwei Schwestern es nur sein konnten. Und dennoch waren sie grundverschieden. Während Rachel die Ausstrahlung eines stillen, geheimnisvollen Bergsees hatte, wirkte Kate wie ein nervöser Blitz.

Da sie nur elf Monate auseinander waren, gingen sie in dieselbe Klasse, wobei Kate sich von Anfang an zur Beschützerin ihrer großen Schwester aufschwang. Sie war es, die einen Tausendfüßler aß, den Rachel als Verliererin einer Kinderwette schlucken sollte, sie stahl sich in Mr Eckmanns Büro, um die Mathearbeit auszutauschen, die Rachel verhauen hatte, und sie war es auch, die behauptete, Rachel angestiftet zu haben, als man sie in der sechsten Klasse beim Schwänzen erwischte.

Später dann, in ihren Teenagerjahren, flüsterten und kicherten sie nachts lange im gemeinsamen Zimmer, sprachen über Pickel, die ersten Partys, Jungs, ihre Lieblingsmusik und darüber, wie sie später im selben Haus mit ihren beiden wundervollen Ehemännern wohnen würden. Und als Rachel ihr eines Nachts heulend beichtete, dass Randall Jackson beim Knutschen unter der Schultribüne zu weit gegangen war, sprang Kate augenblicklich aus dem Bett, schlüpfte in ihre Stiefel und radelte zum Haus der Jacksons. Im Schlafanzug stand sie dort, warf Kieselsteinchen gegen Randalls Fenster, bis der unverschämte Kerl glaubte, es sei Rachel, und runter zur Haustür kam, wo sie ihm mit einem gezielten Fausthieb zwei Zähne ausschlug.

Randalls überraschter Schmerzensschrei weckte dessen Vater, der Kate wütend nach Hause brachte. Im Wohnzimmer der Robsons fielen daraufhin ernste Worte. Kate rückte jedoch nicht mit der Sprache heraus, warum sie dem Kapitän des Football-Teams eine reingehauen hatte, sie saß nur mit verschränkten Armen da und tat keinen Mucks, bis Rachel irgendwann im Nachthemd verheult die Treppe herunterkam und die Situation klärte.

»Es tut mir leid, Jim. Ich muss mich für das Verhalten meines Sohns entschuldigen«, sagte Mr Jackson schließlich und knetete beschämt seine Mütze. »Du kannst dir sicher sein, dass er seine angemessene Strafe bekommt.«

Schweigend hatte Kates Vater dem Auto nachgesehen und sich erst zu ihr umgedreht, als das Motorgeräusch in der Nacht verklungen war. Er hielt ihr das Fahrradschloss hin, das sie sich vor ihrem Fausthieb noch schnell um die Hand gewickelt hatte.

»War das nötig?«

»Er wiegt bestimmt dreizehn Kilo mehr als ich«, hatte sie mit einem Schulterzucken erwidert.

Da drehte Jim sich um, damit sie nicht sein Lächeln sah, aber Kate merkte dennoch, dass sie in seinen Augen richtig gehandelt hatte und er stolz auf sie war.

Natürlich war es nötig gewesen.

Selbst jetzt, rund zwei Jahrzehnte später, angesichts der gefährlichsten Aktion ihres Lebens, war sie immer noch felsenfest davon überzeugt.

Um seine Familie zu beschützen, musste man alles Menschenmögliche tun.

Kate holte tief Luft und öffnete die Wagentür.

18

»Wann … wann war das?«

»Vor knapp zwei Stunden.«

Dr. Wong vermied es, mir in die Augen zu sehen, und ich wusste sofort, dass das nicht alles war.

»Was ist genau passiert, Chefin?«

»Was passiert ist?!« Meyer lachte höhnisch auf. »Fragen Sie das allen Ernstes? Wir haben Sie hier eingestellt, Dr. Evans, wir haben Ihnen die Chance gegeben, zu beweisen, dass aus Ihnen ein großer Neurochirurg werden kann. Trotz Ihrem … Werdegang.«

Ich runzelte die Stirn.

»Wovon zum Teufel reden Sie?«

Schweigend zog Meyer eine rote Mappe aus der Schreibtischschublade und knallte sie auf den Tisch. Ich musste nicht erst den Namen auf dem Schildchen lesen, um zu wissen, dass es meine Personalakte war. Einem in einem solchen Moment die Vergangenheit unter die Nase zu reiben, passte zu so einer Ratte wie ihm.

»Aha, mein ›Werdegang‹. Passt Ihnen etwa meine Erfolgsquote nicht?«

Meyer blinzelte ein paarmal irritiert.

»Ich weiß von den Problemen, die Sie im Johns Hopkins mit dem Chef der Neurochirurgie hatten. Normalerweise …«

»Nein, das wissen Sie nicht!«

Meyer zog die Augenbrauen zusammen. Er war es nicht gewohnt, dass man ihn unterbrach, und erst recht nicht, dass man ihm widersprach.

»Wie bitte?«

»Ich habe keine Ahnung, von welchen Problemen in dieser Personalakte die Rede ist. Aber was immer Sie da gelesen haben: Es entspricht nicht im Entferntesten der Wahrheit. Nicht ich hatte ein Problem mit Dr. Hockstetter, er hat ein Problem mit der Menschheit. Allerdings frage ich mich, was das jetzt hier zur Sache tut.«

Meyer hörte mir gar nicht zu und fing noch einmal von vorne an. Er gehörte zu den Menschen, die, wenn sie unterbrochen wurden, alles Wort für Wort wiederholten, falls man vergessen haben sollte, was sie erst ein paar Sekunden zuvor gesagt hatten.

»Ich weiß von den Problemen, die Sie im Johns Hopkins mit dem Chef der Neurochirurgie hatten. Normalerweise hätten Sie nach einem solchen Ausrutscher höchstens noch einen Job in North Dakota bekommen, um dort die Köpfe irgendwelcher Farmer zu flicken. Ungeachtet dessen, stellte mein Vorgänger Sie trotzdem ein und bot Ihnen die Chance, noch einmal bei null anzufangen. Er hat Ihr unbestrittenes Potenzial erkannt. Aber Potenzial zu haben, reicht nicht, wenn die Dinge von oben nicht entsprechend gelenkt werden können.«

»Wollen Sie damit sagen, ich bin schuld, dass der Patient jetzt nicht im Saint Claire operiert werden soll?!«

»Wer, wenn nicht Sie? Seit die Mitarbeiter des Präsidenten sich an mich gewandt haben, hat die Zusammenarbeit hervorragend geklappt. Und dann suchen Sie ihn heute allein auf, sind stundenlang verschwunden, und anschließend bekomme ich einen Anruf vom Weißen Haus, dass er nicht mehr bei uns operiert werden wird. Sie sind der Einzige, der überhaupt Kontakt zu ihm hatte, folglich sind Sie der Einzige, der Mist gebaut haben kann. Ihr Potenzial ...«

Ich war fassungslos.

»Ist es das, was Sie nervt? Dass Sie nicht selbst beim Präsidenten waren? Glauben Sie mir, Sie haben nichts verpasst.«

Mit einer unwirschen Handbewegung wischte er meinen Einwurf weg.

»... Ihr Potenzial ist nichts wert, wenn Sie unsere Spielregeln nicht einhalten. Und gegen die verstoßen sie nur zu gerne, Dr. Evans. Sie verschwenden eigenmächtig unsere finanziellen Mittel und finden im Zweifelsfall immer einen Grund, um sich auf die Seite der Patienten zu stellen. Besonders jener, die keinen Cent haben. So wie erst gestern beim Fall dieses Gangsters, den uns das MedStar aufgedrängt hat.«

Stephanie sah mich an und zog die Augenbrauen hoch, wie um mir einmal mehr zu sagen: »Ich habe dich gewarnt.« Das Saint Claire hatte den Patienten des Jahrhunderts verloren und damit *die* Gelegenheit verpasst, in die Annalen einzugehen. Meyer würde dem Klinikbetreiber und den Aktionären eine Erklärung liefern müssen, und dafür brauchte er einen Sündenbock. Da zählte es wenig, dass der Präsident sich ursprünglich meinetwegen für uns entschieden hatte, wichtig war allein, wer schuld war, dass er seine Meinung noch einmal geändert hatte. Meyer konnte mich nicht ausstehen, aber das war nebensächlich, solange ich seinen Zielen von Nutzen war. Jetzt aber würde er mich mit allem, was ihm einfiel, belasten, und das Nächstliegende war natürlich die Operation von Jamaal Carter.

»Ich habe einen jungen Menschen vor dem Rollstuhl gerettet, Meyer.«

»Was ein Heidengeld gekostet hat, das uns kein Mensch erstattet. Das Saint Claire ist kein Wohltätigkeitsverein, und Ihr Gehalt fällt auch nicht einfach so vom Himmel.«

»Mein Gehalt wird von den fünf- und sechsstelligen Summen beglichen, die Sie unseren Patienten für gewöhnlich in Rechnung stellen. Patienten, denen *ich* das Leben gerettet habe, wohlgemerkt.«

Außer sich vor Wut beugte sich Meyer vor.

»Glauben Sie, Sie sind der einzige talentierte Neurochirurg in diesem Land? Da draußen warten haufenweise Grünschnäbel, die ein Aneurysma genauso gut abklemmen können wie Sie und den Interessen der Klinikleitung bestimmt nicht zuwiderhandeln würden! Sie kosten diese Klinik viel Geld, Evans, und das Maß ist schon lange voll. In den letzten Monaten habe ich Ihre Sperenzien noch toleriert, weil Sie Ihre Frau verloren haben, aber …«

In diesem Moment war es mit meiner Beherrschung vorbei. Die Wut stieg in mir hoch und vernichtete meine bisherige Zurückhaltung wie ein Flammenwerfer einen Stapel Papier. Beide Hände auf seinen Schreibtisch gestützt, lehnte ich mich so weit vor, dass sich unsere Gesichter fast berührten.

»Lassen Sie meine Frau aus dem Spiel, sonst wird es Ihnen leidtun, das schwöre ich Ihnen! Ich …«

»David, es reicht!«, rief meine Chefin.

»Sie haben es gehört, Dr. Wong«, zischte Meyer, ohne einen Zentimeter zurückzuweichen. »Er hat mich bedroht. Sie sind meine Zeugin.«

»Und ich werde meine Drohung auch wahrmachen«, sagte ich kalt. »Wenn Sie meine Frau noch einmal erwähnen, werde ich Ihnen die Fresse polieren, so wahr ich hier stehe. Dann ist es mir egal, ob ich den Rest meines Lebens in Alaska Schmerzmittel verschreibe.«

Meyers Verstand lief auf Hochtouren, fast konnte man ihn denken hören. Doch nach einigen Sekunden schluckte er, ließ sich in seinen protzigen Bürosessel zurückfallen und hob beschwörend die Hände.

»Lassen Sie … lassen Sie uns das wie zivilisierte Menschen bereden.«

Tief einatmend nahm ich die Hände vom Tisch. Wir waren beide zu weit gegangen, und ich wusste, das Gespräch würde ernste Konsequenzen für mich haben, sobald ich das Zimmer verlassen hatte und Meyer nicht länger um seine körperliche Unversehrtheit bangte. Aber in dem Moment war mir meine Zukunft im Saint Claire egal – wenn ich nur meinen Job bis Freitagmorgen um neun Uhr behielt.

Damit er seine Rache noch so lange hinausschob, musste ich ihm einen Knochen hinwerfen. Sosehr mich dieser Dreckskerl auch anwiderte, ich musste jede weitere Konfrontation mit ihm vermeiden. Aber zum Speichellecker würde ich dennoch nicht werden.

»Ich weiß genau, was Sie wollen, Meyer.«

»Ich will nur das Beste für dieses Krankenhaus.«

»Nein, Sie wollen Ihre Pressekonferenz am Freitagnachmittag. Sie wollen derjenige sein, der die ganze amerikanische Nation davon in Kenntnis setzt. Sie wollen Ihre *fifteen minutes of fame* zur Hauptsendezeit.«

Er sah mich durchdringend an. Wir beide wussten, dass ich den Nagel auf den Kopf getroffen hatte, auch wenn er es nie zugeben würde. Für diesen farblosen und talentfreien Bürokraten, der sich von Haus aus noch nie hatte anstrengen müssen, weil ihm der Herr Papa immer alle Türen geöffnet hatte, war das der große Traum: einmal im Leben im Fernsehen aufzutreten, das war das Goldene Vlies jedes Mittelmäßigen.

»Sie werden sie bekommen«, fuhr ich fort. »Ich weiß nicht, was passiert ist, nachdem ich den Patienten verlassen habe, aber ich werde mich darum kümmern, dass er uns wieder vertraut.«

»Es war der Chefarzt des Weißen Hauses, der hier angerufen hat. Ein gewisser Hastings«, sagte Dr. Wong.

»Hastings wollte, dass die Operation im Bethesda stattfindet. Ich habe das aber abgelehnt.«

Ich sah Meyer dabei herausfordernd an, gespannt, was er jetzt über meinen scheinbar mangelnden Einsatz für das Saint Claire dachte. Er sagte jedoch kein Wort. Es war zwecklos, er hatte sich bereits seine Meinung über mich gebildet, die, um ehrlich zu sein, auch nicht allzu weit von der Wahrheit entfernt war. Ich konnte ihn aber zumindest glauben machen, dass ich das unter diesen Umständen gerne ändern wollte.

»Die First Lady hat sich für mich eingesetzt. Sie ist der Schlüssel zur Lösung unseres Problems.«

»Das heißt, Sie können Hastings umgehen und direkt mit dem Präsidenten sprechen?«

»Ich denke, ja, das kann ich.«

Meyer faltete versonnen die Hände unter dem Kinn. Wahrscheinlich überlegte er schon, welchen Anzug er auf der Pressekonferenz tragen sollte.

»Regeln Sie das. Sorgen Sie dafür, dass er im Saint Claire operiert wird, und ich vergesse, was vorhin geschehen ist, Evans.« Seine Augen blitzten mich kalt an. »Falls es Ihnen jedoch nicht gelingen sollte, fürchte ich, dass die Klinikleitung Sie zur Verantwortung ziehen wird.«

In diesem Moment wollte ich nichts lieber als meine Kündigung einreichen, sodass er sich seine Operation sonst wohin stecken konnte. Und noch lieber hätte ich ihm dieses dünkelhafte Grinsen aus dem Gesicht geprügelt.

Wegen Julia konnte ich mir das aber nicht erlauben.

Doch immerhin hatte ich erreicht, was ich wollte, und darum nickte ich nur und ging.

»David, warte!«

Ich blieb nicht stehen, doch meine Chefin ließ sich nicht so leicht abschütteln, nicht einmal von einem, der so aufgebracht war wie ich.

»Das Arschloch hat mich vor deinen Augen zur Schnecke gemacht, und du bist mir mit keinem Wort zu Hilfe gekommen!«

»David, ich hatte dich gewarnt, dass du irgendwann richtig Ärger wegen deiner Gratisoperationen bekommst. Und auch wenn du es nicht glaubst: Meyer hat dich schon einige Male vor dem Vorstand verteidigt. Darum hättest du gerade ruhig ein bisschen diplomatischer sein können. Du musst dich nicht immer gleich angegriffen fühlen und auf Konfrontationskurs gehen.«

Ich seufzte. Auch wenn Meyer für mich ein gewissenloser Pfennigfuchser blieb, hatte sie recht, ich hatte einen gehörigen Anteil an dem Konflikt. Ich war schon immer ziemlich liberal gewesen, was die finanziellen Mittel der Klinik betraf, aber nach Rachels Tod hatte ich es übertrieben. Meine Schuldgefühle wirkten auf meiner moralischen Kompassnadel einfach wie ein riesiger Magnet.

»Ich war schon einmal viel zu passiv, Stephanie, und du weißt, wohin das geführt hat.«

»Dass du ein paar arme Schlucker rettest, macht deine Frau auch nicht wieder lebendig, David. Du bist nicht schuld an Rachels Tod. Wir alle haben sie putzmunter durch die Gänge laufen sehen, ohne das geringste Anzeichen für ihre Krankheit. Ich selbst stand in den Tagen vorher mit ihr im OP, und sie war über Stunden so konzentriert und scharfsinnig wie immer. Niemand konnte das voraussehen, David.«

Vielleicht dachte sie das wirklich, aber ihre Worte klangen für mich dennoch wie hohle Phrasen, wie ein Versuch, sich wieder bei mir einzuschleimen, nachdem sie mich beim Direktor gerade im Stich gelassen hatte. Letztlich hatte auch sie das größte Interesse daran, dass die Operation im Saint Claire stattfand, denn sie würde an meiner Seite im OP-Saal stehen. Und am Nachmittag als Chefärztin jede Menge Interviews geben.

Es war wie in einem Haifischbecken: Sie hatten Blut gewittert und zogen mit gefletschten Zähnen ihre Kreise um die Beute. Jeder wollte seinen Anteil daran haben. Bis dahin hatte ich die Sorge der First Lady noch für unbegründet gehalten. Jetzt verstand ich sie vollkommen, sie wollte genau dies vermeiden. Darum hatte sie sich für mich entschieden. Doch warum ließ sie mich nun doch außen vor?

»Vielen Dank, Dr. Wong«, sagte ich, ohne mich zu ihr umzudrehen. »Geh am besten gleich zu Meyer zurück und studiere mit ihm zusammen das richtige Lächeln vor dem Spiegel ein. Ah, und vergesst nicht, im Kameralicht erscheinen vor allem dezente Farben vorteilhaft. Und vermeidet Blau und Grün.«

Endlich war ich vor dem Aufzug angelangt. Aufgebracht hämmerte ich drei, vier Mal auf den Knopf, bis sich die Türen öffneten.

»Du bist ein verdammt guter Neurochirurg, David, einer der besten der Welt«, rief Dr. Wong, während sich die Fahrstuhltüren schlossen. »Aber du bist auch ein naiver Sturkopf. Schmeiß nicht aus lauter Stolz alles über Bord, jetzt, wo du so nah davor bist, den Zenit zu erreichen. Denk an deine Tochter, David, wenn du diesen Anruf machst.«

KATE

Über Silver Spring war die Nacht hereingebrochen. Ein feiner Nieselregen hinterließ winzige Tröpfchen auf Kates Rücken, während sie im Kofferraum nach einem schwarzen Stoffbeutel von der Größe einer Handtasche wühlte.

Sie steckte ihn in ihre Lederjacke, unter der sich auch das Halfter ihrer SIG Sauer P229 befand, und überquerte die Straße ruhigen Schrittes, als wäre sie eine gewöhnliche Anwohnerin, die nach einem langen Arbeitstag nach Hause kam. Um sich zu vergewissern, dass niemand in der Nähe war, ging sie erst ein paar Meter an Davids Grundstück vorbei, bevor sie schließlich mit einem Satz über den weißen Zaun sprang.

Das Gras war glitschig vom Regen, und auf den letzten Metern hangabwärts wäre sie um ein Haar ausgerutscht. Sie konnte gerade noch abbremsen, stieß dabei aber mit der rechten Schulter gegen den Schuppen. Dicht an die Wand gedrückt, tastete sie sich zu dessen Tür. Im Garten brannte kein Licht, da Rachel und David aus ökologischen Gründen von jeher auf Zeitschaltuhren und Sensoren verzichteten und das Licht nur einschalteten, wenn sie zu Hause waren. Aber auch so warf der schwache Lichtschein von der nahen Straßenlaterne Kates Schatten auf den Rasen. Das nächste Haus war weit entfernt, und die Wahrscheinlichkeit, entdeckt zu werden, nicht sehr hoch. Doch ganz sicher konnte sie sich nicht sein, und wenn die Nachbarn die Polizei riefen, wäre bald ein Streifenwagen da – und die Entführer würden denken, dass David die Polizei verständigt hatte. Und das durfte auf keinen Fall geschehen.

Der Schuppen war mit einem Schloss gesichert, aber zum Glück war es nur ein Billigschloss vom »Home Depot«-Baumarkt. Der alte Robson hätte bei seinem Anblick einen Lachanfall bekommen. Kate brauchte keine fünf Sekunden, um es mit ihrem Kugelschreiber zu knacken. Manchmal war es schon ein Vorteil, wenn man einen Eisenwarenhändler zum Vater hatte.

Sie zog die Tür des Schuppens hinter sich zu und knipste ihre LED-Taschenlampe an. Dann sah sie sich um. Hinter einem Sack Dünger führte der Gartenschlauch zur Bewässerungssteuerung des elektrischen Rasensprengers. Sie holte den Stoffbeutel unter ihrer Jacke hervor und nahm ein dunkelgraues Kästchen mit drei Antennen heraus. Es war einer der mobilen Störsender des Secret Service, der jedes elektromagnetische Signal im Umkreis von hundert Metern blockierte. Funkapparate, Videoüberwachungsanlagen, Handys, GPS, einfach alles. Auch wenn er natürlich längst nicht so hoch entwickelt war wie die speziellen High Power Multi-Band Blocker, mit denen sie eine Art »Blase« um den Präsidentenkonvoi erzeugten, wenn dieser und die First Lady irgendwo auf der Welt unterwegs waren; bis auf die Handys der autorisierten Personen und des Secret Service konnte kein einziges Signal jene Barriere durchdringen.

Kate richtete die Antennen des Störsenders aus, stellte den Spannungsregler ein, und wartete ungeduldig darauf, dass die sechs orangefarben flackernden Lämpchen grün wurden. Ein kurzer Blick auf ihre beiden Handys ließ sie zufrieden nicken. Beide zeigten NO SERVICE an.

Mit ausgeschalteter Taschenlampe öffnete sie die Schuppentür einen Spalt und spähte zum Haus hinüber. Hatte White GSM-Überwachungskameras versteckt, mit Infrarot-LEDs für die Nachtsicht? Wenn ja, dann steuerte er diese sicher per Fernzugriff über eine SIM-Karte; ein Profi würde niemals das WLAN des Opfers anzapfen, da dies viel zu leicht nachzuverfolgen war und der Datenfluss zudem von dessen Mobilfunkgesellschaft abhing. Mit einem speziellen Detektor hätte Kate dies leicht überprüfen können, aber ihrer war vor zwei Tagen kaputtgegangen, und den neuen bekam sie erst, wenn sie wieder im Dienst war.

Aber eigentlich war das in diesem Moment auch egal. Die Entführer wussten bereits, dass etwas nicht in Ordnung war. Auf ihren Überwachungsmonitoren war nun nichts mehr zu sehen, sie hörten nur noch weißes Rauschen. Folglich war es nur eine Frage der Zeit, bis White jemanden schickte.

»Auf geht's, Kate«, flüsterte sie, so wie immer vor einer Mission; das Mantra sollte ihr Mut machen und sie gleichzeitig vor Gefahren schützen.

Mit ein paar großen Schritten war sie wenige Sekunden später an der Hintertür, wo sie sich bückte, um zwischen den Bougainvilleen den Stein zu suchen, unter dem David den Schlüssel versteckte. An der besagten Stelle war er in der Dunkelheit jedoch nicht zu ertasten, weshalb sie aus einer Intuition heraus auf gut Glück den Türknauf drehte – und die Tür ging sofort auf. Typisch, David, dachte Kate, du hast es ihnen wirklich leicht gemacht, dein Haus zu verwanzen, du bist einfach viel zu vertrauensselig.

Die Hintertür führte auf die verglaste Veranda, wo neben einem Schaukelstuhl zwei Sofas um ein Metalltischchen gruppiert waren, auf dem Rachel und Dave früher Backgammon gespielt hatten, während Julia durch den Garten getollt war.

Dort war es damals auch geschehen. An jenem Abend, als Rachel bis spätnachts gearbeitet und sie selbst ein Gläschen zu viel intus hatte … Allein der Gedanke löste Schuldgefühle in Kate aus. Er hatte den Vorfall nie wieder erwähnt, aber seitdem war es zwischen ihnen auch nie mehr wie vorher gewesen.

Schnell wandte Kate den Blick ab und ging durch die Schiebetür ins Wohnzimmer, wo sie es nicht vermeiden konnte, kurz das Foto von Rachels und Davids Hochzeit vom Kaminsims in die Hand zu nehmen, das gleiche, das auch im Wohnzimmer ihrer Eltern stand.

Kate war schon auf etlichen Hochzeiten gewesen. Die Bräute hatten sich letztlich immer wie Zeremonienmeisterinnen ihres eigenen Festes aufgeführt. Nicht so ihre Schwester, für die an jenem Tag niemand außer ihrem frisch angetrauten Ehemann zu existieren schien.

David hatte grüne Augen und dunkles, dichtes Haar, dem man ein ganzes Lied widmen könnte, so weich sei es, hatte Rachel einmal mit leuchtenden Augen zu ihr gesagt. In den letzten Monaten waren seine Schläfen grau geworden, und hier und da zeigten sich graue Strähnen und immer mehr Falten in seinem kantigen Gesicht. Nach Rachels Tod war David mit einem Schlag um fünf Jahre gealtert, als wäre mit ihr auch seine Lebensfreude verschwunden.

Du hast sie geliebt, dachte Kate, während sie gegen die aufsteigenden Tränen ankämpfte, du hast meine Schwester wirklich geliebt, David, und das macht es noch schwieriger, dir zu verzeihen. Ich wünschte, eines Tages würde mich jemand so ansehen, wie ihr euch angesehen habt. Und eines schwöre ich dir: Sollte ich jemals einen Menschen so lieben, würde ich jegliche, hörst du?, jegliche Gefahr von ihm abzuwenden versuchen!

Neben dem Hochzeitsbild stand ein gerahmtes Foto von

David und seiner Tochter, aufgenommen in einem Park. Julia saß lachend auf seinen Schultern, während er mit einer lustigen Grimasse so tat, als würde er ihr ins Knie beißen.

Aber du bist ein toller Vater, führte Kate ihren inneren Monolog fort, du herzt und küsst Julia an einem einzigen Tag mehr als Papa uns früher in einem ganzen Jahr. Gut, du bist etwas zerstreut und chaotisch, und könntest ihr wirklich etwas mehr Zeit widmen. Aber wenn ihr zusammen seid, gibt es nichts anderes mehr für dich als deine Kleine, die dich genauso abgöttisch liebt. Du erzählst ihr Geschichten, liest vor, ja, du merkst dir sogar die Namen ihrer Lieblingsfiguren im Fernsehen: Ja, David, du gibst dir wirklich alle Mühe und versuchst auf deine etwas ungeschickte Art, ihr ganz, ganz nah zu sein …

Unwillkürlich zog Kate die Nase hoch. Wut, Trauer, Unverständnis, Dankbarkeit, Zärtlichkeit und noch etliches mehr: Die widersprüchlichsten Gefühle rangen einmal mehr um ihr Herz und drohten, es zu zerreißen.

Und das konnte sie sich gerade wirklich nicht leisten.

Konzentrier dich, Kate, rief sie sich darum selbst zur Ordnung, du musst eine Spur finden, irgendeinen Anhaltspunkt, der dich zu Svetlana führt, und sei er noch so winzig.

Die Taschenlampe dicht vor sich auf den Boden gerichtet, damit kein Lichtstrahl hinausfiel, schlich sie vom Wohnzimmer durch die Küche in deren Zimmer. Es roch noch immer streng nach Desinfektionsmittel. David hatte nicht übertrieben: Auf den ersten Blick deutete nichts darauf hin, dass die Serbin hier etliche Wochen gewohnt hatte.

Dennoch untersuchte Kate noch einmal das Bett, die Kommode, zog die Schubladen heraus, sah dahinter nach, nahm den kleinen Einbauschrank, den Tisch und den Papierkorb unter die Lupe.

Nichts.

»Ich brauche ein Foto von ihr, David«, hatte sie im Keller des Saint Claire zu ihm gesagt.

»Ich habe keins mehr«, hatte er mit düsterer Miene geantwortet. »Das war das Erste, was ich gestern Nacht geprüft habe, als ich die Polizei anrufen wollte. Erst dachte ich ja noch, es stimmt nur was nicht mit der App, aber White hat sämtliche Fotos auf meinem Smartphone und in der Cloud gelöscht, das habe ich von meinem Büro aus heute Morgen noch gecheckt.«

So musste sie sich Svetlana vorstellen, ohne ein konkretes Bild vor Augen zu haben. Wie sie schlief, studierte, oder zumindest so tat, wie sie vielleicht im Bett an die Decke gestarrt hatte, während sie die nächsten Schritte plante. Wie gewann man das Vertrauen einer Familie, die nach dem Tod der Mutter und Ehefrau am Boden zerstört war? War sie von den Entführern mit irgendetwas erpresst worden? Oder hatte sie es für Geld getan?

Und was hast du jetzt davon?, schalt Kate die tote Serbin in ihrer Ohnmacht innerlich, das Einzige, was von dir geblieben ist, ist der Geruch nach Desinfektionsmittel.

Enttäuscht, nichts gefunden zu haben, ging Kate zur Kellertür im Flur und stieg vorsichtig die knarrenden Holzstufen hinunter, den Lichtkegel der Taschenlampe in der hohlen Hand verborgen.

Im hinteren Teil des Kellers hingen alle drei Fahrräder ordentlich nebeneinander an ihren Wandhaken. Svetlanas Leiche war verschwunden. So, wie Kate es vorausgesehen hatte. Das Einzige, was anders war, war der Geruch nach Desinfektionsmittel. Mit den Fingerspitzen strich sie über die Stelle, wo die Serbin laut David in der letzten Nacht gelegen haben musste. Sie war noch leicht feucht.

In diesem Moment fiel ein Lichtschein durch die zur Straße hin gelegene Kellerluke. Augenblicklich schaltete

Kate die Taschenlampe aus und lauschte aufmerksam. Das Auto fuhr jedoch nicht vorbei wie die drei vorherigen. Die Räder kamen wenige Meter entfernt zum Stehen. Der Motor ging aus, eine Autotür quietschte, und dann hörte sie auf der regennassen Straße Schritte.

Sie kamen.

19

Mein Handy begann in dem Moment zu klingeln, als ich mein Büro betrat. Schnell schloss ich die Tür, lehnte mich von innen dagegen, holte tief Luft und drückte auf den grünen Button.

»Ich habe nichts damit zu tun.«

»Es fällt mir schwer, das zu glauben, Dave.« Whites Stimme klang so emotionslos wie die eines automatischen Anrufbeantworters. »Du warst den ganzen Nachmittag bei unserem Patienten, und jetzt das.«

Einmal mehr lief mir ein eiskalter Schauder über den Rücken.

»Sie haben das Gespräch in Meyers Büro gehört«, sagte ich hastig. »Ich habe keine Ahnung, was passiert ist. Ich bin genauso perplex wie Sie!«

»Das ist mir schnuppe, Dave. Was für mich zählt, ist, dass du mir jetzt nicht mehr von Nutzen bist. Und ich bin ein äußerst pragmatischer Mensch. Darum frage ich mich …«

Es war nur noch ein monotones Tuten zu hören.

Er hatte aufgelegt.

Einfach so. So schmal war der Grat, der mein Kind vom Tod trennte: der Druck auf einen roten Button.

Ich war wie erstarrt, absolut unfähig, irgendwie zu reagieren. Heillose Angst, Überraschung, Wut, Entsetzen, wieder Angst: Diese Achterbahnfahrt der Gefühle machte mich fertig. War das Teil von Whites Plan, um mich noch besser manipulieren zu können? Ich fühlte mich wie eine Flipperkugel, die hochgeschossen worden war und sich nun auf dem abschüssigen Spielfeld im freien Fall befand. Zwar konnte ich dabei Bumper oder Targets streifen, aber wie ich mich bewegte, hing nicht von meinem Willen ab. Nach Whites Druck auf den roten Telefonknopf hatte ich nun die Gewissheit, dass es egal war, was ich tat und wie weit ich in diesem Spiel kam: Früher oder später würde die Kugel in den Schacht fallen.

White würde uns nie mit dem Leben davonkommen lassen.

Allerdings verfügen Flipperkugeln über einen wesentlichen Pluspunkt: Sie sind aus Stahl. Die Flipper-Hebel können sie darum nicht kleinkriegen, egal, wie sehr man ihnen zusetzt. Um meine Tochter zu retten, würde ich mich zwar von White hin und her schießen lassen müssen – aber solange die Kugel im Spiel blieb, hatte Kate noch eine Chance, Julia rechtzeitig zu finden.

White hatte zwar aufgelegt, aber ich wusste ja, dass er mich hörte.

»Warten Sie. Warten Sie bitte«, flehte ich laut. »Ich weiß, dass ich das wieder in den Griff bekommen kann. Ich schaffe das ganz sicher, wenn Sie mir dabei helfen.«

Schweigend wartete ich ab. Es dauerte über eine Minute, doch dann klingelte das Handy erneut.

»Was willst du, Dave?«

»Wenn ich jetzt beim Weißen Haus anrufe, werde ich bestimmt Ewigkeiten und jede Menge Überzeugungskraft brauchen, bis man mich zu Captain Hastings durchstellt. Wenn ich es überhaupt schaffe. Wer weiß, ob er das Gespräch annimmt; kann gut sein, dass er sich verleugnen lässt. Kurzum, ich brauche seine Durchwahl.«

»Und was habe ich davon, wenn ich sie dir gebe?«

»Sie haben das Ganze schon viel zu weit vorangetrieben, White. Sie haben weder die Zeit noch das Geld, um noch eine neue … Aktion zu starten, oder wie immer Sie es auch nennen mögen.«

Darauf bekam ich keine Antwort, doch ich hörte, wie er auf ein paar Tasten hämmerte. Ein paar Sekunden später nannte er mir zwei Nummern, die von einem Festnetzanschluss und die eines Handys.

»Benutz das Telefon in deinem Büro, nicht dein Handy. Hast du verstanden?«

Ich horchte auf. Es gab also etwas, irgendein Signal, das man identifizieren konnte, wenn ich vom Handy aus im Weißen Haus anrief. Ich fragte mich, ob die Techniker des Secret Service auch noch zu mehr in der Lage waren. Konnten sie den Anruf bis zu ihm zurückverfolgen?

»Verstanden«, antwortete ich kühl.

»Und noch etwas, David … Bei dir ist gerade niemand zu Hause, oder?«

Ich wurde kreidebleich. Ahnte White doch etwas? Hatte er Kate entdeckt?

»Was? Natürlich nicht. Nur Svetlana hatte einen Schlüssel.«

»Sehr schön, dann gibt es ja auch keinen Grund zur Sorge«, meinte er jovial. »Also, Dave, du hast zehn Minuten, um Hastings zu überzeugen und den Patienten zurückzugewinnen. Solltest du es nicht schaffen, war's das.«

Kaum hatte er aufgelegt, überlegte ich fieberhaft meinen nächsten Schritt. Sollte ich versuchen, Kate zu warnen? Oder lieber Whites Befehl ausführen?

Doch mich sofort bei Kate zu melden, wäre ziemlich dumm. Garantiert beschattete mich White nun stärker denn je. Ich wählte Hastings Handynummer, aber es sprang nur die Mailbox an. Ohne eine Nachricht zu hinterlassen, legte ich auf und versuchte es mit der Festnetznummer. Wieder ging keiner ran. Ich ließ es dennoch so lange klingeln, bis ich an eine Telefonzentrale weitergeleitet wurde.

Kurz sah ich auf meine Handy-Uhr. Es war schon spät. Was, wenn er bereits nach Hause gegangen war? Und dort sein Handy nicht abhörte? Nein, unmöglich, kein Arzt machte so etwas. Es musste einen anderen Grund geben.

Ich versuchte es noch einmal. Und endlich nahm jemand ab.

»*White House Medical Unit,* Hastings.«

»Captain Hastings, hier spricht David Evans.«

»Dr. Evans?!« Seine Stimme klang überrascht, und wenn man genau hinhörte, auch ein klein wenig schuldbewusst. »Woher haben Sie diese Nummer?«

Gute Frage, dachte ich sarkastisch: von einem Psychopathen, für den ich Ihren Chef umbringen soll.

»Hab sie gegoogelt. Können Sie mir bitte sagen, was los ist?«

»Haben … haben Ihnen das Ihre Vorgesetzten nicht gesagt?«

»Doch, ich sei aus dem Spiel, haben sie gesagt. Ich hätte es allerdings höflicher gefunden, wenn Sie mir das persönlich mitgeteilt hätten.«

»Es tut mir leid, Dr. Evans. Das war gedankenlos von mir.«

Wer's glaubt, wird selig, dachte ich mürrisch; der Captain wusste ganz genau, warum er diesen Weg gewählt hatte.

»Ehrlich gesagt, bin ich doch ziemlich überrascht. Wie kam es zu dieser unerwarteten Entscheidung?«

»Ich bin nicht befugt, darüber zu sprechen, Dr. Evans.«

»Sie haben alles getan, damit ich mich auf diese höchst

riskante Operation einlasse. Und dann sagt man mir nicht mal vierzig Stunden vorher ab? Ohne dass irgendwas passiert ist? Da wird man doch mal nachfragen dürfen, meinen Sie nicht auch?«

»Dr. Evans., bitte, verstehen Sie mich doch. Ich dürfte nicht einmal mit Ihnen reden.«

»So, wie ich heute Nachmittag nicht in Ihrem Superbunker einen Kilometer unter der Erde hätte sein dürfen.«

»Wie?!« Hastings war mit einem Schlag in höchster Alarmbereitschaft. Fast konnte ich hören, wie er die Schultern anspannte. »Denken Sie daran, dass alles, was mit dem Patienten zu tun hat, der ärztlichen Schweigepflicht unterliegt. Und Ihrem Land würden Sie auch keinen Dienst erweisen, Dr. Evans, wenn Sie darüber sprechen würden.«

»Ich werde über gar nichts sprechen, Captain, ich bin doch kein Idiot. Ich wollte Sie nur daran erinnern, dass ich Ihnen schon mehr entgegengekommen bin, als ich das hätte tun müssen. Ich bitte Sie nur, mir mit derselben Achtung entgegenzukommen.«

»Okay.« Hastings stieß einen tiefen Seufzer aus. »Ich erzähle Ihnen, was passiert ist, wenn Sie mir einen Gefallen tun. Ich brauche die MRT-Aufnahmen, die Sie heute Nachmittag vom Präsidenten gemacht haben.«

»Einen Moment.«

Hastings' Bitte gab mir *die* Gelegenheit, unauffällig Kates Blackberry aus der Tasche zu ziehen und in die oberste Schublade meines Schreibtisches zu legen. Da ich nicht wusste, ob White eine Kamera in meinem Büro installiert hatte, musste ich so vorsichtig wie möglich sein. Während ich so tat, als suchte ich in der Schublade den USB-Stick mit den Aufnahmen des Patienten, versuchte ich in aller Schnelle, für Kate eine SMS zu tippen. Ich hatte nicht mehr als ein paar Sekunden.

»Dr. Evans? Sind Sie noch dran?«

»Ja, eine Sekunde, ich suche den Stick mit den Aufnahmen.«

»Ich muss los, Dr. Evans.«

Pass auf!

Ich glaube, sie wissen, dass jemand im Haus ist.

Ich drückte auf SENDEN und kontrollierte dabei meine Atmung, damit mir kein erleichterter Seufzer entfuhr. Ich hatte höllische Angst um Kate, doch das Einzige, was ich für sie tun konnte, war, White in Sicherheit zu wiegen, weshalb ich nun so tat, als wäre mir gerade eingefallen, dass der USB-Stick ja noch in meiner Hosentasche steckte.

»Ah! Hier sind sie endlich, Captain!«, rief ich ins Telefon. »Ich kann Ihnen die Aufnahmen gerne schicken, zusammen mit den übrigen Unterlagen.«

»Nicht nötig, vor einer Stunde habe ich mit dem Chirurgen telefoniert, und er meinte, er würde sie selbst abholen. Er müsste jeden Moment bei Ihnen sein.«

»Okay. Und jetzt verraten Sie mir bitte, was passiert ist.«

»Die First Lady hat ihre Meinung geändert. Sie hat noch mal mit einem anderen Chirurgen gesprochen, und der hat sie davon überzeugt, dass er die bessere Wahl ist.«

»Aber sie hat doch …!«

»Sie haben eine Tochter, Dr. Evans, nicht wahr? Was würden *Sie* tun, wenn bei ihr eine lebensgefährliche Erkrankung diagnostiziert worden wäre?«

Ich schluckte.

»Ich würde Himmel und Hölle in Bewegung setzen, damit sie die allerbeste Behandlung bekommt. Koste es, was es wolle«, sagte ich nach einer Pause.

»Sehen Sie, und genau darum geht es.«

»Ich will mit der First Lady sprechen!«

Mein Ton war anscheinend etwas zu fordernd gewesen, denn Hastings' Stimme klang nun kühl und distanziert:

»Die First Lady kann Sie nicht sprechen. Sie ist bei einem offiziellen Empfang mit dem französischen Premierminister.«

»Aber wenn Sie …«

»Hören Sie zu, Dr. Evans«, fiel Hastings mir barsch ins Wort. »Die Familie hat eine Entscheidung getroffen, und daran werden Sie nichts ändern können. Tragen Sie es mit Fassung.«

Und damit legte er auf.

Sprachlos starrte ich auf den Telefonhörer. Ich war ausgebootet worden und hatte nicht mal die Chance bekommen, die First Lady doch noch von mir zu überzeugen. Aber noch verwirrter war ich, als ich Whites nächste Nachricht auf meinem Handy las:

Gut gemacht, Dave.
Alles läuft wie geplant.

KATE

Erst jetzt, als sie den Umriss der automatischen Handfeuerwaffe sah, ging ihr auf, dass sie die ganze Tragweite des Geschehens bis eben nicht wirklich erfasst hatte.

Nicht, weil sie ihr unwahrscheinlich vorgekommen wäre, schließlich bestand ihr Alltag darin, die Präsidentenfamilie vor allen möglichen Bedrohungen und Mordkomplotten zu beschützen – allein im letzten Jahr hatte der Secret Service mehr als zehn Attentatsversuche vereitelt, von denen die Öffentlichkeit nichts mitbekommen hatte. Und auch nicht, weil alles so verworren war; im Gegenteil, letztlich hatte die Erfahrung sie gelehrt, dass es meist die einfachen Geschichten waren, die, bei denen alles perfekt zusammenpasste, die sich am Ende als Lüge herausstellten. Nein, ihr Unterbewusstsein hatte David nicht hundertprozentig geglaubt, weil es aus Selbstschutz einfach nicht wahrhaben wollte, dass es die schreckliche Wahrheit war: Es ging nicht nur um ihren Präsidenten, sondern auch um Julia, das Liebste, was sie nach Rachels Tod noch hatte.

Und nun stand da der menschliche Schatten vor der Eingangstür, und in den Händen hatte er eine Waffe. Und er war nicht allein, denn sie hörte, wie sich jemand zeitgleich am Schloss zu schaffen machte.

Darum zählte jetzt nur eins: Wie kam sie hier ungesehen raus? Im Flur an die Wand gepresst, ging Kate die Fluchtmöglichkeiten blitzschnell durch. Sollte sie wieder in den Keller hinuntergehen und versuchen, durch eine der Luken zu entkommen? Nein, das würde viel zu lange dauern, sie müsste eine Scheibe einschlagen, das Risiko, entdeckt zu werden, war folglich viel zu hoch. Sich im Keller zu verstecken, kam ebenso wenig in Betracht, wenn sie das Haus durchsuchten, säße sie dort gleich in der Falle. Und durch ein Fenster in der Küche oder von Svetlanas Zimmer aus zu entkommen, schied gleichfalls aus, denn womöglich wartete noch einer im Wagen.

Blieb also nur, zu verschwinden, wie sie hereingekommen war, und so schlich sie, ihre eigene Waffe schussbereit, an der Wand entlang zurück ins Wohnzimmer. Falls ihr keine andere Wahl blieb, würde sie sie benutzen, aber wirklich nur dann. Wenn sie Kate entdeckten, hatte Julia keine Chance mehr, wenn die Kerle aber nicht zu ihrem Boss zurückkehrten, war's das ebenso.

Während sie Schritt für Schritt in Richtung Veranda zurückwich, hörte sie, wie die Haustür aufsprang. Ihr Verstand arbeitete zum Glück wieder auf Hochtouren, ihre Atmung verlangsamte sich, wurde ruhiger, sie spannte die Schultern an, spitzte die Ohren. Das jahrelange tägliche Secret-Service-Training zahlte sich aus.

Ich muss es nur zu meinem Wagen schaffen, sprach sie sich selbst Mut zu, ich muss es nur zu meinem Wagen schaffen, dann besteht eine Chance, dass Julia überlebt.

Nur noch drei Meter trennten sie von der Veranda. Da sie bisher keine Spur gefunden hatte, war es vielleicht gar nicht so schlecht, dass die Entführer aufgetaucht waren. Wenn es ihr gelang, unbemerkt zu entkommen, könnte sie ihnen womöglich folgen. Oder sich zumindest die Autonummer merken.

So lautlos wie möglich versuchte sie, die Schiebetür zu

öffnen. Sie klemmte etwas, ließ sich nur schwer bewegen, weshalb Kate keine andere Wahl blieb, als ihre Waffe auf den Boden zu legen, um beide Hände zu Hilfe zu nehmen. Vom Flur her näherten sich schwere Schritte. Endlich ließ sich die Tür so weit öffnen, dass sie hindurchschlüpfen konnte. Schnell nahm sie ihre Waffe und zog die Tür hinter sich zu. Sie konnte gerade noch zur Seite springen, als der Mann das Wohnzimmer betrat.

Okay, dachte sie, jetzt noch die Tür zum Garten, und du hast es geschafft. Tief gebückt schlich sie an der Wand entlang. Die Hintertür lag am anderen Ende, nur vier Meter entfernt.

In diesem Moment machte der Mann im Wohnzimmer jedoch die Deckenlampe an – und genau gegenüber, hinter der Glastür zum Garten, tauchte das Gesicht eines zweiten Mannes auf, der etwas in einer fremden Sprache rief.

Mist! Kate ging in die Hocke, ohne einen anderen Schutz als die Rückenlehne eines der Sofas. Das Einzige, was sie davor bewahrt hatte, gleich entdeckt zu werden, war der plötzliche Lichtschein aus dem Wohnzimmer, der den Mann draußen geblendet hatte, während sie im Dunkeln stand.

Der Mann drinnen rief jetzt etwas zurück, wenn auch nicht ganz so laut und mit einer tieferen Stimme. Er schien dem Typen draußen einen Befehl zuzurufen, denn dieser drückte nun die Tür auf und kam zu ihr herein.

Kate machte sich so klein wie möglich und umklammerte ihre Waffe noch fester. Sie spürte, wie Schweißtropfen langsam über ihren Rücken rannen, und verlangsamte ihre Atmung noch mehr. Obwohl sie Angst hatte, war sie nicht nervös. Gefangen zwischen Sofa und Wand, zwei oder mehr Entführern ausgeliefert, ohne irgendjemanden zur Unterstützung: Alles sprach gegen sie. Trotzdem sorgte das Adrenalin dafür, dass sie sich stark fühlte und bereit, blitzschnell zu reagieren.

Die Schritte des Mannes hallten laut auf dem Holzboden der Veranda wider. Und plötzlich blieb er stehen, direkt neben ihrem Sofa. Kate bekam unwillkürlich eine Gänsehaut. Der Killer war so nah, dass sie nur den Arm ausstrecken musste, um ihn zu berühren. Halb mit dem Rücken zu ihr gewandt, zog er jetzt eine Zigarettenschachtel aus der Tasche. Dann konnte sie deutlich das Knistern der Zellophanfolie beim Aufreißen hören, das Klopfen der Fingerkuppen an den Rand der Packung, um eine Kippe herauszuholen, das Klicken eines Feuerzeugs. Sie sah sein hartes Gesicht im Profil, die in Latexhandschuhen steckenden Pranken, das unverwechselbare zylindrische Magazin seiner Maschinenpistole.

Eine PP-19 Bison. Ein teures russisches Fabrikat, das hauptsächlich von russischen Spezialeinheiten und der osteuropäischen Mafia verwendet wurde, meldete ihr Gehirn. Munition: 9x19 mm Parabellum, und mit 64 Kugeln pro Magazin – das Dreifache des Normalen – in der Lage, mehrere Salven abzugeben. Wenn dieser Rambo dich unvorbereitet erwischt, bleibt nicht viel von dir übrig.

Bei einer normalen Mission hätte Kate jetzt den Überraschungsmoment genutzt, ihm ihre SIG Sauer P229 an die Schläfe gehalten und im selben Moment die Handschellen klicken lassen. Aber das hier war keine normale Mission. Sie konnte nur stillhalten und beten, dass er sie nicht bemerkte.

Geh, bitte, bitte, geh, flehte sie innerlich, da machte der Kerl eine plötzliche Bewegung, sodass Kate fast das Herz stehen blieb.

Aber er drehte sich nicht zu ihr um, sondern ging tatsächlich ins Wohnzimmer.

Jetzt. Jetzt oder nie. Am Sofa vorbei, kroch sie leise zur Gartentür. Der Mann hatte sie nur halb verschlossen, sodass sie lautlos hinausschlüpfen konnte. Als sie das nasse Gras unter ihren Fingern spürte, hielt sie für eine Sekunde erleichtert inne. Und was nun? Den Hang hinauf zur Straße laufen, kam nicht infrage, die Strecke war viel zu weit, sodass die Kerle sie womöglich vom Haus aus noch sahen. Und außerdem war da noch etwas Wichtigeres: Sie konnte nicht verschwinden, ohne den Störsender mitzunehmen.

So schnell es ging, schlich sie zum Schuppen, schloss die Tür hinter sich und schaltete den Sender aus. Im selben Moment ging Davids Nachricht ein.

Pass auf!
Ich glaube, sie wissen, dass jemand im Haus ist.

Was du nicht sagst, David, dachte Kate zynisch und ließ sich zwischen Abfalltonnen und Rasenmäher auf den Boden sinken.

20

Ich versuchte immer noch, Whites Nachricht zu begreifen, als der Mensch, den ich am meisten hasste, ohne anzuklopfen mein Büro betrat.

In der Nacht zuvor hatte der Entführer meiner Tochter ihm diesen Rang zwar abgelaufen, doch Dr. Alvin Hockstetter hatte ihn so viele Jahre innegehabt, dass es mir bis heute schwerfällt, ihn auf Platz zwei zu verweisen.

Ich erinnere mich noch genau an den Tag, als ich ihm zum ersten Mal begegnete. Es war im Hörsaal des Johns Hopkins Hospital in Baltimore, einem der besten Krankenhäuser der Vereinigten Staaten, wenn nicht gar der ganzen Welt. Ich war einer von etwa zwanzig jungen Ärzten, die am ersten Tag ihrer Facharztausbildung nervös auf den großen Meister warteten, den »Pionier der Neurochirurgie«, wie ihn die ›*Time*‹ Jahre zuvor getauft hatte.

Obwohl nicht sonderlich groß, war Hockstetter eine imposante Erscheinung. Die auffälligsten Merkmale bildeten seine buschigen, stark gebogenen Augenbrauen, die langen, schlanken Finger und der Bauch, der so gewaltig war wie sein Ego. Ich weiß noch, dass ich mir im Vergleich zu ihm wie ein richtiger Bauer vorkam, als er an jenem Tag in seinem blendend weißen Kittel den Saal betrat und das Podium mit einem äußerst eleganten Sprung erklomm, der im eklatanten Widerspruch zu seiner Korpulenz stand. Schweigend sah er in den Raum, bis er sich sicher war, dass er unsere ungeteilte Aufmerksamkeit hatte.

»Kennen Sie den Unterschied zwischen Gott und einem Neurochirurgen?«, begann er mit seiner tief aus der Brust kommenden Baritonstimme und betrachtete uns einige Sekunden mit einem herablassenden Lächeln. »Nein? ... Nun, Gott weiß, dass er kein Neurochirurg ist.«

Nervös lachten wir und rutschten dabei unbehaglich auf unseren Plätzen hin und her. Einige von uns waren im gottesfürchtigen Mittleren Westen aufgewachsen, aber auch für alle anderen klangen Hockstetters Worte damals wie die reinste Blasphemie – obwohl es, im Nachhinein betrachtet, die treffendste Beschreibung des Selbstverständnisses vieler Neurochirurgen war.

Gönnerhaft schüttelte er den Kopf.

»Es mag Ihnen lustig vorkommen, aber es ist kein Witz. Sie befinden sich hier im Tempel des Asklepios. Oder moderner ausgedrückt: Das Johns Hopkins ist der Vatikan aller Krankenhäuser. Und die neurochirurgische Abteilung ist die Sixtinische Kapelle, der Ort, wo Gottes Stellvertreter gewählt wird, dessen Fehler wir korrigieren.«

Er drückte auf die Fernbedienung des Beamers, und auf der Leinwand hinter ihm erschienen zwei MRT-Aufnahmen: die eines gesunden Menschen und die eines Kranken mit einem Hirntumor.

»Kann uns jemand von Ihnen in Erinnerung rufen, was Angiogenese ist?«

Doch keiner von uns hob die Hand; er hatte uns so eingeschüchtert, dass wir wie Pinguine am Rand einer Eisscholle waren, die hofften, dass einer der anderen zuerst sprang, um zu testen, ob es im Wasser Haie gab.

»Na los, trauen Sie sich. Sie kommen alle frisch von der

Uni, wo man Sie mit Wissen gefüttert hat wie auf einer Säuglingsstation, da müsste doch noch was da sein.« Mit süffisanter Miene sah er sich um. »Ah, doch eine. Nehmen Sie um alles in der Welt die Hand runter, Sie sind hier nicht in einer Krabbelgruppe, auch wenn es gerade verdächtig nach vollgeschissenen Windeln riecht.«

»Angio… Angiogenese beschreibt die Entstehung neuer Blutgefäße aus bereits vorhandenen«, stammelte eine meiner Kolleginnen mit knallrotem Kopf und ließ beschämt den Arm sinken.

»Richtig. Sie ist ein ganz normaler Vorgang im menschlichen Körper. Aber auch die wichtigste Waffe eines Tumors.«

Hockstetter klickte wieder auf die Fernbedienung, und nun sahen wir das MRT-Video eines scheinbar gesunden Gehirns. Nach ein paar Sekunden stoppte er und zoomte eine 3-D-Ansicht heran. Eine der Zellen war dunkler als die anderen.

»Da ist er, der größte Fehler des scheinbar Allmächtigen. Eine winzige, unbedeutende Nervenzelle. Defekt, durch welche Genmutation auch immer. Normalerweise würde der Organismus in einem solchen Fall nun die Apoptose einleiten, den programmierten Zelltod. Sie würde schrumpfen und zerfallen. Dieser Mechanismus ist hier ausgeschaltet. Die Zelle hat beschlossen, keinen Selbstmord zu begehen. Und nicht nur das: Sie hat begonnen, sich zu reproduzieren.«

Im Video teilte sich die mutierte Zelle erst in zwei, dann in vier, dann in acht Zellen, während die Kamera zurückzoomte, um das exponentielle Wachstum des Tumors einzufangen.

»Ohne die Angiogenese würde dieser Wachstumsprozess bald gestoppt werden. Bis zu einer Größe von ein, zwei

Millimetern hat ein solches Krebsgeschwür zunächst noch keine eigenen Blutgefäße. Ab einer bestimmten Größe geht ihm jedoch buchstäblich die Luft aus, und es kommt zu einem Versorgungsengpass. Um zu wachsen, benötigen Tumorzellen, wie alle anderen Zellen auch, Nährstoffe und Sauerstoff. Daher bilden sie Substanzen, die als Signal zur Bildung neuer Blutgefäße dienen. Und diese Gefäßneubildung ist dann ein permanenter Prozess im Verlauf des Tumorwachstums und seiner Metastasierung.«

Gebannt sahen wir zu, wie das winzige Krebsgeschwür die umliegenden Blutgefäße animierte, Verzweigungen zu bilden, die es bald mit einem dichten Gefäßnetz umgaben, sodass die Tumorzellen sich immer weiter vermehren und über den Blutkreislauf auch in andere Organe gelangen konnten. Die gefürchtete Metastase. Das Video war so eindrücklich, dass es selbst für uns angehende Fachärzte schreckenerregend war, die wir den ganzen Wachstumsprozess bereits aus Fachbüchern und Vorlesungen kannten. Doch letztlich waren auch wir nur Menschen und hatten wie jeder Angst, dass uns eines Tages genau das widerfahren könnte, was uns da auf der Leinwand gezeigt wurde.

»Auf diese Weise verursachen die Zellen, die doch eigentlich unsterblich sein wollen, den Tod des gesamten Organismus. Und damit Ende der Vorstellung.«

Hockstetter drückte einen Knopf, und es erschien wieder das Krankenhauslogo.

»Verehrte Grünschnäbel, Sie haben jahrelang studiert, um hier einen Platz zu ergattern. Bis heute haben Sie nur Informationen angehäuft, aber nun beginnt Ihre wahre Ausbildung. Fangen wir also mit der einfachen Frage an: Was ist der Mensch?«

»Ein höheres Säugetier aus der Familie der Hominiden«, sagte ein Kollege in der ersten Reihe mutig.

»Nicht schlecht, zumindest in Zoologie scheinen Sie gut aufgepasst zu haben. Aber ich will hier wissen, was wir wirklich sind.«

Eingeschüchtert von Hockstetters sarkastischem Ton, wagte keiner zu antworten.

»Der Homo sapiens ist nichts weiter als eine Maschine, meine Damen und Herren«, erklärte er darum überheblich, »bestehend aus Hardware und Software. Und wie jede Maschine hat er auch einen Zweck.«

»Das Überleben der Spezies zu sichern?«, wagte sich jemand aufs Glatteis vor.

»Richtig!«, rief Hockstetter und schaffte es, so überrascht zu klingen, als hätte er eine Kuh Beethovens ›Fünfte Sinfonie‹ muhen gehört. »Der Mensch ist eine Überlebensmaschine. Und das gilt, nebenbei bemerkt, auch für Sie hier im Saal. Darum sehen Sie sich um. Was sehen Sie?«

»Konkurrenten?«, sagte derselbe Kollege wie zuvor.

Hockstetter nickte.

»Für eine Überlebensmaschine ist eine andere Überlebensmaschine nichts weiter als ein Teil ihrer Umwelt. Sie hat für sie keine größere Bedeutung als, sagen wir mal, ein Stein. Der einzige Unterschied zur unbelebten Materie ist, dass sie mit den anderen im Wettstreit steht ums Überleben, denn jede von ihnen hat dieselbe transzendentale Mission: den Fortbestand der eigenen unsterblichen Gene zu sichern. Und das um jeden Preis – was uns erlaubt, den Krankenversicherungen horrende Summen in Rechnung zu stellen, und was das amerikanische Volk darüber streiten lässt, wer diese Summen zu bezahlen hat, statt sich die Frage zu stellen, warum sie so immens hoch sind.«

Wieder war Lachen im Saal zu hören, denn hier saßen die zukünftigen Nutznießer dieses Systems, die das auch ohne Schamesröte genossen.

Zufrieden schaute Hockstetter in die Runde und sonnte sich in unserer Bewunderung.

»Kommen wir zu dem, was im menschlichen Gehirn vor sich geht. Analog zum Evolutionsmechanismus hat nämlich auch unser Bewusstsein nur ein Ziel: Es will überleben, koste es, was es wolle. Um seine Ideen und Überzeugungen erfolgreich in die nächste Generation weiterzutragen, bedient sich der Mensch dazu im Zweifelsfall der Fantasie und solch irrsinniger Konstrukte wie das vom Leben nach dem Tod. Für unser Bewusstsein muss die Geschichte, die wir erzählen, also nicht so sehr wahr als vielmehr konsistent sein, um sich durchsetzen zu können. Wenn Sie schon einmal mit Ihrer Freundin diskutiert haben, meine Herren, dann wissen Sie, wovon ich rede.« Verlegenes Lachen in den hintersten Reihen. »Noch Fragen?«

»Wollen Sie damit sagen, dass das Himmelreich nur ein Schutzmechanismus des Bewusstseins ist?!«, stotterte mein Sitznachbar aus Illinois, der sich offenbar angegriffen fühlte.

»Die Frage ist so überflüssig, dass sie sich gerade ein paar zusätzliche Schichten Bereitschaftsdienst verdient haben. Der Nächste, bitte.«

Instinktiv zogen alle die Köpfe ein. Bis auf mich. Ich hatte seinen ebenso provozierenden wie anmaßenden Thesen fasziniert zugehört. Jetzt konnte ich mich nicht mehr zurückhalten und hob die Hand.

»Wenn wir also nichts weiter als Maschinen sind und es ausschließlich um die Verbreitung unserer Gene geht, Körper und Geist sich nur replizieren wollen und das Leben an sich keinen Sinn und Zweck hat – warum dann überhaupt leben?«

»Sieh an, hier scheint es doch noch einen Grünschnabel mit einem Fitzelchen Verstand zu geben. Wie heißen Sie?«

»Evans«, antwortete ich stolz, nichts ahnend, dass er mich

nicht nach meinem Namen gefragt hatte, um mich vor den anderen auszuzeichnen, sondern um mich als künftige Zielscheibe seines Spotts zu brandmarken. Denn wie sich herausstellen sollte, mochte er keine Leute, die eigenständig dachten und seine Überzeugungen infrage stellten; alles, was er wollte, war eine folgsame, willenlose Herde.

»Viele wehren diese Thesen ab, weil sie nicht aus ihrer lieb gewonnenen Blase der Ignoranz gerissen werden wollen. Ich halte das für einen schweren Fehler. Es geht allein um die ewige Wiederkunft des Gleichen. Erst wenn man das akzeptiert hat, kann man erfüllt leben.«

»Das Dasein ist also eine Strafe?«

»Denken Sie an Sisyphos. Unsterblich, ist er auf alle Ewigkeit dazu verdammt, einen schweren Felsblock einen steilen Hang hinaufzurollen, der ihm jedes Mal kurz vor dem Gipfel entgleitet, sodass er wieder von vorn beginnen muss. Ich halte Sisyphos aber dennoch für einen glücklichen Menschen. Denn innerhalb der Grenzen seiner Strafe gibt es keine Götter.«

Hinter mir brach zustimmendes Gemurmel aus. Kaum zu glauben, wie wir uns in den ersten Tagen von Hockstetters billigem Nihilismus beeindrucken ließen. Aber wir waren jung und hatten darum noch nicht wirklich über den Sinn des Lebens nachgedacht.

Hockstetter deutete nun mit ausgestrecktem Finger auf uns alle.

»Innerhalb der Grenzen *Ihrer* Strafe gibt es allerdings sehr wohl einen Gott«, sagte er mit einem selbstgefälligen Grinsen. »Und dieser Gott bin ich.«

»Wie geht es dir, mein lieber David?«, säuselte Hockstetter in der Tür meines Büros. »Was für eine Freude, dich nach all den Jahren wiederzusehen.«

»Guten Abend, Dr. Hockstetter«, entgegnete ich nur.

Ich war nicht besonders überrascht, ihn zu sehen. Von dem Moment an, als ich erfahren hatte, dass jemand anderes operieren würde, war mir klar gewesen, dass nur dieser selbstverliebte Widerling dafür in Betracht kam.

Meine Adoptiveltern haben mir eine gute Erziehung zuteilwerden lassen; als er auf mich zukam, fühlte ich mich trotzdem nicht bemüßigt, aufzustehen, um ihn zu begrüßen. Was ihn aber nicht weiter zu stören schien.

»Ganz besonders freut mich, dass du dich in deinem neuen Habitat gut eingewöhnt hast«, fuhr Hockstetter fort, während er sich unaufgefordert in den Besuchersessel fallen ließ. »Du hast viel Platz, und es scheint hier sehr gemächlich zuzugehen, du Glücklicher.«

Was im Klartext hieß: Dein Büro ist nur größer als meins, weil du in einer viel schlechteren Klinik arbeitest, die keine so hohen Anforderungen an dich stellt. Wenn er glaubte, mich durch eine so plumpe Bemerkung einschüchtern zu können, hatte er sich jedoch getäuscht.

»Dieses Glück verdanke ich ganz allein Ihnen. Glauben Sie nicht, dass ich das je vergessen werde.«

»Wie heißt es doch so schön? Groll ist Hass, der ewig währt. Wenn dir dein ehemaliger Chef einen wohlgemeinten Rat geben darf: Du solltest ihn nicht so hegen und pflegen, das ist ziemlich ungesund. Erst recht, wenn man bedenkt, dass du eigentlich keinen Grund dafür hast: Es war schließlich dein Fehler gewesen, der zu deinem Rausschmiss geführt hat.«

Wie viele Male hatte ich von diesem Moment geträumt, in dem ich ihm ins Gesicht schleudern würde, was er mir angetan hatte. Nur er und ich würden uns gegenüberstehen, so wie jetzt. Und jetzt hatte ich weder die Lust noch die Energie dazu und konnte nur verbittert lächeln.

»Sie wissen ganz genau, was bei Mrs Desmond damals passiert ist, Dr. Hockstetter. Nicht ich, sondern Sie haben gepfuscht, vor den Augen des ganzen Teams. Die anderen hatten nur viel zu viel Angst vor Ihnen, um gegen Ihre falsche Anschuldigung zu protestieren.«

Es war eine lange und schwere Operation gewesen. Bei Mrs Desmond war ein Jahr zuvor ein multiples Myelom, das heißt eine Krebserkrankung des Knochenmarks, festgestellt worden, und nun hatte sie eine pathologische Fraktur der Wirbelsäule erlitten.

Assistenzärzte, egal, welchen Fachgebietes, müssen während ihrer Ausbildung durch die Härten ihres Berufes gehen, wozu anscheinend auch gehört, dass sie sich von ihren Vorgesetzten zusammenstauchen und erniedrigen lassen müssen. Aber alles hat seine Grenzen.

Als Mrs Desmond auf den OP-Tisch kam, war ich seit acht Monaten Assistenzarzt, und schon damals waren die Differenzen zwischen Hockstetter und mir unüberbrückbar gewesen. Nicht nur, dass wir vollkommen konträre Ansichten über die Chirurgie, die Medizin und das Leben im Allgemeinen hatten, wir konnten uns auch schlicht und einfach nicht riechen.

Hockstetter hatte zu jenem Zeitpunkt schon dreimal versucht gehabt, mich rauszuschmeißen, doch die große Chance bot sich ihm erst bei Mrs Desmonds OP. Ich hatte die Aufgabe gehabt, den Zugang zur Wirbelsäule der Patientin zu schaffen. So weit, so gut. Dann hatte jedoch er das Skalpell angesetzt und nach einer Weile einen ungenauen Schnitt getan – etwas sehr Ungewöhnliches bei ihm, wie ich zugeben muss –, was zu einer halbseitigen Lähmung der Patientin führte.

Doch statt die Verantwortung dafür zu übernehmen,

hatte Hockstetter mir die Schuld in die Schuhe geschoben – und alle anderen schwiegen.

Eine Weile hatte ich noch gehofft, dass es zu einem Disziplinarverfahren kommen würde, damit alle Beteiligten gezwungen wären, zu meiner Entlastung vor Gericht auszusagen, aber Hockstetter, dieses miese Schwein, überzeugte Mrs Desmond, von einer Anzeige abzusehen mit der scheinheiligen Begründung, dass sie damit die Karriere eines unerfahrenen jungen Mannes zerstören würde. Die arme Frau war so dankbar, dass sie überhaupt noch am Leben war, dass es ihr anscheinend nichts ausmachte, den Rest ihres Lebens im Rollstuhl zu verbringen. Der Disziplinarausschuss der Klinik zeigte sich hingegen weniger nachsichtig. Da man kein Interesse daran hatte, dass der Ruhm ihres Topchirurgen auch nur den kleinsten Kratzer abbekam, setzte man mich auf die Straße.

Zum Glück kannte der ehemalige Verwaltungsdirektor des Saint Claire ganz genau Alvin Hockstetters Methoden und gab mir die Chance, meine Ausbildung bei ihm fortzusetzen. Und so machte ich nach einer mehrmonatigen Probezeit im Saint Claire zuerst den Facharzt und bekam anschließend eine Stelle als Oberarzt angeboten. So gesehen, war ich noch mit einem blauen Auge davongekommen.

In 99 Prozent aller Fälle war Hockstetter ein großartiger Neurochirurg, aber wenn ihm einmal ein Fehler unterlief, dann richtig. Doch zum Glück hatte er ja immer ein Heer Assistenzärzte, die die Folgen von dem tragen durften, was er verpfuscht hatte. Vielen, die unter ihm ihre Facharztausbildung begonnen hatten, war es nicht so gut ergangen wie mir. Eine Kollegin aus meinem Jahrgang hatte den Beruf an den Nagel gehängt, nachdem Hockstetter ihr eine falsche Behandlung in die Schuhe geschoben hatte. Jetzt führte sie ein Staubsaugergeschäft in einem Einkaufszentrum am Stadtrand von Augusta.

»Armer David, vertrittst du immer noch diese lächerliche Theorie?«, sagte Hockstetter nun kopfschüttelnd.

»Eines Tages wird Sie einer dieser jungen Leute, die Sie als Kanonenfutter benutzen, auffliegen lassen. Keinem gelingt es, bis in alle Ewigkeiten die ganze Welt zu betrügen.«

Hockstetter lehnte sich zurück und verschränkte grinsend die Hände hinter seinem Nacken. Es war jedoch keine dieser früheren Grimassen vom Typ »Ach herrje, jetzt sieh dir an, was mein Hund auf deinem Rasen macht«; in all den Jahren, die ich ihn nicht gesehen hatte, hatte er sie so weit perfektioniert, dass sie einem perfekten Zahnpastalächeln glich.

»Ich fürchte, wir werden keine weiteren Themen für einen netten Plausch finden, mein verehrter Ex-Novize. Und das, obwohl ich so höflich war, persönlich vorbeizukommen, um die Unterlagen meines Patienten abzuholen.«

»Sie sind gekommen, weil Sie sich hämisch freuen, dass nicht mehr ich, sondern Sie operieren. Seien Sie ehrlich, nur ein einziges Mal. Es wird Sie sicher nicht umbringen.«

Er sah mich an, als hätte ich ihn schwer beleidigt.

»David, ich hätte dich auch bitten können, mir die Krankenakte per FedEx zu schicken. Aber ich wollte, dass sich die Lage zwischen uns etwas entspannt. Nur deshalb bin ich hier. Es ist schließlich genug Zeit vergangen, damit die Wunden heilen konnten.«

Darauf hätte er eigentlich eine schlagfertige Antwort vom Typ »Sagen Sie das Mrs Desmond« verdient gehabt, aber in dem Moment war ich dazu nicht in der Lage; ich war ja auch noch nicht in einer fensterlosen Zelle eingesperrt, mit viel Zeit, um über meine nächsten Worte nachzudenken, so wie jetzt, während ich diese Zeilen schreibe. Stattdessen beschränkte ich mich damals darauf, ihm die Krankenakte des Patienten und den USB-Stick zuzuschieben und die Arme zu verschränken.

»Werden Sie im Militärkrankenhaus von Bethesda operieren?«

Ich brannte vor Neugier, wie es ihm gelungen war, die First Lady doch noch von sich zu überzeugen, aber ich wollte nicht zu interessiert wirken. Irgendwie musste ich es jedoch herausfinden; denn welchen Plan verfolgte White wirklich? Und welche Rolle hatte ich dabei? Wenn er wirklich wollte, dass Hockstetter den Präsidenten operierte, warum hatte er dann Julia entführt? Erpresste er etwa auch Hockstetter? Falls es so war, ließ der es sich jedenfalls nicht anmerken.

Hockstetter zuckte mit den Schultern, während er in der Krankenakte blätterte.

»Ich müsste schon sehr unsicher sein, um nicht auf die besonderen Bedingungen einzugehen, die ein solch gewichtiger Fall mit sich bringt. Übrigens, wie gedachtest du, beim Broca-Areal vorzugehen?«

Mit offenem Mund starrte ich ihn an. Eine solche Dreistigkeit hatte ich nicht erwartet.

»Sie bitten mich doch nicht gerade ernsthaft um meine Meinung, oder?«

Hockstetter gähnte und stand auf.

»Nein, eigentlich nicht.«

Die Akte und den USB-Stick in der Hand, schlenderte er zur Tür. Als er schon die Hand auf der Klinke hatte, drehte er sich noch mal um und sah mich an.

»Weißt du was, David? In einem hast du recht. Ich bin tatsächlich gekommen, weil es mir ein tierisches Vergnügen macht, dich so gedemütigt zu sehen. Kaum wussten sie, dass ich mich zu der OP bereit erkläre, haben sie dir einen ordentlichen Arschtritt verpasst. Wer will auch schon einen zweitklassigen Chirurgen, wenn er den Chef der Neurochirurgie des Johns Hopkins haben kann.« Er wedelte höhnisch mit der Akte. »Du wirst mich nie übertrumpfen, David Evans, akzeptier das endlich.«

Mit diesen Worten rauschte er hinaus und ließ die Tür offen stehen, damit ich auch ja hörte, wie er auf dem Weg zum Aufzug vergnügt Verdis ›*Triumphmarsch*‹ pfiff.

Ich blickte zu meinem Handy.

»Okay, White. Und was jetzt?«

Die Antwort ließ nicht lange auf sich warten.

Wir müssen reden.
23 Uhr, Marblestone Diner.

KATE

Das lange Warten war die reinste Tortur.

An die Schuppenwand gelehnt, die Pistole auf die Tür gerichtet, spulte Kate die vergangenen Minuten immer wieder in ihrem Kopf ab und fragte sich, ob es nicht ein Fehler gewesen war, sich hier zu verstecken, statt gleich das Weite zu suchen. Wenn sie nicht nur das Haus in Augenschein nahmen, sondern das gesamte Terrain, war sie unweigerlich verloren. Das Warten machte sie noch nervöser, als sie ohnehin schon war, aber jetzt noch zur Straße hoch zu rennen, wo sie unter Umständen schon auf dem Sprung waren, war kompletter Wahnsinn.

Wie gut ihre Entscheidung war, merkte sie, als sie auf einmal ein kehliges Räuspern hörte, wie von einem starken Raucher, und dann eine Stimme direkt vor der Tür, diesmal auf Englisch. Kate presste das Ohr gegen die Wand.

»Nein, ich konnte nicht früher anrufen. Hatte keinen Empfang. Lag bestimmt am Anbieter. Ich hab ja gleich gesagt, der ist scheiße.«

…

»Wir haben drinnen alles durchsucht. Und Dejan und mein Bruder haben unterdessen die ganze Nachbarschaft durchkämmt, aber auch nichts entdeckt. Keine verdächtigen Autos, keine Lieferwagen, nichts.«

…

»Okay, verstanden. Wir durchsuchen noch mal das ganze Haus. Aber da ist echt keiner rein, das können Sie mir glauben. Ich hatte ein Haar zwischen Tür und Türrahmen geklebt. Wenn einer die Tür aufmacht, fällt es runter, doch das Haar war noch da, verstehen Sie?«

…

»Ja … Natürlich erinnere ich mich an Istanbul. Aber das war damals nicht mein Fehler.«

…

»Sie sind der Boss«, schloss der Typ mit angespannter Stimme und entfernte sich fluchend.

O nein, sie checken alles noch mal ab, dachte Kate frustriert. Bisher hatten sie das offene Schloss noch nicht entdeckt, aber beim zweiten Mal hatte sie bestimmt nicht so viel Glück. Den Ersten würde sie noch ausschalten können, aber die anderen würden einfach feuern. Die dünnen Schuppenwände hielten keine Maschinengewehrsalve auf. Und das wäre es dann für sie gewesen.

Wieder lief ihr ein Schauder über den Rücken. Und trotzdem blieb ihr nichts anderes übrig, als mit dem Finger am Abzug zu warten.

Der Nieselregen war inzwischen in richtigen Regen übergegangen. Die Tropfen trommelten auf das Dach des Schuppens wie Kugeln, die in einen Plastikeimer fielen. Zweimal glaubte Kate, einen Wagen wegfahren zu hören, aber sie war sich nicht hundertprozentig sicher, und darum blieb sie, wo sie war.

Die Zeit zog sich endlos hin. Kate musste an Julia denken und an die Angst und Qualen, die die Kleine durchleiden musste. Sie kam sich von Minute zu Minute machtloser und überflüssiger vor, denn auf einmal wurde ihr bewusst, dass alles, was sie ausmachte, ihre ganze Energie und Kraft, stets mit dem Handeln ihrer anderen Kollegen in Zusammenhang stand. Sie waren darauf trainiert, bei einem Einsatz als komplettes Team zu agieren, jedem kam dabei eine ganz besondere Aufgabe zu. Und sie war vom Secret Service. Wenn sie das einem Verdächtigen sagte, bekam er es sofort mit der Angst zu tun, da sie nicht bloß eine kräftige Agentin mit einer Pistole war, sondern auch die Staatsgewalt repräsentierte. Sich mit ihr anzulegen, hieß, Superman an seinem Umhang zu zupfen oder gegen den Wind zu spucken. Mit dem Secret Service war nicht zu spaßen.

Doch allein auf sich gestellt, fühlte sie sich gerade nur als Julias zu Tode erschrockene Tante in einer selbst gewählten Falle.

Nach anderthalb Stunden nahm sie dann doch ihren ganzen Mut zusammen. Whites Handlanger konnten unmöglich noch im Haus sein, und ihr lief die Zeit davon, auch wenn sie noch keinen blassen Schimmer hatte, wie sie nun weitermachen sollte. Beim Aufstehen spürte sie ihre schmerzenden Muskeln. Kurz dehnte sie ein paarmal Arme und Beine. Sie musste in Schwung kommen, um so schnell wie möglich den Hang hinaufspurten zu können.

Kate war deprimiert, weil sie so kläglich gescheitert war. Wie konnte sie nur so naiv sein, zu glauben, dass Julias Entführer etwas übersehen hatten. Sie hatte nicht einmal alles sorgfältig durchsuchen können, aber den Störsender noch einmal einzuschalten, war nun völlig ausgeschlossen. Ein zweites Mal würde das nicht funktionieren, White würde sofort Verdacht schöpfen.

Seufzend vergewisserte sie sich, dass sie den Sender und ihre Handys wirklich eingesteckt hatte, und wollte schon hinaus, da kam ihr unverhofft doch noch eine Idee.

In der hintersten Ecke des Schuppens stand ein Recyclingbehälter, wo David in drei separaten Fächern Aluminium, Plastik und Altpapier sammelte. Und in Silver Spring wurde die Recyclingtonne nur einmal wöchentlich geleert.

»Vielleicht haben sie es übersehen. Bitte, bitte. Alles, was ich brauche, ist ein kleines bisschen Glück …«, murmelte Kate, während sie den Deckel hob und die blaue Tüte mit dem Altpapier herauszog.

Viel war nicht drin, aber besser als gar nichts.

Etwas optimistischer gestimmt, öffnete Kate die Tür, spähte hinaus und rannte dann im Regen hoch zu ihrem Wagen, während sie inständig hoffte, dass sich in der Handvoll Papier etwas befand, das sie zu ihrer entführten Nichte führen konnte.

MARBLESTONE DINER, SILVER SPRING

Als Mr White David Evans durch die Tür treten sah, verspürte er ein wohliges Gefühl des Triumphs. Der Arzt war wie ausgewechselt im Vergleich zu dem aufgebrachten Mann, der gerade mal 20 Stunden vorher in den Diner gestürmt war. Seine Schultern waren gebeugt, seine Schritte nicht mehr energiegeladen, und auch seine Augen loderten nicht mehr vor Panik und Wut.

White hatte im Laufe seiner jahrelangen Studien herausgefunden, dass insbesondere eine Sache dazu geeignet war, die vollkommene Kontrolle über einen Menschen zu erlangen: die Sorge um sein Kind. Die Spezies Mensch reagiert auf hilflose und schwache Wesen von Natur aus mit dem Drang, diese zu schützen, darum ist beispielsweise Babygeschrei in Flugzeugen auch so schwer zu ertragen. Beim eigenen Nachwuchs ist dieser Beschützerinstinkt noch um ein Vielfaches ausgeprägter. Eltern würden alles tun, um ihr Kind vor den Übeln der Welt zu bewahren, vor allem Väter, das sitzt tief in ihnen drin.

Die Beziehung zwischen ihm und seiner Tochter hatte den Neurochirurgen die Notwendigkeit spüren lassen, mit White zu kollaborieren. Aber um seine berufliche Konditionierung zu brechen, war noch mehr Druck nötig.

David Evans war in der Lage, inmitten des größten Chaos Ruhe zu bewahren, Konfrontationen ging er aber für gewöhnlich aus dem Weg. Er kämpfte nicht, wenn es sich irgendwie vermeiden ließ, sondern verschanzte sich hinter seinem Humor und dem Gefühl von intellektueller Überlegenheit. Die Mauern dieses Schutzwalls hatte White in den letzten Stunden zwar erfolgreich abgetragen, irgendetwas ließ ihn dennoch zweifeln, dass er es geschafft hatte, Evans' Willen vollkommen zu brechen und ihn komplett unter Kontrolle zu haben.

Davids Reaktionen entsprachen noch immer nicht hundertprozentig Whites Erwartungen angesichts des erstellten Persönlichkeitsprofils. Wenn das so weiterging, würde der Neurochirurg White tatsächlich noch dazu bringen, seine bis ins kleinste Detail ausgefeilte Persönlichkeitstypologie erweitern zu müssen. Was die Frage implizierte, ob es da draußen vielleicht noch mehr Männer vom Schlag eines Dr. Evans gab, die mit ihm zusammen womöglich einen eigenen Typus bildeten. Allein der Gedanke, dass es da noch etwas zu entdecken gab, erregte Whites Forschungsinteresse gewaltig. Aber er irritierte ihn auch: White irrte sich höchst ungern bei seinen Versuchsanordnungen.

Darum musste er sich nun konzentrieren. Das Wichtigste war jetzt, die vollständige Kontrolle über sein Experiment zurückzugewinnen. Den Zwischenfall mit Hockstetter hatte er so nicht erwartet. Als Dr. Wong Evans mitteilte, dass er den Patienten doch nicht operieren würde, fühlte sich White einen Moment lang so, als stünde er mit dem Rücken zur Wand. Nach kurzem Nachdenken war er jedoch zu dem Schluss gekommen, dass dieser Störfaktor in seinem Versuchsaufbau, diese Klippe, die es zu umschiffen galt, eine gute Gelegenheit bot, seine Versuchsperson noch viel besser unter Kontrolle zu bekommen. Um die Illusion seiner Allmacht aufrechtzuerhalten, musste er Evans nur glauben machen, Hockstetter sei von Anfang an Teil seines allumfassenden Plans gewesen.

Es war fast ein Jahrzehnt her, dass White mit seinem lukrativen Geschäft begonnen hatte, und in den ersten Monaten hatte er dabei eine faszinierende Entdeckung gemacht: Bei all den Nachrichten und Schlagzeilen kam es letztlich nicht darauf an, ob sie der Wahrheit entsprachen oder nicht. Man musste nur wissen, wie man es den Menschen am besten auftischen konnte.

Und im Grunde war das nur logisch. Die Wahrheit ist oft unbequem oder für die meisten viel zu komplex. Und darum hielten sich oft für lange Zeit die erstaunlichsten Irrtümer, einfach nur, weil sie publikumswirksam verpackt worden waren, so zum Beispiel, dass Sonnenblumen sich nach der Sonne drehten, die Chinesische Mauer vom Mond aus zu sehen war und der Mensch bloß zehn Prozent seines Gehirns nutzte.

Und genau dasselbe ließ sich auch für die Geschichte um Julian Assange, die Weltwirtschaftskrise, Occupy Wall Street, den Rücktritt von Papst Benedikt XVI., den Tod von Osama bin Laden oder den Anschlag auf den Boston-Marathon anwenden; die hinter der offiziellen Fassade verborgenen Wahrheiten waren in all diesen Fällen nämlich äußerst unbequem. White musste das wissen, schließlich war er selbst an einigen dieser Ereignisse beteiligt gewesen und hatte im Hintergrund die Fäden gezogen, die die Weltlage verändert hatten. Sein Auftraggeber war meistens derselbe gewesen, ein Mann von gewaltiger Macht, dem er zwar noch nie persönlich begegnet war, dem er jedoch viele seiner wertvollen Erkenntnisse verdankte. Und auch für dieses berauschende Experiment hatte er ihn engagiert: Noch nie zuvor hatte er eine so große und bedeutsame Beute im Visier gehabt wie die, die er am Freitagmorgen um neun Uhr morgens erlegen würde.

Um sein Experiment wieder in geordnete Bahnen zu lenken, würde White in den nächsten Stunden zwar improvisieren müssen, dank dieser neuen Herausforderung durchströmte ihn aber auch ein noch nie dagewesenes Glücksgefühl. Ein hundertprozentig durchdachter Plan gab Sicherheit, nahm seinen Experimenten aber auch den Spaß und die Spannung. Die Ermordung des Präsidenten in David Evans' Hände zu legen, war eine riskante Wahl gewesen, aber zweifellos war sie viel aufregender, als wenn er einen der anderen vier genommen hätte, die er ursprünglich in Erwägung gezogen hatte.

Er musste den Chirurgen nur wieder exakt auf die Mitte der Waage platzieren. Genau auf den Punkt, in dem er für Whites Zwecke in perfekter Balance war.

21

»Einen Hawaiian Punch. Lemon Berry Squeeze.«

»Und für Sie, Doktor?«

»Einen doppelten Espresso bitte, Juanita.«

»Gerne«, erwiderte die Kellnerin mit einem Lächeln und ging zurück zum Tresen.

»Ich habe dieses Lokal gewählt, weil es hier Hawaiian Punch gibt.« White lehnte sich zufrieden zurück. »Sonst findet man diese Limo ja fast nur noch in Supermärkten. Überall haben sie bloß noch Coca-Cola oder Pepsi. Wenn die Leute wüssten, was sie finanzieren, wenn sie dieses teuflische Gebräu trinken …«

»Sie wollen mir jetzt sicher keine Verschwörungstheorie auftischen, oder?«

White sah mich belustigt an.

»Natürlich nicht. Es gibt nämlich keine Verschwörungen.«

Mit seinem einstudierten Lächeln bedankte er sich bei Juanita, die mit den Getränken aufgetaucht war.

»Die Menschen sind sehr einfach gestrickt, Dave«, fuhr White fort, als sie wieder hinter ihrem Tresen verschwunden war. »Nimm zum Beispiel diese Kellnerin. Sie träumt davon, eine Stimme wie Mariah Carey zu haben und eines Tages vor Musik-Mogul Simon Cowell aufzutreten. Doch wenn sie morgen früh nach Hause kommt, verflucht sie nur ihre geschwollenen Knöchel, bringt dann ihre Kinder zur Schule und macht wie jeden Tag den Haushalt.«

Ich schaute zu Juanita hinüber, die wie gebannt auf die Glotze starrte, in der die Casting-Show ›*The X Factor*‹ lief. Ihre Lippen bewegten sich im Takt des von einer Frauenstimme vorgetragenen Lovesongs. Genau wie gestern Nacht saß sonst niemand mehr im Diner.

»Vielleicht hat sie ja wirklich eine tolle Stimme«, entgegnete ich.

»Kann sein. Aber darum geht es nicht, Dave. Es gibt Millionen Menschen auf der Welt, die Tag für Tag in stiller Verzweiflung irgendwelchen beschissenen Jobs nachgehen, statt alles dafür zu tun, ihr Talent auszuleben. Warum können die einen sich nur ein U-Bahn-Ticket leisten, während die anderen mit ihrem Privatjet mal schnell in London einkaufen gehen? Es ist eine Frage des Charakters, Dave. Alles dreht sich darum, ob man wirklich den Biss hat, das zu erreichen, was man sich vorgenommen hat.«

»Irgendwas sagt mir, dass Sie mit Ihrem Vortrag etwas bezwecken. Ich weiß nur nicht, was.«

»Ich habe nach wie vor ein Problem, Dave. Ich brauche jemanden, der die Zielperson beseitigt.«

»Aber … Was ist mit Hockstetter?«

»Hockstetter ist für die Durchführung dieser Operation nicht vorgesehen.«

Meine Antwort darauf war so egoistisch, dass ich mich schäme, sie hier aufzuschreiben, aber ich habe mir geschworen, alles genau so wiederzugeben, wie es sich zugetragen hat.

»Hören Sie, White. Hockstetter ist genau Ihr Mann. Und es ist auch kein großer Verlust für die Welt, wenn er dabei draufgeht. Setzen Sie ihn unter Druck, und geben Sie mir Julia zurück.«

White schüttelte den Kopf.

»Ausgeschlossen. Um das einzufädeln, fehlt mir die Zeit. Nein, du wirst es schon selbst tun müssen, David. So, wie es in meinem Plan vorgesehen ist.«

»Im Plan … welcher Plan?! Einen Moment …«

»Ganz einfach, Dave. Ich selbst habe Hockstetter heute Nachmittag über die Identität des Patienten informiert. Daraufhin hat er von Baltimore aus den Mann mit der Fliege angerufen und ihm gesagt, dass er die Operation übernehmen würde.«

Sprachlos starrte ich ihn an. Hatte ich wirklich richtig gehört?

»Was? Aber … warum? Warum machen Sie alles noch komplizierter?«

White nahm sich eines der Süßstofftütchen und spielte eine Weile scheinbar selbstvergessen damit herum.

»Warum wolltest du Neurochirurg werden, Dave?«

Die politisch korrekte Antwort hätte gelautet: »Weil mich das Gehirn interessiert hat, dieses letzte große Geheimnis der Wissenschaft.« Doch die ehrliche Antwort, die, die ich bis auf Rachel noch nie jemandem eingestanden hatte, war eine andere. Und ich war mir sicher, dass White sie bereits kannte.

»Weil das nur die Besten der Besten schaffen.«

White nickte zufrieden.

»Genau. Deine Psyche hat nämlich extrem viel zu kompensieren, und darum musst du dir und deiner Umwelt ständig beweisen, wie gut du bist. Und nun, bei der größten Herausforderung in deinem Leben, dem Fall, der dich aufgrund des Patienten zum Besten der Besten machen kann, sollst du ganz bewusst einen entscheidenden Fehler machen … Erfolg zu haben, ist für dich lebenswichtig, und darum sagt mir irgendetwas, dass dir die Motivation, deine

Tochter zu retten, im letzten Moment vielleicht doch noch abhandenkommen könnte …«

»Das ist absurd! Ich würde Julia nie im Stich lassen!«, brach es aus mir heraus. Für die Stimme meines Gewissens war die Sache jedoch nicht ganz so klar. Hatte ich nicht schon bei meiner eigenen Frau versagt, der Liebe meines Lebens, nur der Arbeit wegen? Würde ich, einer der talentiertesten Neurochirurgen der Vereinigten Staaten, wirklich mit voller Absicht pfuschen können?

Auf Whites Gesicht zeigte sich jetzt ein fast schon nachsichtiges Lächeln.

»Wage jetzt bloß nicht zu behaupten, dass du nicht die ganze Zeit fieberhaft überlegst, wie du mich vorher loswerden und deine Tochter befreien kannst.«

Ich sah ihn schweigend an. Dieses Lächeln und diesen sanften Tonfall hatte ich schon einmal bei ihm erlebt. Sie waren ein böses Omen. Ich durfte es nicht riskieren, ihn zu provozieren, darum entschied ich mich für die Wahrheit.

»Sie haben recht.«

»Dachte ich's mir doch!« Er klatschte in die Hände. »Je näher die Operation rückt, desto mehr Zweifel kommen dir. Bestimmt hast du überlegt, ob es was bringt, mich auf Knien anzuflehen. Oder mit mir zu verhandeln. Irgendwie, denkst du, kannst du mich noch austricksen. Ich kann dir nur sagen: Spar dir die Mühe, Dave. Ich habe alle Fäden fest in der Hand.«

Hatte er das wirklich? War es tatsächlich möglich, jede Eventualität einzukalkulieren? Seine Worte klangen selbstsicher, aber irgendwie keimte in mir der leise Verdacht, dass dem doch nicht so war. Es war aber auf jeden Fall sicherer, ihn in dem Glauben zu lassen. Und darum sagte ich mit hängenden Schultern:

»Ich weiß. Wenn mir irgendetwas eingefallen wäre, um

Julia heil da rauszuholen, würde ich in diesem Moment meine Tochter im Arm halten und Sie würden sich im Knast eifrig nach der Seife bücken, das können Sie mir glauben.«

»Vielleicht ... Aber so ganz bin ich noch nicht überzeugt ... Und darum will ich, dass du dir diese OP verdienst.«

Er war also doch nicht so allmächtig und allwissend, wie er mich glauben machen wollte! Es *gab* Dinge, die sich seiner Kontrolle entzogen! Auf einmal konnte ich deutlich sehen, dass der Käfig, in den er mich gesperrt hatte, doch nicht ganz so ausbruchssicher war, wie ich bisher dachte. Und: Er wusste weder von Kate, noch hatte er das mit Hockstetter vorhergesehen. Ich hatte die neuralgischen Punkte gefunden, und so klein dieser Hoffnungsschimmer auch war, er gab uns die Chance, vielleicht doch noch Whites diabolischen Plan zum Scheitern zu bringen. Die Frage war nur:

»Wie?«

Vor lauter Euphorie hatte ich das letzte Wort laut ausgesprochen, aber zum Glück glaubte White, es ginge um die Methode, wie Hockstetter aus dem Weg zu räumen war.

»Streng deine Fantasie an, Dave. Aber lass dir nicht zu viel Zeit.«

»Wie wäre es mit Ihren Schlägertypen? Oder haben die in diesem Monat schon zu viele Überstunden gemacht?«

»Zu einfach. Nein, das musst du selbst machen, Dave. Das ist der Zweck der Übung.«

»Ich habe ein Talent, Gehirne erfolgreich zu operieren, nicht, sie zu manipulieren. Ich habe nicht die geringste Idee, wie ich das anstellen soll.«

»Dir wird schon was einfallen.«

Ich steckte in einer Sackgasse. Vielleicht hatte White gelogen, als er behauptete, er selbst habe meinen aufgeblasenen Ex-Chef in die Sache hineingezogen. Aber es hatte ihn auch auf die Idee gebracht, dass ich mit aller Macht um die Operation kämpfen sollte – falls Kate sie nicht finden würde, war das meine einzige Chance, Julias Leben zu retten. Und er hatte sie nun schon seit fast vierundzwanzig Stunden in seiner Gewalt. Der Schmerz und die Angst um sie wurden in diesem Moment wieder übermächtig. Ich musste wissen, wie es ihr ging!

»Ich will Julia sehen.«

»Ausgeschlossen.« Entschieden schüttelte White den Kopf. »Vielleicht als Belohnung, wenn es dir gelungen ist, Dr. Hockstetter auszubooten.«

»Ich will sie sehen, habe ich gesagt.«

Der Psychopath sah mich schweigend an. Einen Moment lang hielt ich seinem Blick stand, bevor meine Augen von seinem iPad magisch angezogen wurden.

»Am liebsten würdest du es dir jetzt schnappen, nicht wahr, Dave?«, vernahm ich augenblicklich Whites spöttische Stimme. »Du müsstest nur den Arm ausstrecken, und es wäre deins. Es wäre dir ein Leichtes: Du bist größer und muskulöser als ich.«

Ich sah ihn nicht an, spürte nur ein Kribbeln in den Händen, während das Tablet vor meinen Augen immer größer zu werden schien.

»Ich sollte dieser Wunschvorstellung wohl einen kleinen Dämpfer verpassen«, fuhr White fort. »Also hör zu, Dave. Dieses tolle Ding hier ist mit drei Passwörtern gesichert. Wenn du nur ein einziges falsch eingibst, werden noch im selben Moment alle Daten, Inhalte und Einstellungen gelöscht. Aber nicht, ohne vorher ein kleines Signal an einen Ort zu senden, den du schon kennst. Willst du wissen, was für einen Mechanismus dieses Signal auslöst?«

»Nein … nein, eigentlich nicht«, stammelte ich mit belegter Stimme.

»Ich werde es dir trotzdem zeigen, Dave. Denn es ist nicht nur lehrreich, sondern steigert deine Motivation womöglich noch etwas mehr. Außerdem wolltest du eben noch deine Tochter sehen, nicht wahr? Vielleicht war es ein bisschen hart von mir, dir diese Gunst zu verwehren.«

Mit einem zuckersüßen Lächeln klappte White den Deckel des iPads hoch und tippte etwas ein. Als er das Gerät zu mir umdrehte, war darauf wieder das schwarze Rechteck mit der Schaltfläche zu sehen, das er mir tags zuvor schon gezeigt hatte.

»Und jetzt sieh genau hin, Dave.«

Er tippte auf eine Taste, und auf dem Touchscreen erschien das Innere des Erdlochs. Julia kauerte in der Ecke und machte sich an der Wand zu schaffen. Alle paar Augenblicke drehte sie sich um und legte etwas auf den Boden. Ich brauchte eine Weile, bis ich begriff, dass sie kleine Steinchen herausklaubte, die sie nach ihrer Größe ordnete. Ich war verblüfft, dass meine Tochter in einer solchen Extremsituation so ruhig und gelassen spielen konnte. Ich kannte sie bisher nur als äußerst sensibles Kind, das schon beim kleinsten Problem aufgab, weil es überfordert war.

»Der menschliche Verstand ist äußerst flexibel, Dave«, sagte White, als hätte er meine Gedanken erraten. »Wenn man einen Menschen aus seinem gewohnten Umfeld reißt und ihn in eine bedrohliche Situation bringt, steht er erst mal unter Schock. Ändert sich seine Lage nicht mehr, versucht er mit der Zeit, sich an die neuen Gegebenheiten anzupassen und so die traumatische Erfahrung abzumildern. Aber natürlich kann man das Spielchen noch ein bisschen weitertreiben.«

Er drückte eine andere Taste.

Aus den Lautsprechern des iPads drang nun ein leises Surren, dann ein Knarren. Julia schien es ebenfalls zu hören, denn sie drehte sich in die Richtung, aus der das Geräusch kam, links von ihr, außerhalb des Bildausschnitts. Sie blinzelte erstaunt und kniff die Augen zusammen, um trotz des gleißenden Kameralichts etwas zu erkennen.

Plötzlich war ein gellender, geradezu unmenschlicher Schrei zu hören.

Ton und Bild waren nicht ganz synchron, sodass ich ein paar Sekunden brauchte, bis ich begriff, dass dieser markdurchdringende Entsetzensschrei von Julia stammte. Kreischend drückte sie sich gegen die Wand, die Hände zur Abwehr erhoben.

»Was haben Sie getan, Sie mieses Schwein?!«

Mit geballten Fäusten wollte ich aufspringen – doch im selben Moment drückte mich eine gewaltige Pranke wieder auf die rote Polsterbank, und als ich aufblickte, sah ich in die Augen desselben Rambos, den White am späten Nachmittag im Krankenhaus auf mich angesetzt hatte. Er stand so, dass Juanita nicht sehen konnte, wie er seine Pistole zückte und sie mir an die Kehle drückte.

»Brav bleiben, Doktor, und schön weiter den Live-Stream anschauen.«

Machtlos, wie ich war, blieb mir nichts anderes übrig, als zu gehorchen.

Auf dem Boden, in der Mitte des Verschlags, konnte man jetzt etwas Längliches, Dunkles erkennen.

»*Rattus norvegicus.* Ein höchst interessantes Exemplar seiner Gattung. Sie ist fünfundzwanzig Zentimeter lang, sechshundert Gramm schwer und hat lange, scharfe Zähne«, erklärte White wie ein Biologielehrer.

Die Ratte rührte sich nicht von der Stelle, doch ihre Schnauze war schnuppernd auf Julias nackten Fuß gerichtet. Meine Tochter hatte aufgehört zu schreien und starrte mit weit aufgerissenen Augen auf das ekelhafte Nagetier.

»Normalerweise greifen sie keine Menschen an. Es sei denn, sie waren tagelang in einer Plastikbox mit kleinen Löchern gesperrt und haben nichts zu fressen bekommen. Der Geruch deiner Tochter muss sie während der Zeit rasend gemacht haben.«

In diesem Moment stürzte sich die Ratte auf Julia. Zum Glück konnte meine Tochter noch einen Satz zur Seite machen, wobei sie aber das Gleichgewicht verlor. Schon setzte die Ratte zum nächsten Angriff an ... Instinktiv wollte mein Körper Julia zu Hilfe kommen, aber das Einzige, was ich erreichte, war, dass der Pistolenlauf noch fester gegen meine Luftröhre drückte.

»Hören Sie auf! Sie ist noch ein Kind!«, fuhr ich White an.

Als einzige Antwort drückte mich die Pranke des Killers so weit nach vorne, dass meine Nase fast den Touchscreen berührte. Ein Schweißtropfen fiel auf den Bildschirm und bildete einen winzigen Regenbogen aus Pixeln.

»Konzentrier dich, Dave, du verpasst sonst das Beste«, sagte White. »Was du siehst, ist spannender als der National Geographic Channel.«

In dem Erdverschlag konnte Julia den Zähnen gerade noch ausweichen, dafür verbiss sich die Ratte in ihrer Pyjamahose. Kreischend sprang meine Tochter auf und schüttelte das Bein, doch die Ratte ließ nicht von ihrer Beute ab. Mit einem animalischen Schrei stieß Julia darauf wie eine Kampfsportlerin ihren Fuß in die Luft, dass der Stoff der Schlafanzughose riss und die Ratte gegen die Wand knallte. Am Boden fiel sie auf den Rücken und blieb eine Sekunde wie betäubt liegen – und in diesem Moment trat Julia zu.

Einmal, zweimal, dreimal.

Als unter ihrem Fuß nur noch eine blutige breiige Masse war, drehte sich meine Tochter in Richtung Kamera um. Ihre Augen funkelten wild im Scheinwerferlicht, und ihr Gesicht war zu einer furchterregenden primitiven Fratze verzerrt.

In der nächsten Sekunde war der Spuk vorbei, meine Kleine sackte in sich zusammen und brach in Tränen aus. Schluchzend drückte sie sich in die gegenüberliegende Ecke des Verschlags, so weit wie möglich entfernt von dem ekligen Tierkadaver.

Der Schlägertyp ließ mich daraufhin los und steckte die Pistole ein. Schwer atmend richtete ich mich auf.

»Bravo! Wirklich beachtlich, wie sie sich gewehrt hat«, bemerkte White erfreut. »Dieses Experiment wollte ich schon seit Jahren durchführen. Bis gestern war sie noch ein ängstliches kleines Mädchen. Und vor ein paar Minuten noch ein wehrloses Opfer. Undenkbar, dass sie so reagieren könnte! Aber als es die Situation verlangte, hat sie es getan. Ohne lange nachzudenken. Das beweist einmal mehr, dass der menschliche Verstand flexibel ist. Also nimm dir deine Tochter als Beispiel, Dave.«

Ich antwortete nicht. Ich starrte nur weiter auf das iPad, das jetzt wieder im Ruhemodus war. Dieses Tablet hatte die Macht über das Leben und den Tod meiner Kleinen. Und ich hatte keine Chance, es ihm zu entreißen. Mit einem Schauder erinnerte ich mich, wie Julia in ihre Ecke zurückgekrochen war. Bestimmt hatte die Ratte im Todeskampf ihre Zähne in Julias Fußsohle gehauen. Oder Julia hatte sich an den spitzen Knochen verletzt, als sie den Nager zerquetscht hatte. Das Risiko war hoch, dass sie sich mit dem Hantavirus oder der Tollwut angesteckt hatte … Absurde Gedanken angesichts der Todesgefahr, in der sie schwebte … Ich versuchte, mich zu erinnern, wie lang die Inkubationszeit bei diesen Krankheiten war … aber mein Gehirn war leer. Das Einzige, was es im Moment füllte, war Hass.

Ein absoluter, purer und ungefilterter Hass auf diesen Mann, der mir gegenübersaß.

»Wenn Sie so was noch einmal tun, White, bringe ich Sie um«, flüsterte ich. »Und wenn es das Letzte ist, was ich tue.«

Der Psychopath lächelte nur selbstgefällig.

»Weißt du, Dave, ich habe noch mehr solcher Prachtexemplare, über fünfzig, würde ich sagen. Und alle so ausgehungert wie diese. Wenn du also noch einmal das Handy auf deinem Schreibtisch vergisst, oder mich hinters Licht zu führen versuchst, oder mir gar die Polizei auf den Hals hetzt, dann werde ich die Klappen öffnen, die die Ratten noch von deiner Tochter trennen. Und die Kameras werden dann alles aufzeichnen und automatisch eine Videodatei an die Robsons senden, mit dem Betreff: ›Seht, was mir mein Papi angetan hat‹.«

28 STUNDEN
VOR DER OPERATION

KATE

Als sie aus dem Schlaf hochschreckte, fiel ihr Blick als Erstes auf den Countdown auf ihrem Handy.

28:06:03

Elf Stunden habe ich schon vergeudet, schoss es Kate durch den Kopf, und mit jedem Atemzug hat Julia weniger Sauerstoff zur Verfügung und kommt dem Tod ein Stück näher! Augenblicklich schnürte es ihr die Kehle zu, sodass sie kaum noch Luft bekam. Beruhige dich, Kate, wenn du dich jetzt deiner eigenen Angst überlässt, wird das Julia nicht helfen.

Zum Glück war sie schon so weit wach, dass sich ihr Verstand einschalten konnte. Hastig knipste sie die Deckenlampe an, setzte sich aufrecht hin und konzentrierte sich ein paar Minuten lang ausschließlich darauf, durch den Mund ein- und die Nase wieder auszuatmen. Während der Ausbildung hatte man ihr diverse Atem- und Entspannungstechniken beigebracht, um in kritischen Situationen eventuell auftretende Panik schnell in den Griff zu bekommen.

Als sie sich wieder einigermaßen unter Kontrolle hatte, zog Kate sich an und sah kurz auf den Wecker. Halb fünf Uhr morgens. Sie hatte ihn in der Nacht nicht gestellt, denn sie war so erschöpft gewesen, dass sie sofort eingeschlafen war. Aber ihre innere Uhr hatte sie wie jeden Tag pünktlich geweckt. Ihre Schicht begann um sechs, heute würde sie jedoch nicht zur Arbeit gehen. Das erste Mal in elf Jahren.

Auf dem Weg zur Küche machte sie kein Licht. Doch weder konnte sie sich verlaufen, noch gab es viele Möbel, gegen die sie hätte stoßen können. Ihre Wohnung lag in der North Randolph Street, einer ruhigen Straße, genauso eintönig wie der Rest von Arlington. Dass ihr Vermieter monatlich 2500 Dollar für ein Bett, ein Sofa und einen 42-Zoll-Fernseher verlangte, hielt Kate wirklich für ein Verbrechen. Ihr Jahresgehalt war beinahe sechsstellig, es war also keine Frage des Geldes, aber sie war nun mal in einem großen Landhaus aufgewachsen, und darum war es für sie eine Zumutung, so viel Geld für ein Apartment zu bezahlen, das ihr wie ein drei Größen zu kleines Hemd vorkam. Zumindest hatte das Gebäude eine Tiefgarage, und es war schon eine Wohltat, nach Feierabend nicht ewig nach einem Parkplatz suchen oder sich um fünf Uhr morgens in die Metro quetschen zu müssen.

Auf der lächerlich kleinen Arbeitsfläche ihrer Miniküche war gerade genug Platz für die Kaffeemaschine und den Inhalt der Mülltüte, die sie aus Davids Schuppen mitgenommen hatte. Aber sie kochte ja sowieso nie, denn für eine einzige Person Pfannen und Töpfe schmutzig zu machen, hielt Kate für eine absurde Zeitverschwendung. Sie stellte die Maschine an, und während sie ein weiteres Mal jeden Papierfetzen in Augenschein nahm, dachte sie einmal mehr, es ist alles meine Schuld, hätte ich mit der First Lady bloß nicht über David geredet.

Sie hatte gegen die Verhaltensregeln verstoßen, wenn auch nicht mit Absicht. An jenem Tag waren sie in der Präsidentenlimousine, innerhalb des Secret Service nur *»The Beast«* genannt, auf dem Weg zu einer Ausstellungseröffnung im Smithsonian gewesen. Die First Lady saß im Fond des Wagens und telefonierte. Wie üblich tat sie dies in ganz normaler Lautstärke; Elite-Personenschützer verhalten sich stets äußerst zurückhaltend und diskret, weshalb Schutzpersonen oftmals nicht einmal mehr wahrnehmen, dass sie zwangsläufig und unbewusst mithören, denn das Sinnesorgan Ohr kann man nun mal nicht ganz abschalten.

»Ich weiß, Martin. Aber darum geht es nicht«, hatte die First Lady gesagt, während Kate vom Beifahrersitz aus den Verkehr vor ihnen beobachtete, und dann urplötzlich die Stimme gesenkt. »Ich brauche nicht nur einen erstklassigen Neurochirurgen, ich brauche vor allem einen, dem ich vertrauen kann. Du solltest sie also alle aufsuchen: Colchie, Hockstetter, Evans …«

In dem Moment hatte Kate unbewusst den Kopf gedreht. Nicht viel, nur ein paar Zentimeter, dann hatte sie es auch schon bemerkt. Aber der First Lady war die Bewegung nicht entgangen. Umgehend fuhr sie die schalldichte Trennscheibe hoch. Und Kate verfluchte sich, wenn auch nicht für lange, denn einen Augenblick später bremsten sie vor dem Eingang des Museums, und Kate musste raus, um die First Lady im Blitzlichtgewitter vor der jubelnden Menge abzuschirmen.

Noch am selben Nachmittag ließ die First Lady sie zu sich rufen. Sie stand mit verschränkten Armen am Rand des Tennisplatzes, wo ihre beiden Töchter sich ein Match lieferten. Doch sie war nicht bei der Sache, sondern blickte ins Leere, so, als wäre sie meilenweit entfernt. Kate räusperte sich leise, um auf sich aufmerksam zu machen.

Die First Lady sah auf.

»Ms Robson«, begrüßte sie sie mit einem Kopfnicken.

»Ich glaube, Sie können sich denken, warum ich Sie sprechen wollte.«

Kate nickte stumm.

»Das heute Mittag im Wagen war ein privates Gespräch. Ich muss Sie nicht daran erinnern, dass die Weitergabe vertraulicher Informationen Ihre sofortige Suspendierung und eine mögliche Strafverfolgung zur Folge hätte, oder?«

»Erlauben Sie mir die Bemerkung, dass Sie bisher keinen Grund hatten, an der Loyalität des Secret Service zu zweifeln.«

Kates Ton war höflich, ihre stolzen Worte jedoch unmissverständlich gewesen. Jahrzehnte der völligen Hingabe an die Politik hatten die First Lady darin geschult, selbst dem subtilsten Widerspruch mit größter Diplomatie zu begegnen. Aber das hier war weder ein normaler Tag, noch ging es um irgendwelche offiziellen Angelegenheiten. Ihre Schultern begannen zu zittern, als wäre ihr an diesem warmen Sommertag auf einmal eisig kalt, und dann liefen ihr auch schon Tränen über die Wangen.

Sie zu trösten, war gegen jegliches Protokoll, also tat Kate so, als bemerke sie es nicht.

Nach einer Weile hatte sich die First Lady wieder gefangen.

»Schon gut. Ich … ich bin okay«, sagte sie leise mit einem letzten Schluchzer, während sie ein blütenweißes Taschentuch aus ihrer Kostümjacke zog. »Es tut mir leid, dass ich gerade so schroff war. Ich weiß, dass ich Ihnen hundertprozentig vertrauen kann, Kate. Und meine Töchter vergöttern Sie. Sie und Onslow sind ihre Lieblingsagenten. Beim Abendessen betteln die beiden oft: ›Wir wollen Kate, wir wollen Kate, du hast sie letzte Woche schon gehabt, Mama.‹«

»Sie haben wundervolle Mädchen«, sagte Kate lächelnd.

»Ja, das haben wir.«

Einige Minuten lang waren nur das Geräusch der Schläger und das Aufprallen der Bälle zu hören. Mit einem wehmütigen Lächeln betrachtete Kate die beiden Schwestern und dachte an ihre Kinderzeit zurück, als sie mit Rachel Tennis gespielt hatte. Jedes Mal, wenn ihre große Schwester das Gefühl gehabt hatte, zu verlieren, war sie so wütend geworden, dass sie vom Platz gelaufen war.

»Offen gestanden … offen gestanden bin ich ganz froh, dass Sie es gehört haben, Kate. Ich muss unbedingt mit jemandem darüber reden. Mit einer Frau, meine ich. Bisher wissen nur Männer davon. Und die packen Probleme eben auch wie Männer an: Entweder verdrängen sie sie komplett, oder es heißt Augen zu und durch. Sie sind nicht verheiratet, nicht wahr?«

Da sie groß, durchtrainiert und ein eingefleischter Single war, hatte sich Kate unter ihren Kollegen fälschlicherweise den Ruf erworben, lesbisch zu sein, was sie allerdings herzlich wenig interessierte.

»Bis jetzt bin ich noch drum herum gekommen.«

»Aber Sie verstehen sicher, was ich meine.«

»Ich denke schon.«

Wieder schwieg die First Lady.

»Der Präsident ist krank, Kate«, sagte sie schließlich leise und seufzte. »Dabei haben wir schon genug Probleme, die uns Kopfzerbrechen bereiten. Eine Krise, eine Intrige, einen Machtkampf nach dem anderen müssen wir durchstehen und dabei immer noch lächeln. Und wenn wir einen Raum betreten, erheben sich zwar alle von den Plätzen, aber noch während sie sich wieder setzen, überlegen sie, was sie gleich durchfechten und für sich selbst herausholen können. Wenn die Öffentlichkeit erfährt, was er hat …«

Kate biss sich auf die Unterlippe. Sie wusste, es war ein Fehler. Und trotzdem tat sie es.

»Es tut mir leid, dass ich mich heute Mittag so unprofessionell verhalten habe. Ich habe mich nur instinktiv umgedreht, weil Sie meinen Schwager erwähnt haben.«

»Ihren Schwager?«

»Dr. Evans vom Saint Claire.«

»Ist er ein guter Neurochirurg?«

»Das kann ich nicht beurteilen. Aber er ist ein absolut integrer Mensch.«

Hätte ich bloß den Mund gehalten, dann würde Julia jetzt zu Hause in ihrem Bett schlafen, sagte sich Kate verzagt, nachdem sie den ersten Schluck heißen Kaffee getrunken hatte. *Hätte ich bloß:* Wie oft hatte sie in ihrem Leben schon falsch reagiert …

Kate schüttelte den Kopf, um den unsinnigen Gedanken zu vertreiben. Wenn White nicht Julia entführt hätte, dann das Kind von jemand anderem. Ein anderes unschuldiges Opfer, das keine Tante beim Secret Service hatte. Ihr Vater sagte immer, dass alles im Leben einen Grund hatte. Hatte es deshalb Julia erwischt? Damit Kate sie rettete?!

»Hey, falls du mich da oben hörst, kannst du dir deine Gründe sonst wohin stecken!«, schnaubte Kate zornig. Seit Rachels Tod stand sie mit dem Allmächtigen auf Kriegsfuß. Und in diesen Stunden würde sich das sicher auch nicht ändern.

»Ich brauche eine Spur. Irgendeinen Hinweis, und sei er noch so winzig, es *muss* einfach was zu finden sein«, sagte sie laut, während ihr Blick wieder über die vielen Zettel auf der Anrichte glitt.

Sie hatte Kartons und Verpackungen weggeworfen und aus dem Rest drei Häufchen gebildet. Eines mit Werbeprospekten, eines mit Rechnungen und eines mit sonstigen Zetteln.

Nichts.

Als sie in der Nacht nach Hause gekommen war, hatte sie schon einmal alle Papiere durchgesehen, mit demselben Ergebnis. Von ihrem Laptop aus hatte sie sich danach in die Datenbank des Ministeriums für Innere Sicherheit eingeloggt, doch auch dort war sie nicht fündig geworden. Als Svetlana Nikolic war die Serbin jedenfalls nicht eingereist. Hätte Kate ihre Recherche wie bei einer gewöhnlichen Antiterrorfahndung weitertreiben können, hätte sie die Datumssuche genutzt und für die Zeit vor Svetlanas Vorstellungsgespräch bei David die Personendaten sämtlicher Flughäfen der Ostküste checken lassen. Doch diese Suchfunktion stand ihr leider nicht zur Verfügung, ohne dass ihre Vorgesetzten Wind davon bekamen; aber selbst wenn, wären Dutzende von Beamten zig Stunden damit beschäftigt gewesen, und das ohne jegliche Erfolgsgarantie. Und so viel Zeit hatte Kate nicht.

Auch Davids Idee, dass Svetlanas Doktorvater ihr vielleicht weiterhelfen könnte, war ein Schuss in den Ofen gewesen. Er hatte ihr das Passwort für den Online-Account bei seinem Mobilfunkanbieter und das ungefähre Datum seines Anrufs bei dem Professor genannt, und es war auch nicht schwer gewesen, die Nummer im Einzelverbindungsnachweis zu finden – der Anschluss war jedoch stillgelegt und gehörte, wie sie herausfand, zu einem virtuellen Call Center, das wahrscheinlich von Indien aus operierte. Für zehn Dollar monatliche Grundgebühr und einen Dollar pro Anruf nahm man dort Anrufe entgegen und gab sich als die Person oder Firma aus, die der Auftraggeber wünschte. Der Anruf, der Svetlana die Tür zu Davids Haus öffnete, hatte White also gerade mal elf Dollar gekostet.

Wie konntest du nur so naiv sein, David?, dachte Kate jetzt und goss sich eine weitere Tasse starken Kaffee ein.

Blieb als Einziges noch ihr Vater, der, David zufolge, ein vertrauliches Gespräch mit Svetlana gehabt hatte. Auch wenn Kate bezweifelte, dass diese Spur irgendwohin führte, war sie mittlerweile so verzweifelt, dass sie bereit war, ihr zu folgen. Die Frage war nur, wie sie es anstellen sollte, ohne ihren Vater misstrauisch zu machen. Abgesehen davon war es auch noch viel zu früh, um ihn anzurufen.

Für den anderen Anruf, den sie dringend erledigen musste, war es das allerdings nicht.

»McKenna«, antwortete eine barsche Stimme nach dem zweiten Klingeln.

»Kate hier. Ich bin krank, Chef.«

»Nein, bist du nicht.«

Um ein Haar hätte sie ihre Tasse fallen gelassen. Ahnte McKenna, dass sie log?

»Ich habe mir eine Magen-Darm-Grippe eingefangen.«

»Verdammt, Robson, du warst dein ganzes Leben noch nicht krank! Wir haben Einsatzbesprechung.«

Sprich jetzt bloß ganz normal, ermahnte sich Kate, Simulanten sind am leichtesten daran zu erkennen, dass sie die Stimme eines Kranken nachahmen.

»Mir geht's wirklich dreckig, Chef.«

»Zum Teufel mit dir, Robson! Wir haben morgen einen brisanten Einsatz. Allerhöchste Geheimhaltungsstufe. Ich brauche meine besten Leute, hier im Weißen Haus drehen bereits alle durch. Seit zwei Uhr sitze ich hier!«

»Tut mir leid, Chef, aber ich bin heute wirklich nicht arbeitsfähig.«

»Robson, sag mir, wie viele Vierundachtziger wir in diesem Monat bereits hatten.«

Im United States Code 18, § 84 war festgelegt, wie ein Attentat auf den Präsidenten oder seinen Vize geahndet wurde. Soweit möglich wurden die entsprechenden Prozesse hinter verschlossenen Türen und unter Ausschluss der Öffentlichkeit verhandelt, um keine Nachahmungstäter zu ermutigen. Und da der Secret Service gerne Codes benutzte, nannte man vorsätzliche Attentatsversuche auf den Präsidenten intern »Vierundachtzig«.

»Drei?«, antwortete Kate nervös. Warum fragte McKenna sie das?

»Der Letzte war mit seiner Pistole nur noch siebzig Schritte von Renegade entfernt. Von diesen Idioten gibt es immer mehr, während ich immer weniger Agenten zur Verfügung habe. Und morgen haben wir den heikelsten Einsatz überhaupt, wie du weißt. Da kannst du mich nicht hängen lassen, Robson.«

»Können Sie niemand anderen einteilen?«

»Nein, Robson, das kann ich nicht! Renegade zufolge dürfen gerade mal zwölf von uns davon überhaupt wissen, und selbst das erscheint ihm noch zu viel. Und Renaissance besteht darauf, dass du eine davon bist. Soll ich die beiden also jetzt wecken und ihnen sagen, dass ich noch jemanden einweihen muss, weil du nicht vom Topf runterkommst?«

»Es … es tut mir leid, Chef. Ich versuche, so rasch wie möglich wieder auf die Beine zu kommen. Bis heute Abend bin ich bestimmt wieder so weit fit, dass ich ins Büro kommen und den Einsatzplan studieren kann.«

»Vergiss es. Geh zur nächsten Apotheke, kauf dir eine Familienpackung gegen deine Scheißerei, und in vier Stunden stehst du hier auf der Matte, Robson. Nach dem Einsatz morgen kannst du dich meinetwegen in die Falle hauen, falls du dann Verstopfung hast. Wir müssen ins Saint Claire, da kannst du gleich dort bleiben. Dieser Klugscheißer von deinem Schwager verhilft dir bestimmt auch zu einem Rabatt.«

»Aber …«

Ihr Chef hatte jedoch schon aufgelegt.

Das Telefon noch am Ohr, der ganze Körper angespannt, stand Kate da. Was sollte sie jetzt tun? Ein Befehl von Eric McKenna war, als hätte Gott ihn mit einem Feuerstrahl in Stein gemeißelt. Wenn er verlangte, dass man mit Fieber und Durchfall zur Arbeit kam, hatte man ihm zu gehorchen, Punktum.

Vor allem eine Top-Agentin wie sie, die in ihrer gesamten Laufbahn noch keinen einzigen Tag gefehlt hatte, konnte nicht einfach später ins Büro kommen. Und erst recht nicht angesichts der Tatsache, dass es ihr Schwager David war, der den Präsidenten operieren würde. Wenn sie jetzt nicht zum Dienst erschiene, würde McKenna sofort Verdacht schöpfen, David daraufhin noch genauer unter die Lupe nehmen und – alles aufdecken.

Ihre nun schon über zwölf Stunden anhaltende Angst um Julia, gepaart mit dem Frust, noch immer keine Spur gefunden zu haben, flammte erneut auf.

»Scheiße!«

Wütend wischte sie den ganzen nutzlosen Papiermüll von der Arbeitsplatte, mitsamt der halb vollen Kaffeetasse, die klirrend in tausend Scherben zerbrach.

Frustriert bückte sie sich, um sie einzusammeln, als plötzlich ihr Blick auf etwas fiel, das ihre Aufmerksamkeit erregte. Am Klebestreifen einer Postwurfsendung haftete ein kleiner gefalteter Zettel, den sie übersehen hatte.

Als sie ihn auseinanderfaltete, begann ihr Herz schneller zu schlagen.

Da war sie, die Spur, nach der sie gesucht hatte.

22

Ein Resümee der Nacht von Mittwoch auf Donnerstag gefällig? Um's kurz zu machen: Ich betrank mich bis zur Besinnungslosigkeit.

Außer mir vor Wut, war ich aus dem »Marblestone« gelaufen, aber der Energieschub, der damit einherging, war schnell vorbei. Mit den Szenen auf dem iPad hatte White mir einmal mehr das Herz gebrochen und mir meine Ohnmacht gezeigt. Keine Ahnung, wie ich es schaffte, nach Hause zu fahren; dort gelang es mir jedenfalls gerade noch, eine Flasche Whisky aus der Anrichte zu holen und mich damit zum Sofa zu schleppen. An Schlaf war nicht zu denken. Mich meinen Gedanken zu stellen, ebenso wenig. In meiner Not wusste ich mir nicht anders zu helfen, als für ein paar Stunden in den dunklen Tiefen der Bewusstlosigkeit zu versinken. Und das auf dem schnellsten Weg.

Gegen acht weckte mich die Sonne.

Ich blinzelte ein paarmal in dem vergeblichen Versuch, den Schmerz aus meinem dröhnenden Schädel zu verbannen. Irgendwann musste ich wohl vom Sofa gefallen sein, denn ich lag bäuchlings davor auf dem Teppich. Mein rechter Arm tat höllisch weh. Stöhnend drehte ich mich auf die Seite und krempelte den Ärmel hoch. Woher kamen die drei rötlichen, nahezu geraden Linien, die etwa eine Handbreit lang waren? Die Kratzer waren ziemlich tief und frisch. Was zum Teufel hatte ich in der Nacht im Suff getan? … Auf meinem Hemd waren Blutflecken … Ich konnte mich an nichts mehr erinnern.

Auch an alles andere, was passiert war, entsann ich mich nur noch ganz verschwommen. Der Restalkohol in meinem Blut und der Kater überzogen die letzten zweiunddreißig Stunden wie mit einem nebligen Schleier, als sei alles nur ein Albtraum gewesen … Eine Nachricht von White katapultierte mich jedoch schnell wieder in die grausige Realität zurück.

Morgen, Dave.
Ein bisschen viel getrunken?

Das Handy befand sich direkt neben meinem Kopf, aufrecht ans Sofa gelehnt, sodass ich es gut sehen konnte … und White mich. Der Akku war aufgeladen. Wer auch immer das getan hatte, ich war es sicher nicht gewesen.

Das hieß, seine Schläger waren nachts hier gewesen und um mich herumgetänzelt wie um eine erschlaffte Marionette!

»Na, habt ihr euren Spaß gehabt, ihr Arschlöcher? Und Sie, White, haben Sie es genossen?«, zischte ich und zeigte dem Handydisplay erzürnt den Stinkefinger, bevor ich es in die Hosentasche steckte und mich aufrappelte.

Dabei fiel mein Blick auf die Sofalehne, und ich hielt mitten in der Bewegung inne. Vor nunmehr bald dreizehn Monaten hatte Rachel eines Abends ein bisschen Traubensaft verschüttet, worauf Julia, übereifrig wie immer, sich mit einer Serviette sofort darauf gestürzt hatte. So war aus einem kleinen Spritzer ein großer purpurroter Fleck geworden, den ich immer wieder vergessen hatte zu entfernen.

Während ich zum Krankenhaus fuhr und überlegte, wie ich Hockstetter loswerden konnte, drängte sich dieser Fleck unablässig in meine Gedanken. Ein unbedeutender Fleck, der sich mit ein bisschen Spray ruck, zuck beseitigen ließ, hatte sich mehr an das Dasein geklammert als die Liebe meines Lebens.

Meine Frau hatte er überlebt. Meine Tochter würde er aber garantiert nicht überleben.

Im Saint Claire, fern von Whites Kameras, duschte und rasierte ich mich. Während ich mich anzog, verfolgte ich die CNN-Nachrichten im Fernseher, der im Umkleideraum immer angeschaltet war. Der Präsident schüttelte dem NSA-Direktor, Admiral Soundso, gerade die Hand. Das Lächeln der beiden war wie eingefroren. Offenbar hatte ein Treffen im Weißen Haus stattgefunden, bei dem der Präsident die Möglichkeit von Veränderungen beim Nachrichtendienst im Sinne »einer freieren Zukunft für die amerikanischen Bürger« angekündigt hatte. In den Ausschnitten seiner Rede versprach sich der Präsident einmal, und an einer anderen Stelle wiederholte er zweimal hintereinander das Wort »Amerikaner«. Im anschließenden Fernsehkommentar fragte sich der Kommentator, was mit dem Präsidenten gerade los war.

Doch nur ich wusste die Wahrheit: Der Tumor des Präsidenten breitete sich weiter aus.

Schnell steckte ich Pager und Handy in meinen Arztkittel und rannte die Treppen hinauf, denn um 9 Uhr 30 begann meine Visite. Zum Glück erholten sich meine Patienten allesamt gut von ihrer OP, was meine Stimmung wenigstens für einen kurzen Moment aufhellte, auch wenn es mir nicht weiterhalf.

Bis ich den letzten Namen auf meiner Liste las.

»Warum ist Jamaal Carter noch hier?«, fragte ich Sandra in der Schwesternstation.

»Im MedStar haben sie erst ab morgen ein Bett für ihn. Dr. Wong meinte, sie würde es von Ihrem Lohn abziehen lassen.«

»Dann kann ich ja nächsten Monat betteln gehen.«

»Na, immerhin, von meinem Gehalt könnten wir für ihn höchstens ein paar Aspirin bezahlen.«

Wenn überhaupt. Die Klinik kaufte eine Schmerztablette für weniger als einen Cent ein, berechnete den Patienten aber 1,50 Dollar plus Mehrwertsteuer pro Stück. Und trotzdem taten Meyer und Konsorten so, als könnten sie es sich nicht erlauben, den Jungen auch nur für eine Nacht hierzubehalten, ohne einen Riesenaufstand zu machen.

Jamaals Verbleib in der Klinik brachte mich auf eine wahnwitzige Idee. Wenn es mir gelänge, mit ihm einen Moment allein zu sein, könnte es funktionieren. Doch dafür musste ich erst ein gewaltiges Hindernis überwinden.

Mama Carter.

Ich habe schon viele fromme Menschen in meinem Leben erlebt. Hier im Todestrakt sitzt einer, der jede Nacht um 2 Uhr 34 ein Loblied auf den Herrn anstimmt. Jeden Tag ein anderes. Er hat eine wunderschöne, fast feminine Stimme.

Wir haben das Recht auf täglich eine halbe Stunde Hofgang in einem vier Quadratmeter großen, von hohen Betonmauern umgebenen Hof. Schaut man an einer ganz bestimmten Stelle nach oben, kann man ein winziges Stückchen blauen Himmel sehen. Der Kontakt zwischen den Häftlingen ist verboten. Aber wenn einer in den Hof geführt wird, mustern wir anderen ihn durch die Luke in der Zellentür. Wir wollen sehen, wie jemand aussieht, der bald sterben wird. Der Sänger ist ein blasser junger Mann mit bläulich geäderten Armen. Es fällt schwer, zu glauben, dass er neun Seniorinnen erwürgt hat. Sie sollten so schnell wie möglich in den Himmel kommen, hatte er zu seiner Verteidigung angebracht.

Soweit ich weiß, hat Mama Carter noch niemanden umgebracht. Aber der Vorfall mit ihrem Enkel hatte ihren ohnehin schon großen in einen kaum noch zu erschütternden Glauben verwandelt. Als ich Jamaals Zimmer betrat, kniete sie vor dem Bett ihres Enkels und betete. Ich räusperte mich leise.

»Glauben Sie an Gott, Dr. Evans?«, begrüßte sie mich.

»Ich glaube daran, dass der Mensch sein Bestes geben sollte«, antwortete ich.

»Gestern haben Sie gesagt, Sie würden auch beten.«

»Ja, das tue ich, vor allem, wenn ich ein Problem habe. Allerdings weiß ich nicht, ob meine Gebete an der richtigen Stelle ankommen.«

»Ich bete seit Jahren, dass der Allmächtige meinen Kleinen beschützt. Und meine Bitten sind erhört worden.«

Dem Kleinen mit seinen ein Meter achtzig war das wohl peinlich, den er wand sich im Bett, dass die eisernen Fußfesseln an das Bettgestell schlugen.

»Ey, Doc, können Sie nichts tun, damit man mir das Eisen hier abmacht? Mir schläft die Flosse ein.«

»Ich fürchte, zuerst wirst du einem Richter ein paar Fragen beantworten müssen«, sagte ich, und in dem Moment fiel mir auch wieder sein Kumpel ein. »Wie geht's T-Bone?«

»Er wird's überleben. Sie haben ihn in eine andere Klinik gebracht.«

Kurz blickte ich zu Mama Carter. Ich wollte Jamaal nach etwas fragen, aber dafür musste ich erst seine Großmutter loswerden.

»Mrs Carter …«

»Bitte, nennen sie mich doch Mam, Dr. Evans.«

»Würde es Ihnen was ausmachen, kurz rauszugehen?«

Ihre Züge strafften sich, und sie schüttelte energisch den Kopf.

»Ich gehe nirgendwohin.«

Ungläubig starrte ich sie an.

»Wie?«

»Mit Leon, dem Vater meines Kleinen, war's genau derselbe Trick. Der Kommissar wollte auch, dass ich kurz verschwinde. Sechzehn Jahre sitzt Leon nun schon im Knast. Und darum bleibe ich, wo ich bin.«

Ich deutete auf meinen weißen Kittel.

»Mam, ich bin kein Polizist.«

»Aber vielleicht haben Sie ein Aufnahmegerät dabei.«

»Gute Frau … Mam … Ich muss mit Jamaal reden. Allein. Es geht dabei nicht um ihn, das können Sie mir wirklich glauben.«

»Ich glaube Ihnen gern, Doktor. Sie scheinen ein guter Mensch zu sein. In Ihren Augen sehe ich viel Traurigkeit, aber auch das sanfte Licht des Herrn.«

»Das heißt, Sie lassen uns allein?«

»Auf gar keinen Fall. Hier könnten ja auch Mikrofone versteckt sein.«

Ich konnte gerade noch ein wütendes Schnauben unterdrücken.

»Okay, Mam. Wie Sie wollen … Jamaal, ich brauche eine Waffe.«

Der Junge riss die Augen auf.

»*Was* wollen Sie?!«

Zum Glück hatte Rachels Vorliebe für Fernsehserien wie ›*The Wire*‹ und ›*Breaking Bad*‹ meinen Wortschatz etwas erweitert.

»Eine Knarre, Wumme, Four Five, Bleispritze, wie auch immer du so ein Ding nennen magst«, sagte ich und versuchte dabei, tough zu klingen.

»Und was hab ich damit zu tun?«

»Du musst mir sagen, wo ich mir so was besorgen kann.«

»Sie haben sie nicht mehr alle! Ohne mich!«, sagte er und schüttelte entschieden den Kopf.

»Darf ich dich daran erinnern, dass du ohne mich keinen Meter mehr gehen könntest?«

»Du sagst jetzt nichts mehr, Jamaal.«

Resolut packte Mama Carter mich am Arm und zog mich zwei Schritte zurück.

Ich sah sie an und rang flehend die Hände.

»Mam, ich brauche die Hilfe Ihres Enkels.«

Sie stampfte so wütend auf, dass das Wasserglas auf dem Nachttisch überschwappte.

»Wusste ich's doch, dass Sie ihm was anhängen wollen! Sie wollen ihn in den Knast bringen.«

»Darum geht's wirklich nicht, Mam, versprochen!«

»Das glaube ich Ihnen nicht. Wozu braucht jemand wie Sie eine Knarre?«

»Das kann ich Ihnen leider nicht sagen.«

»Umso schlimmer. Dann haben Sie also was Illegales vor.«

»Ich schwöre, ich werde Jamaal in nichts hineinziehen.«

»Das sagen Sie jetzt, aber …«

»Mam …«

»Verschwinden Sie, bevor ich den Bullen rufe, der vor der Tür hockt! Fragen Sie den doch nach der Knarre, nicht einen von uns.«

Da fasste ich Mama Carter sanft um die Schultern und sah ihr fest in die Augen.

»Hören Sie, Mam. Ich werde Ihrem Enkel nichts anlasten. Aber ich brauche wirklich eine Waffe.«

Sie wich meinem Blick aus.

»Denn wer das Schwert nimmt, der soll durchs Schwert umkommen, sprach der Herr.«

»Ich werde auch niemanden umbringen, Mam. Ich muss damit einfach was in Ordnung bringen, mehr kann ich Ihnen leider nicht sagen. Sie müssen mir glauben, Mam. Eben haben Sie noch gesagt, dass Sie mich für einen guten Menschen halten. Bitte, vertrauen Sie mir.«

Da endlich schaute Mama Carter auf. Von Nahem betrachtet sah man ihr das Alter deutlich an. Ihre Augen waren gelb verfärbt und mit geplatzten Äderchen durchzogen, die Wangen aufgedunsen, und Armut und Unglück hatten tiefe Furchen in ihr sympathisches Gesicht gezeichnet. Ihre Seele und ihre Würde hatten darunter jedoch nicht gelitten. Sie mochte etwa um die siebzig sein, wusste also nur zu gut, was es hieß, im Bus hinten sitzen zu müssen, nur die Toiletten und Wasserspender für Schwarze benutzen zu dürfen und immer für das kämpfen zu müssen, was ihr zustand. Sie hatte ein Leben voller Unwägbarkeiten und Ungerechtigkeiten geführt, in dem es kaum jemals Gewissheit gab, und jetzt kam ich und bat sie um ihr Vertrauen. Einem reichen Weißen zu vertrauen, kam für sie einer Heldentat gleich.

»Die Wege des Herrn sind unergründlich«, sagte sie nach einer Weile leise und presste kurz die Lippen zusammen. »Ich werde darüber nachdenken, wenn ich gleich auf dem Stuhl da hocke und kein Wort von dem höre, was in diesem Zimmer gesprochen wird.«

Dankbar und voller Bewunderung für ihren Großmut nickte ich und wandte mich wieder Jamaal zu.

»Okay, Junge, spuck's aus. Wo kriege ich eine Waffe her?«

KATE

Da war sie: die Kreuzung 25th Street und Greenmount Avenue in Baltimore.

An der Ampel überprüfte Kate noch einmal genau die Adresse auf dem Fitzelchen Papier. Vom ersten Moment an war ihr klar gewesen, dass es vielleicht die Spur war, die sie brauchte. Ein zerknitterter Kassenzettel, an sich nichts Ungewöhnliches. Aber Ort und Uhrzeit hatten sie gleich stutzig gemacht. Dave konnte unmöglich an einem stinknormalen Wochentag um ein Uhr mittags in Baltimore gewesen sein.

Es war eine Tankquittung über 24,71 Dollar, das heißt, etwa fünfundzwanzig Liter Benzin, und wer auch immer der Kunde gewesen war, er hatte in bar bezahlt.

Beim Aussteigen überlief sie ein leichtes Frösteln. Sie schlug den Kragen ihrer Lederjacke hoch, auch wenn es nicht viel nützte. Das fahle Licht des Morgengrauens warf Kates länglichen Schatten auf den rissigen Bürgersteig. Sie hatte zwei Blocks von der Tankstelle entfernt geparkt, um sich einen Überblick über das Viertel zu verschaffen.

Bis auf das leise Heulen des kühlen Winds herrschte Stille in den verwaisten Straßen. Die Gegend entlang der Greenmount Avenue war eine der gefährlichsten Ecken der Vereinigten Staaten. Viele der heruntergekommenen Häuser standen leer und dienten als Crackhöhlen oder Schlafstätten für Obdachlose und Junkies. Läden gab es nicht mehr viele, die meisten hatten wohl aus Mangel an Kunden dichtgemacht und die Schaufenster mit Brettern vernagelt. Die Wahrscheinlichkeit, hier nachts einer Gewalttat zum Opfer zu fallen, lag bei eins zu neun, am Tag war es vielleicht nicht ganz so schlimm, aber dennoch war es eher ein No-go-Viertel, wo eine junge Studentin nicht einfach so herumbummelte.

Was hast du hier zu suchen gehabt, Svetlana?, fragte sich Kate und steckte ihre Hände tief in die Jackentaschen, durch deren Futterstoff sie die beruhigende Nähe ihrer Pistole spürte. Eine zierliche, schüchterne junge Frau sei sie gewesen, eine graue Maus, hatte Dave erklärt. Eine graue Maus, die für einen Mörder der schlimmsten Sorte gearbeitet hatte: der Sorte von Psychopathen, von denen niemand weiß, dass es sie überhaupt gibt.

Oder hast du hier bloß zufällig getankt, auf dem Weg, wohin auch immer? Instinktiv beschleunigten sich Kates Schritte, weil ihr Unterbewusstsein es wohl so schnell wie möglich in Erfahrung bringen wollte, ob ihr Gefühl sie täuschte. Doch sie zwang sich umgehend, die letzten Meter bis zur Tankstelle beherrscht zurückzulegen. Um aus einem möglichen Zeugen etwas herauszubekommen, durfte man nie verzweifelt wirken. Wenn er einem feindselig gesinnt war, nutzte er diese Schwäche aus, und war er ein braver Bürger, wollte er unbedingt helfen und erfand darum manchmal unbewusst die Hälfte dessen, was er erzählte.

Als sie Rajesh Vajnuli sah, wusste Kate sofort, dass der Tankwart zu Letzteren gehörte. Er zeigte sich so servil und emsig, dass man den Eindruck hatte, er könnte an zwei Orten gleichzeitig sein. Dumm nur, dass es an diesem trostlosen Ort so gut wie keine Kunden gab, für die er sich hätte ins Zeug legen können. Darum schmälerte sich seine Beflissenheit auch kein bisschen, als Kate ihm ihre Plakette zeigte und damit klarstellte, dass sie kein Kunde war. Vom traditionellen Misstrauen eines Immigranten gegenüber den Gesetzeshütern fehlte jedenfalls jede Spur.

»Sind Sie wirklich vom Secret Service?«, fragte Vajnuli aufgeregt. »So wie in *›24‹*, Sie wissen schon, diese Serie mit Jack Bauer?«

»Nein, das war die CTU. Eine fiktive Anti-Terror-Einheit.«

Kate und ihre Kollegen sahen sich oft solchen Fragen ausgesetzt. Bei öffentlichen Veranstaltungen standen sie immer einer Menge Menschen gegenüber, die sich schon Stunden vorher am Rand des Sicherheitsbereichs drängten, um einen Blick auf den Präsidenten zu erhaschen. Die Warterei machte die Leute mürbe, und so waren ihre einzige Abwechslung die reglosen Typen im Anzug und mit Sonnenbrille, die wenige Meter vor ihnen hinter der Absperrung standen. Seit Kate für die First Lady arbeitete, wurde sie zum Glück nicht mehr für solche Dienste eingeteilt, und so musste sie nicht mehr ganz so häufig unqualifizierte Fragen zur Area 51, der Ermordung John F. Kennedys oder den neuesten Pressemitteilungen beantworten.

»Wie? Die CTU gibt's gar nicht?«, fragte der Mann verwirrt. »Und was ist, wenn einer ein Atomkraftwerk in die Luft sprengen will? Wer schützt uns dann vor den Terroristen?«

»Das FBI, die CIA, die NSA und noch so etwa dreiunddreißig weitere Sicherheitsbehörden. Hören Sie, Mr Vajnuli …«

»Ach, nennen Sie mich doch bitte Rajesh.«

»Ich brauche Ihre Hilfe, Mr Vajnuli«, sagte Kate und reichte ihm die Quittung. »Wenn da unten Ihr Name steht, dann haben Sie den Kunden sicher auch bedient, oder?«

»Ja, wenn ich …«

»Kann es sein, dass es sich dabei um eine junge Frau gehandelt hat, so um die fünfundzwanzig Jahre alt, klein, zierlich, markante Backenknochen, osteuropäischer Akzent?«

»Oh, ja, ich erinnere mich.« Vajnuli nickte eifrig. »So eine war vor ein paar Tagen hier.«

»Hat sie vorher schon einmal hier getankt?«

»Nicht, dass ich wüsste, Miss.«

»Dann würde ich gern das Video der Überwachungskamera sehen, das an dem Tag aufgenommen worden ist.«

Vajnuli presste kurz die Lippen zusammen und beugte sich vor.

»Meine Chefs dürfen nicht wissen, dass ich Ihnen das jetzt verrate«, sagte er in vertraulichem Tonfall, »aber gute Archivierungssysteme sind sehr teuer. Deshalb haben wir immer nur die Aufnahmen der letzten vierundzwanzig Stunden gespeichert. Für die Polizei, damit sie sehen kann, wer uns überfallen hat.«

Natürlich gibt es keine Bilder, das wäre ja auch zu einfach gewesen, dachte Kate verärgert, während sie sich die Nasenwurzel massierte.

»Und an dem Tag wurden Sie nicht überfallen, richtig?«

»Richtig. Im Moment kann ich nicht klagen. Seit einem Monat hatten wir schon keinen Überfall mehr. Das ist fast schon so wie in meiner Heimat Bombay.«

»Und an die Frau können Sie sich auch nicht mehr so genau erinnern.«

»Im Gegenteil, Miss. Ich habe nämlich ein hervorragendes Gedächtnis. Erst recht, wenn es sich um ein so hübsches Mädchen handelt«, sagte er und zwinkerte Kate einmal zu, zumindest versuchte er es, da seine Brauen kaum über den Rand seiner Brille ragten, deren Gläser dick wie Flaschenböden waren.

Auch Kate zwinkerte einmal, wenn auch nicht als Antwort auf Vajnulis Flirtversuch, sondern weil sie erstaunt war über das Adjektiv, das der Tankwart benutzt hatte.

»Sie würden sie als hübsch bezeichnen?«

»Oh, ja, absolut. Sie war natürlich nicht so hübsch wie Sie, Miss. Sie war klein und sehr schlank, aber ihr leichtes blaues Jerseykleid war an den richtigen Stellen gut ausgefüllt, wenn Sie wissen, was ich meine. Und sie war stark geschminkt, so, als hätte sie sich für jemanden richtig schick gemacht. Deshalb ist sie mir auch aufgefallen. In dieser Gegend sieht man das nicht alle Tage.«

»Auch nicht, dass jemand cash bezahlt, oder?«

»In dem Punkt irren Sie sich, Miss. Viele meiner Kunden kommen täglich und tanken für ein paar Dollar, die sie grad mal so zusammenkratzen konnten. Manche müssen unter der Woche sogar ihren Fernseher zum Pfandhaus bringen, um tanken oder Lebensmittel kaufen zu können.«

»Können Sie mir sonst noch was über die Frau erzählen?«

»Was hat sie denn angestellt? Eine Bank überfallen?«

»Ich bin leider nicht befugt, Ihnen darüber Auskunft zu geben«, erwiderte Kate mit einer vieldeutigen Handbewegung. Es war ein alter Trick, den sie zu der Zeit gelernt hatte, als sie noch Betrugsfälle aufdecken musste. Die Geste konnte alles Mögliche bedeuten, ihr einziger Zweck war es, für einen Moment die Neugier ihres Gegenübers zu befriedigen, damit er weiterredete.

Nachdenklich kaute Vajnuli an seinem Bleistift herum.

»Na ja, sie hatte sehr gute Manieren. Daran erinnere ich mich.«

»Beim Zahlen?«

»Nicht nur da. Sie hat mich auch höflich um Erlaubnis gefragt, ob sie ihren Wagen auf unserem Parkplatz abstellen dürfe. Eigentlich ist der ja für die Kunden der Waschanlage reserviert, aber die ist seit einem Jahr kaputt, und es sieht nicht so aus, als ob der Tankstellenbesitzer noch mal Geld in die Reparatur steckt. Ich glaube, es dauert eh nicht mehr lang, bis er die Tankstelle ganz dichtmacht.«

Kate sah aus dem Fenster. Von der Kasse aus hatte man eine gute Sicht auf die Parkfläche, die mit ein paar auf den Asphalt gemalten Linien gekennzeichnet war.

»Sie hat mich gebeten, ein Auge auf ihren Wagen zu haben«, fuhr der Tankwart fort. »Natürlich hab ich das gern für sie getan. Obwohl … wenn sie ihr den Wagen geklaut hätten, hätte ich ihr höchstens hinterher sagen können, wie viele es waren. Wissen Sie, in meiner Heimat gibt es ein Sprichwort: ›Stell dich nie zwischen den Bären und seinen Honig.‹«

»Ein sehr kluges Sprichwort. Können Sie sich noch daran erinnern, wie lange sie weg war?«

»Nein. Eine Stunde, eine halbe, keine Ahnung. Ich war beschäftigt.« Er hielt ein dickes Buch in die Höhe, das den Titel ›Quantenphysik für Fortgeschrittene‹ trug. »Ich will meinen indischen Doktortitel anerkennen lassen.«

»Ich verstehe. Vielen Dank für Ihre Hilfe.«

»Wollen Sie mir nicht Ihre Visitenkarte mit der Telefonnummer dalassen?«, schlug der Tankwart vor und zwinkerte wieder. »Sie wissen schon, falls mir noch etwas einfällt und ich mich mit Ihnen dringend in Verbindung setzen muss.«

»Das ist nicht nötig, Mr Vajnuli. Guten Tag.«

Das Geräusch der automatischen Tür überdeckte die Abschiedsworte, die der übereifrige Tankwart ihr noch hinterherrief. Draußen empfing sie nach wie vor kühle Morgenluft, vermischt mit schweren Benzindämpfen und den Abgasen von der Kreuzung.

Ein leichtes blaues Jerseykleid … so, als hätte sie sich für je-

manden richtig schick gemacht ... Kate hatte rund fünfzig Minuten bis Baltimore gebraucht. Wenn Svetlana um ein Uhr hier gewesen war, musste sie vom Dale Drive gegen Mittag losgefahren sein. David brachte Julia morgens immer zur Schule, bevor er zum Krankenhaus fuhr. Svetlana hatte ihnen wahrscheinlich das Frühstück gemacht, und danach noch genügend Zeit gehabt, um sich ganz in Ruhe schick zu machen.

Doch warum sollte sich eine sittsame Studentin, die immer unauffällig gekleidet war, mitten in der Woche zurechtmachen und die vierzig Meilen nach Baltimore fahren? Hatte sie hinter Davids Rücken vielleicht irgendwo ein Vorstellungsgespräch gehabt? War es denkbar, dass sie doch nichts mit der Entführung zu tun gehabt hatte? Kate schüttelte den Kopf. Nein, auf keinen Fall, schließlich hatte Svetlana David die Telefonnummer ihres angeblichen Doktorvaters gegeben. Sie musste also irgendwie mit den Entführern unter einer Decke gesteckt haben, so viel stand fest.

Was Kate wirklich erstaunte, war indes die Beschreibung von Svetlana. Kurz musste sie grinsen, als ihr wieder einfiel, dass sie selbst in den Augen des Tankwarts angeblich noch hübscher war. Kates straffer, trainierter Körper strahlte eine besondere Energie aus, aber als hübsch würde sie sich nicht bezeichnen. Wenn sie in ihren Schlafzimmerspiegel sah, fielen ihr nur die spitzen Ellbogen und die Cellulitis auf, die sich unterhalb der Pobacken abzuzeichnen begann und die sie auch durch ihre täglichen Joggingrunden nicht loswurde.

Man muss schon sehr verzweifelt sein, um eine Agentin vom Secret Service anzumachen, dachte Kate belustigt. Aber was soll's, der Tankwart war jung und einsam, und wahrscheinlich erregte ihn jede Frau, die in seinen Tankstellen-Shop kam. Dennoch war Davids Beschreibung von Svetlana das genaue Gegenteil von Vajnulis Wahrnehmung. Konnte es sein, dass David so blind gewesen war für die Reize des Kindermädchens? Ein normaler, heterosexueller Mann, dem nicht ihre großen Brüste aufgefallen waren?! Nach all dem, was sie über die männliche Natur wusste, war das eigentlich unmöglich. Wenn sie jedoch ehrlich war, wusste sie es längst: David bildete da wirklich eine Ausnahme. Denn von dem Moment an, da er Rachel das erste Mal sah, hatte er nur noch Augen für sie gehabt …

Es war auf dem großen legendären Frühlingsfest der Georgetown University gewesen, das alljährlich vor den Toren ihres Unicampus stattfand. Kate ging erst seit ein paar Monaten zur Uni und freute sich wahnsinnig darauf. Ihre Schwester, die bereits im zweiten Jahr war, konnte aufgrund ihres ruhigen, nachdenklichen Charakters solchen Massenspektakeln allerdings nichts abgewinnen. Aber Kate gehörte nicht zu den Menschen, die ein Nein einfach so akzeptierten, und darum war sie mit einem riesigen Pappschild in Rachels Studentenbude aufgetaucht, auf dem stand: LASS UNS PARTY MACHEN!

Rachel verdrehte jedoch nur die Augen.

»Vergiss es. Keine zehn Pferde bringen mich dahin«, sagte sie und ging zu ihrem Schreibtisch zurück.

»Das kannst du mir nicht antun, Rae. Das wird der Knaller, glaub mir!«

»Das Einzige, was da knallen wird, sind die Kronkorken, und dazu gibt's noch einen Haufen besoffener Typen, die uns bloß begrapschen wollen.«

»Das Paradies auf Erden, Rae! Komm schon, wo liegt dein Problem? Ich hab den ganzen Winter für die Zwischenprüfungen gebüffelt, mein Hintern ist schon ganz platt gesessen. Hier, schau selbst!«, rief Kate und streckte ihrer Schwester, die sich vergeblich auf ihr Anatomiebuch zu konzentrieren versuchte, ihren Po entgegen.

»Wenn ich Nein sage, meine ich auch Nein, das solltest du eigentlich inzwischen wissen«, hatte Rachel erwidert, letztlich aber dann doch gelacht. »Er ist wirklich schon ganz platt, Greenhorn.«

Und so waren sie schließlich doch losgezogen. Sie hatten viel getanzt und getrunken, und als Kate zwei Stunden später an der Bar den nächsten Drink holte, stieß sie aus Versehen gegen den Arm eines großen dunkelhaarigen Jungen mit grünen Augen. So kamen sie ins Gespräch und unterhielten sich eine ganze Weile über irgendwelches belangloses Zeug. Bis heute konnte Kate sich an jedes Wort erinnern, das sie damals miteinander gewechselt hatten. Im Nachhinein war dennoch keines von irgendeiner Bedeutung, denn der einzige Satz, der, der wirklich zählte – und den sie nur sagte, weil Rachel auf einmal hinter ihr aufgetaucht war und sie am Ärmel zerrte, weil sie nach Hause wollte –, war:

»David, das ist übrigens meine Schwester Rachel.«

Mehr nicht. Kaum hatte David sich zu Rachel gedreht, war's um ihn geschehen. Als Rachel ihr eine halbe Stunde später verlegen erzählte, dass David (»Du wirst es nicht glauben, er studiert ebenfalls Medizin«) sie eingeladen hatte, noch irgendwo anders etwas trinken zu gehen, und sie fragte, ob das okay für sie sei, zwang sich Kate zu einem Lächeln und meinte nur: »Na klar, kein Problem.« Und genau diese Lüge sollte sie viele Jahre bereuen, Jahre, in denen sie sich immer wieder gefragt hatte, was passiert wäre, wenn sie gesagt hätte, was sie damals wirklich gefühlt hatte. Dass nämlich sie ihn zuerst gesehen hätte, dass Rachel ohne Kate nicht einmal zu der Party gegangen wäre, dass es total ungerecht sei, wenn Rachel statt … Aber nichts von all dem hätte den Glanz in Davids Augen, als er ihre Schwester zum ersten Mal sah, ungeschehen gemacht.

Ja, es war ziemlich sicher, dass David Svetlanas besondere Reize nicht aufgefallen waren. Doch das war in diesem Moment auch egal, jetzt, da es um Julia ging. Der Tankwart hatte Kate unbewusst etwas verraten. Etwas sehr Wichtiges.

So, als hätte sie sich für jemanden richtig schick gemacht: Svetlana war also an jenem Tag mit jemandem verabredet gewesen. Mit jemandem, den sie nicht am Wochenende sehen konnte, weil sie ja David glauben machen wollte, keine Freunde zu haben, und selbst an ihren freien Tagen immer nur in ihrem Zimmer saß und lernte.

Aber da gab es doch jemanden. Einen Geliebten. Und wenn sie den fand, dann hatte sie vielleicht auch den Anfang des Fadens, der sie zu Julia führte.

Wohin war Svetlana also von der Tankstelle aus gegangen? Weit konnte es nicht sein, da sie den Wagen abgestellt und sich zu Fuß auf den Weg gemacht hatte. Ein Café, oder vielleicht …

Das Klingeln des Handys riss Kate aus ihren Gedanken.

»Was zum Teufel ist hier los, Robson?«, brüllte McKenna wütend.

Kate runzelte die Stirn.

»Was wollen Sie damit sagen, Chef?«

»Ich war die ganze verdammte Nacht auf den Beinen, um den morgigen Einsatz vorzubereiten. Und kurz vor der Lagebesprechung steht auf einmal der Chefarzt des Präsidenten in meinem Büro und erklärt, dass sich der Plan geändert habe und wir nicht ins Saint Claire, sondern nach Bethesda fahren. Und dass der zuständige Chirurg nicht dein Schwager sein wird, sondern irgendein Depp aus Baltimore, den wir noch keinem einzigen Sicherheitscheck unterzogen haben!«

Kate sagte kein Wort, sie war viel zu geschockt, um antworten zu können.

»Bist du noch dran, Robson, oder hat dir deine Scheißerei den Rest gegeben?«

»Ja, Sir, nein, Sir«, war alles, was sie herausbrachte.

»Dann werde *ich* das erledigen, wenn du nicht bald hier auf der Matte stehst!«, brüllte er und legte auf.

Kate starrte auf das Telefon. Sie begriff überhaupt nichts mehr. Wer hatte diese Entscheidung getroffen? Und warum? Hatte jemand im unmittelbaren Umfeld des Präsidenten Verdacht geschöpft? Das wohl nicht, sonst hätte McKenna ihr eine ganz andere Standpauke gehalten. Aber was machte David jetzt? Und was passierte mit Julia? Die war für diesen White jetzt doch nur noch nutzloser Ballast …

Kalter Schweiß überzog Kates Stirn. David konnte sie nicht anrufen, White hatte ihn unter Kontrolle, nur wenn er sich absolut unbeobachtet fühlte, konnte er Kontakt zu ihr aufnehmen, alles andere war viel zu gefährlich. Was, verdammt noch mal, ging da vor sich?!

In diesem Moment donnerte ein gewaltiger Truck an ihr vorbei und verdeckte für einen Augenblick die aufgehende Sonne. Kaum war er vorbei, fielen ein paar Strahlen genau auf ihr Gesicht, sodass sie ihre Augen mit der flachen Hand abschirmen musste.

Und da wusste sie auf einmal, wohin Svetlana gegangen war.

23

Das GPS brauchte etwas, bis es die Route berechnet hatte, so, als wollte es mir Zeit geben, es mir noch einmal zu überlegen. Denn das Erste, was dir jeder Einheimische rät, wenn du von wo auch immer nach Washington ziehst, ist: »Geh nie nach Anacostia.«

Vom Regierungsbezirk aus ist das Stadtviertel nur ein Steinwurf entfernt, und doch ist es eine völlig andere Welt: Anacostia, südöstlich des gleichnamigen Flusses gelegen, hat eine der höchsten Arbeitslosenquoten des Landes, und Schießereien, Drogenhandel, Armut und Bandenkriminalität sind hier alles andere als News.

Während ich durch die Straßen des verruchten Viertels fuhr, an Alkoholbuden und zweistöckigen Reihenhäusern vorbei, von deren Fassaden die Farbe schon vor Jahren abgeblättert war, begriff ich, wie sehr das Leben der zu neunzig Prozent afroamerikanischen Bewohner von Angst geprägt sein musste. Alle Fenster im Erdgeschoss waren vergittert, und viele waren zusätzlich noch mit Brettern oder Kartons vernagelt. Und ich sah auch kein einziges offen stehen. Über dem ganzen Viertel lag eine bedrückende Trostlosigkeit.

Eine Menge Leute lungerten auf der Straße herum, meist Schwarze und nur ein paar wenige Latinos. Als ich um eine Ecke bog, begannen mir ein paar Zehn- oder Elfjährige nachzurennen. Verdammt, ihr solltet in der Schule sein!, dachte ich bedrückt, am liebsten hätte ich angehalten, um ihnen zu sagen, dass auch ich eine schwere Kindheit gehabt, es letztlich jedoch geschafft hatte. Aber wahrscheinlich hätten sie mir ohnehin nicht geglaubt, und nach drei Blocks waren es die Kids auch leid und wurden im Rückspiegel immer kleiner.

Mir wurde dagegen immer mulmiger zumute. Endlich vermeldete das Navi: »Sie haben Ihr Ziel erreicht.« An der Einfahrt zu einer Sackgasse stieg ich aus meinem Lexus und versuchte dabei, möglichst cool zu wirken.

Jamaal hatte mir erklärt, ich solle nach einer dicht belaubten Kastanie Ausschau halten. In deren Schatten hatte sich eine Gruppe junger Schwarzer in Strandstühle gefläzt, und mittendrin stand ein Ghettoblaster, aus dem grauenhafter Rap dröhnte. Erstaunt ließen sie ihre Blicke zwischen mir und dem Wagen hin und her schweifen.

»Hey, Leute, scheint so, als ob uns Santa Claus ein paar Monate früher beehrt«, sagte einer von ihnen, offenbar der Boss, denn er thronte in der Mitte, gleich neben dem Ghettoblaster.

»Ey, was hat 'n *Whity* hier zu suchen?«

»Brauchste Crack, Alter? Oder Meth?«

Ich ging langsam auf sie zu, wobei ich sorgfältig darauf achtete, dass meine Hände gut zu sehen waren. Baggy Pants, grellbunte XXL-Shirts, Basecaps, Sneakers, viel falscher Schmuck, ein bisschen Gold: Die sechs Typen waren noch ziemlich jung, aber nur, was ihr biologisches Alter betraf. Aus ihren Augen war längst jeder Funke Lebensfreude und Hoffnung gewichen.

»Guten Tag, meine Herren.«

»Hat der einen an der Waffel?«, meinte einer und wischte sich mit der Hand vor dem Gesicht hin und her.

»Von was für ’m Planeten kommst du, Alter?«

»Shorty, halt’s Maul«, fuhr der Boss ihn an. »Ich will hören, was der *Whity* zu sagen hat.«

»Ich komme von Jamaal Carter«, sagte ich.

»Wer soll das sein?«

»Wir kennen hier keinen Jamaal, Alter.«

»Genau, und jetzt verpiss dich.«

Kurz verfluchte ich mich, dass ich es nicht anders angepackt hatte. Weiße, das waren hier sonst Zivilfahnder, Spitzel, völlig klar.

»Ich bin Arzt in der Klinik, in die man ihn eingeliefert hat«, sagte ich zu ihrem Boss. »Ich habe Jamaal um einen Gefallen gebeten. Darum hat er mich zu euch geschickt.«

»Du bist ’n Weißkittel? Willste Vicodin verticken?«

»Der sieht nicht aus wie ein Junkie, D’Shaun.«

»Eher wie ’ne Schwuchtel.«

»Ne, der wirft keine Smarties ein, sonst könnte er sich so ’nen geilen Schlitten nicht leisten.«

»Entschuldigen Sie, meine Herren, würden Sie mir bitte …«, versuchte ich ihr Gelaber zu übertönen.

»Was willst du?«, sagte da die Nummer eins, und augenblicklich trat Stille ein.

»Ich brauche eine Waffe.«

Die Slangwörter, die sie dafür verwendeten, wiederholte ich lieber nicht. Hier waren solche Scherze nicht lustig. Erst recht nicht, wenn ein Weißer sie machte.

»Wie viel Kies hast du dabei?«

Stille trat ein. Die sechs starrten mich ausdruckslos an. Drohte die Situation aus dem Ruder zu laufen? Einer richtete sich nahezu unmerklich in seinem Stuhl auf, ein anderer legte langsam seine Tüte Chips zur Seite.

Mir schoss durch den Kopf, dass ich seit Stunden nichts mehr von Kate gehört hatte. Sie hatte keine Ahnung, dass

Hockstetter mir in die Quere gekommen war. In diesem Moment, da sich die jugendlichen Gangster langsam von ihren Stühlen erhoben, wünschte ich, ich hätte ihr vorhin vom Wagen aus noch heimlich eine SMS geschickt und sie über meine Fahrt hierher informiert. Was für eine Riesendummheit, als Weißer hier ohne Rückendeckung aufzukreuzen … Ich zwang mich, ganz ruhig zu bleiben und dem Boss fest in die Augen zu sehen, so, als würde es mich nicht beeindrucken, dass mich seine Leute gerade umstellten.

»Erst will ich die Waffe sehen.«

D'Shaun schüttelte verächtlich den Kopf.

»Das beantwortet nicht meine Frage, *Whity*. Du bist über den Fluss rübergekommen, und hier haben wir *brothers* das Sagen. Also, zeig uns den Kies.«

»Dann, fürchte ich, werden wir nicht ins Geschäft kommen.«

»Du vielleicht nicht. Wir schon.«

Aus einem Fluchtinstinkt heraus machte ich in diesem Moment den Fehler, nach hinten zu schauen, um die Entfernung zu meinem Wagen abzuschätzen. Augenblicklich kreisten die Typen mich noch enger ein, sodass ich ihren Atem spüren konnte. Ihr Boss trat derweil fünf Schritte zurück und zog etwas aus der Jackentasche. Mit einem leisen Schnalzen sprang das Klappmesser auf.

»Bringt ihn her. Aber passt auf die Kamera auf.«

Da begriff ich, warum sie im Schatten der Kastanie gesessen hatten, obwohl es alles andere als heiß war. Während sie mich langsam vorwärtsdrängten, genügte ein rascher Blick zurück, um einige Meter hinter meinem Lexus, die Straße hinauf, an einem Telegrafenmast die weiße unverwechselbare Kamera zu entdecken, die Tag und Nacht die Straße und die Einfahrten zu den Wohnblocks überwachte.

Die zugezogenen Gardinen und die Pappe in den Fenstern sollten also nicht nur vor den neugierigen Blicken der Nachbarn schützen.

Die Kastanie lag jedoch im toten Winkel, weshalb die Typen dort rumhängen konnten, ohne von den Bullen gesehen zu werden. Dass auch ich mit der Polizei gerade nichts zu tun haben wollte, konnten sie ja nicht ahnen.

»Ganz ruhig, okay?«, sagte ich so gelassen wie möglich. »Sagt mir einfach einen Preis, und wir regeln das.«

D'Shaun lachte höhnisch auf.

»Schnauze, *Whity*. Wir machen hier die Regeln. Rück rüber mit dem Kies. Und vergiss nicht die Schlüssel von deiner schicken Karre.«

Eine Hand stieß mich nach vorne, eine andere packte mich am Jackett, sie schlossen den Kreis noch enger um mich und drängten mich hinter den Baum. Ich versuchte mich loszureißen. Vergeblich.

»Hey, ihr Weicheier«, zischte D'Shaun. »Schafft ihr's etwa nicht, die Eidechse in den Griff zu kriegen?«

Schnaubend nahm mich einer von ihnen darauf in den Schwitzkasten.

»Sollen wir ihm die Taschen ausräumen?«

»Nein. Das macht der von selbst.«

D'Shaun sah mich mit einem spöttischen Grinsen an und leckte sich ein paarmal über die Lippen, während er sein Messer meinem Gesicht näherte. Die scharfe Klinge fuhr langsam an meiner Wange entlang, bis die Spitze genau unter meinem rechten Auge hielt. Stocksteif stand ich da. Bei der geringsten Bewegung konnte er mir das Auge ausstechen.

»Das machst du doch liebend gern, oder, *Whity*?«

Wie konnte ich nur so bescheuert sein, zu glauben, es sei ein Leichtes, sich eine Waffe zu besorgen. Ich schwitzte

Blut und Wasser und wollte nur noch so schnell wie möglich verschwinden. Ganz langsam streckte ich schon meine Hand aus, um D'Shaun den Autoschlüssel zu überreichen, da erklang plötzlich hinter ihm eine Stimme.

»Ey, was soll der Scheiß?! Was macht ihr mit dem Doc, ihr Deppen?«

Meine Erleichterung war unbeschreiblich, als ich aus dem Haus gegenüber einen jungen Schwarzen treten sah, der sich im Gehen seine Hosen zuknöpfte. Es war der, der mir in der Klinik tags zuvor gestanden hatte, dass T-Bone niedergestochen worden war. Der Druck der vielen Hände lockerte sich augenblicklich.

»Kann man nicht mal in Ruhe kacken gehen, ohne dass ihr Scheiße baut?«

Wortlos ließen mich die Typen ganz los, wichen ein paar Schritte zurück und wandten sich ihm zu, ein paar zogen sich dabei sogar beschämt die Mützen ins Gesicht oder zupften an ihren Baggy Pants herum. Damit war klar, wer hier wirklich Chef der Gang war.

D'Shaun blieb indessen stur vor mir stehen, die Klinge noch immer unter meinem Auge. Man sah ihm deutlich an, wie es in ihm brodelte.

»Wie, Marcus, du kennst so 'n Wichser?«, mokierte er sich.

Der stille Machtkampf zwischen den beiden war deutlich zu spüren. Sie kämpften wortlos, ohne Gesten, Blicke oder sonst was, das für ihre Getreuen sichtbar gewesen wäre. Wer auf dem Thron saß, musste auf eine solche Provokation reagieren. Marcus tat dies einfach durch Nichtachtung: Er sah weder seinen *brother* an noch dessen Messer. Stattdessen schlenderte er zu mir und klopfte mir kumpelhaft auf die Schulter.

»Klar kenn ich den. Ohne ihn wäre T-Bone gestern abgekratzt. Was steht an, Doc?«

Die Geste schien zu genügen. D'Shaun wagte es nicht, weiter die Konfrontation zu suchen, und ließ das Messer sinken.

»Hast noch mal Glück gehabt, *Whity*.«

Er sah dabei nicht mich an, sondern seinen Chef, und in seinen Augen blitzte kurz Hass auf, sodass ich keinen Zweifel hatte, dass sich die beiden demnächst umbringen würden. Das war jedoch nicht mein Problem.

»Jamaal hat mich geschickt.«

»Ist was mit ihm?«

Ich schüttelte den Kopf und erklärte ihm dann, warum ich hier war. Aus irgendeinem Grund amüsierte Marcus die Vorstellung, dass einer wie ich eine Waffe brauchte.

»Willst du etwa eine Bank überfallen, Doc? Bist du pleite?«

Die anderen lachten ebenfalls, sodass die Stimmung sich weiter entspannte. Nur D'Shaun fiel nicht in das Gelächter ein, stattdessen ging er betont langsam zu dem Haus hinüber, aus dem Marcus gekommen war, wo er sich an die Wand lehnte und eine Zigarette ansteckte.

»Wenn ich Geld bräuchte, würde ich keine Bank ausrauben, sondern eine aufmachen.«

»*Yep*, gib einem Mann eine Waffe, und er raubt eine Bank aus. Gibst du ihm aber eine Bank, beklaut er die ganze Welt.«

Verblüfft sah ich ihn an. Dieser junge Schwarze war um einiges klüger, als er aussah.

»Du hast William Black gelesen?«

»Wer ist William Black? Nein, das habe ich auf Tumblr gesehen.«

Schade, doch nicht so schlau, wie ich dachte.

»Okay, sag mir, wofür du die Wumme brauchst«, fuhr er nun fort.

»Das kann ich nicht.«

Marcus sah mich lange an. Seine schlanken Finger spielten mit den Kordeln seines schwarzen Kapuzenshirts.

»Und wenn sie dich damit schnappen, woher hast du sie dann?«

»Ich habe sie neben einem Müllcontainer auf dem Bürgersteig gefunden, Euer Ehren.«

»Gute Antwort, Doc. Warte hier.«

Marcus verschwand im Haus, während der Rest der Gang sich wieder in die Strandstühle fläzte und so tat, als wäre ich nicht da, mich dabei aber keine Sekunde aus den Augen ließ.

Ihr Boss brauchte eine halbe Ewigkeit, sodass ich mir ganz schön dämlich vorkam und immer wieder das Gewicht von einem Bein auf das andere verlagerte. Als er schließlich zurückkam, steckte seine linke Hand unter dem Kapuzenshirt.

»Hast du Kies dabei, Doc?«

»Wie viel?«

»Tausend.«

»Soll das ein Witz sein?! Ist sie mit Diamanten besetzt?«

»Ne, aber das ist eine, die du ohne Waffenschein und nerviges Nachfragen kriegst. Willst du sie jetzt oder nicht?«

In Wirklichkeit war mir das Geld egal. Ich hatte am Bankautomaten den Höchstbetrag von 1200 Dollar gezogen und mich nur beschwert, damit dieser Marcus nicht auf die Idee kam, den Preis im letzten Moment noch in die Höhe zu treiben. Fast hätte ich bei diesem Gedanken sarkastisch aufgelacht. Liebend gern würde ich mein Konto leer räumen und mich bis an mein Lebensende verschulden, um Julia lebend zurückzubekommen. Doch der Preis, den ich für mein Ein und Alles zahlen sollte, war ein anderer.

Schnell verdrängte ich die wieder aufkommende Angst und zückte meine Brieftasche. Während ich die Scheine abzählte, spürte ich D'Shauns finsteren Blick auf mir. Kein Wunder, dass er frustriert war, musste er sich doch nun damit abfinden, dass der Leitwolf sich die Beute schnappte, die er eigentlich für sich reserviert hatte. Schadenfroh grinste ich kurz zu ihm hinüber, er verzog jedoch keine Miene.

»Hier, tausend Dollar.« Ich drückte Marcus die Scheine in die Hand. Dann nahm ich noch einen Hunderter und zeigte ihn allen anderen. »Und das ist das Trinkgeld, damit ihr vergesst, dass ich hier war.«

Marcus steckte das Geld in die Hosentasche.

»So ist es korrekt, Alter. Wir sind hier alle blind, taub und stumm.«

Er drehte sich zu seinen Leuten um, versicherte sich, dass alle nickten, und zog dann eine zerknitterte braune Papiertüte unter seinem Kapuzenshirt hervor. Ich nahm sie, ertastete etwas Schweres, Hartes und wollte die Tüte schon öffnen, Marcus hielt mich aber zurück.

»Bist du wahnsinnig? Warte, bis du im Auto sitzt. Oder besser noch, bis du wieder auf der anderen Seite vom Fluss bist.«

Ich klemmte mir die Tüte unter den Arm.

»Ist sie geladen?«

»Mit elf Patronen. Ins Magazin passen vier mehr, aber die kannst du dir selbst besorgen.«

»Im Walmart in Alexandria gibt's gerade 'n Sonderangebot: 50 Kugeln für 29 *bucks*«, sagte einer aus der Bande, während er sich mit dem Drehen eines Joints abmühte.

»Halt's Maul, Shorty. Der Doc weiß genau, dass man Munition nicht an einem Ort mit Überwachungskameras kauft.«

»Danke, Marcus«, sagte ich zum Abschied, drehte mich um und wollte gehen, aber die Stimme des Bandenchefs hielt mich noch einmal zurück.

»Ey, Doc. Keinen Dunst, was du mit der Knarre vorhast. Und es interessiert mich auch einen Scheißdreck, Mann. Aber denk dran: Die ist nicht sauber. Wenn sie dich mit der erwischen, kann's sein, dass sie dir mehr anhängen als das, was du vorhast. Pass also auf dich auf.«

KATE

Ja, dort, genau auf der anderen Straßenseite, war sie gewesen. Es konnte gar nicht anders sein. Das riesige Schild mit den weißen Buchstaben auf rot-blauem Grund sagte alles:

Balkan Grill –
Best in Serbian Cooking

Erleichtert über ihre Entdeckung, wollte Kate schon impulsiv losstürmen, zwang sich dann aber, zuerst tief durchzuatmen. Sie brauchte jetzt einen kühlen Kopf. Egal, was im Weißen Haus passiert war, sie musste so schnell wie möglich eine Spur zu Julia finden, jetzt erst recht. Sie vergewisserte sich, dass sie ihre Pistole mühelos ziehen konnte, und rannte über die Straße.

Der Metallrollladen war heruntergelassen und voller Aufkleber und Graffiti, das Schloss wirkte jedoch stabil und frisch geölt. Das Restaurant hatte in der Zwischenzeit also nicht dichtgemacht. Es war wahrscheinlich noch zu früh am Morgen, dennoch klopfte Kate ein paarmal gegen das Metall.

Nichts rührte sich.

Ob es wohl noch einen anderen Eingang gab? Das Restaurant lag an der 25th Street, direkt daneben befand sich eine leer stehende koreanische Wäscherei. Kate ging die paar Schritte bis zur Kreuzung und bog in die Greenmount Avenue ein. Direkt hinter dem heruntergekommenen Häuserblock entdeckte sie eine Einfahrt, die von einem großen klapprigen Lieferwagen versperrt war.

Scheiße, und wenn Whites Schläger Julia hier irgendwo gefangen halten?, schoss es Kate auf einmal durch den Kopf. Sich ohne Kollegen, die sie absicherten, vorzuwagen, war ein ziemliches Risiko. Doch ihr blieb nichts anderes übrig. Keiner konnte ihr in dieser Situation zu Hilfe kommen, sie war ganz auf sich allein gestellt.

Mach schon, du Angsthase!, sprach sie sich selbst Mut zu. Das hatte bisher immer funktioniert. Seit jenen Sommerferien vor rund dreißig Jahren. Sie und Rachel waren damals vier, fünf Jahre alt gewesen und genossen die Freiheit, den ganzen Tag über die Wiesen zu streunen. Bäume übten auf Kate dabei einen besonderen Reiz aus, sich der Herausforderung zu stellen und bei jedem Mal höher zu klettern, war damals einfach das Größte für sie. An jenem Nachmittag war sie schon in gut fünf Metern Höhe, als der Ast, auf dem sie stand, auf einmal laut zu knarren begann. Statt so schnell wie möglich wieder vom Baum zu kommen, blieb sie, zu Tode erschrocken, stocksteif stehen, sodass ihre Schwester unten am Boden sich nicht anders zu helfen wusste, als sie zu provozieren. Voller Panik hatte Rachel »Mach schon, du Angsthase!« geschrien. Und, oh Wunder, das half Kate tatsächlich, ihre Angst zu überwinden und sich irgendwie wieder nach unten zu hangeln. Kaum war sie unten, krachte der Ast einen Meter von ihnen entfernt auf die Wiese. Der Vorfall hatte sich damals so tief in ihre Psyche eingegraben, dass dieses Mantra ihr seither half, in Extremsituationen in Aktion zu treten.

Gut, dass sie ihre Lederjacke trug, jeder andere Stoff wäre wahrscheinlich an der rauen Backsteinwand zerrissen, dachte Kate unsinnigerweise, als sie sich an dem Lieferwagen vorbeiquetschte. Auf der anderen Seite empfing sie der faulige Geruch von ein paar Mülltonnen, zwischen denen eine Ratte herumlief, und eine Eisentür, die weit offen stand. Kate trat näher. In dem Raum dahinter brannte kein Licht.

»Hallo?«, rief sie. »Ist hier jemand?«

Sie bekam keine Antwort. Am Eingang war kein Lichtschalter zu finden, und so tastete sie sich vorsichtig durch den Raum, der eine kleine Küche zu sein schien, zu einer Tür am anderen Ende. Durch diese betrat sie einen schmalen Gang, von dem aus sie in den schummrigen Gastraum gelangte.

Über dem Tresen baumelte eine Lampe, und dahinter stand ein alter Mann, vor sich eine aufgeschlagene Zeitung.

»Kommen Sie, Officer«, brummte er und nahm die Brille von seiner rot geäderten Knollennase. »Nehmen Sie Platz.«

Zögernd trat Kate näher und ließ sich auf einem der Barhocker nieder.

»Woher wissen Sie, dass ich Polizistin bin?«

»Als Sie gerade reingekommen sind, haben Sie als Erstes den Raum abgecheckt. Und zudem sieht man es euch an.«

Sie nickte. Im Moment kam es ihr gelegen, dass der Alte dachte, sie sei eine ganz normale Polizistin, das brachte ihn vielleicht leichter zum Reden.

»Sie haben recht, unsere Jacken sind zwar maßgeschneidert, aber die Ausbeulung der Waffe können sie trotzdem nicht ganz verbergen.«

»Es ist nicht nur das, Officer … oder etwa Detective?«

»Nein, Officer ist vollkommen okay.«

Der Alte presste die Lippen zusammen und nickte. Dann nahm er einen Kaffeebecher aus dem Regal, stellte ihn vor

Kate auf den Tresen, goss schwarzen Kaffee ein und füllte auch noch mal die leere Tasse, die vor ihm stand.

»Es ist nicht die Ausbeulung, so was seh ich nicht mit meinen Maulwurfsaugen. Nein, es ist eindeutig euer spezieller Gang. Seit meiner Jugend erkenne ich euch daran.«

»Woher kommen Sie, Mister ...?«

»Nennen Sie mich Ivo.« Der harte Balkanakzent trat nun etwas deutlicher zutage. »Ich stamme aus Loznica. Inzwischen lebe ich aber schon achtzehn Jahre in den Staaten. Ich kam nach dem Krieg. War auf der Suche nach etwas, das ich bis heute nicht gefunden habe.«

»Frieden?«

»Frieden?« Der Alte stieß ein höhnisches Lachen aus. »Was Sie für Vorstellungen haben, Officer. Nein, Geld natürlich. Amerika sei das Land der unbegrenzten Möglichkeiten, hieß es bei uns. Dass ich nicht lache!«

Kate rutschte unbehaglich auf ihrem Barhocker herum.

»Läuft Ihr Restaurant so schlecht?«

»Schlecht? Ich bin fast achtzig und stehe noch Tag für Tag hinterm Tresen.« Er seufzte. »Aber gut, es könnte noch schlimmer sein. Ich habe lange geschuftet, bis ich das Geld für meinen ›Balkan Grill‹ zusammenhatte, und jetzt schlagen wir uns durch, so gut es eben geht. Und es gab immerhin auch ein paar Höhepunkte, einmal war sogar dieser Schwimmer hier, Michael ... wie auch immer, der mit den vielen Medaillen jedenfalls, Momir war damals völlig aus dem Häuschen.«

»Momir?«

»Ivos Sohn«, erklang eine raue Stimme hinter Kate. Erschrocken fuhr sie herum und verfluchte sich für ihre Naivität, sich mit dem Rücken zu dem düsteren Raum gesetzt zu haben. Schräg rechts vom Tresen war ein Durchgang, und dort konnte sie jetzt die Gestalt eines bulligen Mannes ausmachen, der sich in diesem Moment eine Zigarette anzündete, sodass die Flamme des Feuerzeugs kurz seine harten, fast brutalen Züge erhellte.

Kate lehnte sich gegen den Tresen, um möglichst cool zu wirken.

»Wenn Sie sie ausmachen, tu ich so, als hätte ich nichts gesehen.«

»Wir haben geschlossen.«

»Es ist trotzdem gesetzeswidrig.«

Ein heiseres Lachen war zu hören, gefolgt von einem Rauchschwall in ihre Richtung.

»Ich glaube nicht, dass Sie etwas dagegen unternehmen wollen.«

Sie fragte sich, wie oft Momir und sein Vater schon irgendwen eingeschüchtert hatten. Die beiden hatten etwas Bedrohliches an sich. Wäre die Seele des Menschen eine Stimmgabel, würden die meisten wohl im harmonischen Ton der Mittelmäßigkeit schwingen, doch ein paar hätten einen Ton, der Kate aufhorchen ließe und ihren kriminalistischen Spürsinn weckte. Bei diesen beiden wäre das definitiv der Fall. Nicht zum ersten Mal in den letzten siebzehn Stunden wünschte sie sich ein paar ihrer Kollegen als Rückendeckung herbei.

»Sie haben recht«, entgegnete sie mit fester Stimme. »Es interessiert mich nicht. Ich bin wegen etwas anderem hier: Svetlana Nikolic.«

Kurz wechselte der Alte einen Blick mit seinem Sohn und zuckte dann gleichgültig die Schultern.

»Wer soll das sein?«

»Eine junge Frau aus Belgrad, attraktiv, schlank. Vor neun Tagen hat sie sich hier mit jemandem getroffen. Sie trug ein blaues Kleid. «

»Eine junge Frau aus Belgrad, attraktiv …«, wiederholte Ivo, während er sich wieder gelassen seiner Zeitung zuwandte. »Nein, das sagt mir gar nichts, Officer, so jemand war nicht hier.«

Angesichts der offensichtlichen Lüge war es mit Kates Selbstbeherrschung vorbei. Blitzschnell beugte sie sich nach vorn und packte den Alten am Kragen. Sofort kam Momir seinem Vater mit erhobenen Fäusten zu Hilfe. Genau das hatte Kate beabsichtigt. Ivos Sohn war kräftig und hatte breite Schultern, er durfte ihr nicht zu nahe kommen. Mit einem gezielten Kick brachte sie einen der schweren Barhocker zu Fall, sodass er Momir voll am Schienbein traf, der daraufhin stolperte und direkt vor Kate zu Boden ging. Leider war er damit noch nicht außer Gefecht gesetzt; keuchend packte er eine ihrer Waden, wobei Kate aus dem Augenwinkel sah, dass der nach vorn gebeugte Alte mit einer Hand nach etwas unter dem Tresen tastete.

Scheiße, der Opa hat 'ne Waffe, fuhr es ihr durch den Sinn, während sie ihr Bein aus Momirs Griff befreite und ihm dann den Absatz ihres Stiefels gezielt in den Rücken rammte. Deutlich war zu hören, wie die Luft mit einem erstickten Aufschrei aus seinen Lungen wich, unbarmherzig drückte sie ihn jedoch weiter mit dem Fuß zu Boden, sodass er sich nicht mehr bewegen konnte.

»Lass los, verdammte Nutte!«

Kate drehte den Kopf und sah in die Mündung eines Revolvers, der direkt auf ihr Gesicht gerichtet war. Langsam ließ sie den Alten los, ihr Fuß blieb aber, wo er war.

»Hören Sie, Ivo, Ihr Sohn und Sie interessieren mich einen Scheißdreck. Und nur, falls Sie es nicht wissen sollten: Eine Agentin des Secret Service abzuknallen, bringt Sie beide lebenslänglich hinter Gitter.«

Ivo kniff die Augen zusammen. Sie waren sich so nah,

dass jeder den Atem des anderen spüren konnte. Der des Alten roch nach Kaffee und sauren Zwiebeln.

»Sie wollen vom Secret Service sein? Dass ich nicht lache! Sie hat Inspektor Zallman geschickt, weil der noch mehr eintreiben will, als wir zahlen können. Aber hier ist nichts mehr zu holen, die Kuh ist ausgemolken, verstanden?«

»Wer zum Teufel ist Zallman?«

»Wie bitte?«, brummte Ivo ungläubig.

»Ich sagte, dass ich keinen Schimmer habe, wer Zallman ist.«

Momir wand sich wie eine fette Schlange unter ihrem Stiefel.

»Hör nicht auf sie. Die Schlampe lügt doch wie gedruckt«, presste er hervor.

Kate beachtete ihn nicht weiter. »Passen Sie auf, Ivo, ich werde jetzt meinen Ausweis herausholen«, sagte sie ruhig. »Dazu muss ich aber meine Hand in die Hosentasche stecken, also drücken Sie nicht ab, okay?«

Ivo antwortete nicht, was Kate als Zeichen deutete, dass ihr Hirn erst mal nicht als Gulasch enden würde. Ganz langsam zog sie den Ausweis heraus und streckte ihn Ivo hin. Als er den gelben Stern sah, ließ er die Pistole sinken.

»Es tut mir leid, Miss. Wir dachten …«

»Vater …«

»Halt den Mund, du Schwachkopf!«, brüllte Ivo und ließ dann eine Schimpfkanonade in seiner Sprache folgen, sodass sein Sohn ganz steif wurde. Mit einem unterdrückten Grinsen zog Kate ihren Fuß zurück, worauf Momir sich stöhnend aufrappelte.

»Darf ich erfahren, warum Sie sich nicht gleich ausgewiesen haben, Miss?«, fragte Ivo höflich, während er zur Kaffeekanne griff, um ihr noch mal nachzuschenken.

»Das geht Sie nichts an. Nur so viel: Ich bin wegen etwas hier, das die nationale Sicherheit betrifft und höchste Diskretion erfordert. Darum vergessen Sie gleich am besten, dass ich hier war.«

»Das eben mit der Waffe tut mir leid. Wissen Sie, es gibt da ein paar Streitigkeiten mit der lokalen Polizei … Aber das interessiert Sie sicher nicht. Wie man bei uns in Serbien sagt: *Što više znaš, više patiš* – Je mehr man weiß, desto mehr hat man zu leiden.«

Kate nickte. Sie wusste von Gerüchten, dass es bei der Polizei in Baltimore angeblich ein paar schwarze Schafe gab, die von kleineren Kriminellen Schutzgeld erpressten. Bestimmt handelten Ivo und sein Sohn mit irgendwelchen Drogen oder Diebesgut und benutzten das Restaurant als Deckadresse für ihre krummen Geschäfte. Aber das war ihr völlig egal, Hauptsache, sie bekam die Information, die sie brauchte.

»Und was hat Svetlana Nikolic damit zu tun?«

»Nichts. Wir dachten, das sei ein Trick. Nach ihr hat man nämlich schon mal gefragt.«

Kate beugte sich vor. Ihr Herz schlug schneller.

»*Wer* hat nach ihr gefragt?«

»So 'n paar Kerle.«

»Was für Kerle?«

»Kerle von der Sorte, die sogar uns Angst einjagen, Miss. Und Sie können mir glauben, mein Sohn und ich haben schon mehr Hurensöhne in unserem Leben gesehen, als Sie sich vorstellen können.«

»Und wann war das?«

»Gestern Abend. Die zwei standen auf einmal hier am Tresen, genau da, wo Sie jetzt stehen. Einer hat seinen Ärmel hochgekrempelt und mir die Tätowierung auf seinem Unterarm gezeigt. Eine schwarze Hand, umrahmt von Stacheldraht. Und glauben Sie mir, da wurde mir ganz anders.«

»Weil Sie wissen, was das bedeutet?«

»Ja.« Ivos Augen verfinsterten sich. »Das Zeichen steht für die *›Crna ruka‹*, die ›Schwarze Hand‹, ein Todesschwadron, dessen Mitglieder damals im Kosovo einige der schlimmsten Kriegsgräuel begangen haben. Das sind allesamt blutrünstige Geistesgestörte. Mir kann man nicht so leicht den Schneid abkaufen, Miss, ich bin alles andere als ein Feigling, aber glauben Sie mir, beim Anblick dieser Tätowierung bekam ich eine Scheißangst.«

Mit zitternder Hand nahm der Alte eine Flasche Rakija aus dem Regal und schenkte sich ein Glas ein. Kate wartete geduldig, bis er den Schnaps hinuntergekippt hatte.

»Was wollten sie?«

»Sie haben sich nach Vlatko erkundigt.«

»Vlatko? Ist das der Mann, mit dem sich Svetlana hier getroffen hat?«

»Ja. Er arbeitet als Kellner in einer Bar in Mount Vernon. Keine Ahnung, warum die ihn suchen, aber ich kann nur sagen, Gott steh ihm bei.«

»Kennen Sie diesen Vlatko gut?«

»Nein, wir haben uns nur ein paarmal unterhalten. Er kommt hin und wieder wegen meinem *podvarak* vorbei. Er sagt, mein Sauerkrauteintopf schmecke so wie zu Hause bei seiner Mutter.«

»Kam er dann allein oder mit dem Mädchen?«

»Manchmal allein, manchmal mit ihr.«

»Haben sich die beiden hier in Baltimore kennengelernt?«

»Nein, sie kannten sich schon lange. Haben in Serbien schon im Sandkasten miteinander gespielt, soweit ich das mitbekommen habe. Als sie das letzte Mal zusammen hier waren, haben sie die Köpfe dicht zusammengesteckt und nur ganz leise geredet. Aber man hat trotzdem gemerkt, dass Vlatko wegen irgendwas total aufgebracht war. Irgendwann brach sie in Tränen aus und ist rausgerannt. Danach habe ich die beiden nicht mehr gesehen.«

»Ich verstehe. Und wo kann ich diesen Vlatko finden?«

»Keine Ahnung.«

Kates Augen verengten sich zu Schlitzen.

»Ivo, Sie lügen, und wir beide wissen das. Ich könnte Ihnen jetzt damit drohen, ein paar Kollegen vorbeizuschicken, die Ihren ›Balkan Grill‹ auf den Kopf stellen. Aber das werde ich nicht tun. Weil Sie sich von solcher Art von Drohungen nicht einschüchtern lassen. Habe ich recht?«

Ohne zu antworten, schenkte sich der Alte ein weiteres Glas ein.

»Ich glaube, Sie mögen diesen Vlatko«, fuhr Kate fort. »Darum sollten Sie es sich noch mal überlegen. Im Moment sind ihm ein paar sehr gefährliche Typen auf den Fersen – und ich bin die Einzige, die dafür sorgen kann, dass er noch eine Weile weiteratmet.«

Da seufzte Ivo schwer, ging dann zu seiner Registrierkasse, öffnete die Kassenschublade und zog eine Handvoll Papiere unter dem Geldeinsatz hervor. Auf dem Tresen sah er sie durch, bis er schließlich einen Zeitungsfetzen fand, auf den etwas gekritzelt war.

»Hier«, sagte er und hielt ihn Kate hin. »Vor ein paar Monaten hat er mir diese Nummer gegeben. Falls ich mal einen Kellner brauche. Keine Ahnung, ob sie noch aktuell ist.«

24

Ich verstaute die braune Papiertüte unter dem Fahrersitz, ließ den Motor an und fuhr los. An diesem Punkt hatte mein Plan eine Schwachstelle, die ich nicht alleine lösen konnte.

Eine Hand am Lenkrad, kramte ich mit der anderen nach meinem Handy.

»Und jetzt?«, sagte ich laut.

Ein Block, zwei Blocks, die nächste Kreuzung: Das Display blieb schwarz und spiegelte nur mein Gesicht. Gleich würde die 11th Street Bridge in Sicht kommen.

»Hören Sie zu, White. Ich werde mir meinen Platz am OP-Tisch morgen zurückerobern. Ich kann das schaffen. Aber dazu brauche ich jetzt Ihre Hilfe. Also, sagen Sie mir, wohin muss ich?«

Das sanfte Summen der Räder des Lexus ging in ein gleichmäßiges Rattern über, als der Wagen über die Brücke fuhr. Nach ein paar Yards stoppte ein Straßenbauarbeiter in einem orangefarbenen Overall den Verkehr mit einem Warnschild: »DANGER AHEAD!« Die Brücke wurde seit einigen Jahren aufwendig saniert, um die Anbindung an die Freeways zu verbessern. Während ich, umgeben vom Lärm der Presslufthämmer und sonstiger Baumaschinen, darauf wartete, dass es voranging, blickte ich wieder auf mein Smartphone.

Nichts.

Angespannt kaute ich auf meinen Lippen. Die 345 PS meines Lexus scharrten unruhig mit den Hufen.

Da endlich kam die Nachricht.

Tiefgarage hinter dem »Mayflower«. Stellplatz 347.
Du hast zwanzig Minuten, oder er ist weg.

Fünf Meilen im Mittagsverkehr, das war nahezu unmöglich! Meine Finger klopften nervös auf das Lenkrad. Endlich gab der Straßenbauarbeiter den Verkehr frei, und ich gab Gas.

Keine Ahnung, wie ich es schaffte. Ich umfuhr zwei verstopfte Kreuzungen, überquerte drei Straßen bei Rot und touchierte einmal beim Abbiegen mit der Stoßstange leicht einen Fahrradkurier, sodass er das Gleichgewicht verlor und gegen ein parkendes Auto kippte. Einen Augenblick stockte mir das Herz, aber zum Glück sah ich im Rückspiegel, dass er mir bloß fluchend den Stinkefinger zeigte, also schien nichts gebrochen zu sein.

Achteinhalb Minuten, nachdem ich Whites Nachricht erhalten hatte, wählte ich an der Einfahrt zur Tiefgarage die Sofortzahlfunktion, und nachdem ich das Tagesticket gezogen hatte, ging die Schranke hoch.

Die Garage war fast voll belegt, die Besitzer der Wagen arbeiteten sicher schon seit Stunden in den umliegenden Büros. Keine Menschenseele war zu sehen, während ich den Stellplatz 347 suchte. Ich fand ihn im zweiten Untergeschoss; auf die Nummer konnte ich aufgrund der beiden angrenzenden schließen, da der granatrote Porsche Cayenne so schlecht geparkt worden war, dass er sie komplett verdeckte.

Kein Zweifel, so ein protziger Wagen konnte nur Hockstetter gehören. Und es war auch typisch für ihn, den rund 150 000 Dollar teuren SUV in einem öffentlichen Parkhaus abzustellen statt nebenan in der Garage des »Mayflower«-Hotels, wo es ihn das Doppelte gekostet hätte. Als Chef der Neurochirurgie im Johns Hopkins hatte er ja auch »nur« ein Jahresgehalt von rund einer Million Dollar. Ich erinnere mich noch gut daran, wie er einmal in der Kantine mit der Kassiererin um den Preis eines Sandwichs feilschte …

Zwanzig Minuten, oder er sei weg, hatte White geschrieben, folglich musste ich mich beeilen. Im ersten Parkdeck hatte ich beim Runterfahren gleich neben der Ausfahrt einen leeren Stellplatz entdeckt. Dort parkte ich nun rückwärts ein und kletterte danach über die Mittelkonsole auf den Rücksitz, wo ich aus einer Sporttasche einen schwarzen Trainingsanzug, Turnschuhe und eine Sturmhaube zerrte, die ich in der Columbia Road gekauft hatte, bevor ich nach Anacostia gefahren war. In aller Eile zog ich mich um und stülpte zum Schluss die Sturmhaube über, den unteren Teil aber nach oben aufgerollt, als wäre es eine Mütze.

Dann tastete ich unter dem Rücksitz nach der Papiertüte. Da war sie: eine Glock, 9 x 19 mm. Nicht, dass Sie jetzt denken, ich hätte schon mal so eine Pistole in der Hand gehabt. Nein, das stand so auf dem Lauf. Meine Waffenkenntnisse beschränkten sich darauf, dass das Loch auf jeden Fall in die Richtung zeigen musste, in die die Kugel fliegen sollte. Das große, schwere Stück Metall roch nach Fett und Gefahr.

Zitternd vor Anspannung umschlossen meine Finger den Griff, den Zeigefinger so weit wie nur irgendwie möglich vom Abzug entfernt. Es heißt, Waffen würden einem Selbstvertrauen und ein Gefühl von Sicherheit verleihen. Und dass man sich, sobald man eine in der Hand hält, mutig und unverwundbar fühlt.

Mir machte sie bloß noch mehr Angst.

Wie ich es im Fernsehen vor langer Zeit einmal gesehen hatte, steckte ich mir die Pistole hinten in den Hosenbund. Doch ganz so einfach wie in Rachels Lieblingsserien war das nicht. Der Gummizug der Trainingshose dehnte sich ziemlich, sodass ich die Kordeln ganz eng schnüren musste, damit die Pistole hielt.

Dann stieg ich aus. Die Schlüssel ließ ich stecken. Wenn alles gut ging, musste ich danach so schnell wie möglich abhauen und hatte keine Sekunde zu verlieren. Und zudem, wer weiß, ob sie mir in den nächsten Minuten nicht aus der Tasche fallen würden, unerfahren, wie ich war. Nein, das Risiko durfte ich auf keinen Fall eingehen.

Aus dem Augenwinkel suchte ich die nächste Überwachungskamera. Dagegen konnte ich nichts machen. Mir blieb nur der Trost, dass die Tiefgarage schlecht beleuchtet war. Wenn sich die Polizei die Videobänder ansähe, würden sie mich schnappen, so viel stand fest. Ich konnte nur hoffen, dass dies erst nach der morgigen OP geschah.

Die Sohlen meiner Sportschuhe quietschten auf dem Zementboden, während ich mit großen Schritten die Rampe hinab ins zweite Untergeschoss lief.

Er ist auf dem Weg.
Mach dich bereit.

Die Kurznachricht ließ mich zusammenzucken. So schnell hatte ich nicht mit ihm gerechnet. Hektisch checkte ich die Lage.

Hockstetters Porsche stand direkt neben einem dicken Betonpfeiler, der die Beifahrerseite halb verdeckte. Zwischen den Pfeiler und die Rückwand fiel kein Licht, ein ideales Versteck, um ihm dort aufzulauern. Auf der anderen Seite des Wagens, wo ein schwarzer Lincoln Navigator parkte, blieb dagegen nur wenig Platz, um sich dahinter zu verstecken. Und zudem befanden sich das Treppenhaus und die Auffahrtsrampe näher beim Pfeiler …

In diesem Moment war in der Ferne das Klingeln einer Fahrstuhltür zu hören.

In zwei Sätzen war ich hinter dem Lincoln; gegen den Pfeiler sprach, dass ich erst um seinen SUV hätte herumschleichen müssen, und tollpatschig, wie ich war, hätte er mich sicher gehört und Zeit zum Einsteigen und Davonrasen gehabt. Viel zu spät merkte ich nun allerdings, dass mein Körper im matten Schein des Neonlichts einen Schatten vor mich auf den Boden warf.

Ich presste die Lippen zusammen und betete, dass Hockstetter ihn nicht bemerkte. Er zog leicht einen Fuß nach, und je näher seine Schritte kamen, umso mehr stieg meine Nervosität, die Haare auf meinen Armen richteten sich auf, mein Puls raste. Mit schweißnassen Fingern zog ich mir die Sturmhaube übers Gesicht.

Die Schritte wurden immer lauter, dann war es plötzlich still. Er war bei seinem Porsche angekommen.

Jetzt, Dave, los geht's!, dachte ich – aber es ging nicht.

Meine Beine gehorchten mir nicht, so, als wären sie fest mit dem Zementboden verwachsen. Bis zu diesem Moment hatte ich nichts getan, was nicht wiedergutzumachen war. Aber nun war ich an einem Punkt angelangt, wonach es kein Zurück mehr gab.

Ich hörte, wie er die Alarmanlage deaktivierte, und danach das gedämpfte Schnalzen der Zentralverriegelung. Ich versuchte es noch einmal. Aber ich konnte einfach nicht. Ich hatte zu viel Angst.

In einer Minute wäre er weg, und mit ihm meine einzige Chance, das Leben meiner Tochter zu retten.

Hilf mir, Rachel, hilf mir, flehte ich innerlich – und das tat sie: Sie schickte mir eine Erinnerung.

An jenem Abend kurz nach Rachels Tod sollte es bei uns Makkaroni mit Tomatensoße geben, und während ich die Zwiebeln schnitt, sagte ich mir einmal mehr, dass ich endlich mit Julia sprechen und irgendwie versuchen musste, an sie ranzukommen, um ihr Trost und meine ganze Liebe zu schenken.

In meiner eigenen frühen Kindheit hatte es von beidem nicht viel gegeben, weshalb ich mich immer bemüht hatte, meine Tochter von Geburt an so oft zu knuddeln, wie ich nur konnte, und so unsere Bindung zu stärken. In all den Jahren tollten wir darum viel zusammen herum, und am liebsten mochten wir das Spiel, wenn ich sie hochhob und dann durchs ganze Haus sauste, während sie wie ein Klammeräffchen an mir hing.

»Wir haben einen blinden Passagier an Bord!« Die Flugreise endete jedes Mal unweigerlich mit der Landung auf einem Bett oder dem Sofa, wobei die schnellste Methode darin bestand, meine beiden Daumen gleichzeitig in ihre Seiten knapp über den Hüftknochen zu drücken, denn das kitzelte sie so sehr, dass sie augenblicklich losließ und in die Kissen fiel. Dieser Moment der Schwerelosigkeit, ihre strahlenden Augen, ihr lachender Mund – das war Glück pur.

Doch nach Rachels Tod hatte es bei uns keine solchen Spiele mehr gegeben, und unser Lachen war einem traurigen Murmeln gewichen. Rachel hatte in unser beider Leben eine gigantische Leere hinterlassen.

Auf der Beerdigung ihrer Mutter hatte Julia die Hand ihrer Oma keinen einzigen Moment losgelassen, und nachdem die Robsons heimgefahren waren, herrschte noch ein paar Tage ein ständiges Kommen und Gehen, weil die Nachbarn kamen, um uns was Warmes zum Essen zu bringen, ihr Beileid auszusprechen und, ganz nebenbei, ihre Neugier zu stillen. So waren ganze zwei Wochen vergangen, und Julia hatte nicht ein einziges Mal nach ihrer Mutter gefragt. Bis zu jenem Abend, als wir endlich allein waren und ich Makkaroni machte, und aus dem Wohnzimmer die zaghafte Stimme meiner kleinen Tochter rief:

»Kommt Mami heute vielleicht zum Essen?«

Tief holte ich Luft, stellte die Teller zurück auf die Anrichte und ging zu ihr. Sie hockte mitten auf dem Wohnzimmerteppich und hatte eine Handvoll Puppen vor sich aufgebaut.

»Julia, Liebling. Mami … Mami kommt leider nicht mehr nach Haus.«

Unsere Kleine wandte ihren Blick nicht von den Puppen.

»Weil sie tot ist.«

Zum ersten Mal sprach sie es aus. Ein eiskalter Schauer lief mir den Rücken hinunter.

»Ja, meine Kleine«, brachte ich nur heraus.

»Du bist ein super Arzt«, fuhr sie mit monotoner Stimme fort. »Mami hat gesagt, du bist einer der besten. Kannst du sie denn nicht wieder lebendig machen?«

Das gesamte Arsenal beschönigender Antworten lag mir auf der Zunge: Die, welche Gott am meisten liebt, holt er zuerst zu sich; deine Mami ist jetzt ein Engel; alles wird gut … Ich schluckte.

»Nein, Julia. Es gibt nichts, was ich lieber täte, aber das kann ich nicht. Der Tod lässt sich nicht rückgängig machen.«

Sie schwieg einen Moment, setzte mit gebeugten Schultern ein paar ihrer Puppen um.

»Sterbe ich auch mal?«

Es brach mir das Herz, darauf antworten zu müssen.

»Ja, Julia, irgendwann. Wir müssen alle sterben. Aber bis es bei dir so weit ist, werden noch viele, viele Jahre vergehen. Du wirst dann noch viel älter als Oma jetzt sein.«

»Und was passiert, wenn wir sterben?«

»Ich weiß es nicht, mein Schatz. Keiner weiß das. Dieses Geheimnis ist Teil des Lebens.«

»Und wann stirbst du?«

»Keine Sorge, das wird auch noch viele Jahre dauern.«

»Woher weißt du das? Und wenn du einen *Infat* kriegst wie Joes Papa?«

Darauf wusste ich nun endgültig nicht mehr, was ich erwidern sollte; darum schwieg ich und legte nur zärtlich meine Hand auf ihre Schulter.

Da endlich hob sie den Kopf. Als ich ihr in die Augen blickte, sah ich, dass sie die Antworten auf diese Fragen längst wusste. Bei einem so intelligenten Mädchen wunderte mich das erst mal nicht, aber dann erschrak ich, als ich begriff, dass sie damit nur das Terrain bereitet hatte für das, was sie wirklich belastete und zermürbte.

»Papa, hat Mami uns geliebt?«

»Mehr als alles in der Welt, Julia.«

Sie zögerte einen Moment.

»Sarah sagt, dass, wenn sie uns wirklich geliebt hätte, sie den Kampf gegen den Krebs aufgenommen hätte. Dass Mami aber einfach so gegangen ist. Ohne zu kämpfen.«

Die Tochter der Blacks, die zwei Häuser weiter wohnten, war neun Jahre alt. Die Sätze musste sie von ihren Eltern aufgeschnappt haben, und dann hatte sie sie vor Julia nachgeplappert und so diesen furchtbaren Zweifel in unserer Kleinen aufsteigen lassen.

Das Schlimmste war, dass ich mich genau dasselbe auch

schon gefragt hatte. Als Neurochirurg hatte ich Patienten auf die unterschiedlichste Art auf eine hoffnungslose Diagnose reagieren sehen. Die große Mehrheit wandte sich den geliebten Menschen zu und versuchte, jede noch verbleibende Sekunde mit ihnen zu genießen. So standen plötzlich die, die schon immer um sie herum gewesen und manchmal kaum noch beachtet worden waren, wieder im Vordergrund, wie vom fallenden Vorhang noch einmal mitten auf die Bühne ihres Lebens geschubst. Und so seltsam es klingen mag, waren viele von ihnen in diesen letzten, ausschließlich ihren Familien gewidmeten Tagen glücklicher als in ihrem ganzen bisherigen Leben.

Rachel wusste das alles genauso gut wie ich. Aber sie hatte auch die andere Seite erlebt. Als Anästhesistin hatte sie viel länger und intensiver mit den todkranken Menschen zu tun als ich. Sie kannte die Schwindelanfälle, die unerträglichen Kopfschmerzen, die epileptischen Anfälle, die Veränderungen der Persönlichkeit, sie hatte Glioblastom-Patienten behandelt, die ganz normal redeten und sich drei Sekunden später auszogen und mit ihren eigenen Fäkalien beschmierten. In Gegenwart ihrer Familien.

Und so wollte Rachel auf keinen Fall in unserer Erinnerung bleiben.

»Julia Evans«, sagte ich darum mit erhobener Stimme, während ich mich zu ihr kniete. »Deine Mami war eine ganz unglaubliche Frau. Sie war unheimlich klug und voller Leben. Sie wurde Anästhesistin, weil sie verhindern wollte, dass Menschen viel leiden müssen. Sie betäubte ihre Patienten sanft und effektiv, damit der schlimmste Teil so schnell wie möglich überstanden war, passte, während sie schliefen, gut auf sie auf, und tat danach alles, damit sie nach dem Aufwachen keine Schmerzen spürten. Deine Mami ist nicht kampflos von uns gegangen. Sie hat einfach auf eine andere Art gekämpft. Sie hat alles dafür getan, dass der schlimmste Teil des Abschieds für uns nicht zu lange währt.«

Als das letzte Wort verklungen war, merkte ich erst, dass mir Tränen über die Wangen liefen, und Julia mich mit ihren Armen umschlungen hatte und mir beruhigend auf den Rücken klopfte. Ich, der Vorzeige-Daddy, der ich an diesem Abend meiner Kleinen Trost spenden wollte, kniete auf dem Boden, und wurde getröstet von meinem sechsjährigen Mädchen.

»Julia, ich hab dich so lieb.«

»Ich dich auch, Papi. Und wir beide kämpfen weiter. Für Mami.«

Und jetzt werde ich für dich kämpfen, Julia, mein Liebes, dachte ich in diesem Moment in der Tiefgarage, holte tief Luft wie ein Schwimmer, kurz bevor er ins Becken taucht, umgriff die Waffe fest und stand auf.

KATE

Eine Telefonnummer auf einem Stückchen Zeitung. Zehn schnell hingekritzelte Zahlen. Noch im »Balkan Grill« hatte Kate sie zur Sicherheit auswendig gelernt und den Zettel dann tief in ihre Hosentasche gestopft. Den ganzen Weg zurück zum Auto sagte sie sich die Nummer vor.

Ihre einzige brauchbare Spur.

Die Frage war nun, was damit anfangen.

Kate fuhr Richtung Süden, bis sie ein einigermaßen akzeptables Café in der Nähe des berühmten Binnenhafens fand, und bestellte den stärksten Kaffee, den es gab, einen dreifachen Espresso, der dafür sorgte, dass ihre Finger schon nach dem ersten Schluck leicht zitterten, sie aber leider nicht wirklich wach machte. Darum beschloss sie, bei einem Spaziergang am Kai entlang die nächsten Schritte zu überdenken.

Die kühle, salzige Brise brachte sie auf klare Gedanken. Ich kann diesen Vlatko nicht einfach anrufen, überlegte sie, wer weiß, wie er mit Julias Entführung in Zusammenhang steht. Und ist er erst mal gewarnt, war's das mit der Spur, er musste nur das Telefon wegschmeißen und sie stand wieder ohne Anhaltspunkt da. Nein, sie musste herausfinden, wo er sich aufhielt. Kurzum: Sie musste sein Handy orten.

Vom Washingtoner Hauptquartier aus wäre das ein Leichtes gewesen; sie hatte genug Kollegen, die tagein, tagaus nichts anderes taten, als die Standorte von verdächtigen Subjekten zu ermitteln und deren Bewegungsprofil zu erstellen. Für so eine Suchanfrage im Rahmen der Strafverfolgung bedurfte es allerdings der Genehmigung eines Vorgesetzten – und theoretisch einer richterlichen Freigabe, ein Procedere, das der Secret Service aus Zeitnot oft umging, wenn das Leben des Präsidenten in Gefahr war.

In der Zentrale konnte Kate sich aber unter keinen Umständen blicken lassen. Das Risiko, McKenna oder einem der für den Einsatz auserwählten Kollegen über den Weg zu laufen, war viel zu hoch – sie würde auf der Stelle ihren Dienst antreten müssen, ohne Chance, weiter nach Julia suchen zu können. Folglich musste sie die Ortung jemandem anvertrauen, so riskant das auch war.

Angestrengt versuchte sie, sich zu erinnern, wer an diesem Tag in der Zentrale Dienst hatte und kein Schwachkopf oder Arschkriecher war. Zum Glück kam ihr gleich Andrea Hill in den Sinn, die ihr noch einen Gefallen schuldete. Nichts Wichtiges, Kate hatte nur ein paar Halbstarken das Leben schwer gemacht, die nachts den Laden von Andreas Eltern mit Graffiti besprüht hatten. Nicht viel für den Gefallen, um den sie Andrea bitten musste, aber ihr blieb nichts anderes übrig, sie musste es einfach versuchen.

Sie wählte die Nummer der Abteilung und wartete geduldig, bis sie zu ihr durchgestellt wurde.

»Hill am Apparat.«

»Hallo, Andrea, hier ist Kate. Du musst mir helfen, einen Handybesitzer zu lokalisieren.«

»Geht klar. Wie lautet die Nummer des Vorgangs?«

Kate räusperte sich.

»Es gibt keine.«

»Die brauchst du aber. Wenn du willst, stell ich dich zu meinem Vorgesetzen durch und …«

»Andrea, ich brauch die Info unter der Hand.«

Aus dem Handy drang ein Quietschen, als würde ihre Kollegin ihre Sitzposition ändern.

»In was für eine Sache bist du verwickelt, Kate?«, fragte Andrea leise.

»Nichts, was dir Probleme machen könnte. Ich muss nur einfach jemanden finden.«

»Kate, allein die Tatsache, dass ich mit dir über so was rede, kann mich schon in Schwierigkeiten bringen. Meinen Chefs ist es schnuppe, wenn eine Ortung nicht ganz legal ist, sie muss nur Teil einer laufenden Ermittlung sein. Sprich am besten mit Soutine, die handhabt das meistens ziemlich lax …«

»Andrea, das ist keine …«, Kate räusperte sich erneut, »es ist privat.«

»Privat? Hast du den Verstand verloren? Du kannst doch nicht einfach auf uns zurückgreifen, nur um herauszufinden, wo sich dein Freund gerade rumtreibt, Kate.«

»Andrea, ich würde dich nicht darum bitten, wenn es nicht immens wichtig wäre. Ich brauche unbedingt deine Hilfe.«

Andrea seufzte.

»Verdammt, Kate, jede Suchanfrage wird registriert. Der Chef bekommt mit, wenn ich ohne registrierte Aktennummer aufs System zugreife.«

»Dann weise der Ortung die Nummer einer alten Ermittlung zu, bei der sich nicht mehr viel tut. Bitte …«

»Und warum?«

»Wie?«

»Sag mir, warum ich meinen Arsch für dich riskieren soll. Wenn sie mich erwischen, feuern sie mich in hohem Bogen. Da will ich wenigstens wissen, was für eine verrückte Geschichte dahintersteckt.«

Kate schwieg, um den Anschein zu erwecken, als würde sie mit sich kämpfen. Sie fragte sich, ob Andrea das Kreischen der Möwen im Hintergrund hörte.

»Schwörst du, dass du niemandem davon erzählst?«

»Kate, ich werde schweigen wie ein Grab. Erinnerst du dich an den Typen aus der Abteilung für Cyberkriminalität, der Kathy aus der Buchhaltung geschwängert hatte? Ich wusste es schon Wochen vor allen anderen und hab kein Wort gesagt, zu niemandem.«

Vor Aufregung hörte sich Andreas Stimmlage eine Oktave höher an als gewöhnlich. Kate glaubte jedoch nicht eine Sekunde, dass Andrea das Geheimnis für sich behalten würde. Sie sah sie vor sich, wie sie nervös am Telefon herumspielte und dabei schon überlegte, wie sie die Neuigkeit in den Gesprächen am Kaffeeautomaten am besten einsetzen könnte. Andrea liebte es, die Geheimnisse der anderen herumzuerzählen und sie mit ihren eigenen Worten auszuschmücken, am besten häppchenweise, um sich dadurch selbst interessanter zu machen. Auf den Gängen des Secret Service gab es keine wertvollere Währung als den Tratsch über die Kollegen, vor allem, wenn es dabei um deren Sexleben ging. Kate konnte nur hoffen, dass Andrea wenigstens ein paar Stunden den Mund halten würde.

»Weißt du, ich habe einen Typen kennengelernt. Er arbeitet bei der CIA, in Langley. Wir sind erst seit Kurzem zusammen, aber manchmal verschwindet er einfach für ein paar Tage. Er sagt, es hätte mit seiner Arbeit zu tun, aber ich glaube, da gibt es noch eine andere. Ich will wissen, wo er gerade steckt.«

»Und wie ist er?«

»1,90 m groß, schlank, grüne, ein bisschen melancholische Augen, feine, sehr geschickte Finger. Und er ist sensibel und sehr intelligent«, sprudelte es aus Kate heraus, bevor ihr bewusst wurde, dass sie gerade David beschrieben hatte.

»Hört sich gut an, so einen will ich auch. Hat er Brüder?«

»Nein, er ist Einzelkind.«

»Och, schade. Dann sag mir wenigstens noch, ob er einen Knackarsch hat, der so eine Suche wert ist.«

»Nun, der ist alles andere als zu verachten …«

»Wow! Du bist also total verrückt nach ihm? Mit Heiratsplänen und all dem Kram?!«

Diesmal brauchte Kate nicht so zu tun, als würde sie überlegen.

»Ja, das bin ich. Ich liebe ihn, seit ich ihn das erste Mal gesehen habe.«

Andrea stieß ein piepsiges Lachen aus, wie das einer Maus, die gerade ein riesiges Stück Käse gefunden hatte.

»Okay, ich helfe dir. Und nächste Woche gehen wir zusammen groß aus, und dann will ich alle Details erfahren«, sagte sie eifrig. »Und du schuldest mir einen dicken Gefallen. Vielleicht hat dein Liebster ja noch einen guten Freund, der Single ist.«

»Abgemacht.«

»Dann gib mir die Nummer. Aber ich sag dir gleich, du brauchst ein wenig Geduld. Um die Anfrage zu starten, muss ich warten, bis die Luft rein ist und die anderen in der Kantine sind.«

25

Unser Gehirn ist schon eine erstaunliche Maschine: Pro Sekunde nimmt es rund elf Millionen Bits an Informationen über die Sinne auf. Auf der Bewusstseinsebene kann es allerdings nur einen minimalen Teil davon verarbeiten. Höchstens vierzig bis fünfzig Bits pro Sekunde. Der Grund für diese starke Filterung ist ganz einfach: Mehr würde definitiv zur Überlastung führen.

Meine bewusste Erinnerung an den Augenblick, in dem ich mein Versteck verließ, beschränkt sich darum nur auf ein paar visuelle Sinneseindrücke, die jedoch so gestochen scharf sind, als hätte jemand bei einem UHD-Fernseher die Pausentaste gedrückt.

Ich entsinne mich noch ganz genau des Musters seiner makellos gebügelten und geknoteten Krawatte. Und, dass sein Gesicht zwar tadellos rasiert war, unter seinem linken Ohr aber noch ein winziger Schaumrest klebte. Mit dem Daumen tippte er eine Kurznachricht auf seinem Smartphone ein und war darin so vertieft, dass er mich nicht einmal gehört hätte, wenn ich von der anderen Seite aus gekommen wäre. Als er den Kopf hob und die auf ihn gerichtete Pistole sah, rutschte ihm die Brille auf die Nasenspitze und seine Augen wurden riesengroß vor Angst und Schreck.

»Was hat diese Maskerade zu bedeuten?!«

»Ein Überfall, du Schwachkopf!«, zischte ich mit heiserer Stimme. Wenn Christian Bale so einen Satz in einem ›*Batman*‹-Streifen von sich gibt, verfehlt er nicht seine Wirkung; die Stimme so zu verstellen, ist jedoch alles andere als einfach. Meine hatte jedenfalls nicht dieses ganz besondere Timbre, weshalb meine Worte statt bedrohlich einfach nur lächerlich klangen.

Er stand direkt neben der Fahrertür, und ich sah, wie er aus dem Augenwinkel hektisch auf den Türgriff schielte. Aber er hatte keine Hand frei: In der einen hielt er sein Handy, in der anderen seinen metallenen Aktenkoffer.

»Was wollen Sie? Meinen Wagen?«

Ich machte einen Schritt nach vorne, wobei ich mit meinem rechten Unterschenkel die vordere Stoßstange streifte.

»Klappe halten, Arschloch. Ich habe die Knarre, du spurst.«

Hockstetter wich Schritt für Schritt zurück, wobei er beschwichtigend die Hände hob.

»Beruhigen Sie sich. Ich gebe Ihnen ja meine Brieftasche.«

Die Waffe auf ihn gerichtet, folgte ich ihm an seinem Porsche vorbei auf die Fahrgasse. Meine Hand zitterte leicht.

»Du machst, was *ich* will. Bleib stehen!«

»Ja, ja, alles, was Sie wollen.« Hockstetter nickte langsam. »Aber bitte nicht schießen.«

Noch zwei Schritte. Jetzt, jetzt musste ich handeln.

»Ich sagte, bleib …«

Weiter kam ich nicht, denn in diesem Moment machte Hockstetter einen Ausfallschritt nach hinten, holte blitzschnell mit seinem Koffer aus und schlug ihn mir mit voller Wucht gegen den Unterarm, sodass die Pistole in hohem Bogen zu Boden flog.

»*Du* kriegst meinen Wagen nicht, du Penner!«, brüllte er, während er zum nächsten Schlag ansetzte.

Ich konnte zum Glück ausweichen und ging nun selbst mit einem kräftigen Fußtritt zum Angriff über, der sein Ziel jedoch verfehlte und stattdessen seinen Porsche traf.

»Mein Cayenne!«, jaulte Hockstetter auf.

Außer sich vor Wut holte er wieder aus, ich duckte mich aber noch rechtzeitig weg, sodass der Schwung ihm den Koffer aus der Hand riss und dieser über meinen Kopf hinweg gegen den nächsten Betonpfeiler sauste, wo er mit einem lauten Knall aufsprang und sein gesamter Inhalt durch die Luft gewirbelt wurde. Papiere, MRT-Aufnahmen, ich erkannte sie auf den ersten Blick: Was da auf den dreckigen Zementboden segelte, war die Krankenakte des mächtigsten Mannes der Welt.

Doch das interessierte uns beide in dem Moment herzlich wenig. Hockstetter hatte nun ebenfalls seine Waffe verloren, weshalb wir gleichzeitig denselben Gedanken hatten: Irgendwo lag die Glock.

Wir stürzten zu der Stelle, wo sie in etwa auf den Boden geknallt war, und verkeilten uns bei der verzweifelten Suche danach dermaßen ineinander, dass wir nur noch ein einziges knurrendes und keuchendes Knäuel aus Armen und Beinen waren. Wir waren gleich schnell: Er bekam die Pistole am Griff zu packen, während ich ihren Lauf in die Finger bekam. Wir rangen ein paar Sekunden erbittert, doch der über zehn Jahre ältere Dreckskerl war unglaublich stark und wie von Sinnen und rammte mir seinen Ellbogen in die Rippen, worauf mir kurz der Atem stockte und sich durch den Stoß zeitgleich ein Schuss löste – der zum Glück irgendwo fern von uns einschlug. Darauf versuchte mein Ex-Chef, mich ins Handgelenk zu beißen, ich aber presste meinen anderen Arm mit aller Kraft gegen seine Kehle, sodass sein Gesicht rot anlief. Ich bekam allerdings ebenfalls kaum noch Luft unter der Sturmhaube, weshalb sich in den nächsten Sekunden entscheiden würde, wer von uns beiden die Oberhand gewann.

Völlig unerwartet schien ich den Kürzeren zu ziehen. Meine schweißnassen Finger begannen auf einmal abzurutschen, sodass die Mündung der Glock sich langsam und unerbittlich auf mein Gesicht zubewegte. Es fehlten nur noch Zentimeter, um mir den Schädel wegzupusten, und für den Bruchteil einer Sekunde schoss mir durch den Kopf, welch Ironie des Schicksals es wäre, wenn ich, der ich so viele Kopfschussverletzungen erfolgreich operiert hatte, mit einer Kugel im Kopf sterben würde.

Aus einem Überlebensinstinkt heraus lockerte ich im allerletzten Moment den Unterarm, mit dem ich ihm den Hals zudrückte. Kurz war Hockstetter vor Überraschung wie gelähmt. Genau diese Sekunde nutzte ich, um ihm mit meinem Ellbogen einen Schlag gegen die Kehle zu versetzen. Automatisch griff er sich mit beiden Händen an den Hals und japste nach Luft, während ich hastig die Waffe packte und mich, so schnell ich konnte, aufrappelte.

Was war ich doch für ein Idiot: Ich hatte tatsächlich geglaubt, allein eine Waffe würde dieses arrogante Arschloch genug einschüchtern! Die Pistole hatte sich jedoch nicht wie im Film als der Zauberstab erwiesen, der deine Gegner in devote Sklaven verwandelt, kaum, dass sie ihn erblicken – und zudem hatte Hockstetter deutlich mehr Mumm, als ich erwartet hatte.

Die Glock auf ihn gerichtet, versuchte ich wieder zu Atem zu kommen. Genauso wie Hockstetter vor mir auf dem Boden – mein Ellbogenstoß hatte ihn zwar außer Gefecht gesetzt, war aber nicht tödlich gewesen. Gottlob war ich nicht zum Mörder geworden.

Dabei bist du doch genau deswegen hier: um morgen den Präsidenten umbringen zu können, sagte in dem Moment eine innere Stimme höhnisch zu mir.

Ich mache das alles nur für Julia, antwortete ich ihr erzürnt und räusperte mich laut.

»Steh auf. Und rück die verdammte Knete raus.«

Statt zu gehorchen, stieß Hockstetter jedoch nur ein kehliges Krächzen aus und versuchte, auf allen vieren zu seinem Auto zu gelangen. Schnell ging ich hinter ihm her und wollte ihn am Kragen packen, da trat er plötzlich aus und erwischte mich voll am Schienbein, sodass ich vor Schmerz aufjaulte und zurückwich. Wäre ich tatsächlich ein Verbrecher gewesen, hätte ich ihm spätestens jetzt eine Kugel verpasst. Und, offen gestanden, ich war kurz davor, es tatsächlich zu tun.

Das wirst du bereuen, du Arschloch!, dachte ich wutschnaubend. Er hatte es unterdessen bis zur Fahrertür geschafft, wo er sich nun, an den Griff geklammert und mit dem Rücken zu mir, breitbeinig aufzurichten versuchte. Da wollte und konnte ich mich nicht mehr zurückhalten. Als spielte ich mit meiner Tochter im Garten hinter unserem Haus Fußball, holte ich mit meinem Spielbein kraftvoll aus und trat zu.

Es gibt Momente im Leben, in denen man seine neurologischen Kenntnisse richtig genießen kann. Die Wirkung eines Tritts in die Eier bis ins kleinste Detail zu kennen, zu wissen, dass der Schmerz genauso schlimm ist, als bräche man sich zwanzig Knochen gleichzeitig, jede nur mögliche Reaktion voraussehen zu können: Das war für mich bisher nur graue Theorie gewesen – jetzt hatte ich die einmalige Gelegenheit, ihren Wahrheitsgehalt bei einem Widerling wie Hockstetter zu überprüfen.

Aus bloßem Reflex heraus hatte mein Ex-Chef irgendwie noch die Tür aufbekommen, zu mehr war er indes nicht mehr fähig: Sich vor Schmerz krümmend, sackte er vor dem Cayenne zusammen und versuchte zu schreien, brachte aber nur noch ein klägliches »Hilfe …« heraus.

Höhnisch lachte ich auf.

»Hast du's jetzt kapiert, du Schwachkopf?! Ich hab hier das Sagen. Her mit der Kohle. Und zwar sofort!«

Den Kopf gegen die hintere Wagentür gelehnt, die Augen vor Schmerz geschlossen, hielt er sich jedoch nur mit zusammengebissenen Zähnen seine empfindlichen Weichteile. Darum beugte ich mich zu ihm, wühlte in seinem Jackett nach der Brieftasche und steckte sie ein.

»Jetzt hast du, was du willst. Lass mich laufen«, wimmerte er.

Resolut schüttelte ich den Kopf. Ich war ja nicht hier, um ihn um ein paar Hundert Dollar zu erleichtern. Die ganze Farce des Überfalls sollte nur als Tarnung für mein eigentliches Vorhaben dienen. Und darum drückte ich ihm nun die Pistole an den Kopf.

Mein gezielter Tritt schien ihm die Tatkraft endgültig ausgetrieben zu haben, denn diesmal riss er nur entsetzt die Augen auf und versuchte dann voller Panik, durch die halb offene Tür in den Wagen zu fliehen. Er drehte seinen Oberkörper, packte mit einer Hand den Türrahmen, um sich aufzurichten, und das war die Chance, auf die ich gewartet hatte: Ich hob meinen Fuß, setzte ihn auf die Tür und drückte sie mit aller Kraft zu.

Hockstetters Aufjaulen konnte das Knacken seiner Finger nicht völlig übertönen. Mit einem instinktiven Kopfnicken nahm ich den Fuß von der Tür, sodass er seine Hand wegziehen konnte.

Ich sah gerade noch, wie er entsetzt und zugleich ungläubig auf Zeige-, Mittel- und Ringfinger starrte, die in einem unnatürlichen Winkel abstanden, bevor ich die Flucht ergriff. Verfolgt von seinen Hilfeschreien, rannte ich, so schnell ich konnte, die Auffahrtsrampe hinauf zum ersten Parkdeck, wo ich die Waffe, Sturmhaube und Trainingsjacke unter den Sitz stopfte, in den Wagen sprang und Gas gab.

Scheiße, sein Handy!, schoss es mir durch den Kopf, während ich den Lexus die Rampe hinauflenkte; ich hatte vollkommen vergessen, es Hockstetter abzunehmen, weshalb es sicher nicht lange dauern würde, bis er die 911 wählte, wenn er es nicht bereits getan hatte.

Oben an der Ausfahrt bemühte ich mich, total gelassen zu wirken; wie ich aus dem Augenwinkel sah, schien der Wächter mich aber ohnehin nicht groß zu beachten. Er hatte Stöpsel im Ohr und war in irgendwas vor sich vertieft. Angespannt steckte ich das Ticket in den Automaten, die Schranke hob sich – und ich atmete erleichtert auf.

»Einen Moment, Mister!«

Erschrocken zuckte ich zusammen, sah hektisch hinaus auf die sonnige Straße. O Gott, ich durfte nicht eine Sekunde länger warten. Ich wollte schon so tun, als hätte ich ihn nicht gehört, aber er stand bereits neben der Fahrertür und klopfte mit seinem ölverschmierten Fingerknöchel gegen die Scheibe.

»Entriegeln Sie bitte die Türen.«

Jetzt bloß nichts riskieren, schoss es mir durch den Kopf, nicht, dass er sich noch mein Gesicht und das Nummernschild merkt.

»Was gibt's?«, fragte ich nervös, während ich den Knopf für die Türen drückte.

Statt einer Antwort öffnete der Wächter die Hintertür auf meiner Seite. Halb tot vor Angst wandte ich den Kopf nach hinten, konnte aber nicht sehen, was er da machte, zumal er die Tür schon wieder schloss.

»Das war's schon, Mister. Ihr Jackett war in der Tür eingeklemmt.«

Für eine Sekunde schloss ich die Augen, dann bedankte ich mich mit einem höflichen Lächeln und gab Gas.

Kaum war ich draußen auf der Straße, konnte ich die sich nähernden Polizeisirenen hören.

IRGENDWO IN COLUMBIA HEIGHTS

Mr White ließ sich erschöpft zurücksinken. Den Server der Sicherheitsfirma zu hacken, die die Kameras in der Tiefgarage kontrollierte, war nicht besonders schwer gewesen. Zu verhindern, dass die Verbindung zu früh wiederhergestellt wurde, hatte ihn dagegen mehrere Minuten hektischen Programmierens gekostet. Er hatte kaum auf David achten können, so beschäftigt war er damit gewesen, dass die Monitore des Parkhauswächters etwas anderes zeigten als das, was im untersten Geschoss wirklich vor sich ging.

Obwohl er ein Profihacker war, hatten auch seine Fähigkeiten Grenzen. Das System der Firma hatte sein Eindringen bemerkt und versucht, ihn wieder rauszuschmeißen, ein wunder Punkt, der Verdacht erregen und den Secret Service auf den Plan rufen konnte, sobald dieser die Hintergründe des morgigen Showdowns erforschte. Zum Glück hatte ihm sein Auftraggeber nicht nur alles zur Überwachung von David Evans zur Verfügung gestellt, sondern auch Zugang zum mächtigsten Kontrollinstrument der Welt verschafft.

White klickte auf das Icon, worauf sich ein Fenster öffnete, auf dem zwei Logos zu sehen waren, ein rundes mit einem Weißkopfseeadler, der seine Schwingen über der Weltkugel ausbreitete, und ein seltsam eckiges mit einem Prisma darin, in dem sich zwei Lichtstrahlen brachen.

PRISM
GEBEN SIE BENUTZERNAMEN UND PASSWORT EIN.

Nachdem White beides erledigt hatte, verlangte das System einen dritten Code, und er war drin. Danach schloss er eine Schublade auf und nahm ein spezielles elektronisches Gerät mit einem LED-Display heraus, schaltete es ein und gab eine der alle zwei Minuten wechselnden Zahlenkombinationen in das Feld für den Code ein.

Er drückte ENTER, und das Programm öffnete sich. Auf dem Bildschirm erschienen verschiedene Befehlsmöglichkeiten. Er wählte REMOTE ACCESS und gab den Namen der Sicherheitsfirma ein. Ein paar Minuten später hatte er die Passwörter, um das Sicherheitssystem zu knacken und in den Server einzudringen. Der Eigentümer der Firma war wohl nicht der hellste Kopf, denn er hatte die Codes in einer Mail an sich selbst geschickt und in einem Archivordner seines Accounts gespeichert.

»Als Chef eines so großen Sicherheitsunternehmens solltest du etwas vorsichtiger mit deinen Daten sein, mein Freund«, dachte White mit einem ironischen Lächeln. Ein paar Programmierbefehle mehr, und sämtliche Daten waren gelöscht. Nicht nur die Bilder dieses Nachmittags im Parkhaus hinter dem »Mayflower«, sondern die aller überwachten Orte in allen Bundesstaaten. Es würde wie ein genereller Fehler aussehen, der das Großunternehmen einige Millionen Dollar kosten würde, für White aber die perfekte Tarnung war.

»Ich hab dir den Arsch gerettet, Doc«, murmelte White zufrieden und wandte seine Aufmerksamkeit wieder dem Monitor zu, der die Bilder der im Armaturenbrett von Evans' Wagen versteckten Kamera zeigte. Er sah, wie der Arzt mit weit aufgerissenen Augen und zusammengepressten Lippen zurück zum Krankenhaus fuhr.

Davids Verhalten entsprach noch immer nicht seinen genau

berechneten Vorhersagen, was White zunehmend beunruhigte. In den letzten Stunden hatte sein unerschütterliches Selbstvertrauen einige Tiefschläge hinnehmen müssen. Unter seinen Augen zeichneten sich deutliche Schatten ab, und seine Haut hatte einen gräulichen, fahlen Ton angenommen.

Hockstetter mitsamt seinem Wagen zu orten, war dank PRISM kinderleicht gewesen, aber bis zum letzten Moment hatte White sich gefragt, ob Davids improvisierter Plan wirklich funktionieren würde. Wenn sie ihn vorzeitig schnappten, wäre Whites Masterplan für die Ermordung des Präsidenten gescheitert und ihm entginge die Belohnung von fünfundzwanzig Millionen Dollar.

Aber das Geld war es nicht, was White nervös machte. Nein, was ihm wirklich den Schlaf raubte, war die Angst, dass er zum ersten Mal in seinem Leben versagt hätte, wenn der Präsident überlebte. Und das war schlicht und einfach nicht zu tolerieren.

Schon einmal wäre es fast so weit gekommen, einige Monate zuvor in der Türkei. Eine Verkettung unglücklicher Umstände hatte dazu geführt, dass seine Versuchsperson, ein Attaché der russischen Botschaft, acht Minuten früher, als von White berechnet, aus dem 51. Stock des İşBank Tower gesprungen war. Deshalb hatte White selbst die Dokumente beschaffen müssen, um die ihn sein Auftraggeber gebeten hatte, was ihm ganz und gar nicht gefiel. Er liebte es, seine Experimente zu überwachen, aber nicht, an ihnen teilzunehmen.

Noch nie hatte jedoch so viel auf dem Spiel gestanden wie bei diesem Auftrag, und noch nie hatte er derart die Kontrolle verloren. Zumindest konnte White jetzt, da der Neurochirurg die Tiefgarage verlassen hatte, erst einmal durchschnaufen. Auch wenn er verhindert hatte, dass der Wächter sah, was im zweiten Untergeschoss passierte, hatten die Kameras doch alles aufgezeichnet. Während er eine lange Schleife von »sauberen« Bildern auf dessen Überwachungsmonitore gespielt hatte, hatte er auf seiner eigenen Festplatte die wirklichen Bilder abgespeichert.

Dieses Video rief er nun wieder auf und studierte Davids Aktionen. Es gab keinen Ton, aber das war auch nicht nötig. Mit der Sturmmaske über dem Gesicht hatte sich der Neurochirurg in einen anderen Menschen verwandelt. Ungeschickt, unerfahren, aber auch entschlossen und aggressiv.

Und zuletzt sogar brutal.

White grinste und gratulierte sich selbst. Er hätte viel dafür gegeben, die Szene mit eigenen Augen mitzuerleben statt nur auf diesem undeutlichen Video.

Er leitete die Aufnahmen an einen externen Server weiter und programmierte sorgfältig, was am Freitagnachmittag mit ihnen geschehen sollte. Wie durch Zauberhand hatten sich seine Sorgen verflüchtigt. Die kleine Abweichung von seinem ursprünglichen Plan hatte nur bewiesen, dass David Evans wirklich ideal für die Mission war, und sie hatte ihm wertvolles Studienmaterial geliefert, mit dem er das Verhaltensmodell einer so außergewöhnlichen Persönlichkeit wie der des Arztes perfektionieren konnte. Und was das Allerbeste war: Damit war es ein Kinderspiel, David Evans hinterher zu vernichten.

Das Klingeln des Handys riss White aus seinen Gedanken. Er hatte den Anruf erwartet. Sein Auftraggeber überwachte jeden Zugang, den er sich zu PRISM verschaffte, und schien daraus geschlossen zu haben, dass ein Problem aufgetaucht war.

»Sie müssen sich keine Sorgen machen«, sagte White darum gleich, kaum hatte er auf die Freisprechfunktion gedrückt.

»Ich habe gesehen, was passiert ist. Die Sache war kurz davor, zu scheitern«, entgegnete eine eisige Stimme.

»Ich habe Sie noch kein einziges Mal enttäuscht.«

Am anderen Ende der Leitung blieb es still.

»Das hier ist etwas ganz anderes«, hörte White schließlich.

»Wie? Steht nicht die Rettung der freien Welt auf dem Spiel? Des Landes der Freiheit und der von feindlichen Kräften umzingelten Heimat der Tapferen?«

»Was auf dem Spiel steht, ist der Führungsanspruch der Vereinigten Staaten, unsere Stärke und unser Einfluss auf das Weltgeschehen. Ich werde nicht dulden, dass dieser Clown im Weißen Haus noch länger in Gefahr bringt, was wir in so vielen Jahren aufgebaut haben.«

»Er ist so gut wie tot.«

»Das will ich hoffen. Andernfalls gilt dasselbe für dich.«

White stieß ein verächtliches Schnauben aus.

»Dazu müssen Sie mich erst mal finden.«

Ein kehliges Lachen war in der Leitung zu hören.

»Deine ganzen Firewalls und sonstigen Sicherheitsvorkehrungen werden dir diesmal nichts nützen, mein Sohn. Auch deine Strohmänner nicht, die du immer vorschickst. Wir wissen, wie viele Flaschen von dem Mist, den du ständig in dich reinschüttest, in deinem Kühlschrank liegen. Wir wissen sogar, dass du dich genau in dieser Sekunde an der linken Backe kratzt.«

Zu Tode erschrocken, nahm White seine Hand aus dem Gesicht und sah sich um.

»Wie du siehst«, sagte die Stimme voller Hohn, »ist das nicht ganz so lustig, wie wenn man es bei anderen macht, nicht wahr? Darum konzentrier dich darauf, das lästige Hindernis auf meinem Weg zur Macht zu beseitigen.«

»Zu Befehl, General!«, antwortete White angespannt und salutierte instinktiv.

26

Mein Herzschlag beruhigte sich erst, als ich in meinem Büro die Tür hinter mir zudrückte. Erschöpft lehnte ich mich gegen die Wand und schloss die Augen.

Auf dem Klinikparkplatz hatte ich die Trainings- gegen die Anzughose gewechselt, und war dann über den Hintereingang direkt hinunter zum Kleiderautomaten gegangen, wo ich mir einen frischen Arztkittel und einen dieser roten Kunststoffsäcke für potenziell infektiösen Klinikabfall besorgte. In diesen Sack stopfte ich alles, was mich mit dem Überfall auf Hockstetter in Verbindung bringen konnte, inklusive seiner Brieftasche, versiegelte ihn und brachte ihn in den Sammelraum meiner Station, wo gerade ein Mitarbeiter des Hol- und Bringdiensts den großen Behälter mit dem Biogefährdungssymbol leerte, um ihn hinunter zum Abfallzentrum im Keller zu bringen. In ein paar Stunden wäre von dem Beweismaterial nur noch ein Häufchen Asche übrig.

Nach der großen Anspannung der letzten Stunden fühlte ich mich, als hätte jemand die Hand aus der Bauchrednerpuppe genommen, in die mich White verwandelt hatte. Mein ganzer Körper schmerzte. Ein Stöhnen unterdrückend, schloss ich die Tür hinter mir ab und holte meinen Verbandskasten aus dem Schrank, um die Kratzer und Schürfwunden zu desinfizieren, die ich beim Kampf mit

Hockstetter davongetragen hatte. Als ich mich zu meinem Schienbein bücken wollte, zuckte ich zusammen, da ich plötzlich einen stechenden Schmerz in der Brust spürte.

Was war ich doch für ein grandioser Actionheld! Selbst mit einer Pistole war ich nicht in der Lage, einen dicken, fünfzehn Jahre älteren Mann zu überwältigen, ohne mir eine geprellte, wenn nicht gar gebrochene Rippe als Souvenir einzuhandeln.

Vorsichtig tastete ich die linke Seite des Brustkorbs ab und versuchte, tief ein- und auszuatmen. Jeder Atemzug tat höllisch weh, aber zum Glück war dabei kein knirschendes Geräusch zu hören, das auf eine Fraktur hingedeutet hätte. Mit größter Wahrscheinlichkeit handelte es sich also nur um eine Prellung, wie ich sie als Jugendlicher beim Sport schon einmal erlitten hatte, und die würde mich nicht umbringen.

In diesem Augenblick erklang ein kurzes Klopfen an der Tür, und dann Sandras Stimme, die mir verkündete, dass Mr Miller seit fünf Minuten warte.

Ein schneller Blick auf meine Armbanduhr verriet mir, dass es höchste Zeit war, mich um meine Patienten zu kümmern. Gott sei Dank hatte ich in der Schreibtischschublade eine Großpackung Ibuprofen, von denen ich zwei schluckte, bevor ich Mr Miller hereinbat.

An diesem Nachmittag musste ich mit mehreren Patienten ihre bevorstehende Operation besprechen. Ich hatte genug Erfahrung, um für die folgenden Stunden meinen Kopf auf Autopilot schalten zu können, aber ein paarmal verwechselte ich dennoch die Namen, was mir in meiner ganzen Karriere noch nie passiert war. Normalerweise nehme ich mir viel Zeit für die ausführlichen Gespräche mit meinen Patienten, gehe mit ihnen die Befunde und

Behandlungsmöglichkeiten durch, interessiere mich dabei auch für ihr Leben, denn es ist mir enorm wichtig, dass sie mir vertrauen. Aber an diesem Tag schielte ich ständig mit einem Auge zur Tür, weil ich jeden Moment die Polizei erwartete, um mich wegen Diebstahls und Körperverletzung zu verhaften, beziehungsweise zum Telefon, weil Meyer es mir sicher unverzüglich mitteilen würde, sobald er erfahren hatte, dass eine weitere überraschende Wendung eingetreten war.

Aber es tauchten weder die Cops auf, noch klingelte das Telefon. Als der letzte Patient gegangen war und ich mich nach einem behutsamen Betasten meiner Rippen fragte, ob ich noch eine weitere Schmerztablette einwerfen sollte, klingelte stattdessen mein Handy. Genervt drückte ich auf das grüne Annehmen-Symbol.

»Was zum Teufel wollen Sie noch, White?«

»Dr. Evans?«

Einen Augenblick lang war ich wie erstarrt. Die First Lady. Erst da sah ich, dass auf dem Display »Unterdrückte Nummer« stand und es nicht leer war wie bei Whites Anrufen.

»Entschuldigen Sie, Madam«, stammelte ich verwirrt. »Ich habe Sie mit jemandem verwechselt. Ich hatte Ihren Anruf nicht erwartet.«

»Dr. Evans, ich rufe Sie an, um mich zu entschuldigen.«

»Entschuldigen?«, wiederholte ich dümmlich.

Nie im Leben hätte ich damit gerechnet, dass sie es mir persönlich mitteilen würde.

»Ich hätte es Ihnen gestern Abend selbst sagen müssen, Dr. Evans. Die Art und Weise, wie wir … wie die Entscheidung gefallen ist, einem anderen Neurochirurgen die Operation des Präsidenten zu übertragen, war nicht korrekt.«

»Ja, das hätte ich durchaus für angebracht gehalten«,

rutschte es mir heraus, bevor mir bewusst wurde, wem gegenüber ich den Beleidigten spielte.

»Es tut mir leid, Dr. Evans. Aber es war nicht meine Entscheidung«, verteidigte sie sich. »Während Sie gestern Nachmittag meinen Mann trafen, wurde das Kabinett über seinen Zustand informiert. Die Krisensitzung zog sich etliche Stunden hin, wie Sie sich denken können, doch das Erste, worum es dabei ging, war der Ort, wo die Operation stattfinden sollte.«

»Das verstehe ich, Madam. Für die ganze Welt ist der Präsident mehr als ein normaler Patient. Für mich ist er hingegen nur ein weiterer Mensch, der meine Hilfe braucht. Und so wie jeden meiner Patienten wollte ich ihn keinem unnötigen Risiko aussetzen.«

Sie schwieg einen Moment. Ich konnte sie atmen hören und fragte mich, wo sie gerade war. Im Oval Office, neben ihrem Mann, der sie erwartungsvoll ansah? Nein, unmöglich, bei diesem Gespräch war bestimmt niemand zugegen.

»Das weiß ich sehr zu schätzen, Doktor.« Ich hörte, wie sie schluckte, um ihre Gefühle im Zaum zu halten. »Man trifft heutzutage nur noch selten Menschen mit so festen Prinzipien. Denen es allein um die Sache geht, nicht um das Prestige. Als Frau meines Mannes bin ich Ihnen dafür sehr verbunden.«

»Es ist gut, zu wissen, dass es nicht Ihre Entscheidung war, Madam. Aber machen Sie sich bitte trotzdem keine Sorgen: Ich bin mir sicher, dass Dr. Hockstetter morgen gute Arbeit leisten wird.«

»Dr. Evans, es ist so … es gab einen unvorhergesehenen Zwischenfall.«

»Einen Zwischenfall?«, sagte ich und versuchte dabei, so erstaunt wie nur irgend möglich zu klingen. »Ist etwas mit dem Präsidenten?«

»Nein, dem Präsidenten geht es gut. Aber Dr. Hockstetter hat sich leider eine Hand gebrochen.«

Mehr sagte sie nicht. Kein einziges Wort über die Begleitumstände. Sie hatte mich allerdings auch nicht gebeten, die Operation wieder zu übernehmen.

War das eine Art Probe? Taktisches Kalkül? Hatte sie den Verdacht, ich könnte etwas mit dem Überfall auf Hockstetter zu tun haben? ... Nein, wenn dem so wäre, würde sie mich doch sicher nicht persönlich anrufen. Und ich hätte schon längst Besuch vom Secret Service. Oder fragte sie mich nicht aus purem Stolz?

Was auch immer dahintersteckte, von meinen nächsten Worten hingen Julias und mein Schicksal ab. Sollte ich abwarten und hoffen, dass die First Lady mich doch noch von selbst um das bat, was ich so sehnlich zu hören wünschte? Oder sollte ich ihrem Ego schmeicheln und mich eilfertig als Ersatz anbieten?

Ich hatte nur wenige Sekunden, mich zu entscheiden, und so tat ich schließlich das, was ich getan hätte, wenn jemand anders als ich für Hockstetters »Unfall« verantwortlich gewesen wäre.

»Warum erzählen Sie mir das, Madam?«

Sie räusperte sich.

»Das können Sie sich doch vermutlich denken, oder?«

»Ja, ich glaube schon. Und warum sprechen Sie es dann nicht aus?«

»Dr. Evans ... kann ich Sie nicht doch noch überzeugen, meinen Mann in Bethesda zu operieren?«

»Madam ... Die wichtigsten Minister und Führungsbeamten des Landes müssen in einem solchen Fall jede Art von politischen Szenarien und Auswirkungen bedenken, das kann ich verstehen. Aber derjenige, der das Skalpell führt, ist immer noch der Neurochirurg. Er allein trägt die enorme Verantwortung, dass die Operationsrisiken so gering wie möglich gehalten werden. Und darum lautet meine Antwort Nein.«

»Dr. Evans, wir …«

»Sagen Sie mir eins, Madam«, unterbrach ich sie. »Welche Bedeutung werden ein paar kritische Kolumnen in der ›*Washington Post*‹ und die Umfragewerte am Samstagmorgen für Sie haben, wenn Ihr Mann danach Ihre gemeinsamen Töchter wieder mit ihrem Namen ansprechen kann, ohne sich ein einziges Mal zu irren?«

Das darauf eintretende Schweigen schien ewig zu dauern. Meine Angst um Julia lastete wie Blei auf meiner Seele und wurde von Sekunde zu Sekunde schwerer. Ich hatte alles auf eine Karte gesetzt und war standhaft geblieben, um keinen Verdacht zu erregen, darum hing jetzt alles von ihrer emotionalen Entscheidung ab. Ich musste mir die Fingernägel in die Hand drücken, um nicht in den Hörer zu rufen: »Egal, wo, aber lassen Sie mich die verdammte OP machen!« Denn das wäre genau das Gegenteil von dem, was sie suchte: jemanden, der nur begierig auf die Operation war, weil der Patient der Präsident der Vereinigten Staaten war. Ich biss mir auf die Lippen, bis ich Blut schmeckte, während ich innerlich flehte: Sagen Sie es endlich, sagen Sie, ich soll es machen, verdammt noch mal!

»Sie haben gewonnen, Doktor. Wir machen es so, wie Sie es für richtig halten.«

Meine Erleichterung war so groß, dass ein Schauder meinen ganzen Körper durchlief. Als ich antwortete, versuchte ich dennoch so nüchtern wie möglich zu klingen.

»Das ist kein Wettkampf, Madam … Es gibt nur einen, der hier gewinnen muss, und das ist Ihr Mann«, sagte ich, wobei ich mich wie der größte Betrüger aller Zeiten fühlte.

»Ich werde mit Hastings sprechen, damit er alles in die Wege leitet. Und, Dr. Evans … Vielen Dank. Jeder andere hätte einen Riesenaufstand wegen dem ganzen Hin und Her gemacht und für seine Zusage ein noch höheres Honorar ausgehandelt. Es ist eine große Ehre für mich, jemanden mit Ihrem Charakter, Ihrem Mut und Ihrer Professionalität an unserer Seite zu wissen.«

Verlegen wollte ich irgendeine Antwort darauf murmeln, aber sie hatte schon aufgelegt.

Ich würde also operieren. Das Leben des mächtigsten Manns der westlichen Welt und das meiner Tochter standen nun wieder sprichwörtlich auf Messers Schneide. Erschöpft und angeekelt von mir selbst, lehnte ich mich in meinen Stuhl zurück. Ich wollte nur noch nach Hause, eine Schlaftablette einwerfen und bis zum nächsten Morgen durchschlafen.

Doch die nervenzerreißende Achterbahnfahrt der Gefühle war an diesem Tag noch lange nicht vorbei.

27

Bevor ich nach Hause fahren konnte, musste ich allerdings noch Meyer informieren.

Als ich das Büro des Klinikdirektors betrat, hatte sich seine Stimmung schon deutlich gebessert, denn noch während ich mit dem Aufzug zu ihm fuhr, hatte Hastings ihm die gute Nachricht mitgeteilt. Trotzdem war er nicht sonderlich nett zu mir; auch diesmal dankte er mir nicht dafür, dass ich den Patienten ins Saint Claire geholt hatte, und zum Schluss komplimentierte er mich mit einer herrischen Handbewegung hinaus, wobei sein Mund ein stummes »Wehe, Sie vermasseln es noch einmal!« formte, während die andere Hand bereits wieder zum Telefonhörer griff, um mit Hastings die weiteren Details zu besprechen.

Energielos und schlecht gelaunt kehrte ich in die Neurochirurgie zurück. An Heimfahren war nicht zu denken, denn Meyer hatte angeordnet, dass ich bei der in ein paar Stunden stattfindenden Besprechung über die Sicherheitsvorkehrungen für den nächsten Tag zugegen sein musste. Folglich konnte ich mich nur in meinem Büro einschließen, um zu versuchen, auf der Liege ein Nickerchen zu machen. Aber selbst aus diesem Plan wurde nichts. Als ich an der Schwesternstation vorbeikam, rief mich Sandra zu sich.

»Dr. Evans! Ein Jim Robson hat nach Ihnen gefragt.«

Ich blinzelte überrascht. Mein Schwiegervater im Saint Claire? Er hatte mich noch nie hier besucht, weder vor Rachels Tod und erst recht nicht danach.

Ich stöhnte und hob abwehrend die Hände.

»O Gott, Sandra, ich bin echt nicht in der Stimmung, um den jetzt zu ertragen. Sag ihm, dass ich noch ein paar Stunden operiere, oder was auch immer. Aber um alles in der Welt, wimmle ihn ab.«

Die Krankenschwester presste jedoch nur die Lippen zusammen und verdrehte mit einer leichten Kopfdrehung die Augen. Als ich begriff, was sie mir damit sagen wollte, hörte ich auch schon seine Stimme hinter mir.

»Zu spät, David.«

Am liebsten wäre ich im Erdboden versunken oder hätte mich sonst irgendwie unsichtbar gemacht, aber leider blieb mir nichts anderes übrig, als mich beschämt umzudrehen.

»Hallo, Jim.«

Da stand er in seiner akkurat gebügelten Stoffhose, die Bügelfalten scharf wie eine Messerklinge, und einem ähnlich schneidenden Blick, und sagte kein Wort. Was es für mich nur noch schlimmer machte, ihn um Entschuldigung bitten zu müssen; mir wäre lieber gewesen, er hätte mich beschimpft.

»Es … es tut mir leid«, stotterte ich. »Ich … ich wollte dich nicht beleidigen. Ich habe nur gerade wahnsinnig viel zu tun.«

»Das ist nichts Neues. Aber keine Sorge, ich werde dich nicht lange aufhalten. Wo können wir in Ruhe reden?«

Wir gingen zusammen in die Kantine, begleitet von einem undurchdringlichen Schweigen der Marke Robson. Rachel war nicht leicht auf die Palme zu bringen gewesen, aber wenn sie schließlich doch sauer wurde, dann reagierte sie genau wie ihr Vater, auch wenn sie das nie zugeben konnte. Wie er hüllte sie sich dann in ein beharrliches Schweigen, das ich mit all meinen Waffen, von dummen Witzen bis hin zu einer zärtlichen Umarmung, zu brechen versucht hatte, doch stets ohne Erfolg. Das Beste war gewesen, sie in Ruhe zu lassen, bis sie von sich aus wieder zu reden begann.

Am Tresen bestellten wir beide einen Becher dieser furchtbaren Kaffeeplörre, die es hier seit Jahren gab, und gingen damit zu einem Tisch hinten am Fenster. Als ich mich setzte, spürte ich wieder einen Stich in der Brust, sodass ich vor Schmerz instinktiv aufstöhnte. Jim sah mich verwundert an, schwieg aber weiter; offenbar kostete es ihn Mühe, mit seinem Anliegen herauszurücken, und dabei wollte er sich wohl durch nichts ablenken lassen.

»Eigentlich«, sagte er, nachdem er sich ein paarmal geräuspert hatte, »eigentlich bin ich nur gekommen, um dich um Verzeihung zu bitten.«

Mit offenem Mund starrte ich ihn an. Damit hatte ich nun wirklich nicht gerechnet. Dennoch blieb ich auf der Hut. Denn soweit ich wusste, war Rachel auch in dieser Beziehung nach ihrem Vater gekommen. Sie hatte zu denen gehört, die einer Entschuldigung stets ein »Aber …« folgen ließen. Hatte man sie nach einem Streit mit ihrem unkorrekten Verhalten konfrontiert, entschuldigte sie sich kurz, ging aber gleich darauf mit einer Erklärung zum Gegenangriff über, damit die Schuld wieder bei einem selber lag: »Sorry, dass ich zu spät gekommen bin, aber das war nur, weil du vergessen hast, Brot zu kaufen.« In den ersten Jahren hatten wir uns deswegen endlos gestritten, bis ich schließlich akzeptiert hatte, dass sie einfach so war. Sie gab einen Fehler oder Irrtum nie offen zu, aber sie gestand ihn auf andere, subtilere Weise ein: indem sie mir das

Frühstück ans Bett brachte, in ihrer Mittagspause loszog, um den neuesten Roman eines meiner Lieblingsautoren zu kaufen, oder freiwillig meine Lieblings-Reality-Serie über Pfandhäuser einschaltete, die sie selbst abgrundtief hasste. Und mit den Jahren begriff ich, dass all diese Gesten tausendmal mehr wert waren als das Wort mit den fünf Buchstaben, das vielen Menschen leicht über die Lippen kam, aber auch schnell wieder vergessen war.

»Wofür willst du dich entschuldigen?«, fragte ich vorsichtig.

»Für mein Benehmen vorgestern Nacht, Dave. In Virginia klären wir die Dinge eigentlich anders. Ich habe mich wie ein Trampel benommen …«

Ein Schluck aus meinem Kaffeebecher half mir, vor Jim mein wehmütiges Lächeln zu verbergen angesichts des Aber-Satzes, der gleich kommen würde.

»… aber ich glaube auch, dass es höchste Zeit war, dass dir mal jemand gründlich die Meinung sagt.«

Unfähig, mich direkt anzusehen, wandte Jim den Kopf zum Fenster und blickte gedankenverloren in die Ferne, wodurch die letzten Strahlen der Abendsonne sein Gesicht in zwei Hälften teilten.

Es war ihm deutlich anzusehen, dass er noch nicht fertig war, doch in unserer gemeinsamen Geschichte hatte es schon so viele Stolpersteine gegeben, weshalb er wahrscheinlich überlegte, wie der nächste am besten zu umgehen war. Ja, wir hatten noch nie offen und ehrlich miteinander gesprochen. Wenn wir uns trafen, hatte ich allenfalls versucht, ein bisschen unverfänglichen Small Talk zu betreiben, der Jim nie sonderlich interessiert hatte, weshalb er nach ein paar stereotypen Floskeln meist den Fernseher lauter stellte. So geradeheraus wie vorgestern Nacht war er noch nie zuvor gewesen.

»Ich … ich möchte dich was fragen, Dave.«

»Nur zu.«

»Hast du je versucht, mit Gott einen Pakt zu schließen? Du weißt schon, damit er uns Rachel zurückgibt … Ich habe es versucht, viele, viele Nächte lang. Ich hab ihn angefleht, dass ich alles tun würde, wenn er mir nur meine Tochter zurückbrächte. Und ich kam mir dabei verdammt lächerlich und kindisch vor.«

Seine Aufrichtigkeit machte mich sprachlos. Wie die meisten Männer seiner Generation war Jim es gewohnt, dass andere seine Gefühle interpretierten. Es musste ihn eine enorme Anstrengung gekostet haben, mir sein Innenleben zu offenbaren. Womöglich hatte ich ihn immer falsch eingeschätzt …

»Nein, Jim. Das habe ich nicht. Aber wenn ich so einen Gottesglauben hätte wie du, hätte ich es garantiert getan. Ich hätte einfach alles getan, Jim, egal, was, auch wenn du mir das vielleicht nicht glaubst, weil du denkst, dass sie nur gestorben ist, weil ich nicht rechtzeitig gemerkt habe, dass sie so krank war.«

Mein Schwiegervater schüttelte verzagt den Kopf.

»Ich bin nicht gekommen, um dir Vorwürfe zu machen. Und jetzt tu ich's doch, verdammt. Und wahrscheinlich werde ich es so lange tun, wie ich lebe. Weil mir nichts anderes einfällt, um damit fertigzuwerden. Ich sitze den ganzen Tag zu Hause und schaue mir alte Fotos an, Fotos, auf denen Aura, Rachel und Kate glücklich lachen, ich jedoch keine Ahnung habe, wer sie überhaupt gemacht hat, Fotos von Geburtstagen, von besonderen Anlässen, ein Haufen schöner Erinnerungen, die ein Fremder an meiner Stelle gemacht hat, während ich mich abrackerte, damit es meiner Familie besser und immer besser geht.« Er trank einen Schluck Kaffee. »Während all der Jahre dachte ich, dass es reicht, wenn ich tagein, tagaus das Brot für uns verdiene und irgendwann schon der Tag kommen wird, an dem ich mich zufrieden zurücklehnen und das Leben mit meiner Frau und meinen beiden Töchtern genießen könnte. Aber dieser Moment ergab sich nie von ganz allein. Denn sobald ich zu Hause war, war ich viel zu sehr damit beschäftigt, ein Vorbild an Rechtschaffenheit zu sein, an dem sie sich orientieren sollten. Ich war viel zu streng und ohne Mitgefühl. Ich war ein ganz erbärmlicher Dad, Dave.«

Eine Träne lief ihm über das Gesicht und fiel auf den Tisch. Er schien es nicht zu merken, vielleicht war es ihm aber auch egal.

»Wenn ich eine zweite Chance bekäme und Zeit hätte … würde ich es anders machen. Ein zweites Mal würde ich es nicht versauen. Wenn ich heute noch mal eine kleine Tochter hätte, würde ich ihr nicht erzählen, wie wichtig harte Arbeit ist, oder welch ewige Pein einen in der Hölle erwarten kann. Ich würde ihr auch keinen meiner Werte aufzwingen. Nein, ich würde ihr sagen, sie solle all das tun, was sie glücklich macht, denn der Tod klopft schneller an die Tür, als man denkt, und dann ist es für all die schönen Dinge zu spät, dann kann man nichts …«

Jim versagte die Stimme, und darum vollendete ich seinen Satz:

»Dann kann man nichts mehr ändern.«

Einige Minuten saßen wir schweigend da. Hinter uns fiel in der Kantinenküche scheppernd ein Besteckkasten zu Boden. Die Vorbereitungen für das Abendessen liefen. Bald würde es hier von erschöpften Familienangehörigen und abgehetztem Pflegepersonal wimmeln, denen nichts anderes übrig blieb, als mit den gummiartigen Spaghetti ihren Hunger zu stillen.

»Ich weiß, wie du dich fühlst«, sagte ich schließlich. »So

ähnlich ging es mir, als ich das erste Mal für den Tod eines Menschen verantwortlich war.«

Überrascht sah er mich an.

»Ein Neurochirurg ist kein Zahnarzt. Wenn ich etwas mit meinem Skalpell durchtrenne, ist es unwiderruflich kaputt. Und manchmal, vor allem während der Ausbildung, platziert man es da, wo man es auf keinen Fall ansetzen sollte. So einfach und so schnell geht das.«

»Ich weiß nicht, ob ich das hören will, Dave.«

»Kein Mensch will das hören. Und wir reden auch nicht gern darüber, weil es nicht gerade eine besonders gute Werbung für uns ist. Aber dennoch haben wir Chirurgen alle unsere Leichen im Keller. Und die erste lässt sich am wenigsten verdrängen.«

Jim zögerte einen Augenblick, aber am Ende siegte seine Neugier doch über die Angst.

»Was ist … passiert?«

»Sie hieß Vivian Santana, war knapp über fünfzig und Lehrerin von Beruf. Ihr Problem war, dass sie tonnenweise Chips, Flips und Kräcker futterte, weshalb sie tierisch hohen Bluthochdruck hatte, der letztlich zu einem gefährlichen Aneurysma führte. Sie war eine der ersten Patientinnen, die ich ganz allein operierte. Eigentlich musste ich die Gefäßaussackung nur mit einem verdammten Clip abklemmen. Unter Aufsicht hatte ich das schon dutzendmal getan, aber diesmal gab es keinen, der im Notfall einspringen konnte, nur die Geschicklichkeit meiner Finger zählte. Die Arterie platzte, es kam zu starken inneren Blutungen, und das Gehirn bekam kurz keinen Sauerstoff mehr. Als ein anderer Kollege mir zu Hilfe kam, war es bereits zu spät. Sie starb zwei Tage danach.«

Mein Schwiegervater blickte mich lange an. Er sagte kein Wort, aber in diesem Moment fühlte ich, wie ein Funken

Verständnis in ihm aufblitzte und er mich auf einmal nicht mehr nur als den Klugscheißer mit dem Doktortitel wahrnahm, sondern begriff, dass ein Neurochirurg ganz schön Mumm brauchte für das, was er den ganzen Tag lang tat.

»Selbst wenn man sich gegenüber den Familienangehörigen und Vorgesetzten noch einigermaßen aus der Affäre ziehen kann: die Schuldgefühle bleiben nicht aus«, fuhr ich fort. »Man fühlt sich als Versager und überlegt ernsthaft, alles hinzuschmeißen und Anwalt oder Versicherungsvertreter zu werden. Wenn man Glück hat, richtet einen ein Arbeitskollege wieder ein bisschen auf. Aber im Prinzip muss man da alleine durch, und dann begreift man früher oder später, dass einer die Operation machen musste. Einer musste das Skalpell ansetzen, um sie zu retten. Und wer nicht wagt, der nicht gewinnt.«

»Ich sehe, du verstehst mich.«

»Ja, ich verstehe dich, Jim. Im Leben gibt es kein Zurück, was geschehen ist, ist geschehen. Aber du hast getan, was du tun konntest, Jim. Und mehr kann man von niemandem verlangen.«

Jim beugte sich vertrauensvoll über den Tisch. In seinen Augen lag ein seltsamer Glanz.

»Aber ich will es noch mal versuchen, Dave. Ich bin überzeugt, dass ich es jetzt besser kann als beim letzten Mal. Und darum wollte ich, dass Julia zu uns zieht.«

Ich runzelte die Stirn.

»Ich dachte, ich hätte mich neulich deutlich genug ausgedrückt, Jim. Dazu wird es nicht kommen. Julia bleibt bei mir.«

»Ich weiß, ich weiß.« Mein Schwiegervater hob beschwichtigend die Arme. »Keine Sorge, ich werde dir nicht mehr damit kommen. Aber wir könnten sie doch ab und zu ein bisschen mehr verwöhnen. Ich könnte sie zum Beispiel jetzt gleich mitnehmen. Im Nachbarort ist am Wochenende Jahrmarkt. Am Sonntagabend bringen wir sie dir zurück. Mit dem Bauch voll Zuckerwatte und einem Haufen neuer Teddybären im Arm.«

Einen Moment lang saß ich wie versteinert da. O Gott, was sollte ich nur sagen?

»Sie hat … morgen Schule«, brachte ich nur heraus, während sich meine schweißnassen Hände unter dem Tisch verkrampften.

»Ach, in ihrem Alter kann sie doch mal einen Tag fehlen.« Jim beugte sich wieder vor. »Ich bitte dich nicht nur meinetwegen darum, Dave. Es würde auch Aura guttun. Sie glaubt, ich merke es nicht, aber jeden Abend, wenn wir das Licht ausmachen, weint sie sich in den Schlaf. Und das bricht mir das Herz.«

»Es geht nicht.«

Jims Miene verfinsterte sich. Er presste die Lippen zusammen, zwang sich dann aber wieder zu einem Lächeln.

»Und warum nicht?«

Keine Ahnung, ob es an der Hitze in der Kantine lag, an meiner Erschöpfung oder der Anspannung der letzten Stunden, jedenfalls wurde mir plötzlich schwindelig, meine Schläfen begannen, wild zu pochen, und alles verschwamm vor meinen Augen. Ich blickte aus dem Fenster und versuchte, einen Punkt in der Ferne zu fixieren, bis ich mich wieder einigermaßen gefangen hatte.

»Nächstes Wochenende«, murmelte ich, in dem verzweifelten Versuch, Zeit für eine plausible Ausflucht zu gewinnen.

»Nächstes Wochenende ist der Jahrmarkt vorbei. Mit Rachel und Kate waren wir jedes Jahr dort, Dave. Und Aura und ich haben die Mädchen leider nie viele Fahrgeschäfte ausprobieren lassen.«

Wieder drehte sich alles. Mein Oberkörper wankte, sodass ich mich mit beiden Händen an der Tischkante festhalten musste. Einen Moment lang glaubte ich, ich würde ohnmächtig werden, aber irgendwie hielt ich mich aufrecht.

»Es tut mir leid, aber es geht nicht.«

»Es muss gehen, Dave. Wir …«

»Es reicht, Jim!«, fiel ich ihm gereizt ins Wort, ja, ich schrie fast. Ich hatte keine glaubwürdige Ausrede, keine Erklärung, die ihn zufriedenstellen würde, ich wollte nur, dass er endlich damit aufhörte und mich in Frieden ließ.

Im selben Moment veränderte sich sein lächelnder Gesichtsausdruck schlagartig, so, als sähe man nach einer Explosion ein Haus in sich zusammenstürzen, von dem zum Schluss nicht mehr übrig blieb als ein Haufen verbogener Eisenträger und Schutt.

»Ich weiß, was hier gerade gespielt wird«, sagte er. »Gib es endlich zu.«

Ich wurde kreidebleich. Wusste Jim, was mit Julia passiert war?

»Was … was meinst du?«, stammelte ich.

»Ich weiß, was du wegen Julia gerade überlegst. Glaubst du, ich hätte das nicht bemerkt?«

»Ich … Seit wann weißt du es?«

»Seit der Nacht, als du bei uns warst. Wann wolltest du es mir sagen?«

»Wann? … So spät wie möglich.« Ich schaute beschämt auf die Tischplatte. »Ich hatte gehofft, dass du es nicht mitbekommst.«

»Mein Gott, Dave. Wie sollte ich das nicht mitbekommen?! Das sieht doch ein Blinder. Ich habe so etwas kommen sehen. Und wenn du meine Meinung dazu hören willst: Es ist viel zu früh.«

In dem Moment begriff ich gar nichts mehr. Viel zu früh, wofür? Zu früh, um meine Tochter zu retten?

»Wie bitte?«

»Mein Gott, Dave, mach jetzt nicht einen auf ahnungslos. Sei ein Mann. Es ist völlig normal, dass du dir irgendwann eine neue Frau suchst. Aber ich hätte ein bisschen mehr Respekt von dir erwartet. Rachels Tod ist gerade mal ein paar Monate her, Dave!«

»Wie, eine neue Frau? Ich bin mit niemandem zusammen! Wie kommst du darauf?«

»Lüg nicht! Als du vorgestern Nacht vor meiner Haustür standest, sah ich sofort, dass du mir etwas verheimlichst. Du bist ein verdammt schlechter Lügner, Dave.«

»Aber es stimmt nicht!«

Jim ging jedoch nicht darauf ein; es war offensichtlich, dass er mir kein Wort glaubte.

»Julia ist noch sehr klein. Da kann so eine neue Frau den Großeltern ganz schnell den Rang ablaufen. Darum wollen Aura und ich mehr Zeit mit ihr verbringen. Damit das nicht passiert.«

In den vergangenen Monaten gab es in meinem Leben nichts anderes als meine unbändige Trauer um Rachels Verlust. Es gab nur die Erinnerung an sie und eine gigantische Leere in meinem Herzen. Deshalb schmerzten und verletzten mich Jims Worte so sehr, als hätte er mir ins Gesicht gespuckt.

Abrupt schob ich meinen Stuhl zurück und stand auf. Verschwommen nahm ich wahr, wie die Leute zu uns herüberschielten. Jim atmete hektisch, und sein Gesicht wurde immer röter. Wenn ich diese Unterhaltung nicht auf der Stelle beendete, würde das Ganze in eine Schlägerei ausarten, und das war das Letzte, was ich mir gerade leisten konnte.

»Julia kann nächstes Wochenende gern mit euch verbringen, Jim. An diesem geht es nicht, tut mir leid. Und jetzt muss ich los.«

Ohne ein weiteres Wort kehrte ich ihm den Rücken zu und ging mit großen Schritten in Richtung Ausgang.

»Sie ist meine Familie, verdammt! Die Tochter meiner Tochter!«, brüllte Jim hinter mir her und unterstrich jeden Satz mit einem Schlag auf den Tisch. »Ich habe ein Anrecht darauf, sie zu sehen!«

KATE

Sie brauchte unbedingt ein bisschen Ruhe, keine Menschen um sich herum. Aufgewühlt fuhr Kate aus der Innenstadt raus gen Westen, bis sie irgendwo am Stadtrand den großen leeren Parkplatz vor einem Teppichgeschäft entdeckte. Riesige Schilder mit der Aufschrift »Zu verkaufen« und »Wegen Geschäftsaufgabe geschlossen« bedeckten die Fassade des Gebäudes. Sie hingen dort sicher schon eine Ewigkeit, so verwittert, wie sie waren. Es war wohl einer der vielen Läden, die die Wirtschaftskrise nicht überlebt hatten.

Die alten, verblichenen Schilder passten gut zu dem, was Kate fühlte. Mit ihren letzten Worten zu Andrea war ihr eine Zentnerlast von der Seele gefallen. Sie fühlte sich immens erleichtert. Doch nun war es auch ausgesprochen und ließ sich durch nichts wieder aus ihrem Bewusstsein verbannen.

»Ich liebe ihn, seit ich ihn zum ersten Mal gesehen habe.«

Die ganzen Jahre war sie unfähig gewesen, sich einzugestehen, dass sie von Anfang an den Mann ihrer Schwester geliebt hatte. Bald fünfzehn Jahre hatte sie ihre Gefühle für David unterdrückt. Es konnte nicht sein, es durfte nicht sein. Und jetzt, ganz unversehens, war es aus ihr herausgesprudelt.

Kate weinte lange.

Nicht aus Selbstmitleid, so etwas kannte sie nicht, so, wie

sie prinzipiell auch kein Verständnis für Menschen aufbringen konnte, die sich nur in ihrem Schmerz suhlten. Nein, sie weinte, weil die ganze Situation, in der Julia, David und sie steckten, vollkommen ungerecht war, sie weinte, weil sie nicht stark genug war, um sie souverän zu meistern, sie weinte vor Erschöpfung. Das, was gerade passierte, war einfach zu viel für sie, sie war körperlich und mental am Ende.

Sie musste die Augen schließen, nur für ein paar Minuten, um sich ein wenig auszuruhen. Sie stellte den Klingelton ihrer beiden Handys auf volle Lautstärke, legte sich hinten quer auf den Rücksitz und weinte sich in den Schlaf.

Draußen dämmerte es bereits, als das Handy sie weckte. Mühsam richtete sie sich auf. Sie hatte ein pelziges Gefühl im Mund, und ihre Nackenmuskeln waren total verspannt. Mist!, dachte sie, als sie den Namen des Anrufers sah.

»Hallo, Chef.«

»Du kommst also nicht«, brummte McKenna, und es klang nicht wie eine Frage, sondern wie eine Feststellung.

»Ich fürchte, ich bin immer noch arbeitsunfähig.«

»Willst du eine komische Geschichte hören, Robson? Wie aus heiterem Himmel hab ich gerade einen Anruf bekommen. Die Operation findet nun doch wieder im verdammten Krankenhaus deines Schwagers statt. Dieses Sch…kabinett trifft innerhalb kürzester Zeit wirklich eine dumme Entscheidung nach der anderen. Und wer muss es ausbaden?« Zornig lachte er auf. »McKenna wird's ja richten. Ich werde mir also auch diese Nacht um die Ohren schlagen, um noch einmal alles den neuen Gegebenheiten anzupassen, und mit allen Beteiligten die x-te Lagebesprechung abhalten. Hinzu kommt, dass die Nerven von allen zum Zerreißen gespannt sind. Vor allem meine: Weil ich mich nämlich frage, warum ausgerechnet *die* Agentin, die bei der Simulation neulich alle Informationen zusammengetragen hat, nicht hier ist, um mir zu helfen.«

Früher bereitete sich der Secret Service mit unzähligen Karten und maßstabsgetreuen Modellen auf ihre *real-life incidents* vor, doch inzwischen geschah dies hauptsächlich mittels Computersimulation und 3-D-Modellen. Die Parameter wurden dazu in eine spezielle Computersoftware eingegeben, die den Einsatzort perfekt simulierte, sodass die Personenschützer verschiedene Szenarien durchgehen und sämtliche Zugangs- und Fluchtwege virtuell ausprobieren konnten. Die Datenbeschaffung vor Ort gehörte normalerweise nicht zu Kates Aufgaben, diesmal hatte sie sich jedoch freiwillig gemeldet und war dafür zweimal im Saint Claire gewesen. Beide Male inkognito, und ohne dass David davon wusste. Und natürlich beide Male, ohne sich selbst einzugestehen, dass er der wahre Grund war, warum sie sich gemeldet hatte. Sie hatte makellose Vorarbeit geleistet, McKenna konnte sich nicht beschweren. Zu dieser Aufgabe gehörte allerdings auch, jetzt an der Seite ihres Chefs zu stehen, um die anderen genau zu briefen.

»Es tut mir wirklich leid, Chef.«

»Deine Entschuldigung kannst du dir sonst wohin stecken, Robson. Irgendwas stimmt hier nicht. Ich weiß noch nicht, was, aber irgendwas ist hier faul, das rieche ich sieben Meilen gegen den Wind. Darum habe ich mich an Renaissance gewandt und sie gebeten, den Termin zu verschieben. Im Vergleich zu diesem planlosen Kabinett hat sie zumindest etwas gesunden Menschenverstand.«

O nein, bitte nicht! Wenn die Operation nicht stattfindet …, dachte Kate voller Panik und spürte gleichzeitig, dass es jetzt genau darauf ankam, was sie McKenna antwortete, der auf irgendeine unbedachte Äußerung zu lauern schien wie ein Straßenräuber hinter der nächsten Ecke.

»Das sind gute Neuigkeiten, Chef«, erwiderte Kate und gab sich dabei alle Mühe, erleichtert zu klingen. »Wenn wir es zumindest bis Montag verschieben könnten, wäre alles einfacher. Und ich könnte bei den ganzen Besprechungen dabei sein. Ich hoffe …«

»Sie hat Nein gesagt«, schnitt McKenna ihr das Wort ab.

Kate spürte, wie ihr Herz wieder ruhiger schlug, während sie scheinbar entsetzt murmelte:

»Wie bitte?!«

»Scheint so, dass hier gerade wirklich alle durchdrehen. Ist aber auch kein Wunder, wenn man bedenkt, worum es geht. Im Moment wissen es nur das Kabinett und wir zwölf, die bei dem Einsatz morgen dabei sind. Die übrigen Kollegen haben noch keinen blassen Schimmer, dass Renegade operiert werden soll, sie wissen bloß, dass die Sache noch geheimer ist als die Unterhosen des Papstes. Aber morgen früh werden es noch eine ganze Menge Leute mehr erfahren, wenn wir erst mal in der Klinik sind, und dann werden auch sie ’ne Menge zu tun bekommen. Und auf dem Weg dahin kann es noch zu allen möglichen Zwischenfällen kommen. Jemand erkennt unsere Wagen, fährt uns nach, twittert es, was weiß ich. Und noch vor dem Mittagessen weiß die halbe Welt, dass Renegade im Saint Claire ist. Kurzum, das Ganze ist eine hochexplosive Scheiße. Und es gibt keine Möglichkeit, sie komplett unter Verschluss zu halten. Keine einzige. Und genau das habe ich auch Renaissance gesagt.«

»Lassen Sie mich raten: Sie sind auf taube Ohren gestoßen.«

»Darauf kannst du einen fahren lassen. Ich habe ihr eine halbe Stunde lang erklärt, was alles passieren kann, und die

Vorteile aufgezählt, im Bethesda zu operieren. Mit denselben Worten, mit denen Hastings mir noch heute Morgen die Planänderung verklickert hat, verdammt. Kaum bin ich fertig, sagt sie: ›Danke, dass Sie mir Ihren Standpunkt dargelegt haben, Mister McKenna, aber wir kehren zum ursprünglichen Plan zurück.‹ Und da frage ich mich, Robson: Ist dein Schwager der Messias und das Saint Claire der Stall von Nazareth, in dem morgen ein Wunder geschieht?«

»Ich glaube nicht, Chef.«

»Ich auch nicht. Ich habe ihn übrigens gestern kennengelernt; keine Ahnung, ob er es dir erzählt hat.«

»Ehrlich gesagt haben wir nicht viel miteinander zu tun, Chef.«

»Hätte ich mir denken können, Robson. Nichts für ungut, er gehört zu deiner Familie – aber ich halte ihn für einen aufgeblasenen Klugscheißer.«

»Ganz Ihrer Meinung, Chef.«

»Ich fahre jetzt jedenfalls ins Saint Claire, um alles selbst noch mal zu inspizieren. Dabei nehme ich deinen Schwager genau unter die Lupe. Und eins kannst du mir glauben: Wenn ich auch nur einen Krümel Scheiße finde, wird der Präsident morgen keinen Fuß in seine Klinik setzen. Und wenn es das Letzte ist, wofür ich sorge!«

»Finde ich gut, Chef.«

»Das kannst du finden, wie du willst. Du bist nämlich raus.«

Es traf Kate wie ein Schlag in die Magengrube.

»Was … was haben Sie gesagt?!«

»Was du gehört hast. Du bist raus. Und zudem vom Dienst suspendiert.«

»Sie können mich doch nicht suspendieren, nur weil ich mir einen Magen-Darm-Virus eingefangen habe!«, protestierte Kate.

»Nein, aber ich kann dich suspendieren, weil du blaumachst und aus Eifersucht ganz Baltimore nach deinem Schatzi absuchen willst.«

Kate erstarrte. Sie bekam keinen Ton mehr heraus. Andrea hatte es McKenna gesteckt! Die Klatschtante hatte nicht mal fünf Stunden gebraucht, um es an die große Glocke zu hängen!

Einen solchen Verrat hätte Kate nie im Leben erwartet. Aber in gewisser Weise hatte ihre vermeintliche Freundin ihr sogar einen Gefallen getan. McKenna war mit seiner Arbeit verheiratet. Keine Kinder, kein Partner, der paranoideste Spinner des ganzen Secret Service. Bestimmt hatte er gespürt, dass etwas mit ihr nicht stimmte, und sich gefragt, was los war. Damit Julia und David überhaupt noch eine Chance hatten, durfte sie nicht zulassen, dass er seine Vermutungen mit seiner Unruhe wegen der morgigen Operation in Verbindung brachte.

Wegen eines untreuen Geliebten nicht zur Arbeit zu erscheinen, widersprach zwar völlig ihrem Charakter, aber zum Glück war McKenna nicht nur paranoid, sondern auch ein Macho alter Schule, der überzeugt war, Frauen würden in Liebesdingen stets irrational handeln.

»Chef, ich …«

»Keine Ausreden. Einmal warst du mit 39 Grad Fieber elf Stunden am Stück an vorderster Front, Robson, und dann glaubst du ernsthaft, ich nehme dir das mit dem Virus ab? Ich kann verzeihen, wenn man mal 'ne menschliche Schwäche zeigt oder einen Fehler macht. Aber ich toleriere nicht, dass man mich für dumm verkauft!«

In seiner Stimme lag kein Ärger, nur Traurigkeit und Ernüchterung.

»Du hast mich bitter enttäuscht, Robson«, sagte er und legte auf.

Das Schlimmste war, dass er recht hatte. Ja, Kate Robson, die vorbildliche Agentin, hatte versucht, ihren Boss für dumm zu verkaufen. Sie sprang aus dem Wagen, stürmte los, umrundete mit großen Schritten den einsamen, nur vom gelblichen Lichtschein einer Laterne erleuchteten Parkplatz, bis sie schließlich irgendwann heftig atmend stehen blieb.

Und dort, mitten auf dem rissigen Asphalt, aus dem seit Jahren schon das Unkraut spross, brach es dann aus ihr heraus, das Blut pochte in ihren Schläfen, während sie schrie, was ihre Lungen hergaben, sie schrie ihre ganze ohnmächtige Wut heraus.

Was noch? Was muss ich noch opfern, um Julia zu retten?, dachte sie voller Verzweiflung, als unversehens ihr Handy wieder klingelte. Eine Nummer des Secret Service. Kate holte zweimal tief Luft und nahm ab.

»Robson.«

»Ich bin's, Andrea. Es tut mir leid, Kate.«

»Schön, dass es dir leidtut. Mich hat man rausgeschmissen.«

»Was hätte ich denn tun sollen, Kate? Ich habe gewartet, bis alle essen waren, und mich dann an die Arbeit gemacht. Und weil ich aus lauter Nervosität und Hektik bei der Eingabe wohl irgendwas übersehen habe, ist bei meinem Chef ein Warnsignal eingegangen.« Andrea wurde immer weinerlicher. »Ich musste zu McKenna ins Büro, Kate. Zum obersten Boss! Der ist wie eine Sphinx und sieht dich mit diesem starren Blick an, und du weißt, dass du reden musst, weil sonst alles nur noch schlimmer wird.«

Kate schwieg. Andrea hatte recht. Es war so gut wie unmöglich, diesem Blick zu entkommen, das wusste sie aus eigener Erfahrung.

»Bist du jetzt sauer auf mich?«

Die kindliche Naivität der Frage überraschte Kate nun doch. Aber vielleicht war das auch ihre Chance.

»Nicht, wenn du mir sagst, wo sich mein Freund gerade herumtreibt.«

»McKenna hat mir für die nächsten Stunden den Zugang zum System gesperrt.«

»Das wollte ich nicht wissen.«

»Ich darf es dir nicht sagen.«

»Das heißt, du weißt es.«

»Natürlich weiß ich es. Die Nummer ist auf den Namen V. Papić registriert, 6809 Bellona Avenue, in Baltimore.«

Erleichtert atmete Kate auf: Sie hatte eine Adresse und einen Nachnamen!

»Und wo hast du ihn zuletzt geortet?«

»Auch in Baltimore. Aber das sollte ich dir wirklich nicht verraten; McKenna meinte, so was wäre ein Verstoß gegen drei verschiedene Gesetze, und dein Rausschmiss würde dich lehren, nicht unsere technischen Mittel wegen einer Bettgeschichte zu missbrauchen.«

»Andrea, ich habe keine Zeit zu verlieren. Sag's mir bitte.«

»Das könnte mich meinen Job kosten.«

»Möglich. Aber mich haben sie schon gefeuert, nicht zuletzt, weil du geplaudert hast. Du schuldest mir was.«

»Ich schulde dir gar nichts. Du hast mich darum gebeten, schon vergessen? Du bist ganz allein schuld, dass sie dich entlassen haben!«

»Und es ist deine Schuld, dass es für nichts und wieder nichts war.«

Andrea zögerte. Kate presste die Lippen zusammen, um sie mit ihrer Ungeduld nicht noch nervöser zu machen.

»6212 Baltimore National Pike, und du beeilst dich besser. Das war nämlich vor anderthalb Stunden. Kann sein, dass er längst weg ist«, sagte sie und legte auf, noch bevor Kate sich bedanken konnte.

Hektisch suchte Kate die Adresse mithilfe von Google Maps. Sie befand sich zum Glück ganz in ihrer Nähe, höchstens zehn Minuten entfernt. Bevor sie das Handy wieder einsteckte, fiel ihr Blick auf den Timer:

14:31:21

Es blieb nicht mehr viel Zeit, aber jetzt hatte sie zumindest ein Ziel, und nichts würde sie mehr aufhalten.

28

Der Pager piepste genau in dem Moment, da ich die Kantine verließ. Die Sicherheitsbesprechung hatte ich über dem Disput mit meinem Schwiegervater beinahe vergessen.

Als ich den Konferenzraum im vierten Stock betrat, waren alle anderen schon da. Meyer und Wong saßen stocksteif auf ihren Stühlen, ihnen gegenüber vier Personenschützer des Secret Service. Und am Kopfende des Tisches neben dem Whiteboard saß ihr Chef, das Arschloch mit dem rasierten Schädel, mit dem ich schon tags zuvor im Bunker aneinandergeraten war, bevor ich das MRT des Patienten gemacht hatte.

Wie hieß er noch gleich …? Ach ja, McKenna. Auch er schien unsere Auseinandersetzung nicht vergessen zu haben. Von dem Moment an, da er mich hereinkommen sah, ließ er mich nicht mehr aus den Augen.

»Wie liebenswürdig von Ihnen, dass sie uns auch noch Gesellschaft leisten, Doktor. Setzen Sie sich.«

Ich ging an ihm vorbei zum letzten freien Stuhl und gab mich dabei so unbekümmert wie möglich, während ich McKennas bohrenden Blick in meinem Rücken spürte. Kaum saß ich, sah ich, wie ein selbstgefälliges Lächeln über sein Gesicht huschte. Jetzt war mir klar, warum er gestern gemeint hatte, dass er sich auf unser Wiedersehen freue. Dies hier würde die Fortsetzung unserer gestrigen Kraftprobe werden, und dabei hatte nun eindeutig er das Sagen. Er konnte es sicher kaum erwarten, mich seine Macht und Überlegenheit spüren zu lassen. Dem Funkeln in seinen Augen zufolge hatte ich allen Grund zur Sorge. Großer Sorge.

Die Besprechung verlief streng nach Protokoll. Es ging unter anderem darum, welchen Eingang der Präsident benutzen würde, welche Bereiche des Krankenhauses seine Leute hermetisch absperren würden und wer bei der OP dabei sein sollte. Erschöpft und angespannt, wie ich war, ließ ich all die Erklärungen über mich ergehen, ohne ihnen sonderlich viel Aufmerksamkeit zu schenken. Nur kurz horchte ich erfreut auf, als Meyer verkündete, dass Sharon Kendall die Anästhesie übernehmen würde; sie war eine hervorragende Wahl. Und es war ebenfalls eine gute Entscheidung, den Rest des Teams erst wenige Minuten vor der OP über die Identität des Patienten aufzuklären. Lange vorher zu wissen, dass man den mächtigsten Mann der Welt operieren würde, konnte der Psyche ziemlich zusetzen, wie man an Meyer, Wong und mir sah, der Adrenalinstoß aber, den jeder vor einer OP spürte, und das genau festgelegte Procedere würden keinem im Team die Zeit lassen, sich viele Gedanken über die Schwere der Verantwortung zu machen. Denn höchste Konzentration war oberstes Gebot während einer OP.

»Ich werde Dr. Evans selbstverständlich bei der Operation assistieren«, erklärte meine Chefin im Anschluss daran.

Ich nickte nur. Wie hieß es doch so schön? Dabei sein ist alles, und als Chefärztin hatte sie bei der nachfolgenden Pressekonferenz zudem noch die besten Karten, ihre Bedeutung bei der OP hervorzuheben. Stephanie Wongs Spezialgebiet war die Wirbelsäule, ein Arbeitsbereich, wo Operationen dreimal so teuer sind, dreimal so viele Patienten operiert werden und fast nie jemand stirbt. Aber das wussten die Journalisten nicht, sodass sie es so hindrehen konnte, dass eine gelungene OP in den Augen der Welt vor allem ihr Verdienst war.

Mir war das vollkommen gleichgültig, für mich stand gerade ganz anderes auf dem Spiel. Für einen kurzen Moment blitzten Julias entsetzte Augen beim Anblick der Ratte in meinem Bewusstsein auf. Ich gab mir alle Mühe, das schreckliche Bild wieder zu verdrängen, als mich auf einmal McKenna aus meinen Gedanken riss.

»Darüber hinaus haben wir drei Experten ausgewählt, die Dr. Evans während der Operation von der Zuschauergalerie aus beratend zur Seite stehen. Es handelt sich um …«

Entrüstet sprang ich auf.

»Von Kindermädchen war nie die Rede! So etwas hätten Sie mit uns im Vorfeld besprechen müssen. Das ist respektlos und ein absoluter Mangel an Vertrauen!«

Ich blickte zu Wong, dann zu Meyer. Ihren Mienen nach zu schließen, waren sie genauso verärgert wie ich, bekamen aber den Mund nicht auf. Von ihnen hatte ich also keinen Beistand zu erwarten.

Im Konferenzraum war es totenstill. McKenna ließ sich mit seiner Antwort Zeit. Genüsslich kostete er es aus, dass die Feiglinge mich im Regen stehen ließen.

»Darüber gibt es nichts zu diskutieren«, sagte er schließlich.

»Die First Lady hat sich für mich entschieden, für niemanden sonst.«

»Daran hat sich auch nichts geändert. Sie sind der Chirurg. Es werden Sie lediglich ein paar Augen mehr beobachten«, erwiderte McKenna ungerührt, während er sich mit gekreuzten Armen zurücklehnte. »Das geht nicht gegen Sie persönlich, es ist nur eine zusätzliche Absicherung.«

»Absichern sollten Sie sich besser bei der Wahl Ihrer Krawatten«, knurrte ich.

McKenna sah an sich hinunter auf seine langweilige dunkelblaue Krawatte und begriff eine Sekunde zu spät, dass er auf meine kindische Stichelei mit einer ebenso kindischen Geste reagierte, die allen Versammelten seine Unsicherheit verriet. Er runzelte die Stirn.

»Die beratenden Chirurgen werden Dr. Lowers und Dr. Ravensdale sein. Und natürlich Dr. Hockstetter«, erklärte er, wobei in seiner eisigen Stimme etwas Ungehobeltes, Animalisches mitschwang, das mich schaudern ließ. In diesem Moment begriff ich in seiner ganzen Tragweite, was es für die Operation bedeutete.

Sowohl Lowers als auch Ravensdale waren ausgewiesene Hirnspezialisten mit einem hohen Renommee. Soweit ich wusste, arbeitete der eine in einer Klinik an der Westküste, der andere irgendwo in England. Wenn es um die Entfernung eines Tumors im Bereich des Sprachzentrums ging, hatte ich ihnen allerdings einiges an Erfahrung voraus – genauso wie Hockstetter, dessen Benennung als Beobachter mir aus verständlichen Gründen die größten Sorgen machte. Zumal McKenna seinen Namen besonders betont und mich dabei durchdringend angesehen hatte. Es war nicht nur unsere gegenseitige Abneigung, nein, McKenna hatte mich im Verdacht, dass ich etwas mit dem »Unfall« im Parkhaus zu tun hatte.

»Hat Dr. Hockstetter nicht einen Unfall gehabt?«

»Ja, eine seiner Hände ist in Gips«, entgegnete McKenna kühl. »Woher wissen Sie das?«

»Die First Lady hat es mir gesagt.«

»Dr. Hockstetter kann zwar nicht operieren, aber er wird Ihnen von der Zuschauergalerie aus mit seinem weisen Rat zur Seite stehen.«

Allein der Gedanke, Hockstetters herablassende Ratschläge durch die Sprechanlage ertragen zu müssen, während ich mich konzentrieren musste, ließ mich innerlich aufstöhnen. So, wie ich ihn kannte, würde er damit gewiss nicht sparen, ganz im Sinne des Sprichworts: »Der Erfolg hat viele Väter, dagegen ist der Misserfolg ein Waisenkind.« Der für die Operation Verantwortliche war ich, aber danach würde jeder verkünden, dass er wesentlich zum Erfolg beigetragen habe, selbst wenn er nur einen Streifen Verbandsmull in den Operationssaal getragen hatte.

Was mir aber noch mehr Kopfzerbrechen bereitete, war die Frage, in welchem Maße die Benennung dieser Beobachter Whites Plan durcheinanderbringen konnte. Wie zum Teufel sollte ich den Präsidenten töten? Mit einem Skalpell in der Hand und den lebenswichtigen Adern in Reichweite war das nicht besonders schwierig, vorausgesetzt, ich hatte den Mumm dazu. Aber White wollte ja, dass es nicht so aussah, als hätte ich die Hände im Spiel. Keiner durfte merken, dass es ein Verbrechen war. Doch wie sollte mir das gelingen, wenn mir die drei besten Neurochirurgen der Welt auf die Finger sahen – und einer davon mich erbittert hasste?

»Das ist keine besonders glückliche Entscheidung, Mr McKenna. So eine Operation erfordert allerhöchste Konzentration, und Dr. Hockstetter und ich sind nicht gerade die besten Freunde.«

Resolut stand McKenna auf.

»Meine Damen und Herren, das war's. Ich danke Ihnen für Ihre Aufmerksamkeit. Wir sehen uns dann morgen.«

Gehorsam erhoben sich alle und gingen zur Tür. An der Entscheidung war also nicht mehr zu rütteln. Schnaubend stand ich auf und folgte den anderen.

»Einen Moment noch, Dr. Evans.«

Kurz drehte sich meine Chefin um, die schon im Türrahmen stand, und sah mich mit hochgezogenen Augenbrauen an, bevor sie den Raum verließ. Still resignierend setzte ich mich wieder.

»Was gibt's noch, McKenna? Ich bin müde.«

»'nen harten Tag gehabt, Doc?«

»Nicht härter als sonst auch.«

»War heute vielleicht irgendwas Besonderes los?«

»Nur das Übliche, Visiten, Entscheidungen über künftige OPs, Patientengespräche, Papierkram …«

»Verstehe. Und wo waren Sie dann heute Mittag gegen eins?«

Laut schrillten bei mir die Alarmglocken. Jetzt kam's also.

»Ich war essen.«

»Allein oder mit einem Kollegen?«

»Allein. Was soll die Fragerei?«

»Beschränken Sie sich darauf, zu antworten, Dr. Evans.«

»Wieso sollte ich das?«

McKenna trat zwei Schritte auf mich zu.

»Weil Sie das müssen. Das Protokoll verlangt, dass wir Sie einer ausgiebigen Sicherheitsüberprüfung unterziehen müssen. Die Umstände haben uns bisher daran gehindert.«

»Und zu wissen, wo ich gegessen habe, erhöht die Sicherheit des Präsidenten, oder was?«

»Ich habe Sie gefragt, ob Sie mit jemandem essen waren. Aber wenn …«

»Ich war da, wo ich immer essen gehe. Im ›Corner Bistro‹. Und ich war allein.«

»Und wie weit ist das von hier?«

»Drei Straßen weiter.«

»Und für diese drei Straßen nehmen Sie immer den Wagen?«

Mein Herz setzte für den Bruchteil einer Sekunde aus.

»Wie bitte?«

Er tat so, als sehe er in der Mappe nach, die vor ihm auf dem Tisch lag.

»Laut Parkprotokoll haben Sie den Klinikparkplatz um 11 Uhr 38 verlassen. Wird alles anhand Ihrer Chipkarte registriert. Moderne Überwachungstechnik, verstehen Sie?«

Ich antwortete nicht und fragte mich lange, was dieser Mistkerl noch alles wusste.

»Wohin sind Sie um 11 Uhr 38 gefahren, Doc?«

McKennas Blick blieb fest und unerbittlich – und mir wurde plötzlich unerträglich heiß. Schweiß lief mir über den Rücken, und meine Hände wurden feucht, während ich nach einer plausiblen Erklärung für die anderthalb Stunden suchte, bevor ich angeblich essen war. Am besten erzählte ich eine Story, die der Wahrheit so nahe wie möglich kam.

»Ich habe einen Patienten namens Jamaal Carter«, erwiderte ich schließlich. »Seine Familie lebt in Anacostia, und die habe ich besucht.«

McKenna zog überrascht eine Augenbraue hoch.

»Wollen Sie mir weismachen, ein Patient dieses Luxusschuppens hat Verwandte in Anacostia?«

»Nicht nur das, er lebt auch dort.«

»Sie wollen mich verarschen, Doc.«

»Nein, ich verarsche Sie nicht. Er ist vorgestern bei einer Schießerei zwischen Banden verletzt worden, und das MedStar hat ihn zu uns geschickt, weil deren Notaufnahme überfüllt war. Ich habe ihm eine Kugel aus der Wirbelsäule geholt und ihn damit vor dem Rollstuhl bewahrt. Entgegen den Anweisungen meiner Vorgesetzten, die seinen Zustand nur stabilisieren wollten, um ihn dann in eine andere Klinik abzuschieben, damit das Saint Claire nicht die astronomische Rechnung für die OP übernehmen muss, die höher ist als das, was der Junge in seinem ganzen Leben verdienen wird.«

Ich hätte mich nie auf diese Weise aufgespielt, wenn ich nicht einen Agenten des Secret Service vor mir gehabt hätte, der mich verdächtigte, einen Konkurrenten überfallen und ihm die Finger gebrochen zu haben. Ich dachte, meine humane Ader hervorzuheben, würde McKenna vielleicht für mich einnehmen. Ich täuschte mich gewaltig.

»Wie barmherzig von Ihnen, Doc«, sagte er mit einem spöttischen Grinsen. »Meiner Meinung nach wäre dieses Stück Scheiße in einem Rollstuhl besser aufgehoben als auf der Straße oder im Kittchen, für das wir Steuerzahler auch noch aufkommen müssen. Aber wer bin ich schon, um über ein so gütiges Herz wie das Ihre zu urteilen?«

»Ich bin nicht Gott. Ich treffe keine solchen Entscheidungen. Ich bin Arzt, und als solcher versuche ich, Menschen zu heilen oder zumindest Beschwerden zu lindern.«

»Und die Familie eines solchen Gangsters zu besuchen, werden Sie dafür auch bezahlt?«

Ich senkte die Stimme und versuchte, meinen Worten einen vertraulichen Ton zu geben.

»Nein, aber Mr Carter hat mich um einen persönlichen Gefallen gebeten, den ich ihm gern erfüllen wollte. Ich wäre Ihnen allerdings sehr verbunden, wenn Sie das für sich behielten: Wenn das einer hier erfährt, kriege ich großen Ärger.«

»Und worum ging es dabei?«

»Das unterliegt leider der ärztlichen Schweigepflicht.«

McKennas spöttisches Grinsen wurde noch breiter.

»Ich denke, es war ein rein persönlicher Gefallen.«

Ich stieß einen Seufzer aus, der lang genug war, um mir die nächste Lüge zu überlegen.

»Also gut. Jamaal hat seit Kurzem erst eine Freundin. Er

hat mich gebeten, ihr einen Brief zu bringen, und ich hab's ihm versprochen. Ich fühle mich für den Jungen verantwortlich. Wenn man in Anacostia aufwächst, hat man es verdammt schwer im Leben, da hilft so ein bisschen Mitmenschlichkeit vielleicht, dass er merkt, dass die Welt doch nicht ganz so schlecht ist.«

Ohne ein Wort darauf zu erwidern, stand McKenna auf und kam direkt auf mich zu. Irgendwas sagte mir, dass er mir nicht nur höflich die Hand schütteln wollte. Ich stand ebenfalls auf.

»Sind wir fertig?«

»Nein, wir sind noch nicht fertig.«

McKenna legte mir eine Hand auf die Schulter. Ich bin nicht gerade ein Leichtgewicht, aber seine Pranke war wie ein Stahlkolben, der mich mit einer solchen Leichtigkeit wieder auf den Stuhl runterdrückte, als wäre ich ein fünfjähriger Knirps. Mitsamt dem Stuhl schob er mich dann gegen den Tisch, sodass ich unwillkürlich aufstöhnte, als sich die Tischkante in meine geprellte Rippe bohrte. Der Schmerz war wie ein Messerstich in die Brust, bohrend und unerträglich. Und er ließ nicht nach, denn McKennas massiger Körper wich keinen Zentimeter zurück und zudem beugte er sich auch noch über mich.

»Irgendwas stinkt hier gewaltig, Doc«, raunte er mir ins Ohr. »Und Sie sind mir ein ganz besonderer Dorn im Auge. Keine Ahnung, ob Sie bloß ein unausstehliches Großmaul sind, das sich für Gott hält, oder ob Sie mir etwas verheimlichen. Aber eines verrate ich Ihnen: Auch wenn Sie so 'ne Art Rockstar auf Ihrem Gebiet sind, werden Sie meinen Präsidenten nicht berühren, sollte Ihr Gewissen nicht genauso blendend weiß sein wie Ihr Kittel.«

Obwohl die Schmerzen im Brustkorb so stark waren, dass mir fast übel wurde, versuchte ich, Ruhe zu bewahren.

Wenn er auf die Idee käme, die Ärmel meines Kittels hochzuziehen, würde er die Abschürfungen von meinem Kampf mit Hockstetter sehen, und damit wäre alles gelaufen.

»Sie begehen einen schweren Fehler«, erklärte ich ruhig.

»Wo waren Sie um ein Uhr mittags?«

»Das habe ich bereits gesagt.«

»Dann sagen Sie es mir noch einmal.«

»Ich war vormittags bei der Familie meines Patienten, habe etwas gegessen und bin danach zum Krankenhaus zurückgefahren.«

»Seltsam«, entgegnete McKenna kalt. »Erst gestern Abend hat man bestimmt, dass Dr. Hockstetter Sie bei der wahrscheinlich bedeutendsten Operation der amerikanischen Geschichte ersetzen wird. Und dann wird er heute in einer Tiefgarage überfallen, und der Angreifer bricht ihm mit der Autotür die Finger, weshalb er nun doch nicht operieren kann.«

Es gelang mir, meinen Hals so weit zu drehen, dass ich ihm ins Gesicht sehen konnte. Sein Atem roch nach Nikotinkaugummis und seine Haut nach dem Schweiß eines eingesperrten Tieres.

»Wie? Er hat sie sich nicht selbst eingeklemmt?«, sagte ich in der Hoffnung, dass er die Angst, die er mir einflößte, und den Schmerz, den ich spürte, mit Überraschung verwechselte.

»Nein, hat er nicht. Und was soll ich Ihnen sagen, irgendwas sagt mir, dass Sie der Einzige sind, dem so ein ›Überfall‹ gerade nützt. Das ist ein Motiv. Und Sie waren zu der fraglichen Zeit nicht im Krankenhaus.«

Ich stemmte die Füße gegen den Boden und versuchte, mich nach hinten zu stoßen, um besser atmen zu können, meine Clogs fanden auf dem Teppichboden jedoch keinen Halt.

»Hat Ihnen die First Lady auch gesagt, dass ich alles andere als danach gelechzt habe, den Präsidenten zu operieren? Was für ein schwachsinniges Motiv soll das also sein, McKenna?«

Er blinzelte ein paarmal. Gut, das war ihm also neu. Für einen Moment schien es ihn aus der Fassung zu bringen, aber er ging sofort zum Gegenangriff über und konfrontierte mich mit dem Puzzleteil, das ihm zur Erhärtung seines Verdachts noch fehlte.

»Besitzen Sie eine Waffe, Doktor?«

»Was?«

»Eine Pistole. Ob Sie eine Pistole haben.«

»Nein, ich habe keine Pistole. Ich verabscheue Waffen. Und ich habe auch noch nie eine in Händen gehalten.«

Außer der, die ich erst vor ein paar Stunden umklammerte. Und diese Waffe lag noch immer unter meinem Autositz.

Ich wusste, dass er mir nicht glaubte. Dass er alles aufdecken würde. Bis ich ihn von Whites Erpressung und dem ganzen Mordkomplott überzeugt hätte, wäre Julia längst tot.

In dem Moment klingelte McKennas Handy. Augenblicklich ließ er von mir ab, sodass ich endlich meine lädierte Rippe von der Tischkante lösen konnte.

»McKenna. Was gibt's?«

Er trat ans Fenster und kehrte mir den Rücken zu, aber die Stimme am anderen Ende war laut genug, um zu hören, dass der Anrufer schnell und aufgeregt auf den Agenten einredete.

»Was? Das kann nicht sein. Welcher Depp arbeitet gerade in der Ballistik?«

Am anderen Ende der Leitung folgten weitere Erklärungen, und mit jedem Satz schienen McKennas Schultern mehr zusammenzusacken.

Ohne sich zu verabschieden, legte er schließlich auf.

Und da begriff ich.

Der Schuss in den Autoreifen! Bestimmt hatte die Spurensicherung die Kugel gründlich analysiert. Während des spektakulären Gerichtsverfahrens, das mich hierher in den Todestrakt gebracht hat, habe ich erfahren, dass die Kriminaltechniker mittels eines systematischen Datenabgleichs herausgefunden hatten, dass die Pistole, aus der sie stammte, bei mehreren Raubüberfällen, zwei davon mit Todesfolge, zum Einsatz gekommen war. Deshalb hatte mich Marcus davor gewarnt, mich ja nicht damit erwischen zu lassen. Ironischerweise hatte mich die Waffe nun aber von McKennas Verdacht reingewaschen.

In dem Moment wusste ich das allerdings noch nicht. Und zum Glück vermochte McKenna, so scharfsinnig er auch war, nicht den Zusammenhang zwischen meiner Fahrt nach Anacostia und der Pistole herzustellen. Verurteilen Sie ihn deswegen nicht zu hart, Sie erfahren von mir alles schön der Reihe nach, ihm fehlten zu jenem Zeitpunkt aber noch etliche Informationen. Und man muss dem Chef des Secret Service zugestehen, dass ihn sein Instinkt von Anfang an auf meine Fährte geführt hatte. Nur als er das letzte Puzzleteil in Händen hielt, wusste er es nicht richtig einzusetzen und versagte. Vielleicht lag es daran, dass er sich nicht vorstellen konnte, dass sich ein versnobter Arzt wie ich eine illegale Waffe besorgt, oder er war nach den vielen Stunden Einsatzvorbereitung zu müde, um noch eins und eins zusammenzählen zu können. Er war auch nur ein Mensch, der Fehler machte, so wie alle, die an diesem furchtbaren Albtraum beteiligt waren.

»Sie können gehen, Doktor«, sagte er an jenem Abend zu mir, ohne sich umzudrehen.

Doch da täuschte er sich. Denn ich wusste, dass die Verbindung zwischen Jamaal Carter, der Pistole und mir existierte. Darum durfte ich das Risiko nicht eingehen, dass McKenna irgendwann im Laufe der nächsten Stunden doch noch zu derselben Schlussfolgerung gelangte. Ich musste ihm die Flügel stutzen, damit er nicht noch einmal auf die Idee kam, an mir zu zweifeln. Ich musste über jeden Verdacht erhaben sein.

Langsam stand ich auf, wobei ich vor Schmerz die Zähne zusammenbiss und mir schwor, gleich im Anschluss ein paar Vicodin in der Klinikapotheke zu besorgen, und trat neben ihn ans Fenster.

»Nein, das werde ich nicht tun.«

»Wie bitte?«

McKenna drehte sich verwirrt zu mir um. Das Absinken seines Adrenalinspiegels nach dem Anruf hatte Spuren hinterlassen. Er war nicht mehr der knallharte Personenschützer, der mich noch ein paar Minuten zuvor in die Mangel genommen hatte, aus seinem Gesicht war die Zornesröte gewichen, sodass seine Haut jetzt gräulich wirkte, und unter seinen Augen hatten sich tiefe Ringe gebildet.

Ich ließ mich davon jedoch nicht täuschen. Wenn er erst einen Kaffee getrunken und ein paar Stunden geschlafen hatte, würde er sich womöglich alles zusammenreimen können. Es gab nur eine Möglichkeit, das zu verhindern.

»Ich sagte, dass ich nicht vorhabe zu gehen. Nicht, bevor Sie sich nicht entschuldigt haben.«

McKenna schnaubte ungläubig.

»Sie scherzen.«

»Keineswegs. Sehe ich etwa so aus, als wäre ich zu Scherzen aufgelegt? … Sei's drum. Aus irgendeinem unerfindlichen Grund konnten Sie mich von Anfang an nicht leiden, was mir ehrlich gesagt am Arsch vorbeigeht, denn mir geht es genauso mit Ihnen. Doch das, was Sie gerade getan haben, ist polizeiliche Willkür. Und das ist ein Straftatbestand.«

»Wie, das reiche Söhnchen bedroht mich? Wollen Sie mich anzeigen, Sie Großmaul?«

»Jetzt hören Sie mir gut zu, Sie irischer Kartoffelkopf: Ich bin in der Gosse aufgewachsen, so wie Sie wahrscheinlich auch. Und ich habe es ganz allein geschafft, einer der besten Neurochirurgen der Welt zu werden. Dank harter, unermüdlicher Arbeit, wobei ich so viel Scheiße geschluckt habe, dass sie Ihnen bis zum Kinn reichen würde. Von Anfang an stand fest, dass ich den Präsidenten nur operiere, wenn ich ihn wie einen ganz normalen Patienten behandeln kann, ohne dass sein Amt oder seine Gorillas mir im Weg stehen. Und deshalb war ich verdammt froh, als man mir die Operation entzogen hat, auch wenn man statt meiner den größten Arschkriecher damit beauftragte, der je ein Skalpell in der Hand gehalten hat. Wenn Sie sich also nicht auf der Stelle bei mir entschuldigen, werden Sie der First Lady persönlich erklären müssen, dass der von ihr ausgesuchte Arzt, der in der Lage ist, den Tumor zu entfernen, ohne die neurologischen Funktionen zu beeinträchtigen, ihren Mann nicht operieren wird, weil Sie aus einer persönlichen Laune heraus Gewalt gegen ihn angewandt haben.«

McKenna sagte kein Wort. Die Augen zu Schlitzen verengt, die Zähne zusammengebissen, sah man ihm nur an, dass er Riesenlust hatte, mir mit einem gezielten Faustschlag den Schädel zu zertrümmern.

Ohne den Blick von ihm abzuwenden, steckte ich die Hand in den Kittel, zog mein Smartphone heraus, entsperrte es und hielt es ihm hin.

»Rufen Sie sie an, oder soll ich es tun?«

Natürlich hatte ich nicht die Durchwahl der First Lady. Aber das konnte er nicht wissen. Er starrte auf das Display.

Man sah seinen Augen an, wie es in ihm arbeitete. Schließlich senkte er den Blick.

»Es tut mir leid«, knurrte er.

»Es tut mir leid, und wie weiter?«

McKenna knirschte so laut mit den Zähnen, dass bestimmt bald ein Zahnarztbesuch nötig war.

»Es tut mir leid, Dr. Evans.«

»Entschuldigung angenommen. Ich werde es also als Übereifer deuten, was da eben passiert ist. Und wenn Sie nicht noch einmal Ihre Befugnisse überschreiten, bleibt es unter uns«, sagte ich entgegenkommend.

Vielleicht war das zu anmaßend, ich weiß es nicht. Vielleicht hat es wirklich das provoziert, was anschließend passierte. Ohne ein weiteres Wort drehte ich mich jedenfalls um und ging erhobenen Hauptes zur Tür. Ich hatte meine Hand schon auf der Klinke, da erklang hinter mir noch einmal McKennas Stimme.

»Ein paar meiner Leute werden Sie bis morgen beschützen, damit Ihnen nicht das Gleiche zustößt wie Hockstetter.«

Das leise Gefühl des Triumphs, McKenna zurechtgewiesen und kleingekriegt zu haben, löste sich augenblicklich in Luft auf. Zwar hatte ich den Verdacht, etwas mit Hockstetters gebrochenen Fingern zu tun zu haben, von mir abgelenkt, aber an diesem Abend wollte White mir die entscheidenden Instruktionen geben. Mit Agenten des Secret Service, die an meinen Fersen klebten, war dies jedoch ein Ding der Unmöglichkeit.

KATE

Es war ein trostloses Motel im Norden von Catonsville, zwischen einem »Taco Bell« und einer Pizzeria gelegen, die aussah, als wäre sie schon seit Jahrzehnten geschlossen. Auch das Motel schien schon bessere Zeiten gesehen zu haben. Die Hälfte der Neonröhren der Leuchtschrift waren durchgebrannt, und die schwarzen Plastikbuchstaben auf dem Schild darunter verkündeten nur noch »B lli e Zi mer«.

Auf dem Parkplatz standen nur fünf Autos, und da vermutlich eines oder zwei den Angestellten gehörten, hielten sich also gerade mal drei oder vier Gäste in dem Motel auf. In dem einstöckigen Gebäude gab es zwanzig Zimmer. In zweien brannte Licht.

An der Rezeption werde ich jedenfalls nicht nach Vlatko fragen, dachte Kate, sie ist hell erleuchtet und von allen Zimmern aus einsehbar, da könnte ich gleich mit einem Streifenwagen vorfahren. Wenn er sich hier einlogiert hatte und vorzeitig Verdacht schöpfte, konnte er auf der Rückseite des langestreckten Gebäudes sicher aus dem Badezimmerfenster klettern, und sie hatte weder Zeit noch Lust, ihn im Dunkeln übers offene Gelände zu verfolgen. Immer vorausgesetzt, er war noch da und hatte nicht bloß für ein Nickerchen Halt gemacht.

Kate hatte so weit wie möglich von der Rezeption entfernt geparkt, sodass deren Lichtschein nicht auf sie fiel, und begann mit ihrer Suche ganz hinten, bei der Tür Nr. 20.

Sie wählte Vlatkos Nummer.

Sein Handy konnte aus- oder auch auf stumm geschaltet sein, aber es war der beste Weg, ihn zu finden, ohne große Aufmerksamkeit zu erregen. Und von einer Sache war Kate überzeugt: Vlatko wollte Svetlana wiedersehen, also würde er sich nicht seines Handys entledigen.

Sie lauschte. Ein Freizeichen. Gut. Sie hielt das Handy etwas vom Ohr weg, um besser hören zu können, was sich um sie herum tat. Aus der 20 drang kein Ton. Aus der 19 ebenso wenig. Kate ging weiter, von Tür zu Tür. Das Freizeichen ertönte weiter, niemand nahm ab.

17, 16, 15.

Die Mailbox sprang an.

Kate wählte noch einmal. Zimmer 14 war erleuchtet, weshalb sie ein paar Sekunden länger davor stehen blieb. Nichts. Kein einziger Klingelton war durch die Tür zu hören.

13, 12, 11.

Wieder sprang die Mailbox an. Sie wählte erneut die Nummer – und diesmal hob jemand noch vor dem ersten Ton ab.

»Vlatko Papić?«

»*Ko je to?*«, antwortete eine gehetzte Stimme auf Serbisch.

»Vlatko, ich bin eine Freundin von Svetlana. Ich muss mit dir reden!«

Auf der anderen Seite der Leitung blieb es still.

»Vlatko?«

»Svetlana hat keine Freundinnen.«

Er legte auf.

Kate sah zurück. In der 14 hatte sich während des Gesprächs nichts bewegt. Auch Zimmer Nr. 10 schien leer zu sein. Die 9 dagegen war erleuchtet. Entschlossen klopfte sie an die Tür.

»Mach bitte auf, Vlatko.«

Niemand antwortete. Kate hörte Schritte von jemandem, der barfuß lief, und dann etwas, das auf den Boden fiel.

»Zwing mich nicht, die Tür einzutreten, Vlatko. Ich bin von der Polizei.«

Drinnen war es jetzt ganz still. Kate glaubte, aus dem Augenwinkel eine Bewegung hinter den Gardinen zu erkennen, dann öffnete sich die Tür einen Spalt, doch die Kette blieb eingehakt.

»Zeigen Sie mir Ihre Marke.«

Kate hatte Mühe, sich ein Lächeln zu verkneifen angesichts von so viel Naivität. Die Kette würde keinem Tritt standhalten. Trotzdem hielt sie ihren Ausweis vor den Spalt.

»Secret Service?! Aber …«

Die Tür wurde für einen Augenblick geschlossen, doch nur, damit Vlatko die Kette aushängen und Kate ängstlich hereinbitten konnte.

Sie sah sich um. Der Anzahl an leeren Fast-Food-Packungen nach zu urteilen, die sich neben dem Fernseher stapelten, schien er sich hier schon einige Tage versteckt zu halten. Bis auf ein Handtuch war der junge Serbe nackt, und auf seinem Körper glänzten noch Wassertropfen. Er war klein und schmächtig, hatte braunes Haar und traurige Augen. So ganz ohne Kleidung wirkte er fast noch wie ein Jugendlicher.

»Ich war unter der Dusche, deshalb habe ich das Handy nicht gehört.«

»Das sehe ich«, antwortete Kate mit einem Blick auf die nasse Spur auf dem Boden.

»Und Svetlana? Wo ist sie?«

Kate setzte sich rittlings auf den einzigen Stuhl.

»Zieh dir was an, Vlatko. Dann erkläre ich dir alles.«

»Aber … geht es ihr gut?«

»Gleich.«

Ein paar Minuten später kam der Serbe in einem Pullover und Jeans zurück. Er setzte sich auf die Bettkante und zog sich ein Paar abgetragene Turnschuhe an, bevor er Kate erneut fragend ansah.

»Svetlana steckt in der Klemme, Vlatko.«

»Ich hab's gewusst!« Der junge Mann raufte sich die feuchten Haare. »Ich habe ihr gesagt, dass man diesen Leuten nicht trauen kann und so was nie gut ausgeht. Warum hat sie bloß nicht auf mich gehört?!«

»Wusstest du, was sie vorhatten?«

»Hat Svetlana Ihnen das nicht erzählt?«

Kate bemerkte den alarmierten Ton in seiner Stimme. Hier begann das Problem. Sie durfte sich mit ihren Fragen nicht zu weit vorwagen, da er ja glauben sollte, dass der Secret Service Svetlana in Sicherheit gebracht hatte. Der Erfolg ihres Plans hing davon ab, dass der junge Serbe sie freiwillig begleitete. Darum musste sie sehr vorsichtig vorgehen und hoffen, dass sie sich dabei nicht irrte.

»Erzähl's du mir bitte noch mal, vielleicht hat sie in der Aufregung ja was vergessen.«

Vlatko wirkte intelligent und sprach ein grammatikalisch korrektes und nahezu akzentfreies Englisch.

»Ich lebe seit drei Jahren hier in Baltimore. Svetlana wollte ursprünglich gleich mit her, wir waren schon in Belgrad ein Paar, aber sie hat kein Studentenvisum bekommen. Ich dachte eigentlich, ich könnte mein Wirtschaftsingenieurstudium hier beenden, aber Stipendien sind rar gesät. Darum habe ich mich mit Gelegenheitsjobs durchgeschlagen und versucht, so viel wie möglich zu sparen, damit Svetlana irgendwann nachkommen kann. Aber sie wurde immer ungeduldiger.«

»Und entschied sich darum, eine illegale Abkürzung zu nehmen.«

»Ja, die Typen haben sie in Belgrad angesprochen.«

»Und was waren das für Typen? Was weißt du über sie?«

»Svetlana hat gesagt, es wären ehemalige Soldaten, die jetzt bei einem Sicherheitsunternehmen in den Staaten arbeiteten. Sie versprachen ihr ein Visum und 50 000 Dollar, wenn sie ihnen dafür ein paar Informationen über einen Arzt in Washington liefere. Sie sollte einen Monat bei ihm im Haus wohnen und seine kleine Tochter hüten, weiter nichts. Mir war das gleich suspekt, und ich habe sie angefleht, dass sie das nicht tun soll, aber ...«

»Aber sie hat nicht auf dich gehört.«

»Sie hat nur gelacht und gemeint, ich solle nicht so eine Memme sein, es sei doch ein Geschenk des Himmels, dass sie dann nur noch eine Stunde im Auto von mir entfernt leben würde, nachdem wir so lange Tausende von Meilen voneinander getrennt gewesen waren.«

Kate schüttelte den Kopf.

»Und dafür sitzt sie jetzt in der Patsche.«

»Wo ist sie? Haben Sie sie verhaftet?«

»Dazu kommen wir gleich. Erzähl mir erst noch mal, was am Dienstag passiert ist.«

»Sie war die ganzen Tage vorher schon so komisch. Total besorgt. Ich solle mich darauf einstellen, meine Wohnung schnell zu verlassen, falls etwas schiefging, hat sie mir am letzten Wochenende erklärt. Ich wusste nur, dass es am Dienstag so weit sein würde. Sie wollte hierherkommen, sobald sie das Geld hatte.«

»Und dann hat sie dir mitgeteilt, dass du untertauchen sollst«, sagte Kate.

»Ja, am Dienstag hat sie mir eine SMS geschickt. ›Hau ab‹, mehr nicht. Was sollte ich da tun? Ich hatte keine Ahnung, wo sie steckte, und wenn ich die Polizei eingeschaltet hätte, hätte sie vielleicht nur noch mehr Probleme bekommen.«

»Keine Sorge, Vlatko, du hast richtig gehandelt. Wir wussten, was vor sich ging, und haben Svetlana die ganze Zeit beschützt. Dennoch darf man natürlich nicht vergessen, dass sie illegal eingereist ist.«

Vlatko wurde blass.

»Wird sie … abgeschoben?«

»Das hängt von ihr ab. Und von dir.«

»Sagen Sie mir, was ich tun soll. Ich tue alles, was Sie wollen.«

»Wir haben ihr die Wahl gelassen. Entweder sagt sie gegen diese Leute aus, oder wir setzen sie ins nächste Flugzeug nach Belgrad.«

»Das können Sie nicht machen! Das sind ganz gefährliche Irre! Wenn Svetlana gegen die aussagt, bringen sie sie um. Das darf sie auf keinen Fall tun!«

Betont gleichgültig strich sich Kate über die Ärmel ihrer Lederjacke.

»Sag mir eins, Vlatko. Was, glaubst du, passiert mit Svetlana, sobald sie in Serbien landet, nachdem sie diese Typen hier enttäuscht hat?«

Kurz sah er Kate an und riss dann vor Entsetzen die Augen auf, als ihm klar wurde, was die einzige Antwort darauf war.

»Sie …«, stammelte er, »sie werden sie mit einer Kugel im Kopf in der Donau versenken.«

»Siehst du. Also, entweder sie sagt aus, und ihr kommt beide ins Zeugenschutzprogramm, oder sie fliegt allein nach Hause, wo wir ihr dann leider nicht mehr helfen können. Damit hätten alle verloren.«

Vlatko stand auf und ging mit großen Schritten auf und ab.

»Was hat Svetlana dazu gesagt?«

»Dass sie zuerst mit dir reden will. Ich möchte, dass du sie überzeugst, Vlatko. Du musst ihr erklären, was am besten für sie ist.«

»Und dann werden sie uns alle beide beschützen?«

Kate schwieg und tat so, als würde sie ihre Antwort abwägen. Es musste so glaubwürdig wie möglich klingen.

»Ja, das werden wir. Eigentlich ist das nicht üblich, weil ihr nicht verheiratet seid, aber diese Typen sind verdammt dicke Fische, darum seid ihr beide bedroht.«

Vlatko nickte.

»Okay, einverstanden. Bringen Sie sie her?«

»Im Moment ist sie in einer Wohnung des Secret Service, bis wir genügend Personal haben, um sie sicher woanders hinzubringen. Morgen früh kannst du sie sehen.«

»Das heißt, wir warten hier auf sie?«

»Nein, dieses Motel ist nicht sicher, du bist schon viel zu lange hier. Du kehrst am besten für eine Nacht in deine Wohnung zurück, und für alle Fälle werden wir vor dem Haus ein paar Beamte postieren. Aber du hast nichts zu befürchten, diese Typen wissen nicht, wo du wohnst. Morgen früh bringen wir euch beide dann zur Zentrale.«

Vlatko dachte einen Moment nach, während Kate ihre kurzgeschnittenen Fingernägel betrachtete.

»Okay. Fahren wir zu mir nach Hause.«

Vlatko brauchte nur wenige Minuten, um seine Klamotten in eine Sporttasche zu stopfen.

Zwanzig Minuten später bremste Kates Wagen einen Block vom Haus des jungen Serben entfernt.

»Da sind wir. In welchem Stock wohnst du? Kann man deine Wohnung von hier aus sehen?«

»Ja, im sechsten Stock, das erste Fenster links.«

Er zeigte nach oben.

»Hast du das Licht angelassen?«

»Kann gut sein. Nach Svetlanas SMS war ich so in Panik, dass ich mir nur meine Tasche und den Pass geschnappt habe und rausgestürmt bin.«

»In Ordnung. Dann kannst du jetzt aussteigen.«

»Und Sie? Kommen Sie nicht mit?«

»Man sollte uns nicht zusammen sehen. Aber sei unbesorgt. Auch wenn du sie nicht siehst, sind hier einige Kollegen, die gut auf dich aufpassen.«

Der junge Mann sah sie ängstlich an.

»Aber Sie bleiben auch hier, oder?«

»Meine Schicht ist leider zu Ende. Ich muss mich dringend für ein paar Stunden aufs Ohr hauen.«

Vlatko zögerte immer noch.

»Ich würde mich besser fühlen, wenn Sie in der Nähe blieben.«

»Okay, um Gottes willen, ich bleibe hier. Und jetzt geh endlich.«

»Danke für alles, was Sie für uns tun, Mrs Robson«, sagte er erleichtert und stieg aus.

»Vlatko!«, rief sie leise durchs offene Fenster, kaum war er zwei Schritte gegangen.

Der junge Mann wandte sich um. Kate zögerte einen Moment, von ihrem Gewissen geplagt. Aber es war zu spät. Jetzt gab es kein Zurück mehr. Für Kate ging es jetzt einzig und allein um Julia.

»Nichts. Schlaf gut.«

Sie sah ihn zum Hauseingang gehen, ein netter Junge, der nichts anderes wollte, als mit seiner Freundin zusammen zu sein, sein Studium zu beenden und eine gute Arbeit und gesicherte Zukunft in den Vereinigten Staaten zu finden. Sie starrte lange hoch zum Fenster seiner Wohnung, bis das Licht dort schließlich ausging.

Denk jetzt bloß nicht nach, was du da gerade tust, nicht nachdenken, Kate, sagte sie immer wieder zu sich.

Doch es gibt nichts Schwierigeres, als an nichts zu denken, wenn man nachts in einer einsamen Straße im Wagen sitzt, die Haustür eines unschuldigen jungen Mannes im Blick, und darauf wartet, dass ein paar der miesesten und gefährlichsten Typen auftauchen, die man sich nur vorstellen kann.

Und wenn dann noch in diesem Moment die Person anruft, die seit Jahren unbewusst deine Gefühle beherrscht, kann sich das Innere deiner Seele ganz schnell nach außen kehren.

»David! Wo bist du?«

29

Als ich gegen neun Uhr abends im Dale Drive in die Einfahrt meines Hauses bog, hielt auf dem Bürgersteig gegenüber ein großer Wagen mit ein paar Beamten des Secret Service, so, wie McKenna es mir versprochen hatte.

Der Schmerz in der Brust war dank einiger Vicodin-Pillen verschwunden, aber ich war dennoch völlig am Ende, meine Augen waren rot und geschwollen, ich brauchte unbedingt einen Drink und jede Menge Schlaf. Kaum hatte ich jedoch die Haustür hinter mir geschlossen, klingelte mein Handy.

»Da hast du dir aber eine hübsche Eskorte zugelegt.«

Ich konnte mich gerade noch gegen die Tür lehnen, da sackten bereits die Beine unter mir weg, und eine Sekunde später saß ich am Boden. Kurz verschwamm alles vor meinen Augen.

»Sie sollten mir lieber dankbar sein, dass ich uns McKenna vom Hals geschafft habe«, knurrte ich.

»Das bin ich, Dave. Deine Show vorhin war großartig. Und dieses kleine Detail mit dem Handy, damit ich seine Niederlage mit eigenen Augen miterleben konnte, war ein Geniestreich. Du hast Talent. Wirklich bedauerlich, dass unsere Zusammenarbeit schon morgen enden wird.«

Ich hatte nicht einmal mehr die Kraft, White zu verfluchen.

»Ich glaube nicht, dass ich das bedauern werde.«

»Schade, Dave. Aber vielleicht ändert sich das ja noch. Jetzt hau dich erst mal aufs Ohr, du musst morgen fit sein. Und vergiss nicht, das Licht auszumachen, damit der Secret Service ein bisschen weniger aufmerksam ist. Am besten legst du dich auf eines der Sofas auf der Veranda, dann bist du gleich bei der Hintertür. Um Punkt eins holen dich meine Leute an der Straße oben hinterm Haus ab. Ach, Dave, und noch was: Lass das Handy zu Hause. Ich glaube nicht, dass diese Quadratschädel so clever sind, dein Signal angepeilt zu haben, um jeden Wechsel deines Standorts zu überwachen, aber wir dürfen jetzt nichts mehr riskieren. Jetzt, da wir unserem Ziel so nah sind!«

Ich folgte seinen Anweisungen. Größtenteils zumindest. Denn ich ließ zwar mein Smartphone im Haus, nahm Kates Blackberry aber nicht aus der Jackentasche. Und außerdem verließ ich das Haus zehn Minuten früher.

Oben auf der Straße war keine Menschenseele zu sehen, und bis auf das ferne Rauschen des Fernsehers von Mr und Mrs Salisbury, einem alten, nahezu tauben Ehepaar, das bei offenem Fenster jeden Abend auf dem Sofa einschlief, herrschte Stille. Ich stellte mich hinter einen der großen Bäume, damit Whites Handlanger mich nicht vorzeitig sahen, und wählte Kates Nummer. Sie ging beim zweiten Klingeln dran.

»David! Wo bist du?«

»Ich habe nicht viel Zeit, sie kommen gleich, um mich zu White zu bringen. Ich steh auf der Straße hinterm Haus, mein Handy sollte ich drinnen liegen lassen, darum kann ich dich anrufen. Hast du eine Spur zu Julia gefunden?«

»Ich bin an was dran, aber erst du. Sag schnell, was ist in den letzten Stunden passiert?«

»Der Tag war der reinste Albtraum«, sagte ich und gab ihr dann eine kurze Zusammenfassung, erzählte ihr zum Schluss auch von den hungrigen Ratten, die White mit einem einzigen Tastaturbefehl auf Julia loslassen konnte.

»Das werden wir nicht zulassen, David. Du bist also morgen im OP-Saal.«

»Ja, die Operation findet statt.«

»Sag nicht ›Operation‹, David. Nenn es beim Namen: Es ist Mord.«

»Fühlt es sich für dich dann besser an? Für mich jedenfalls nicht.«

»›Selbst wenn man das Richtige tut, kann es höllisch wehtun.‹ Das waren deine Worte, Dave, nicht wahr?«

Ihre Frage erwischte mich kalt. Ich schluckte.

»Willst du jetzt wirklich darüber reden?«

»Ich wüsste keinen besseren Moment. In ein paar Stunden könnte ich tot sein.«

Dennoch zögerte ich mit der Antwort, während mir wieder die Bilder ins Bewusstsein kamen, als es passiert war.

Es war einer jener seltenen Wochentage gewesen, an denen Kate freihatte und uns ein paar Stunden besuchen konnte. Als ich nach Hause kam, musste Rachel leider los zum Nachtdienst, und so aßen wir nur zu dritt zu Abend, wie schon zig Male zuvor, und brachten Julia dann gemeinsam ins Bett. Danach lud ich Kate wie üblich ein, mit mir noch ein Gläschen Wein zu trinken. Wir machten es uns auf dem Sofa der Veranda gemütlich, sprachen über dieses und jenes, meine Karrierepläne, Julias Kindergartenfreunde – und plötzlich, wie aus heiterem Himmel, beugte sie sich zu mir und küsste mich.

Völlig baff wusste ich nicht, wie ich reagieren sollte. Seit zehn Jahren hatte mich niemand mehr außer Rachel geküsst, sodass Kates Lippen auf meinen zu spüren mich vollkommen überrumpelte, während zwischen uns irgendetwas zerbrach, das nie wieder zusammengesetzt werden konnte. Ich erwiderte den Kuss nicht, wich ihm aber auch nicht aus, keine Ahnung, ob aus Angst, Verwirrung oder was auch immer. Doch Kate begriff sofort, dass ich nicht dasselbe wie sie empfand. Augenblicklich löste sie sich von mir, schob mit hochrotem Kopf die Schuld auf den Wein, schnappte ihre Handtasche und rannte aus dem Haus.

Als sie mich am nächsten Tag auf dem Handy anrief, um sich stammelnd zu entschuldigen, entgegnete ich nur, dass ich es Rachel erzählen müsste, so hart das auch für Kate sei.

Ja, es konnte höllisch wehtun, selbst wenn man das Richtige tat.

»Kate, ich weiß, was du gerade für Julia auf dich nimmst«, sagte ich darum. »Und dafür werde ich dir mein Leben lang dankbar sein.«

»Nein, David, das weißt du nicht! Du hast nicht die leiseste Ahnung. Weder davon, was ich getan habe, noch von dem, was ich gleich …«

Schluchzen erstickte ihre Stimme, und sie begann zu weinen, ich hörte sie verzweifelt nach Luft ringen, unbändiger Schmerz schnürte ihr die Kehle zu.

»Aber … aber egal, was passiert … aus uns wird nie ein Paar, stimmt's, David?«

»Das Einzige, was ich dir bieten kann, Kate, ist die Wahrheit.«

»Dann sag's. Sprich's aus, ich muss es hören.«

Die eintretende Stille dauerte nicht länger als ein paar Sekunden, aber in dieser Nacht kam sie mir so lang vor wie ein Leben und so tief wie das Universum.

»Nein, Kate, aus uns beiden wird nie ein Paar.«

»Ich habe dich aber zuerst gesehen«, flüsterte sie.

Ich brauchte einen Moment, bis ich verstand, dass sie von

jenem Abend sprach, an dem Rachel und ich uns auf der Studentenparty kennengelernt hatten.

»Ich weiß, Kate. Aber kaum erblickte ich sie, war's um mich geschehen. Ich hatte nur noch Augen für sie. Sie war die Frau, von der ich immer geträumt hatte.«

»Ich verstehe dich. Sie war eine tolle Frau. Und der mutigste Mensch, dem ich je begegnet bin.«

Ich kam nicht umhin, zu lächeln.

»Das sagt ausgerechnet jemand, dessen Arbeit darin besteht, sich in die Flugbahn einer Kugel zu werfen, die für jemand anderen bestimmt ist?«

Kate lachte leise, doch es war ein trauriges Lachen, das mir das Herz brach.

»Ich beschütze andere nur, weil ich unfähig bin, mich selbst zu schützen. Ich wünschte, ich wäre so mutig, wie sie es gewesen ist … David …«

»Ja?«

»Du hast es ihr nie erzählt. Du hast ihr nie erzählt, dass ich dich geküsst habe, oder?«

Nein, das hatte ich nicht. Letztlich hatte ich mich dagegen entschieden, weil ich nicht wollte, dass etwas zwischen den beiden stand. Es wäre schäbig und gemein gewesen und hätte beiden höllisch wehgetan. Denn ich hatte unrecht. Wenn es jemandem Schmerz zufügte, wenn man das einzig Richtige tat, sollte man besser einen anderen Weg suchen.

»Nein, habe ich nicht.«

»Bereust du es?«

»Nein, Kate. Denn wo immer sie jetzt auch ist, kennt sie die Wahrheit.«

»Ich wollte es ihr sagen, David. Aber ich hatte nie den Mut dazu. Und dann ist sie von uns gegangen, und jetzt kann ich sie nicht mehr um Verzeihung bitten.«

Ich wollte es nicht so sagen, aber es rutschte mir einfach so raus, unüberlegt, hart und unbarmherzig.

»Wenn du sie um Verzeihung bitten willst, dann finde Julia.«

Noch bevor ich ihre Antwort hörte, wusste ich, dass ich ihr damit endgültig das Herz gebrochen hatte.

»Ich weiß schon, David, dass das alles ist, was du von mir willst. Du kannst dich auf mich verlassen«, sagte sie eisig und legte auf.

Ich wollte noch einmal ihre Nummer wählen – da sah ich am Ende der Straße die Scheinwerfer eines Autos auftauchen.

30

»Hast du gesehen, was mit Juanita los ist?«

Als ich an seinen Tisch im »Marblestone Diner« trat, schob White seinen Teller zur Seite, auf dem noch ein letztes Stück blutiges Steak lag. Wie schon die letzten Nächte waren wir allein, mit Ausnahme der Kellnerin.

»Was soll mit ihr los sein?«

»Sie hat einen Narren an uns gefressen, Dave. Siehst du, wie sie sich kokett übers Haar streicht, wenn sie herschaut? Unsere kleine Kandidatin für *›The X Factor‹* schmachtet uns an. Dabei täte sie gut daran, zu kapieren, dass wir uns nie für so ein ordinäres Mädchen wie sie interessieren würden, so ganz ohne Studium und Ausbildung.«

Ich ließ mich gar nicht erst dazu herab, auf seinen überheblichen Kommentar zu reagieren.

»Werfen Sie mich nicht mit Ihnen in einen Topf.«

»Ach, du magst es nicht, dass ich von uns im Plural spreche? Dabei ziehen wir doch gerade am gleichen Strang, Dave.«

»So jemand wie Sie hat absolut nichts mit mir gemein. Mit mir nicht und auch nicht mit den übrigen 99,99 Prozent der Menschheit. Sie sind eine Bestie in Menschengestalt.«

White brach in lautes Lachen aus. Der Dreckskerl war allerbester Laune.

»Na, so was, der Kopfklempner glaubt zu wissen, was bei mir schiefläuft? Vielleicht ein Defekt in meinem limbischen System? Sind bei mir die Gehirnareale des präfrontalen und orbitofrontalen Kortex schlechter durchblutet als bei anderen? Oder denkst du, ich habe als Kind ins Bett gemacht, mich immer gelangweilt und gern gezündelt? Oder kleine Katzen gequält?«

»Daran habe ich nicht den geringsten Zweifel.«

»Du irrst dich, Dave. Vielleicht würde die Presse mich tatsächlich als Psychopathen titulieren. Aber glaub mir, das geht weit an der Realität vorbei. Nicht ich bin es, der ein Problem hat, sondern der gemeine Mensch hat eins, aufgrund all seiner Beschränkungen und moralischen Grenzen. Und mir hast du es zu verdanken, dass du dieses Problem meistern wirst, denn morgen wirst *du* diese Grenzen überschreiten.«

Voller Entsetzen starrte ich ihn an und schüttelte wie in Zeitlupe den Kopf. Ich wusste, es zwar zwecklos, doch ich musste es noch ein letztes Mal versuchen.

»Warum warten Sie nicht einfach ab, White? Selbst wenn es mir gelingt, das Tumorgewebe zu entfernen, wird er bald sterben. Mit größter Wahrscheinlichkeit wird er das Ende seiner Amtszeit nicht erleben.«

»Eigentlich habe ich dich für wirklich klug gehalten.« White schüttelte missbilligend den Kopf. »Deine Mitmenschen denken zu viel, Dave. Sie denken über tausend verschiedene Szenarien nach, grübeln über ihre Kindheit, stellen sich vor, was in zehn Jahren passieren könnte, in zwanzig, im Himmel, der Hölle, mit allen Konsequenzen, bla, bla, bla.« Mit einem Blick zum Tresen hob er die Hand. »Juanita, zwei Kaffee, bitte!«

Kurz schien er nachzudenken, wobei er die Steakgabel von seinem Teller nahm und damit herumzuspielen begann. Ihre Zinken funkelten im Licht der Lampe über dem Tisch, als er schließlich fortfuhr.

»Aber das einzig Wirkliche im Leben, Dave, das ist das Hier und Jetzt. Zukunft und Vergangenheit sind nicht real, real ist immer nur der ganz konkrete Augenblick. Diese Gabel hier ist wirklich, und wir sitzen hier wirklich, du und ich. Du sagst, dass dein Patient sowieso bald sterben wird. Der, der mich beauftragt hat, will ihn aber jetzt tot sehen, nicht irgendwann in der Zukunft. So einfach ist das.«

In diesem Moment trat Juanita an unseren Tisch, in der Hand die Glaskanne und zwei Becher. Lächelnd stellte sie sie vor uns hin und schickte sich dann an, zuerst meine mit dem starken, dampfenden Kaffee zu füllen.

»Der Mensch kann erst sein volles Potenzial entfalten, wenn er fähig ist, jederzeit seine Bedürfnisse unmittelbar und ohne einen Funken Zweifel zu befriedigen«, fuhr White fort, und noch während er das sagte, richtete er sich leicht auf, packte Juanita mit der linken Hand am Haarknoten, schlug ihre Stirn auf die Tischkante und rammte der Kellnerin mit der rechten Hand eine Sekunde später die Gabel in den Hinterkopf, tief ins verlängerte Rückenmark, wo die lebenswichtigen Steuerzentren sitzen. Klirrend zersprang die Kanne auf dem Boden in tausend Stücke, lauter als der dumpfe Aufprall von Juanitas Leiche, als sie am Tisch zusammensackte.

So einfach, so schnell konnte es gehen: Vor drei Sekunden hatte die freundliche junge Frau mich noch angelächelt, einen Moment später war sie nur noch eine leblose Masse aus Fleisch und Knochen in einer Kaffeelache.

Lediglich ein paar kleine Blutstropfen waren auf die gestärkten Manschetten von Whites weißem Hemd gespritzt. Gleichmütig zog er eine Serviette aus dem metallenen Serviettenspender und versuchte, die Flecken zu entfernen, jedoch ohne großen Erfolg.

»Mist. Das Hemd kann ich wegschmeißen«, murmelte er verstimmt.

Und ich? Was tat ich in diesen drei Sekunden, in denen ein Menschenleben vor meinen Augen ausgelöscht wurde?

Nichts. Gar nichts.

Zu meiner Verteidigung könnte ich jetzt vorbringen, dass alles viel zu schnell ging, ich viel zu abgespannt und dann gelähmt war vor Schreck. All das stimmt. Aber ich habe viel darüber nachgedacht in den letzten Monaten hier im Todestrakt. Was wäre gewesen, wenn ich geahnt hätte, was geschehen würde? Hätte das etwas geändert? Hätte ich die Kellnerin gewarnt? Ihr zugeschrien, sie solle abhauen? Mich auf White gestürzt?

Ich weiß es nicht.

Ich weiß es nicht, und das erschreckt mich und jagt mir Angst ein, vielleicht mehr als alles, was bis dahin passiert war und am darauffolgenden Tag noch passieren sollte.

Denn White hatte gewonnen. Er hatte mich an einen Punkt gebracht, an dem sich meine moralischen Bedenken in nichts aufgelöst hatten. Meine seelische Widerstandskraft war gebrochen. Er hatte es geschafft. Ich war seine Marionette.

»Ich weiß, warum Sie das getan haben«, murmelte ich, als ich mich einigermaßen gefasst hatte.

White hatte es aufgegeben, die Blutspritzer auf seinem Hemd wegzubekommen, und sah mich gespannt an.

»Und? Warum habe ich es getan, Dave?«

»Sie mussten den einzigen Zeugen töten, der uns je zusammen gesehen hat.«

»Richtig. Ich hatte plötzlich dieses Bedürfnis und habe es befriedigt. Jetzt fühle ich mich ruhiger.«

»Und was ist mit mir? Ich kenne Ihr Gesicht. Ich könnte jede Pore Ihrer ekelhaften Haut beschreiben, die Farbe Ihrer Augen, die Form Ihres Schädels, Ihre Statur, einfach alles. Wissen Sie schon, wie Sie mich kaltmachen, wenn das morgen vorbei ist?«

Missfällig schnalzte White mit der Zunge und wirkte dabei wie ein Oberlehrer, der seinen Schüler tadeln muss.

»Mein lieber Dave, es würde mich wirklich zutiefst beruhigen, wenn ich dich danach in die ewigen Jagdgründe schicken könnte. Denn wie du dir sicher vorstellen kannst, bin ich nicht gerade begeistert davon, dass du weißt, wer ich bin und was ich tue. Aber dummerweise sind wir beide untrennbar miteinander verbunden. Schon morgen Nachmittag wird die ganze Welt deinen Namen kennen. Dich zu beseitigen, würde viel zu große Aufmerksamkeit erregen. Es wäre eine viel zu auffällige Überschneidung der Ereignisse.«

Das klang plausibel, auch wenn ich ihm nicht eine Sekunde glaubte. Aber in diesem Moment, rund siebeneinhalb Stunden vor Beginn der Operation, spielte mein weiteres Schicksal nicht die geringste Rolle.

»Und, wie soll ich es also anstellen?«

White lächelte zufrieden.

»Ich dachte schon, du würdest mich das nie fragen.«

Er hob einen Aktenkoffer auf den Tisch, der die ganze Zeit neben ihm auf der Bank gelegen hatte, öffnete ihn und drückte mir zwei kleine silberne Beutel in die Hand, die die Größe und Form einer »M&M's«-Packung hatten.

»Begreifst du jetzt?«

Natürlich begriff ich. Dieses intelligente Arschloch hatte sich wirklich eine unfehlbare Methode überlegt, um den Präsidenten vor den Augen von gut einem Dutzend Menschen zu töten, ohne dass auch nur einer davon den geringsten Verdacht schöpfen würde.

Was ich in der Hand hielt, war Gliadel. Jeder der Beutel enthielt vier Implantate und kostete über viertausend Dollar. Glioblastome sind nicht klar begrenzt, weshalb eine vollständige operative Entfernung des Tumors nahezu unmöglich ist. Dort, wo der Einsatz des Skalpells endet, kommen darum bis zu acht dieser Plättchen von der Größe einer 25-Cent-Münze ins Spiel. Sie werden direkt in die Operationswunde implantiert. In den Wochen nach der OP lösen sie sich darin allmählich auf und setzen dabei einen hochkonzentrierten chemotherapeutischen Wirkstoff frei, der direkt in das angrenzende Hirngewebe diffundiert, wo er verbliebene Tumorzellen gezielt zerstören kann. Durch diese lokale Chemotherapie konnte man also das erneute Wachstum des Glioblastoms verlangsamen und so das Leben des Patienten verlängern.

Aber natürlich sollten Whites Implantate Letzteres gerade nicht bezwecken.

»Was ist da drin?«

»Ein äußerst seltenes und schnell abbaubares Gift, das innerhalb weniger Minuten wirkt. Es ist besser, wenn du den Namen nicht kennst.«

Alles ergab Sinn. Sobald der Präsident tot wäre, würde man eine Autopsie vornehmen, wenn vielleicht auch keine besonders gründliche, da er ja scheinbar eines natürlichen Todes gestorben war. Man würde jedenfalls nichts finden. Und selbst wenn sie sich damit nicht zufriedengaben: Ein Toxin zu entdecken, das als Todesursache infrage kommt, ist eine der schwierigsten Aufgaben für die Pathologen. Man konnte nur ganz gezielt danach suchen. Und dann brauchte man auch noch eine sichere Nachweismethode und eine gewisse Menge des Stoffs. Ein äußerst seltenes Gift, das nicht auf der Liste der üblichen Verdächtigen stand, war also praktisch unauffindbar.

»Und wie soll ich die Beutel gegen die echten, sterilen tauschen, Sie Schlaumeier?«

»Das lasse ich ganz deine Sorge sein. Du tätest gut daran, dir einen intelligenten Weg zu überlegen. Denn falls du mich morgen enttäuschst, Dave, wird das deine Kleine büßen. Ich werde sie nicht einfach ersticken lassen. Ich werde auch nicht die Taste drücken, die die Ratten freilässt. Darauf würde ich nur in dem unwahrscheinlichen Fall zurückgreifen, dass mir keine schönere Bestrafung einfällt. Was denkst du, wie könnte ein angemessener Tod für Julia aussehen, wenn ihr Daddy nicht so spurt, wie ich will?«

Er zupfte an seiner Unterlippe und tat so, als würde er ernsthaft nachdenken.

»Ah, ich weiß … Ich kenne da jemanden in den Arabischen Emiraten, einen Scheich mit speziellen Vorlieben. Er hat in seinem Palast ein geheimes, absolut schalldichtes Zimmer, in dem sogar ein Karussell und eine Zuckerwattemaschine stehen. Er hätte wochenlang Spaß an deiner Tochter, Dave.«

Den Horror, den ich nach diesen Worten spürte, kann ich bis heute nicht in Worte fassen.

»Hören Sie zu, White: Sie können mit mir tun, was Sie wollen. Aber wenn Sie meiner Tochter noch einmal ein Haar krümmen, dann sollten Sie mich besser vorher umbringen. Sonst gibt es auf der ganzen weiten Welt kein Schlupfloch, in dem ich Sie nicht finden werde.«

White sah mich darauf nur mit einem sanften, herablassenden Lächeln an.

»Ruh dich aus, Dave. Morgen ist unser großer Tag. Ach, und vergiss nicht, dass du gern über irgendwelche Unebenheiten stolperst. Also fall nicht über Juanita, wenn du aufstehst.«

KATE

»Wenn du sie um Verzeihung bitten willst, dann finde Julia.«

Davids letzter Satz ging ihr wieder und wieder durch den Kopf, wie eine Endlosschleife. Hatte sie irgendetwas zu bereuen? Gut, sie hatte damals ihren Schwager geküsst, an einem Abend, als sie vor ihren Gefühlen nicht auf der Hut und darum schwach geworden war. Doch weiter war sie nie gegangen, nicht einmal in ihren intimsten Gedanken. Dafür achtete sie ihre Schwester viel zu sehr.

Nein, sie konnte und wollte sich nicht schuldig fühlen, nur weil sie sich in David verliebt hatte. Das wäre ein Verrat an sich selbst. Und es war grausam von ihm gewesen, sie auf diese Weise unter Druck zu setzen.

»Wenn du wüsstest, was ich im Begriff bin, für dich zu tun, David … Würdest du mich dann lieben? Oder würdest du die gleiche Abscheu empfinden, die ich im Moment vor mir habe?«

Die Nacht schritt langsam voran. Der Mond schien nur schwach zwischen den Gebäuden hindurch, und auch sonst war die Straße nicht sonderlich erhellt, denn die meisten Straßenlaternen waren kaputt.

Kate rutschte unbehaglich auf ihrem Sitz herum. Obwohl sie ihn so weit wie möglich nach hinten geklappt hatte, tat ihr inzwischen alles weh. Nur einmal war sie ausgestiegen, um schnell zwischen den Autos pinkeln zu gehen, und dann sofort wieder auf ihren Beobachtungsposten zurückgekehrt. Aber nichts geschah. In der letzten Stunde war nicht ein einziges Auto vorbeigefahren.

Darum hatte Kate genug Zeit für all die quälenden Gedanken, die an ihrer Seele nagten. Davids Worte hatten sie zutiefst verletzt, aber sie hatten ihr auch die Augen geöffnet.

Wie lange war sie schon dieser Schimäre nachgejagt? Wie viele Jahre hatte sie vergeudet und sich selbst betrogen, indem sie sich vorgemacht hatte, dass die Arbeit ihr Ein und Alles war, anstatt sich einzugestehen, dass sie in Wirklichkeit nichts anderes wollte, als mit ihm zusammen zu sein? Und so hart diese Fragen auch waren, es gab eine, die sie noch mehr peinigte als alle anderen zusammen: War sie schon jemals wirklich glücklich gewesen?

Sie hatte Vlatko zu seiner Wohnung gefahren, weil es ihre letzte Chance war, Julias Entführer ausfindig zu machen, bevor alles zu spät war. Nach allem, was sie über White wusste, setzte er vor allem auf Technik, um mit wenigen Mitteln und ein paar Handlangern die größtmögliche Wirkung zu erzielen. Darum war es nur zu wahrscheinlich, dass er auch Vlatkos Wohnung hatte verwanzen lassen. Und wenn dem so war, musste Vlatkos Rückkehr sie unweigerlich auf den Plan rufen. Denn der junge Serbe musste beseitigt werden.

Kate strich über die Waffe in ihrem Schoß. Ihr Gewicht, das sie bei ihren Einsätzen immer beruhigte, kam ihr nun unerträglich vor. Wenn alles so lief wie geplant, würde sie sich ihnen stellen müssen. Sie ganz allein gegen erbarmungslose, kampferprobte, unberechenbare Killer. Sie hatte keine Chance. Sie würde heute sterben. Sie würde sterben, ohne zu wissen, ob sie jemals glücklich gewesen war … Da plötzlich, wie ein Blitz aus heiterem Himmel, schickte ihr

ihr Unterbewusstsein doch noch eine Antwort auf diese Frage aller Fragen.

Es war im Sommer vor zwei Jahren gewesen, im Garten von David und Rachel Evans. Ein knallroter Ball auf dem Rasen, helles Kinder- und Frauenlachen, das Zischen der Rasensprenger von den Nachbargrundstücken, Schweißperlen auf der Haut, der Geschmack von Popcorn und Eis im Mund, Rockmusik von irgendwoher, ein Song so energiegeladen und leicht wie die Sommerluft, nah genug, um den wunderbaren Moment zu unterstreichen, doch auch fern genug, um noch den eigenen Atem beim Herumtollen zu hören. Irgendwann waren Julia und sie vom Ballspielen so erschöpft, dass sie sich nebeneinander ins Gras fallen ließen und hinauf in den blauen Himmel schauten, ihre Köpfe berührten sich dabei leicht. Eine Weile flüsterten sie sich vertrauliche Worte zu, machten Witze, suchten gemeinsam nach wunderbaren Wolkengestalten – da auf einmal sagte Julia:

»Wenn ich mal groß bin, will ich so sein wie du.«

Vollkommen überwältigt hatte Kate sie angestarrt. Noch nie hatte jemand so etwas zu ihr gesagt, und das auch noch mit einer so absoluten, unerschütterlichen Sicherheit.

»Willst du nicht lieber so sein wie Mami?«, hatte sie gefragt, als sie ihre Fassung wiedergefunden hatte. »Oder wie zum Beispiel … SpongeBob?«

Julia sah sie nur entrüstet an.

»Bist du verrückt? SpongeBob ist dümmer als ein Toaster.«

»Ich dachte, du liebst ihn.«

»Ich finde ihn lustig, aber ich will doch nicht so werden wie er!«

»Okay, und was ist dann mit Mami?«

»Mami ist toll. Sie ist ganz, ganz super. Aber du bist mega extra super, Tante Kate! Und Mami sagt das übrigens auch.«

»Ach ja?«

»Sie sagt, du bist der tollste Mensch auf der ganzen Welt. Und das glaube ich auch«, erklärte Julia und streichelte Kate mit ihrer klebrigen, eisverschmierten Hand über die Wange. Und ihre tiefen blauen Augen wirkten auf Kate wie ein Stromschlag, als sie zum Schluss noch sagte:

»Ich liebe dich, Tante Kate, ich liebe dich ganz, ganz arg.«

An diesem Tag, ja, an diesem Tag war ich wirklich glücklich gewesen, dachte Kate nun, nur wegen dieses einen Nachmittags vor zwei Jahren, dieser einen Minute, hatte es sich gelohnt zu leben.

Mit einem wehmütigen Lächeln lehnte sie ihren Kopf gegen die Scheibe, und durch ihren Atem beschlug das kalte Glas, in das sie mit dem Finger ein lachendes Mädchengesicht zu malen begann. Lange Haare, Augen, Nase, Mund und Ohren ... Deine reale Welt ist die der Spiele und Puppen, liebste Julia, dachte sie dabei, und nachts reicht eine Bettdecke, um dich vor allen Monstern zu beschützen. Ich verspreche dir, ich werde dafür sorgen, dass du aus diesem Albtraum erwachst. Und wenn es das Letzte ist, was ich in meinem Leben tue.

Langsam löste sich das lächelnde Gesicht vor ihren Augen auf. Kate richtete sich auf, um noch einmal gegen die Scheibe zu hauchen – da ließ der Strahl eines Scheinwerfers die Augen des Gesichts noch mal gespenstisch aufblitzen, bevor es endgültig verschwand.

Kate rutschte in ihrem Sitz so weit nach unten wie nur möglich. Im Rückspiegel sah sie, wie das Auto langsam näher kam. Der Form der Scheinwerfer nach zu urteilen, war es ein ausländisches Modell. Als der Wagen auf ihrer Höhe war, waren bereits Motor und Licht ausgeschaltet und er rollte lautlos die abschüssige Straße hinunter.

Das sind sie. Verdammt, das sind sie. Kate tastete nach ihrer Pistole und entsicherte sie. Als der Wagen an ihr vorbei war, richtete sie sich ganz leicht auf. Sie konnte mehrere dunkle Silhouetten erkennen.

Der Wagen rollte noch zwanzig, dreißig Meter weiter, dann verriet ihr ein knarrendes Geräusch, dass der Fahrer die Handbremse angezogen hatte. Sie hörte, wie ein paar Türen aufgingen, und eine Minute später sah sie unter der Laterne vor der Tür zu Vlatkos Haus zwei Männer in schwarzen Lederjacken.

Kate legte die Pistole in ihren Schoß und zwang sich, mit beiden Händen das Lenkrad zu umfassen. Ihr Instinkt, ihr ganzer Körper, alles, was sie während ihrer Ausbildung gelernt und danach immer wieder trainiert hatte, sagten ihr, dass sie nun aussteigen und in Aktion treten musste. Fast unbewusst ging sie blitzschnell verschiedene Taktiken durch, wie sie sich den Killern am besten näherte.

Sie wusste, sie konnte es schaffen.

Aber sie konnte auch genauso gut scheitern. Es konnten mehr als zwei gewesen sein, und einer von ihnen versteckte sich nun womöglich hinter einem Baum oder saß noch im Wagen, um den anderen Rückendeckung zu geben. Und selbst wenn dem nicht so wäre: Was, wenn gleich keiner überlebte? Oder wenn sie aus einem, den sie noch lebend schnappte, nicht rechtzeitig herausquetschen konnte, wo Julia zu finden war? White würde ahnen, dass was faul war, wenn sie nicht zurückkamen …

Aber all die Bedenken waren unnötig. Sie war sie bereits unzählige Male durchgegangen in den langen Stunden, in denen sie auf sie gewartet hatte. Dabei war die Entscheidung längst gefallen.

David, wenn du wüsstest, was ich gleich für dich tun werde. Nur, dass er es nie erfahren würde, denn das war der bittere Kelch, den Kate allein leeren musste.

Sie zwang sich, zu Vlatkos Wohnung hochzuschauen. Ihre Fingerknöchel wurden weiß, so fest umklammerte sie das Lenkrad. Als sie zweimal hintereinander das Mündungsfeuer einer Maschinenpistole in Vlatkos dunklem Zimmer aufflackern sah, zuckte Kates Körper gleichzeitig zweimal.

Kein Laut war auf der Straße zu hören gewesen, sie hatten einen Schalldämpfer benutzt. Kate schloss die Augen und spürte, wie dicke Tränen über ihre Wange liefen, dort, wo Julia sie damals gestreichelt hatte. Mit aller Kraft, die ihr noch blieb, versuchte sie, die Erinnerung heraufzubeschwören, noch einmal Julias Berührung zu spüren, um dem dunklen Abgrund zu entrinnen, der sich unter ihren Füßen auftat. Sie durfte sich nicht davon verschlingen lassen, sie musste sich beruhigen. Zum Heulen blieb jetzt keine Zeit. Du kannst es später bedauern, sagte eine innere Stimme zu ihr, meinetwegen kannst du dir danach sogar eine Kugel in den verdammten Schädel jagen, aber jetzt konzentrier dich, konzentrier dich, Kate!

Sie öffnete die Augen. Gerade noch rechtzeitig, denn Vlatkos Mörder rannten bereits zu ihrem Wagen zurück, sprangen hinein und rasten los, noch ehe die Türen vollständig geschlossen waren.

Kurz überprüfte Kate, ob ihre Scheinwerfer ausgeschaltet waren, dann startete sie den Motor. Und noch während sie sich mit dem Handrücken die Tränen wegwischte, machte sie sich an ihre Verfolgung.

1 STUNDE VOR DER OPERATION

31

Die Neonröhre in der Patientenschleuse flackerte alle acht oder neun Sekunden. Sie machte mich völlig verrückt. Ich stieß mit dem Ellbogen ein paarmal gegen den Lichtschalter, ein Trick, der bisher immer funktioniert hatte, diesmal jedoch nicht.

»Das geht schon vier Tage so. Ich habe darum gebeten, dass sie die Röhre auswechseln, aber es passiert nichts«, meinte Sharon Kendall. Sie lehnte neben der Tür zur Holdingarea und ging noch einmal konzentriert die Checkliste auf ihrem Clipboard durch, wobei sie in einem fort an ihrer Unterlippe kaute.

»Er ist ein Patient wie jeder andere auch, Sharon«, erinnerte ich sie. »Du kennst seinen Allgemeinzustand, seine Krankengeschichte, die aktuellen Laborwerte, das EKG, die Medikamente, die er einnimmt, die Ergebnisse der neuropsychologischen Untersuchung, kurzum, du hast alles, was du brauchst, um so einen exzellenten Job wie immer zu machen. Du hast ihn bisher nur noch nicht persönlich getroffen, und er hat einen besonderen Beruf, mehr nicht.«

»Ich bin nicht nervös«, entgegnete Sharon mit einem Kopfschütteln, sah dabei aber nicht auf.

Sie konnte mir jedoch nichts vormachen: Ihre Miene war total angespannt. Die Neuigkeit, die ich ihr und dem Rest des OP-Teams vor einer halben Stunde mitgeteilt hatte, hatte sie noch immer nicht ganz verdaut. Anfangs dachten alle, ich wolle sie auf den Arm nehmen, und das Ganze sei ein schlechter Scherz, als sie aber sahen, dass ich vollkommen ernst blieb, begriffen sie, dass ich die Wahrheit sagte, und versuchten augenblicklich, sich so normal wie möglich zu verhalten. Der Anästhesieschwester entfuhr ein überraschter Ausruf, und der Springer kratzte sich unbewusst am Kopf, ansonsten gab es aber weder irgendwelche Kommentare, noch fiel irgendeine flapsige Bemerkung, wie sie sonst bei den Teambesprechungen vor einem Eingriff üblich waren. Deshalb wusste ich, dass ihnen wirklich der Schreck in die Knochen gefahren war. Wenn es etwas gibt, was wir fürchten, dann sind es VIPs. Denn egal, ob es sich um einen Staranwalt oder die Schwester der Chefin handelt, wenn wir erfahren, dass ein Patient einen Sonderstatus hat und bevorzugt behandelt werden muss, steigt die Wahrscheinlichkeit, die Sache zu vermasseln, ungemein.

Doch meine Leute waren auch erstklassige Profis, das beste Team, das man sich nur vorstellen kann, und an diesem Tag bewiesen sie es einmal mehr. Wahrscheinlich würden sie die Brisanz der OP erst hinterher richtig begreifen, aber in diesem Moment verhinderte der Adrenalinschub, dass sie die Nerven verloren. Die Entscheidung war vollkommen richtig gewesen, seine wahre Identität bis zum letzten Moment zu verheimlichen.

Auch wenn ich es nicht zeigte, war ich tausendmal nervöser als sie. Wider Erwarten war ich in der Nacht sofort eingeschlafen, mein Körper hatte einfach seinen Tribut gefordert. Um halb sieben war ich durch das Klingeln meines Handys hochgeschreckt, hatte dann kurz geduscht und war anschließend ins Krankenhaus gefahren.

Von der ersten Minute an, da ich wach war, zerbrach ich

mir den Kopf darüber, wie ich Whites Plan in die Tat umsetzen konnte. Dabei konnte ich jedoch nicht verdrängen, was mir noch viel mehr Sorgen bereitete, je weiter die Zeit voranschritt: Kate hatte geschworen, McKenna anzurufen und ihm alles zu erzählen, falls es ihr nicht gelang, Julia bis zum Beginn der Operation zu finden. In weniger als einer Stunde würde Sharon mit der Narkoseeinleitung beginnen, und ich hatte noch immer nichts von ihr gehört.

Mich telefonisch zu erreichen, war allerdings nun auch unmöglich. In der Schleuse fürs Personal legen die OP-Teams Armbanduhren, Handys und Schmuck ab und ziehen Funktionskleidung, Mundschutz und OP-Haube an. Kates Blackberry lag darum in der Schreibtischschublade in meinem Büro, und mein Smartphone in meinem Arztkoffer, wodurch ich zumindest von Whites unmittelbarer Kontrolle befreit war.

Ich trug bereits einen meiner besten Kasacks und meine »Glückskappe«. Theoretisch ist so eine OP-Haube nur ein Stück Vliesstoff, womit Kopfhaut und Haare komplett abgedeckt werden, aber wir Chirurgen sind abergläubischer als jeder Medizinmann oder Sportler, und darum hatte ich eine meiner besonderen Hauben gewählt: die aus schwarzem Stoff mit einem auf das Schweißband gestickten Königstiger. Ich besaß sechs Dutzend von diesen in allen Farben und mit allem Möglichen bestickten Kopfbedeckungen, von Schildkröten bis zu Superman-Logos. Aber die mit dem Tiger war Rachels Lieblingshaube gewesen. Und sie hatte mir noch immer Glück gebracht.

Versonnen fuhr ich mit den Fingern über die Stickerei und dachte an unsere vielen gemeinsamen Operationen. Und daran, dass sie sich immer, bevor wir die Hände desinfizierten, auf die Zehenspitzen gestellt und unauffällig den Tiger geküsst hatte. Was für eine Ironie, dass ich diese

Kappe nun ausgerechnet bei der einzigen Operation trage, die mir »misslingen« soll, dachte ich verbittert und lehnte mich gegen die Wand, wobei die Beutel mit dem vergifteten Gliadel, die ich mir hinten in die Hose gesteckt hatte, leise knisterten. Erschrocken blickte ich zu Sharon, aber sie hatte es anscheinend nicht gehört und studierte weiter aufmerksam die Krankenakte unseres berühmten Patienten.

Als sich hinter der runden Scheibe in der Tür zum Flur etwas bewegte, blickten wir beide auf. Da war er, begleitet von mehreren Agenten des Secret Service. Ich drückte auf den automatischen Türöffner.

»Guten Morgen, Mr President, ich hoffe, Sie haben einigermaßen gut geschlafen«, sagte ich und machte eine einladende Handbewegung. »Bitte verabschieden Sie sich jetzt von Ihren Bodyguards.«

Ein paar protestierten zwar, der Präsident brachte sie jedoch mit einer Geste zum Schweigen.

»Guten Morgen, Dr. Evans. Bitte entschuldigen Sie, aber meine Leute sind einfach sehr nervös«, sagte er, während er zu uns in die Schleuse trat und sich die automatische Schiebetür wieder hinter ihm schloss. »Ich wollte in einem normalen Geländewagen herfahren, mit drei unauffälligen Wagen als Eskorte. Sie haben sich gefühlt, als wären wir nackt auf die Straße gegangen.«

Für das Krankenhaus war es hingegen der helle Wahnsinn gewesen. Der Präsident hatte einen Fahrstuhl im Versorgungstrakt benutzt, um hierher in die zweite Etage zu gelangen. Der OP-Trakt war vier Stunden vorher komplett geräumt worden. Agenten in Zivil hatten sich überall in Aufzügen und Treppenhäusern postiert, damit ja keine unbefugte Person den abgesperrten Bereich betrat. In einer Rundmail hatte Meyer schon Ende letzter Woche dem übrigen OP-Personal erklärt, dass sie an diesem Tag Überstunden abzubauen hatten, da die Technik im zweiten OP-Saal überprüft werden müsse.

»Wir müssen die Hygienevorschriften beachten, Mr President.«

»Ich verstehe.«

Diskret traten Sharon und ich noch ein paar Schritte weiter hinter die rote Bodenmarkierung zurück, die den »reinen« vom »unreinen« Bereich trennte, während der Präsident hinter einem Wandschirm in sein blaues OP-Hemd schlüpfte. Kaum hatte er es an, trat er dahinter hervor und bückte sich, um die Thrombosestrümpfe anzuziehen, wobei ihm wohl nicht bewusst war, dass er uns seinen Allerwertesten zeigte. So ergeht es vielen Patienten. Sie sind derart nervös, dass sie vergessen, dass sie keine Unterwäsche mehr tragen.

Ich räusperte mich.

»Ähm, Mr President … Vielleicht wollen Sie die Strümpfe lieber auf der Liege anziehen?«

Er begriff sofort, was ich meinte, und setzte sich schnell hin.

»Natürlich. Es tut mir leid«, wandte er sich an Sharon.

»Kein Problem, Mr President. Wir Ärzte sind das gewohnt. Ich bin übrigens Sharon Kendall, Ihre Anästhesistin.«

Sie verzog dabei keine Miene, aber so, wie ich Sharon kannte, würde es keine Woche dauern, bis sie vor ihren Freundinnen damit prahlte, den knackigen Po des mächtigsten Mannes der Vereinigten Staaten gesehen zu haben.

Kaum war er fertig angezogen, bat sie ihn freundlich, sich auf der fahrbaren Liege auszustrecken, und reichte ihm dann eine angewärmte Decke.

»Mir ist nicht kalt«, wehrte er ab.

»Mr President, die Decke dient nicht nur Ihrem persönlichen Wohlbefinden, sondern ist auch aus medizinischen

Gründen wichtig. Es wird eine lange Operation werden, während der es, auch bedingt durch die Narkose, zu einem Abfall der Körpertemperatur kommt. Dieser Wärmeverlust wird noch verstärkt durch die niedrige Raumtemperatur im OP-Saal, mit der einer Vermehrung von Keimen entgegengewirkt wird. Dadurch kühlt Ihr Körper aus, was zu Komplikationen und einer erhöhten Infektionsanfälligkeit führen kann. Decken Sie sich also bitte zu.«

»Sie erinnern mich an meine Frau, Doktor Kendall«, sagte er mit einem Lächeln. »Okay, ich gehorche.«

»Wo ist die First Lady überhaupt? Wartet sie draußen im Flur?«, fragte ich.

»Nein, sie lenkt die Presse ab. Sie hat den ganzen Vormittag öffentliche Auftritte in der Stadt. Natürlich bedauert sie von ganzem Herzen, nicht hier sein zu können. Aber es muss nun mal so sein.«

»Ich kann mir vorstellen, wie schwer Ihrer Frau das fällt.«

»Das schon, aber es war ihre Idee. Unter keinen Umständen soll die Öffentlichkeit vorher davon erfahren. Der Stabschef des Weißen Hauses und der Vizepräsident, der die Amtsgewalt kommissarisch innehat, bis ich aus der Narkose aufgewacht bin, kümmern sich darum, dass alles seinen gewohnten Gang geht.« Kurz hob er den Kopf von der Liege. »Übrigens, ich soll Ihnen noch etwas von ihr ausrichten. Ich soll Ihnen sagen: ›Heilen Sie ihn, oder ich bringe Sie um.‹ Sie wüssten schon, was damit gemeint sei.«

Alle drei lachten wir laut, ich ganz besonders, um keinen merken zu lassen, was für ein mieser Verräter ich war.

Danach schoben wir ihn gemeinsam in den Einleitungsraum, wo ich ihn dann mit Sharon allein ließ. Beatmungsmaschine, Monitore, Absaugungssystem sowie den Anästhesiewagen im OP-Saal hatte sie längst gecheckt, und nach dem Einschleusen des Patienten war nun als erster Schritt der Operation ihr Können gefragt.

Von dem Patienten R. Wade hatte sie zwei Tage zuvor das Protokoll über sein Aufklärungsgespräch mit einem Anästhesisten zugeschickt bekommen, der Patientenname war zwar falsch, aber Hastings hatte den Präsidenten natürlich über den Ablauf der OP, die Narkoseform und die Risiken informiert und Meyer am Abend noch die richtigen Papiere mit der schriftlichen Einwilligung geschickt. Sharon war eine hervorragende Anästhesistin, die beste, die wir hatten, und so stand für sie völlig außer Frage, dass sie noch einmal eine körperliche Untersuchung durchführen und in einem Gespräch genau nachforschen würde, ob unser berühmter Patient auch wirklich alles verstanden und vollstes Vertrauen zu ihr hatte, bevor sie ihn gemeinsam mit der Anästhesieschwester an die Überwachungsgeräte anschloss und die Narkoseeinleitung begann. In den folgenden Stunden würde sie durch die spezielle Operationstechnik mehr gefordert werden als bei einer normalen OP. Im Hinausgehen sah ich, wie sie zum Stethoskop griff, um Herz und Lunge abzuhören. Sie war jetzt die Ruhe in Person.

Vor dem Einleitungsraum zum Operationssaal 2 lag ein langer Gang, an dessen Ende sich der Waschraum und ein zweiter Eingang befanden. Eigentlich durfte niemand den Operationssaal betreten ohne eine gründliche Desinfizierung, aber ich hatte keine Zeit zu verlieren. Die Neuropsychologin, die mir assistieren sollte, Dr. Wong und der Rest des Teams würden jeden Moment ihren Kaffee fertiggetrunken haben. Hastig schrubbte und desinfizierte ich mir die Hände und betrat dann den Operationssaal.

Der OP 2 war der größere Operationssaal des Saint Claire und einer der modernsten auf der ganzen Welt. Jeder, der ihn das erste Mal betrat, war zutiefst beeindruckt, würde man so was doch nie in diesem viktorianischen Klinikgebäude aus dem 19. Jahrhundert vermuten, in dessen Gängen und Zimmern man automatisch an altehrwürdige Ärzte mit buschigen Augenbrauen und langen Bärten, Blutegel in hohen Glasgefäßen und den allgegenwärtigen Geruch von Liniment dachte. Im OP 2 hingegen fühlte man sich, als wäre man drei Jahrhunderte in die Zukunft gereist. Alles in diesem Raum war makellos weiß. Ein intelligentes Hebesystem brachte die Patienten in jede beliebige Lage, und ein gigantisches 3-D-geführtes Operationsmikroskop mit einem Ultraschallaspirator unterstützte und entlastete uns Chirurgen bei gewissen minimalinvasiven Eingriffen.

Der Metallwagen für die Instrumente nahm sich daneben fast bescheiden aus. In der obersten Schublade lagen die Gliadel-Beutel.

Ich blickte nach oben zur Zuschauergalerie. Noch war dort niemand zu sehen. Ich trat an die OP-Säule, auf der nachher der OP-Tisch befestigt werden würde, und stellte mich mit dem Rücken direkt vor den Instrumentenwagen. Ich wusste nicht, ob die Kameras schon jetzt alles aufzeichneten – natürlich taten sie das, wie ich inzwischen weiß –, aber ich wollte nichts riskieren. Während ich so tat, als sinnierte ich über die wichtigste Operation meines Lebens, zog ich mit der linken Hand die Beutel unter meinem Kasack hervor, während ich mit der rechten die Schublade aufzog. Da waren sie. Mit spitzen Fingern zog ich sie heraus, während ich mit der anderen Hand die vergifteten Beutel hineinlegte.

»Dr. Evans!«

Die Stimme hallte wie ein Peitschenhieb aus den Lautsprechern. Ich zuckte zusammen. Vermutlich muss ich das jetzt nicht näher beschreiben, alle Fernsehsender brachten später die Bilder von dem entscheidenden Moment, in dem der skrupellose Arzt die Beutel austauschte und dabei vom couragierten Sicherheitschef des Präsidenten gestört wurde.

»Stellen Sie die Lautsprecher leiser, McKenna!«, rief ich verärgert. »Wollen Sie, dass ich taub werde?«

Was später nicht auf den Kameraaufnahmen zu sehen war, war das, was derweil hinter meinem Rücken geschah. Vor Schreck hatte ich die echten Beutel wieder losgelassen, sodass in der Schublade nun alle vier Beutel lagen.

»Haben Sie einen Moment Zeit, Doktor?«, ertönte McKennas Stimme wieder, zum Glück nun um etliche Dezibel leiser. »Ich würde Sie gerne dem Expertenkomitee vorstellen.«

Ich spürte, wie sich mein Pulsschlag noch mal beschleunigte und ich innerlich immer panischer wurde. Wie zum Teufel sollte ich die echten Beutel unter McKennas Augen wieder aus der Schublade bekommen? Ich konnte mich nicht einfach umdrehen und so tun, als überprüfte ich das Instrumentarium. Ich trug keine Handschuhe. Wenn jemand das sah, würde alles noch einmal ausgetauscht und die Operation nach hinten verschoben werden. Und derweil würde Julia ersticken.

»Ich komme gleich. Vor jeder OP gehe ich an Ort und Stelle jeden Handgriff in Gedanken noch mal durch.«

»Okay, aber beeilen Sie sich bitte.«

Ich wusste nicht, ob McKenna alleine da oben war oder seine Experten schon neben ihm standen. Nach außen hin war ich ruhig, blickte scheinbar gedankenverloren auf die OP-Säule. Aber innerlich suchte ich verzweifelt nach einer Lösung. Verdammt, wie sollte ich die echten Beutel von den falschen unterscheiden?

Doch dann, auf einmal, wusste ich es. Die Nervosität hatte mein Gehirn wirklich völlig vernebelt. Natürlich, die Temperatur!

Ich steckte die Finger in die Schublade und tastete die Beutel ab – was schwerer ist, als es scheint, wenn man es hinter dem Rücken machen muss, mit den Handflächen nach oben und zahlreichen Augen, die auf einem ruhen. Doch ich schaffte es, die kalten Beutel herauszuziehen und hinten in die Hose zu stecken.

»Dr. Evans?«, war wieder McKenna zu hören.

»Ja, ich komme schon.«

Auf dem Weg zur Treppe, die hoch zur Zuschauergalerie führte, ließ ich die echten Beutel unauffällig in einen Abfalleimer gleiten. Ich spürte einen leichten Schwindel, eine Mischung aus Anspannung, Euphorie und tiefem Schuldgefühl. Wäre ich allein gewesen, hätte ich hysterisch aufgelacht, doch so konnte ich mich nur kräftig räuspern, bevor ich an die Tür klopfte.

McKenna öffnete mir. Die Zuschauergalerie war gerade einmal zehn Quadratmeter groß und mit ein paar Sitzreihen, mehreren Monitoren und einer Glasscheibe in einem 45-Grad-Winkel zum OP ausgestattet, sodass man genau auf den Operationstisch sah. Im Raum standen vier Männer.

Der erste war McKenna selbst, der jetzt zur Seite trat, damit ich die anderen begrüßen konnte.

Der zweite war Lowers, der mir freundlich und aufmunternd zulächelte. Sein Gesicht kam mir bekannt vor, wahrscheinlich von einer Fachzeitschrift.

Der dritte war Hockstetter. Sein rechter Arm steckte in einer Schlinge, und sein Blick war so hasserfüllt, dass er damit ein Skalpell zum Schmelzen hätte bringen können.

Der vierte war jedoch nicht Dr. Ravensdale.

Der vierte war White.

KATE

Bäuchlings lag Kate im Gras und sah vom Hügel aus hinunter zur Farm.

Ihnen bis hierher zu folgen, war eine wahre Odyssee gewesen. Unterwegs hatten sie zweimal angehalten, einmal, um zu tanken, das andere Mal, um in einer trostlosen Raststätte an der Grenze zu Virginia geschlagene anderthalb Stunden zu frühstücken, während Kate sich mit ein paar alten Energieriegeln begnügen musste, die sie noch im Handschuhfach hatte.

Ihre Verfolgung auf dem Interstate Highway war zum Glück nicht besonders schwer gewesen. Vlatkos und Svetlanas Killer fuhren gesittet, rund zehn Meilen pro Stunde unter der zugelassenen Höchstgeschwindigkeit. Sicher wollten sie nicht riskieren, von der Polizei angehalten zu werden, schließlich hatten sie Waffen dabei.

Hinter Gainesville verließen sie dann den Highway und fuhren weiter über gewöhnliche, wenig befahrene Landstraßen. Nun musste Kate vorsichtiger sein. Sie konnte ihnen nicht mehr mit so großer Entfernung folgen und auch noch nicht die Scheinwerfer ausschalten, musste aber außerhalb des Sichtbereichs ihrer Rückspiegel bleiben, um nicht entdeckt zu werden. Was bedeutete, dass sie ihr jeden Moment entwischen konnten.

Als der Morgen graute, erreichten sie das Rappahannock

County, was Kate noch nervöser machte, weil es nun so gut wie keine Dörfer mehr gab und nur hin und wieder, in immer größeren Abständen, eine einsame Farm inmitten von Feldern und Wiesen lag. Ihnen mit vernünftigem Abstand zu folgen, war nun schlicht unmöglich. Sie musste deutlich langsamer fahren als sie, darauf hoffend, in irgendeiner fernen Kurve mal wieder ihre Rücklichter zu erspähen, die ihr sagten, dass sie sie noch nicht abgehängt hatten.

Und so kam es, wie es kommen musste. Sie verlor sie aus den Augen.

Sie war schon gut zwanzig Minuten gefahren, bis sie erkannte, dass sie nicht mehr vor ihr waren.

Sie mussten eine Abzweigung genommen haben, nur welche? Hastig wendete Kate und fuhr zurück, erneut an mehreren Farmen vorbei, bis sie etwa eine Meile vor der Stelle, wo sie den Wagen das letzte Mal gesehen hatte, einen Feldweg mit frischen Reifenspuren entdeckte.

Kurz überlegte sie, dann fuhr sie langsam weiter, bis sie auf derselben Straßenseite eine Nebenstraße erblickte, die gleichfalls nach Norden führte.

Kate kannte die Gegend gut. Das Rappahannock County war das Herz Virginias, ein letztes Bollwerk intakter Natur und ein wahres Paradies auf Erden. Eine Autostunde von hier entfernt waren Rachel und sie aufgewachsen, und in ihrer Jugend hatten sie sich oft das Auto ihres Vaters geliehen, um mit ihren Freunden hierherzufahren. Wenn sie sich darum recht erinnerte, führte diese Nebenstraße genau hinter dem Hügel entlang, der sich links von dem Feldweg erhob.

Dort oben lag sie nun, geschützt von einem großen Baum, dessen Blätter der September herrlich orangerot gefärbt hatte, während um sie herum die Kardinäle zwitscherten und sich in der Ferne im morgendlichen Dunst die Umrisse der Shenandoah Mountains abzeichneten.

Am Fuß des Hügels zog sich ein kleines Tal hin, und ganz unten am Hang, zweihundert Meter von ihrem Beobachtungsposten entfernt, lag inmitten von Feldern die Farm, wo sich Julias Entführer versteckten, das spürte sie intuitiv.

Die frischen Reifenspuren führten bis zum Tor eines großen Stallgebäudes, wo sie wahrscheinlich ihren Wagen untergestellt hatten. Daneben gab es noch ein Wohnhaus, aus dessen Schornstein eine dünne Rauchsäule aufstieg, und schließlich, südlich davon, eine Scheune, die sicher nicht mehr als solche genutzt wurde, schmückte sie doch eine Parabolantenne der neuesten Generation.

Was Kate aber noch sicherer machte, am Ziel angekommen zu sein, war das, was sie neben einem Dieselgenerator auf der anderen Seite der Scheune entdeckte: einen mehrere Yards hohen Erdhaufen.

Julia, ich bin ganz nah!, dachte Kate, während sie vor Anspannung erschauderte. Dann sah sie auf den Timer ihres Handys. In drei Minuten würde die Operation des Präsidenten beginnen.

Sie musste sich entscheiden. Sie hatte zwar fast keinen Empfang, ihr Handy zeigte nur einen von fünf Balken an, doch für einen Anruf bei McKenna würde es reichen. Sollte sie ihn anrufen, ihm alles erklären und ihm sagen, er solle David unverzüglich aus dem Operationssaal holen? Danach bliebe ihr nur, das SWAT-Einsatzkommando zu alarmieren, das jedoch mindestens zwei Stunden brauchen würde, bis sie in dieser gottverlassenen Gegend wären, um die Farm zu stürmen. Bis dahin wüsste White jedoch längst Bescheid und hätte genug Zeit, aus der Ferne seinen Racheplan zu aktivieren …

Oder aber sie musste auf den Überraschungseffekt setzen und hoffen, dass Gott, das Glück und ihr berufliches Training den Ausschlag zu ihren Gunsten gaben bei einer wahnwitzigen Kamikaze-Aktion gegen eine ungewisse Anzahl hochgefährlicher Killer mit ebenso vielen Maschinenpistolen.

Kate zögerte, schwankte zum wiederholten Mal in den letzten vierzig Stunden zwischen der Stimme ihres Herzens und ihrer Loyalität.

Schließlich griff sie zum Handy.

ZUSCHAUERGALERIE ÜBER DEM OPERATIONSSAAL 2

Das Beste war Daves Gesicht, als ihm bewusst wurde, dass *er* hier war.

White schmeichelte es, dass er als Einziger genau wusste, was in diesem Moment im Kopf des Chirurgen vor sich ging. Stocksteif war der Arzt in der Tür stehen geblieben, unfähig zu reagieren. Nach dieser Schrecksekunde hatte er sich allerdings wieder so weit im Griff, dass er Lowers die Hand schüttelte, Hockstetter kurz mit einem geringschätzigen Blick bedachte und schließlich einen Schritt auf ihn zu machte, sodass er, mit dem Rücken zu den anderen, ihm nun direkt gegenüberstand. Er verzog keine Miene, doch sein starrer Blick sprach Bände.

»Guten Morgen, Dr. Evans«, begrüßte er ihn mit seinem besten britischen Akzent. »Ich weiß nicht, ob Sie sich noch an mich erinnern. Wir haben uns vor ein paar Jahren kurz in London kennengelernt.«

Es herrschte eine Weile Schweigen, in der Dave nur auf das iPad starrte, das White mit seinen gepflegten Händen gegen die Brust drückte.

White lächelte zufrieden. Ja, Dave, sieh hin, ein Tastendruck, und deine Tochter ist tot, wenn du nicht tust, was ich will. Ich habe dich vollkommen unter Kontrolle.

»Natürlich ... Im ›Marblestone‹, nicht wahr?«, sagte der Arzt schließlich.

»Sie haben ein hervorragendes Gedächtnis, Dr. Evans. Ich

fühle mich geehrt, dass Sie sich noch an mich schüchternen Studenten erinnern.«

Dass David Evans seine falsche Identität selbst bestätigen musste, war für White das Tüpfelchen auf dem i. Nicht, dass dies notwendig gewesen wäre. Weder Lowers noch Hockstetter kannten den echten Peter Ravensdale. Er war zwar einer der jüngsten und talentiertesten Hirnchirurgen der Welt, jedoch auch äußerst öffentlichkeitsscheu. Von seiner bahnbrechenden Arbeit wusste die Fachwelt nur durch seine Artikel im *›Journal of Neurosurgery‹*, noch nie hatte ihn irgendwer auf einem Kongress gesehen.

»Sie kommen direkt aus London?«

»Nein, aus New York. Ich hatte dort gestern noch etwas Privates zu regeln.«

»Was für eine Überraschung, Sie hier zu treffen.«

»Ich weiß, ich gelte als Eigenbrötler. Aber die Chance, etwas von Ihnen zu lernen, darf ich mir nicht entgehen lassen. Es eilt Ihnen der Ruf voraus, dass Ihnen nie irgendein Fehler unterläuft.«

Seit er den Auftrag erhalten hatte, war White klar gewesen, dass das Weiße Haus bei einer solchen Operation die weltweit besten Hirnspezialisten versammelt haben wollte, um mit ihrem Rat dem verantwortlichen Chirurgen zur Seite zu stehen.

Einst Gegner des Überwachungsstaats, hätte der Präsident wirklich gut daran getan, die Macht der NSA rechtzeitig einzuschränken. Denn sie war so groß, dass nicht einmal die Leute, die sein Leben schützen sollten, vor der Manipulation ihrer Daten sicher waren.

Um sich ins Saint Claire einzuschleusen, musste White nur mithilfe der weltweiten Datenüberwachung von PRISM Hastings' diesbezügliche Entscheidung verfolgen und zeitgleich die Datenbank des Secret Service hacken und dort mittels ein paar intelligenter Programmierbefehle Peter Ravensdales Passfoto gegen ein Bild von sich tauschen und die Nummern eines gefälschten englischen Passes hinterlegen, bis Freitagmorgen neun Uhr.

Profi, wie er war, war es für White ebenso ein Leichtes, über den Account einer New Yorker Anwaltskanzlei Ravensdale wegen der Erbschaft eines entfernten Verwandten zu kontaktieren, einer Erbschaft, mit der der schüchterne Londoner sich seinen Traum von einem eigenen Hirnforschungsinstitut auf der Stelle erfüllen konnte. Aus der vermeintlichen Erbschaft wurde natürlich nichts, denn drei Stunden nach seiner Ankunft Donnerstagmorgen auf dem JFK Airport in New York war Ravensdale leider tot, seine Leiche an einem sicheren Ort verscharrt und sein Koffer, sein Smartphone und sämtliche Ausweispapiere in Whites Händen.

Als er heute Morgen im Saint Claire eintraf, musste er so dem Agenten des Secret Service lediglich seinen gefälschten Pass zeigen, sich kurz durchsuchen lassen, und schon wurde er zu McKenna geführt.

»Ich werde mein Bestes geben«, erwiderte David Evans nun mit gleichmütiger Stimme. »Außerdem hat der Secret Service Sie ja als Aufpasser ernannt, damit ich wirklich keinen Schnitzer mache.«

Mit einem Kompliment für Daves Können widersprach Lowers sofort höflich, und Hockstetter murmelte ein paar unverschämte Worte, dass er ja zum Glück ein Auge auf den Stümper habe, während White darauf nur süffisant lächelte und den Moment genoss.

Beim finalen Akt zugegen zu sein, war nicht nur seine geheime Waffe, um seiner Marionette den letzten Schubs zu geben und so sicherzustellen, dass sein Experiment tatsächlich zu Ende geführt wurde, er belohnte sich selbst auch damit. Das Gesicht eines Nachbarn in der Menge, der Briefträger, auf den niemand achtete, ein hinter seiner Kamera verschanzter Fotograf, der Polizist, der zum Schutz des von der Mafia verfolgten Journalisten abbestellt war: Von Anfang an konnte White dem Verlangen nicht widerstehen, mit eigenen Augen zu sehen, wie der letzte Dominostein wankte und mit absoluter Präzision in die Richtung kippte, die er für ihn vorgesehen hatte.

In ein paar Stunden würde nun also auch sein Meisterwerk vollendet werden, ausgeführt von einem der talentiertesten Neurochirurgen der Welt, der sie alle mit seinen ausdruckslosen Augen noch mal ansah und sich dann grußlos umdrehte und den Raum verließ.

»Viel Glück, Dr. Evans!«, rief White ihm nach. »Wir werden mit größtem Interesse jeden einzelnen Ihrer Handgriffe verfolgen.«

32

Von der Zuschauergalerie aus ging ich zurück in mein Büro. Den Operationssaal würde ich erst in etwa anderthalb Stunden betreten müssen. Sharon Kendall würde in den nächsten Minuten die Sedierung einleiten, und wenn der Präsident dann eingeschlafen war, musste er noch in den OP gebracht, alles steril abgedeckt und sein Kopf mit einer Mayfield-Klemme fixiert werden, die verhinderte, dass er sich bewegte. Danach würde Dr. Wong die Kopfhaut aufschneiden und mit einer speziellen Säge einen Teil des Knochens aus der Schädeldecke entfernen, um das Gehirn freizulegen.

Ich hatte damit nichts zu tun. Auch wenn dieser Teil einer Hirnoperation nicht lange dauert und relativ einfach ist, so ist es doch anstrengend, weshalb wir Neurochirurgen diese Aufgabe gewöhnlich dem assistierenden Arzt überlassen. Das hat nichts mit Arroganz zu tun. Für die Arbeit im Operationssaal braucht es nicht nur handwerkliches Können, sondern vor allem gute Nerven und höchste Konzentration. Der verantwortliche Chirurg muss geistig und körperlich ausgeruht sein, wenn er den Raum betritt und mit seiner Arbeit beginnt.

Die bloße Tatsache, dass ich in meinem Büro nun gemütlich darauf warten sollte, dass die Chefärztin eines der besten Krankenhäuser des Landes diese Vorarbeit machte, hätte eigentlich der Höhepunkt meiner Karriere sein können.

Wenn mein Adoptivvater noch gelebt hätte, hätte ich ihn jetzt angerufen und ihm erzählt, dass der Junge, den er im Alter von neun Jahren aus der Gosse geholt hatte, gleich den Präsidenten der Vereinigten Staaten operieren würde. Bestimmt hätte Dr. Evans senior mir einen weisen, väterlichen Rat gegeben, der mein Herz mit Liebe erfüllt hätte. Und wenn Rachel noch am Leben gewesen wäre, hätte sie an meiner Seite im OP gestanden, hätte aufmerksam die Werte unseres berühmten Patienten überwacht und mir von Zeit zu Zeit verstohlen und voller Stolz einen zärtlichen Blick zugeworfen, denn das hatte sie immer getan und mich damit angespornt, zu einem der weltbesten Neurochirurgen zu werden.

Niemand kannte das Kind in mir so wie diese beiden Menschen, meine positiven Seiten, aber auch meine Verwundbarkeit und meine Sehnsucht nach Anerkennung und Bestätigung. Nun dankte ich dem Himmel, dass sie nicht mehr miterlebten, in was ich mich in den letzten Tagen verwandelt hatte: Ich war zum mörderischen Werkzeug in den Händen eines Psychopathen geworden.

Den Blick auf den leeren Schreibtisch gerichtet, kam mir wieder der Tag in den Sinn, als mein Vater mich dabei ertappte, wie ich die Eingeweide der Katze untersuchte, und durch seine Reaktion in mir die Berufung zum Arzt geweckt hatte. Damals hatte er mir verziehen. Heute, vierundzwanzig Jahre danach, würde er mir sicher ins Gesicht spucken, weil ich alles verriet, was er mich jemals gelehrt hatte.

Plötzlich nahm ich am unteren Blickfeldrand einen Lichtschein wahr. Mein von White manipuliertes Handy steckte in meinem Arztkoffer in meinem Spind, Kates Blackberry hatte ich hingegen in die halb offene Schreibtischschublade gelegt.

Schnell sprang ich auf, lief damit auf die Toilette. Und dort setzte mein Herz dann für einen Moment aus. Wieder und wieder musste ich die Nachricht lesen, um mich zu überzeugen, dass ich nicht träumte, während sich meine Augen mit Tränen füllten.

Ich hab sie gefunden.
Tu's nicht, David. Vertrau mir.

Kate hatte sie gefunden! … Aber noch hatte sie sie nicht befreit. Noch konnte alles Mögliche passieren. Dann ging eine zweite Nachricht ein.

Was auch geschieht,
ich werde dich ewig lieben.

Im selben Moment klopfte es an die Tür. Hastig wischte ich mir die Tränen weg und sperrte auf.

Vor mir stand Dr. Wong, einen Becher Kaffee aus dem Automaten in der Hand. Sie lächelte erschöpft. Falls sie sah, dass ich geweint hatte, ließ sie es sich jedenfalls nicht anmerken. Sie lehnte sich an die Tür, rührte mit einem Plastiklöffel in ihrer braunen Brühe und nickte mir auffordernd zu.

»Es ist alles bereit, Evans. Jetzt kannst du der ganzen Welt dein Können beweisen.«

KATE

Sie lief den Hang hinunter zurück zum Wagen. Wohnungsschlüssel, Portemonnaie und alles, was sie sonst noch in ihren Taschen trug, verstaute sie im Handschuhfach. Nichts Überflüssiges sollte ihr gleich in die Quere kommen. Dann zog sie die Lederjacke aus, warf sie aufs Dach und öffnete den Kofferraum. Dort unter einer Decke lag er, der Alukoffer, dreifach gesichert mit einem normalen Schloss und zwei Zahlencodes.

Die MP5 glänzte im Schein der Morgensonne, als sie sie aus der Noppenschaumpolsterung nahm. Erst am Dienstagabend hatte sie die Maschinenpistole im Haus ihrer Eltern noch zerlegt, gereinigt, gefettet und wieder zusammengebaut, sodass die Waffe in perfektem Zustand war. Was Kate Sorgen bereitete, war die Munition. Sie hatte nur drei kurze Magazine, das hieß gerade mal fünfundvierzig Patronen; Salven abzufeuern, war also ausgeschlossen, zu schnell wäre sie wehrlos. Darum versicherte sie sich, dass sie den Feuerwahlhebel auf Einzelfeuer gestellt hatte, lud die Waffe mit einem 15-Schuss-Magazin, hängte sie sich um und steckte die anderen beiden Magazine in die Magazintasche ihres Waffengürtels, an dem schon der Holster mit ihrer Selbstladepistole SIG Sauer P229 hing.

Einer der Killer in Davids Haus hatte eine PP-19 Bison gehabt, fiel ihr nun wieder ein, während sie sich ihre

Schutzweste anlegte. 64 Schüsse pro Magazin, sagte sie sich und fuhr sich instinktiv mit ihrer rechten Hand über die Brust, wie viele Projektile kann die Weste wohl abhalten, wenn's mich erwischt? Drei? Vier? Entgegen der landläufigen Meinung waren Schutzwesten keineswegs »kugelsicher«, sondern bloß »schusshemmend« und stoppten nur bestimmte Geschosse bis zu einer gewissen Geschwindigkeit. Und dann blieben ja auch noch ihr Kopf, ihre Beine und Arme ... Nicht nachdenken, Kate, bloß nicht darüber nachdenken, zieh deine Lederjacke drüber, schau nach, ob dein Handy drinsteckt, und dann mach dich auf den Weg, jede Minute zählt.

Mit energischen Schritten ging sie wieder den Hügel hoch, hielt sich dieses Mal aber wesentlich weiter links, weil sich dort auf der anderen Seite ein dichtes Wäldchen den Hang hinabzog, das ihr einigermaßen Deckung bieten konnte, bis sie unten war.

Fünfzig Yards vor der Farm hielt sie hinter einem Baum inne und warf einen letzten Blick auf das Anwesen.

Keine Menschenseele war zu sehen. Whites Verbrecherbande musste sich wohl absolut sicher sein, dass sich niemand in diese gottverlassene Gegend verirrte und ihnen auch keiner auf den Fersen war. Zumindest hatten sie sie auf der Fahrt von Baltimore hierher also nicht entdeckt.

Zwei hatten Vlatko umgelegt, dazu kam der Fahrer des Wagens, das hieß, mindestens drei Killer hielten sich auf der Farm auf. Hatten sie sich nach ihrem nächtlichen »Ausflug« im Wohnhaus aufs Ohr gelegt? Nein, ganz sicher nicht, zumindest nicht alle, egal, wie viele es letztlich waren, nicht in diesen entscheidenden Stunden von Whites teuflischem Plan, das würde dieser nie im Leben dulden. Aber was für einen Plan hatte eigentlich sie selbst? Das Haus zu stürmen, schied von vornherein aus, darin gab es viel zu viele Zimmer und Schlupfwinkel, da konnte sie sich gleich die Kugel geben. Also, was dann? Von den Killern unbemerkt Julias Gefängnis suchen, sie befreien und dann mit ihr fliehen, als ob der Teufel hinter ihnen her wäre? So ein Schwachsinn, Kate, so weit kommst du nie!, schalt sie sich selbst. David zufolge saß Julia nun schon seit mehr als fünfzig Stunden in einem Erdloch, wo sie sich kaum bewegen konnte. Sie stand unter Schock, würde kaum gehen können, geschweige denn rennen. Kate würde sie bei der Flucht also tragen müssen. Wie viel wog Julia? 24, 25 Kilo? Mein Gott, welch großartige Erfolgsaussichten. Und dennoch, einen besseren Plan hatte sie nicht, sie würde es versuchen müssen. Es gab kein Zurück.

Das Blut hämmerte in ihren Schläfen, die Atmung beschleunigte sich, während sie im Schutz der Bäume die letzten Yards hinab zur Farm huschte. Das Adrenalin machte sie hellwach, schärfte ihre Sinne, programmierte ihren Körper und Geist auf Höchstleistung.

Drei Minuten später stand sie vor dem gewaltigen Scheunentor, nahm die Maserung, jedes Astloch, jede Moosflechte darauf wahr, und als sie vorsichtig den Griff nach unten drückte, spürte sie unter den Fingern die raue Oberfläche der im Laufe von Jahrzehnten aufgetragenen Farbschichten. Es quietschte kaum, doch Kate kam es ohrenbetäubend vor.

Sie drückte das Tor gerade so weit auf, dass sie durchschlüpfen konnte. Hier musste irgendwo der Zugang zu Julias Gefängnis sein, nur wo? Gleich links neben ihr führte eine Leiter hinauf auf einen schmalen Zwischenboden, wo etwa in der Mitte des Dachs über einer großen Luke ein Flaschenzug hing. Ebenerdig stapelten sich in langen

Reihen die Heuballen, nur in der Mitte gab es einen drei Yard breiten Gang. Und genau dort war mit einigen Ballen eine Art Tisch improvisiert worden; sie waren mit einer grünen Plane abgedeckt, auf der neben ein paar Waffen diverse Laptops, Monitore und sonstige elektronische Überwachungsgeräte standen.

Feinster Staub flimmerte in den Sonnenstrahlen, die durch die Dachluke auf den Stuhl fielen, der sich direkt daneben befand. Die Springerstiefel auf einer freien Ecke der Plane abgelegt, saß darauf laut schnarchend ein muskulöser, bärtiger Mann, bekleidet mit einem enganliegenden weißen T-Shirt und Armyhose. War das einer der beiden, die Vlatko umgebracht hatten?

Irgendetwas musste sein Unterbewusstsein gewarnt haben, denn plötzlich setzte das Schnarchen aus, er blinzelte, reckte sich – und erstarrte zur Salzsäule.

»Keine Bewegung!«, zischte Kate vom Scheunentor aus, ihre MP5 auf ihn gerichtet.

Seine Augen verengten sich zu Schlitzen.

»Jetzt nimm langsam die Hände hoch und steh genauso langsam auf.«

Ohne ein Wort zu erwidern, tat er, wie ihm befohlen.

»Nun komm her. Schritt für Schritt. Und lass deinen Kopf …«

Sie konnte den Satz nicht beenden. Ein Funkeln in seinem Blick, ein kaum wahrnehmbares Zucken seiner linken Schulter verrieten Kate, dass er nicht allein war. Reflexartig hechtete sie hinter einen Heuballen, gerade noch rechtzeitig, denn der Typ ließ sich zur Seite fallen, während hinter ihm der Lauf einer Maschinenpistole aufblitzte und dann Dutzende von Kugeln durch die Luft jagten und genau dort in das Scheunentor krachten, wo Kate eben noch gestanden hatte.

Aus der Deckung heraus schoss Kate blindlings in die Richtung, aus der die Schüsse kamen, zwei-, dreimal drückte sie ab, dann hörte sie einen Aufschrei – und eine Sekunde später einen dumpfen Aufschlag.

Ich habe ihn erwischt, dachte Kate, und kurz schauderte sie es. Als alles ruhig blieb, spähte sie vorsichtig über den Heuballen. Der bullige Typ mit dem Bart lag zusammengekauert am Boden, beide Arme schützten den Kopf.

Schnell rappelte sie sich auf und ging, die MP5 im Anschlag, langsam auf ihn zu. Ein Blick genügte, um zu sehen, dass der Schütze hinter ihm tot war. Eine ihrer Kugeln hatte das linke Auge durchgeschlagen und ihm das halbe Gesicht weggerissen … Auf einmal nahm sie aus dem Augenwinkel eine Bewegung wahr.

»Wag es ja nicht, du Bastard!«

Kates Blick zu seinem Kameraden hatte der bärtige Kraftprotz genutzt, um sich auf einem Ellbogen leicht aufzurichten und mit den Fingerspitzen nach einer Pistole zu angeln, die auf der Plane lag. Die Mündung zeigte auf Kate, noch hatte er den Finger nicht am Abzug, aber wenn es ihm gelänge …

»Nimm die Hand da weg.« Kates Stimme kippte. »Sofort!«

Vielleicht war es das, was den Killer ermunterte, es zu versuchen. Mit einem Ruck fasste er nach, erwischte den Abzug und drückte ab.

Der Schuss verfehlte Kates Kopf nur um eine Handbreit. Sie zielte dafür deutlich besser. Die erste Kugel traf seine Achselarterie und riss ihm fast den Arm ab, was allein schon genügt hätte, um ihn innerhalb von einer Minute verbluten zu lassen, die zweite Kugel beschleunigte das Ganze jedoch noch, denn sie durchschlug seinen Brustkorb, durchbohrte die Lunge und trat hinten am Rücken wieder aus. Der Kerl öffnete den Mund zu einem Schrei, aber heraus schoss nur noch ein Schwall Blut, bevor er leblos umkippte.

Kate hatte unwillkürlich die Luft angehalten, erst jetzt wagte sie wieder zu atmen, während der staubige Lehmboden um ihn herum sich von seinem Blut immer dunkler färbte. Unversehens begannen ihre Knie zu zittern. Durch ständiges Training war sie darauf vorbereitet, blitzschnell zu reagieren, hatte in ihrem Berufsleben auch schon einige Verdächtige mit Kampfkunst oder gezückter Waffe überwältigt, doch noch nie hatte sie jemanden umgebracht, und jetzt, in drei Minuten, gleich zwei, und dann noch Vlatko …

Unvermittelt knackte es in den Überwachungsgeräten am Gürtel des bärtigen Rambos und irgendwo unter der Leiche des ersten Schützen, und sie hörte eine scheppernde Stimme in einer ihr unverständlichen Sprache. Im selben Moment erhoben sich draußen zornige Schreie.

Es waren also mehr als drei; konzentrier dich, Kate, sagte sie sich, noch hast du Julia nicht befreit. Schnell hängte sie sich ihre MP5 um, bückte sich nach der Waffe des bärtigen Typen und zerschoss das elektronische Equipment vor sich. Sie leerte das komplette Magazin, die Kugeln verwandelten alles in rauchenden Schrott. Zumindest konnten sie so nicht mehr so leicht miteinander kommunizieren, das verschaffte Kate etwas Zeit, und wenn sie ganz viel Glück hatte, war damit auch der Kontakt zu White unterbrochen.

Hektisch sah sie sich um. Genau gegenüber befand sich ein weiteres Scheunentor. Um sie herum türmten sich hoch die Heuballen.

Verdammt, Julia, wo halten sie dich gefangen?!

Ihr blieb leider keine Zeit zum Suchen. In wenigen Augenblicken würden die übrigen Killer hier sein. Svetlana zufolge waren sie ehemalige serbische Soldaten, dadurch doppelt gefährlich, allerdings auch berechenbarer. Sie würden erst agieren, wenn alle beieinander waren, und dann die Scheune wahrscheinlich von beiden Toren aus gleichzeitig attackieren.

Nach oben, Kate, nach oben auf den Zwischenboden! Sie warf die leer geschossene Pistole weg und kletterte behände die Leiter hoch. Oben schlich sie geduckt zur Dachluke und spähte zwischen der Hebevorrichtung des Flaschenzugs, mit dem die Heuballen heraufgezogen wurden, vorsichtig hinaus. Soweit sie sehen konnte, waren es drei, die in diesem Moment vom Haus zur Scheune rannten.

In eurem Krieg habt ihr wohl doch nicht so viel gelernt, dachte sie grimmig. Sie hatte nur ein paar Sekunden, bis sie aus der Schusslinie waren, aber zumindest einen erwischte sie noch. Im Laufen stürzte er zu Boden, auf seinem grauen Pullover direkt überm Herz hinterließ die Kugel einen großen roten Fleck.

Dumm nur, dass die beiden anderen Killer nun wussten, dass sie hier oben war. Fieberhaft sah sie sich um. Auf dem Zwischenboden war nichts, wo man sich verstecken konnte, der einzige Zugang war die Leiter, und zwischen den Bodenbrettern waren breite Ritzen. Verdammt, sicher kämen die Kerle von beiden Seiten, und wären sie erst einmal in der Scheune, würde sie Freiwild für deren Gewehrsalven sein.

Während sie verzweifelt überlegte, auf welches der beiden Tore sie sich konzentrieren sollte, um wenigstens noch einen auszuschalten, bevor sie selbst dran glauben musste, sah sie das rechte einen Spalt weit aufgehen. Blitzschnell feuerte sie zweimal auf das Tor, rannte dann zur anderen Seite und ballerte auf das linke, das sich eine Sekunde später geöffnet hatte. Aber das Holz war zu dick, die Kugeln schlugen nicht durch. Und zudem hatten die Killer einen ganz anderen Plan. Denn auf einmal hörte sie an beiden Toren Glas splittern – und eine Sekunde später fingen zwei Heuballen Feuer.

Molotowcocktails! Das hatten sich diese Dreckskerle wirklich gut ausgedacht! Verfluchte Scheiße, so was wurde einem in keinem der gottverdammten Trainings des Secret Service beigebracht: Was tat man, wenn man ganz allein in einer Scheune voller Heu gefangen war, die einzigen Fluchtwege von Killern mit Maschinenpistolen bewacht?!

Das war's, Kate.

Du sitzt in der Falle.

Auf einmal hörte sie einen erstickten Schrei. Dann noch einen und noch einen, wer da schrie, wurde immer panischer. Kate versuchte zu lokalisieren, woher die Stimme kam. Denn sie war unverwechselbar: Julia!

Und da, trotz des sich immer stärker entwickelnden Rauchs, sah sie es auf einmal: Ein Stück von dem mit der Plane abgedeckten Heuballen entfernt, war der Lehmboden in der Mitte der Scheune an einer Stelle dunkler, als wäre dort vor Kurzem erst gewühlt worden. Und am Rand war in den Boden ein Metallring eingelassen.

Hier hatten sie also die Erdhöhle ausgehoben. Hier hielten sie sie gefangen.

»Julia, Liebling!«, schrie Kate. »Beruhige dich! Ich bin da! Alles wird gut!«

»Raaaaatten! Weg! Weg da, weg!«

Und auch das lernte man in keinem Personenschutztraining der Welt: Was tat man, wenn eine Heerschar ausgehungerter Ratten über die eigene Nichte herfiel?

33

Wenn man einen Operationssaal betritt, in dem einem Patienten gerade der Schädel geöffnet worden ist, nimmt man neben dem üblichen beißenden Geruch des Desinfektionsmittels und den Körperausdünstungen der Kollegen einen besonderen Geruch wahr. Es ist dieser ganz spezifische Geruch aus aufgesägtem Schädelknochen und Blut. Wenn er einem durch den Mundschutz in die Nase steigt, ist es, als würde ein Teil der Gedanken des Patienten auf einen übergehen und einen wie ein Band für immer mit ihm verbinden. Die Vorstellung mag für einen normalen Menschen sonderbar, ja vielleicht haarsträubend klingen, darum reden wir Chirurgen wohl auch nicht gern darüber, deswegen ist es aber nicht weniger wahr.

Der Präsident war inzwischen wieder bei vollem Bewusstsein. Nachdem sein Gehirn freigelegt war, hatte Sharon ihn wieder aus der Narkose geweckt.

Anerkennend nickte ich ihr zu. Für die Anästhesistin barg das Operationsverfahren, das ich anwenden würde, zahlreiche Herausforderungen. Einerseits musste sie dafür sorgen, dass der Patient beim schmerzhaften Öffnen und Schließen von Schädel und Hirnhaut schlief, andererseits hatte er dazwischen wach, schmerz- und angstfrei sowie kooperativ zu sein. Darüber hinaus musste sie Reflexe wie Husten oder Niesen unterdrücken und gleichzeitig natürlich auch den gesamten Organismus unter Kontrolle haben.

Glioblastome wuchern diffus ins gesunde Nachbargewebe hinein. Dadurch lässt sich der Tumor nur schwer von der gesunden Umgebung unterscheiden. Gerade in unmittelbarer Nähe von funktionell wichtigen Teilen des Gehirns ist seine weitgehende Entfernung folglich sehr heikel. Für den Operierenden ist das wie ein Blindflug. In solchen Fällen entscheiden wir uns darum für die sogenannte Wach-Kraniotomie, ein Verfahren, mit dessen Hilfe wir die funktionstüchtigen Hirnareale präziser vom Tumorgewebe abgrenzen und mehr entfernen können.

Ich beugte mich über den Präsidenten. Der Mundschutz verdeckte zwar einen Großteil meines Gesichts, aber er erkannte den Königstiger auf meiner Haube.

»Dr. Evans, was hat Sie denn hierher verschlagen?«

Bei manchen Patienten führt die Sedierung aus unerfindlichen Gründen dazu, dass sie Witze machen. Normalerweise hätte das gesamte OP-Team gelacht, angesichts unseres berühmten Patienten waren wir heute jedoch viel zu angespannt.

»Mr President, Dr. Wong hat den Tumor freigelegt. Unsere Neuropsychologin Dr. Miller zeigt Ihnen jetzt gleich über einen Monitor Wörter und Bilder. Bitte lesen Sie diese Wörter laut vor oder beschreiben Sie, was Sie sehen. Auf diese Weise werde ich das gesunde Gewebe vom Tumor unterscheiden können. Das heißt, das, was wir gleich tun werden, dient mir als eine Art Navigationssystem.«

Ich setzte mich auf den Schemel vor dem Operationsmikroskop, vergewisserte mich, dass alle konzentriert waren, und wollte gerade anfangen, als das Telefon im Operationssaal klingelte.

Ich hielt mitten in der Bewegung inne. War es Kate, die

mir mitteilte, dass sie Julia gerettet hatte? Kurz blieb die Zeit stehen, und ich betete zum Himmel, zu Rachel, zu wem auch immer.

»Der Neuropathologe«, erklärte mir der Springer, der abgenommen hatte, eine halbe Minute später. »Die Gewebeprobe bestätigt die Diagnose: eindeutig Glioblastoma multiforme.«

»Okay«, brummte ich nur, um meine Enttäuschung nicht zu deutlich werden zu lassen.

Mit einem unterdrückten Seufzer beugte ich mich wieder über das Gehirn des Präsidenten, bereit, mich in die Schlacht gegen meinen ärgsten Feind zu stürzen. Dort saß er, verborgen zwischen dem gesunden Hirngewebe. Entfernte ich zu wenig, würden aus den zurückbleibenden Krebszellen umso schneller neue Tumore entstehen. Entfernte ich zu viel, drohte dem Patienten die unmittelbare Gefahr eines Hirnschadens.

Vorsichtig betastete ich mit dem Finger eine Stelle, von der ich durch das MRT wusste, dass sie aus gesundem Gewebe bestand. Falls Sie es interessiert: Das Gehirn fühlt sich an wie Gelee, manche vergleichen die Konsistenz auch mit der von weichgekochten Eiern.

»Haben Sie was gespürt, Mr President?«

»Gespürt? Nein, nichts. Aber aus irgendeinem Grund denke ich auf einmal an einen Hund, den ich als Kind mal hatte«, sagte der Präsident überrascht.

Ich nickte.

»Nichts von dem, was ich hier mache, wird Ihnen wehtun. Das Gehirn hat die größte Ansammlung von Nervenzellen im ganzen Körper, besitzt selbst aber keinerlei Schmerzrezeptoren. Durch den Druck mit meinem Finger habe ich wahrscheinlich diese Erinnerung ausgelöst.«

Ich drehte mich zur OP-Schwester.

»Nimbus, bitte.«

Sie reichte mir eine Elektrode, die in einer doppelten Spitze endete. Mit ihr fuhr ich fort, mich mit seinem Gehirn vertraut zu machen. Dem MRT zufolge war ich inzwischen ganz nah am Tumor.

»Fangen Sie bitte an, laut vorzulesen, Mr President«, sagte die Neuropsychologin.

»Hund. Ein Junge wirft einen Ball.«

»Sehr gut, weiter bitte. Hören Sie nicht auf.«

Fünf Minuten später war ich so weit. Hatte man das Tumorgewebe identifiziert, trat das ultimative Instrument in Aktion.

»Cavitron, bitte.«

Dieses Ultraschall-Skalpell war mein persönliches Maschinengewehr: Die Titanspitze zertrümmerte mit einem hochenergetischen Ultraschall das Tumorgewebe, das dann augenblicklich abgesaugt wurde. Das umliegende gesunde Gewebe sowie die Blutgefäße wurden dabei geschont, aber man brauchte dennoch eine extrem ruhige Hand, um die Spitze nicht zu tief in das Gewebe dringen zu lassen, denn dann …

»Kartoffel. Kartoffel. Kartoffel …«

… konnte es passieren, dass der Patient zum Beispiel bei einem Wort stecken blieb und dieses Wort dann für den Rest seines traurigen Daseins hundert Prozent seines Vokabulars ausmachte.

Beinahe. Beinahe hätte ich das Sprachzentrum verletzt. Gerade noch rechtzeitig zog ich das Skalpell zurück. Mir wurde immer heißer. Ich spürte, wie sich auf meiner Stirn Schweißperlen bildeten.

»Okay, da kommen wir also nicht weiter. Danke, Mr President«, sagte ich lakonisch.

Ich wandte mich an den Springer.

»Drehen Sie bitte die Klimaanlage höher.«

»Dave, die Körpertemperatur des Patienten …«, wandte Sharon ein.

»Legt ihm eine Thermodecke über Brust und Beine. Aber ich brauche unbedingt kühle Luft.«

Wir machten eine Zeit lang weiter, ohne dass im OP etwas anderes zu hören war als das Geräusch des Ultraschall-Skalpells, das gleichmäßige Piepsen der Überwachungsmonitore, die monotone Stimme des Präsidenten, der gehorsam alles laut vorlas, was auf dem Bildschirm erschien, oder die scheinbar sinnlosen Fragen der Neuropsychologin beantwortete, damit ich bloß keinem der Sprachverarbeitungsareale mehr zu nahe kam.

Irgendwann hielt der Präsident inne.

»Ich bin müde.«

Das war normal. So eine Operation im Wachzustand war für einen Patienten eine sehr große psychische Belastung.

»Bitte, lesen Sie weiter, Mr President. Wir haben es bald geschafft. Denken Sie daran, dass jedes Wort, das Sie uns laut vorlesen, ein Tag mehr ist, den Sie mit Ihrer Frau und Ihren Töchtern genießen können.«

Von da an verlor ich jegliches Zeitgefühl, so wie immer, wenn ich mich ganz auf die Operation konzentrierte. So konzentriert wie in diesem Moment war ich noch nie zuvor gewesen. Der Neurochirurg in mir trat im Geiste durch eine Tür und ließ alles hinter sich zurück. Irgendwo versuchte Kate gerade, meine Tochter zu retten, und wenn ich den Tumor so weit als nur irgendwie möglich herausgeschnitten hatte, würde ich mich Whites Erpressung beugen müssen, falls sie Julia bis dahin nicht befreit hatte, wobei … jetzt, hier im OP-Saal, würde ich es eh nicht mehr erfahren und ein Risiko durfte ich auch nicht eingehen … doch bis dahin war dies die Operation, auf die ich mich jahrelang vorbereitet hatte, und bei allem, was mir heilig war, ich würde so perfekt arbeiten wie nur irgend möglich, schließlich war es die Operation meines Lebens.

Und so fuhr ich fort, tastete mich immer weiter vor, ließ den Präsidenten reden, zerstörte Tumorgewebe, saugte ab …

»Das war's. Was meinen Sie, Mr President, reicht's, oder wollen Sie es noch kürzer?«, sagte ich drei Stunden später.

Der Präsident lachte auf, total erschöpft, aber erleichtert.

»Neben dem Wrigley Building gab es einen Friseur, der hat mich immer dasselbe gefragt. Was meinen Ihre Kollegen?«

Ich blickte vom Operationsmikroskop auf und sah Dr. Wong an.

»Ich sehe das genauso«, erklärte sie. »Hervorragende Arbeit, Dave.« Dann blickte sie hinauf zur Zuschauergalerie. »Was sagen Sie, meine Herren?«

»Fantastisch, Dr. Evans«, war Lowers' Stimme durch den Lautsprecher zu hören. »Ich fühle mich geehrt, dass ich dies mit eigenen Augen miterleben durfte. Finden Sie nicht auch, Dr. Hockstetter?«

Peinliche Stille trat ein, aber schließlich musste es sogar mein Erzfeind zugeben.

»Gute Arbeit, Evans«, sagte er zähneknirschend.

Danach fehlte nur noch einer. Den, den ich am allerwenigsten hören wollte.

»Großartig. Und sicher werden Sie die OP auch meisterhaft zu Ende führen.«

Ja, du Arschloch, das ist es, worauf du seit Stunden hinfieberst, dachte ich grimmig, während mir eiskalt ums Herz wurde.

»Dann bleibt nur noch eins zu tun, bevor wir den Schädel schließen«, sagte Dr. Wong zufrieden. »Schwester, das Gliadel.«

Die OP-Schwester ging zum Instrumentenwagen, zog einen Beutel aus der Schublade und reichte ihn Dr. Wong. Die Chefärztin riss die Aluminiumhülle auf, holte mit einer Pinzette eines der Gliadel-Implantate heraus und hielt es mir hin.

Gebannt starrte ich das vergiftete Implantat an. Ich musste es nur in der Operationshöhle einsetzen, dann wäre Whites Forderung erfüllt. Meine Tochter wäre gerettet. Und niemand würde je erfahren, was passiert war.

Mit einem Kopfnicken nahm ich meiner Chefin die Pinzette ab, um damit den mächtigsten Mann der Vereinigten Staaten zu töten.

KATE

Sie durfte keine Sekunde mehr verlieren. Nur: Was sollte sie jetzt tun? Sie musste Julia aus dem Loch befreien, bevor die verdammten Ratten sie bei lebendigem Leibe auffraßen. David hatte ihr am Telefon erzählt, dass es bestimmt fünfzig waren. Und was bedeutete es, dass White sie losgelassen hatte? Hatte David …? Doch ob mit oder ohne Julia, hinaus kam sie nicht, an jedem Tor lauerte einer der Killer, im Anschlag eine russische Maschinenpistole. Drin zu bleiben, bedeutete aber ebenfalls den sicheren Tod. Von beiden Seiten her wurde der Rauch dichter und dichter, die Flammen breiteten sich immer weiter aus.

Es gab nur eine einzige Chance. Schnell wechselte Kate das Magazin der MP5 und rannte zurück zur Dachluke. Vorsichtig spähte sie hinunter. Niemand war zu sehen. Mit einer Hand hielt sie sich am Fensterstock fest und hangelte mit der anderen nach dem Balken des Flaschenzugs, mit dem zur Erntezeit die Heuballen hochgezogen wurden. Ein Bein hing jetzt in der Luft. Plötzlich begann das andere Knie zu zittern. Ihr schwindelte. Falls sie sich nicht gleich das Genick brach, würden die Serben sicher den Rest besorgen.

Nicht nach unten schauen, Kate, beschwor sie sich, jetzt bloß nicht nach unten schauen. Kurz schloss sie die Augen, um das Schwindelgefühl in den Griff zu bekommen, und atmete tief durch. Dann gab sie sich einen innerlichen Ruck – und griff mit der zweiten Hand nach dem Balken.

Jetzt hing sie mit dem ganzen Körper am Flaschenzug, schwebte über dem Abgrund. Bis zum Boden waren es mindestens fünf Yard. Doch sie kam weder vor noch zurück. Sie schaffte es einfach nicht. Ihre Hände fingen an zu schwitzen, wurden immer feuchter und glitschiger.

Da, plötzlich, sah sie wieder Rachel vor sich, wie sie damals, vor dreißig Jahren, ihr aus vollem Hals zuschrie, sie solle sich auf der Stelle in Bewegung setzen, weil der Ast unter ihr jeden Moment zu brechen drohte.

»Los, Angsthase, mach schon!«

Eine Hand hangelte sich vorwärts, dann die andere, nur Mut, Kate, weiter so, die linke, die rechte, die linke, die rechte, bis zum Ende des Balkens, sie vergaß den Schwindel, ihre Höhenangst, vergaß die Rauchschwaden, die hinter ihr aus der Luke drangen, packte den Haken an der Seilrolle, und dann erledigte die Schwerkraft den Rest, das Seil wickelte sich ab, und sie raste mit voller Geschwindigkeit nach unten.

Im Fallen zog sie die Knie ein und rollte sich ab, kaum war sie am Boden, trotzdem konnte sie die Wucht des Sturzes nicht ganz abfangen. Mit einem Knacken fuhr ihr ein stechender Schmerz ins rechte Bein. Es tat so weh, dass ihr fast schwarz vor Augen wurde, doch eine Verschnaufpause konnte sie sich nicht leisten. Mit zusammengebissenen Zähnen rappelte sie sich auf, packte die MP5 und schlich so leise wie möglich bis zur Ecke des Gebäudes.

Drei Meter von ihr entfernt rauchte einer der Killer eine Zigarette, während er seine Maschinenpistole lässig auf das Scheunentor gerichtet hielt. Es war der Glatzkopf, der in Davids Haus neben dem Sofa gestanden hatte, hinter dem sie sich versteckt hatte. Kate warnte ihn nicht, dass sein Leben gleich vorbei wäre, sie gab ihm keine Chance. Sie zielte, drückte ab und pustete ihm den Kopf weg.

In derselben Sekunde vernahm sie ein Geräusch hinter sich. Sie kam nicht einmal mehr dazu, sich umzudrehen, hörte auch keine Schüsse, doch plötzlich lag sie bäuchlings auf dem Boden, die MP5 unter sich begraben, ihr rechter Unterarm blutete und tat höllisch weh. Vage begriff sie, dass sie nach vorne gekippt war, weil auch ihr Rücken von mehreren Kugeln getroffen worden war, doch ihre Schutzweste musste die Geschossenergie abgefangen haben.

Ihr blieb nur die SIG Sauer. Ohne sich aufzurichten, zog sie die Selbstladepistole mit der linken Hand aus dem Holster, drehte sich zeitgleich um ihre eigene Achse und schoss, wie sie es schon zigtausend Mal im Laufe der Jahre trainiert hatte.

Der Schuss traf ihn genau in den Magen. Ungläubig starrte der Typ sie an, während ihm die Maschinenpistole aus den Händen glitt. Doch Kate machte nicht denselben Fehler wie er: Sie ballerte weiter, leerte das komplette Magazin, verfehlte ihn dabei kein einziges Mal. Die Wucht der Salve hielt ihn aufrecht, mit der letzten Kugel sackte der durchsiebte Körper auf die Knie, hielt sich einen Moment im Gleichgewicht und kippte dann nach vorn.

Vielleicht habe ich bisher kein erfülltes Leben gehabt, ging es Kate im selben Moment durch den Kopf, vielleicht, weil ich mich auf das hier vorbereiten musste. Doch noch hatte sie Julia nicht gerettet. Und jede Sekunde zählte. Heulend vor Schmerz rappelte sie sich auf, schälte ihren verletzten Arm irgendwie aus der Lederjacke, während sie so schnell es nur irgend ging zum Scheunentor humpelte.

Sie riss es weit auf. Hitze schlug ihr entgegen. Innen loderten die Flammen auf beiden Seiten des Durchgangs inzwischen bis zum Dachgebälk hoch. Jeden Moment würde die Scheune in sich zusammenstürzen und das Erdloch mit Julia unter sich begraben.

Die Lederjacke vors Gesicht gedrückt, versuchte sich Kate in der Mitte des Gangs zu halten. Der Schmerz in ihrem Arm war kaum auszuhalten, ihre Augen tränten, und Hustenreiz würgte sie. Fast blind ging sie Schritt für Schritt vorwärts, bis einer ihrer Füße endlich gegen etwas Gebogenes stieß.

Der Metallring der Bodenluke!

Sie bückte sich und zog mit dem gesunden Arm daran, doch nichts geschah. Mit zusammengebissenen Zähnen packte sie den Griff darum mit beiden Händen, zog noch einmal mit all ihrer Kraft – und plötzlich lockerte sich der Lehmboden, und der Lukendeckel hob sich so abrupt, dass Kate mit einem Schmerzensschrei nach hinten kippte.

Mühsam kam sie auf alle viere, als das letzte Dutzend fiepender Schatten aus dem Loch in Richtung Scheunentor flitzte. Hustend beugte Kate sich über das Loch.

Und da hockte sie. An die Wand gepresst, am ganzen Körper zitternd, Bisswunden im Gesicht, an den Armen, den Beinen, überall, ihr Schlafanzug war völlig zerfetzt, dreckig von Blut und Erde.

Aber sie lebte.

Julia lebte.

Die nächsten Minuten vergingen wie in Trance. Als das kleine Mädchen sie über sich sah, streckte Kate ihr nur stumm die Arme entgegen und zog sie aus dem Loch, als würde Julia nichts wiegen. Sie spürte weder den Schmerz in ihrem Bein noch den Streifschuss am Arm noch den beißenden Qualm, sie umklammerte nur das Kind und spurtete, so schnell sie konnte, zurück zum Scheunentor, hinaus ins Sonnenlicht, während hinter ihr die ersten Balken krachend zu Boden stürzten.

Sie rannte, rannte bis zur Wiese am Hang, und dort erst ließ sie sich mit der Kleinen ins Gras fallen.

Eng umschlungen rangen sie nach Atem, schluchzten und weinten, ihre Körper zuckten, sie streichelten sich eine halbe Ewigkeit, bis sie sich einigermaßen beruhigt hatten. Als Kate sich schließlich aus der Umarmung löste, sah sie, dass Julias blutige Finger noch immer ein schmales Holzstöckchen umkrallten.

»Damit … damit hab ich mich gewehrt«, sagte die Kleine mit bebender Stimme. »Ich hab's aus der Wand gekratzt!«

»Das hast du gut gemacht, mein Schatz.« Behutsam strich Kate ihrer Nichte eine blutige Haarsträhne aus dem Gesicht. »Ich bin stolz auf dich.«

»Bring mich … bring mich zu Mami!«, schluchzte Julia auf. »Mami macht sich bestimmt Sorgen um mich!«

Da drückte Kate Julia weinend mit einem Arm ganz fest an sich, küsste sie voller Liebe auf die Stirn und zog mit der anderen Hand ihr Handy hervor.

»Ganz ruhig, mein Schatz. Bald bist du wieder zu Hause.«

34

In der Hand die Pinzette mit dem vergifteten Implant, blickte ich zur Zuschauergalerie hoch und suchte nach White.

Das ist es, was du wolltest, du Bastard, dachte ich verbittert, schau mich an und genieß deinen verdammten Triumph.

White saß ganz außen. Doch was war das? Im Gegensatz zu den anderen sah er nicht mehr zu mir herunter in den OP-Saal, sondern starrte auf das iPad in seinem Schoß. Überraschung spiegelte sich in seinem Blick, als er einen Moment später wie in Zeitlupe den Kopf hob. Und noch etwas anderes. Wut. Angst. Und grenzenlose Enttäuschung.

Ich konnte es in seinen Augen lesen, als hätte ich selbst sein iPad vor mir.

Kate hatte es geschafft. Julia war frei!

Instinktiv streifte ich mir mit der freien Hand den Mundschutz herunter. Er sollte mein hämisches Grinsen genau sehen können bei dem, was ich gleich tun würde. Mit süffisanter Miene hielt ich die Pinzette hoch und ließ das Implantat auf den Boden fallen.

»Was tun Sie da, Dr. Evans?!«, rief die OP-Schwester erschrocken.

White hatte mich indes mit keinem Blick beachtet. Hektisch tippte er auf seinem Tablet herum und stand dann resolut auf. Kurz sagte er etwas zu McKenna, und schon war er draußen, und die Tür schloss sich hinter ihm. Da plötzlich wurde mir bewusst, dass die Gefahr noch keineswegs gebannt war. So einfach gab sich jemand wie White nicht geschlagen. Ich hatte keinen blassen Schimmer, was er vorhatte, naiv, wie ich war, glaubte ich in jenem Moment jedoch, ich könnte noch mit einem blauen Auge davonkommen.

»David, sei bitte vorsichtiger«, hörte ich Dr. Wong hinter mir sagen. »Du hast gerade tausend Dollar in den Müll geworfen.«

»Und hier sind noch mal dreitausend!«

Ich riss ihr den Gliadel-Beutel aus der Hand und kippte den Inhalt auf den Boden.

»David!«, schrie sie entsetzt.

Doch ich war nicht mehr zu bremsen, ich schob die OP-Schwester beiseite, schnappte mir den anderen Beutel, riss ihn auf, zog die Plättchen mit den Fingern heraus und warf sie in die Luft. Stocksteif stand mein Team da und sah mich an, als wäre ich vollkommen übergeschnappt.

»Hör zu, Stephanie«, wandte ich mich an meine Chefin. »Ich habe allen Grund, anzunehmen, dass diese Gliadel-Implantate nicht wirken, wie sie sollen. Wärst du so nett, zwei neue Beutel holen zu lassen und die Operation zu Ende zu bringen? Danke. Ich kann mich nicht mehr länger konzentrieren. Ich muss hier raus.«

Ohne ein weiteres Wort rannte ich aus dem Operationssaal, während mir alle mit offenem Mund nachstarrten.

Im Waschraum riss ich mir den Kittel und die Handschuhe herunter und warf beides in den Eimer für toxische Abfälle. White hatte die Zuschauergalerie verlassen, noch bevor ich aus dem OP-Saal gerannt war, er konnte also nicht wissen, dass ich ihm auf den Fersen war. Und genau das war mein Plan.

Im Flur drückte ich mich an die Wand neben der Glasscheibe und spähte hinaus. White hatte sich des weißen Arztkittels entledigt und nickte den beiden Agenten des Secret Service freundlich zu, bevor er in den Fahrstuhl stieg. Die beiden Personenschützer rührten sich nicht und verzogen keine Miene, ihr Auftrag lautete, niemanden die zweite Etage betreten zu lassen, verlassen durfte sie jeder, das interessierte sie nicht.

Ich würde ihn jedoch nicht entkommen lassen. Nicht nur wegen dem, was er uns angetan hatte und in diesem Moment noch antun konnte, sondern auch wegen allem, was sein krankes Hirn vielleicht noch in Zukunft plante. So ein Monster musste ein für alle Mal ausgeschaltet werden.

So beging ich den größten Fehler meines Lebens.

Zu meiner Verteidigung kann ich nur anbringen, dass ich, euphorisch, wie ich war, die Situation völlig verkannte und nicht wusste, dass Kate im selben Moment an einem Flaschenzug hing und hinter ihr die Scheune brannte.

Offen gestanden wollte ich aber auch ganz persönlich mit White abrechnen und ihn nicht McKenna, dem FBI oder wem auch sonst überlassen. Ich wollte ihn für Svetlana büßen lassen, für Juanita und für das, was er meiner Tochter angetan hatte.

Von der Personenschleuse aus eilte ich in mein Büro, steckte Kates Blackberry und die Autoschlüssel in meine Jacketttasche, ging mit schnellen Schritten, aber scheinbar gelassen, zum Aufzug und drückte drei Minuten nach White auf den Knopf nach unten. Während ich wartete, unterdrückte ich ein ungeduldiges Wippen mit dem Fuß, bis sich die Türen hinter mir schlossen; ich wollte auf keinen Fall die Aufmerksamkeit der Agenten erregen, die mit versteinerter Miene den Fahrstuhl bewachten.

Ich fuhr hinunter zur Tiefgarage. Der falsche Ravensdale hatte erklärt, dass er mit einem Mietwagen von New York gekommen war, White würde also nicht durch die Eingangshalle verschwinden.

White stand mit seinem Wagen vor der Schranke und steckte gerade das Ticket in den Automaten, als ich mit meinem Lexus um die Kurve bog. Als er mich im Rückspiegel erkannte, gab er Gas und fuhr unter der sich öffnenden Schranke durch. Blöderweise ging sie schnell wieder herunter, sodass ich anhalten und nach meiner Magnetkarte kramen musste, was mich wertvolle Sekunden kostete.

Oben auf der Straße hatte er schon ein paar Blocks Vorsprung. Er fuhr einen schwarzen Lincoln, das am häufigsten vorkommende Auto in der ganzen Stadt, und als er auf die mehrspurige 16th Street bog, hätte ich ihn um ein Haar aus den Augen verloren. Intuitiv bog ich nach Süden ab und sah ihn tatsächlich mehrere Blocks später wieder, etwa hundert Yards vor mir. Um näher an ihn heranzukommen, überfuhr ich eine rote Ampel, und wäre dabei fast mit einem Bus zusammengestoßen. Aber an der Ampel am Farragut Square holte ich wieder auf, da er erst den Gegenverkehr durchlassen musste, um auf die K Street zu gelangen. Jetzt war er nur noch ein paar Autos vor mir, und als er den Blinker zur Key Bridge setzte, wusste ich, dass der Moment gekommen war. Auf der Straße über den Potomac River konnte er mir nicht entwischen. Ich gab Gas, überholte erst die drei Autos zwischen uns und dann ihn. Kaum war ich an ihm vorbei, riss ich das Steuer nach rechts, bremste gleichzeitig, sodass mein Wagen ihn mit qualmenden Reifen abdrängte und er an der niedrigen

Begrenzungsmauer zum Bürgersteig entlangschrammte, bis wir beide zum Stehen kamen.

Hastig zog ich unter dem Sitz die Glock hervor, mit der ich Hockstetter bedroht hatte, sprang aus dem Wagen und zielte auf White. Die Autofahrer, die hinter ihm notgedrungen angehalten hatten, hupten verärgert; als sie jedoch meine Pistole aufblitzen sahen, kletterten sie, so schnell sie konnten, aus ihren Fahrzeugen und suchten panisch das Weite.

Mich kümmerte das alles nicht. Langsam ging ich auf Whites Wagen zu und klopfte mit der Mündung gegen seine Scheibe.

»Los, raus da.«

White öffnete die Tür und stieg aus, in einer Hand hielt er sein iPad.

Eingeschüchtert schien er jedoch noch lange nicht zu sein, er grinste nur verächtlich.

»Hm, nicht schlecht für einen, der eigentlich jeglicher Konfrontation aus dem Weg geht. Du erstaunst mich immer wieder, Dave«, sagte er und ging um seinen Wagen herum.

»Stehen bleiben, du Arschloch!«, herrschte ich ihn an. »Wo ist meine Tochter?«

Statt einer Antwort sprang White elegant über die kleine Begrenzung zum Bürgersteig, holte aus und schleuderte das iPad in hohem Bogen in den Potomac, wobei dessen Louis-Vuitton-Hülle durch die Luft flatterte wie die teuerste Taube der Welt. Kurz sah er ihm nach, dann drehte er sich wieder um, lehnte sich gelassen gegen das Stahlgeländer und blickte mich abschätzig an.

Und was hatte ich derweil getan? Ich war ihm hinterhergegangen und hatte mich dabei wie der letzte Idiot gefühlt. Erst Hockstetter und jetzt er: Warum nahm mich keiner ernst, wenn ich eine Pistole in den Händen hielt?

»Ich hoffe sehr für dich, dass deine Leute besser sind als meine Jungs, Dave. Wirklich, es wäre dir zu wünschen. Wen auch immer du auf unsere Spur ansetzen konntest, sie werden sich ganz schön beeilen müssen, um mehr als die von den Ratten abgenagten Knochen deiner Tochter zu finden.«

Wutentbrannt ging ich auf ihn zu, die Waffe in beiden Händen. Er wirkte gelassen und sah über die sechsspurige Straße hinweg in Richtung Weißes Haus.

»Ich war so nah dran.« Er zuckte mit den Schultern. »Na ja, was soll's, dann eben ein anderes Mal.«

»Wer steckt dahinter, White? Wer ist dein verdammter Auftraggeber?«

Er drehte sich zu mir und runzelte die Stirn, als sähe er mich zum ersten Mal. Kurz fiel sein Blick auf die Waffe. Seine Pupillen verengten sich.

»Wenn ich wollte, könnte ich dich auf der Stelle kaltmachen, Dave. Ich tu's nur nicht, weil du mir noch von Nutzen bist. Schließlich brauche ich noch einen Schuldigen.«

»Dazu wird's nicht kommen, White!«, zischte ich ihn an. »Du wirst im Knast verrotten.«

Er grinste nur selbstgefällig.

»Du warst ein würdiger Gegner, Dave. Vielleicht werde ich eines Tages auf dich zurückkommen … Und vielleicht hast du bis dahin ja auch gelernt, wie man eine Pistole entsichert.«

Deshalb war er …? Sprachlos starrte ich auf meine Waffe, suchte hektisch nach der Sicherung. Vollkommen vergeblich, wie ich heute weiß. White hatte mich verarscht: Eine Glock ist sofort feuerbereit.

Als ich wieder aufsah, war White schon auf die Brüstung geklettert, legte die Arme an und sprang in den Potomac.

EPILOG

DR. EVANS' TAGEBUCH

Falls Sie in den letzten fünf Jahren nicht auf einer einsamen Insel gelebt haben, wissen Sie, was danach geschah.

Wenige Augenblicke, nachdem White gesprungen war, erhielt ich von Kate eine SMS. Wie ein Besessener rannte ich daraufhin zurück zu meinem Wagen und raste in Richtung Virginia. Schon bald verfolgten mich die ersten Polizeiwagen auf dem Interstate 66, und es dauerte auch nicht lange, bis die Nachrichtensender die Verfolgungsjagd live übertrugen. Aber der Tank meines Lexus war voll, und ich war unterwegs zu meiner Tochter, strahlend vor Erleichterung und Glück, trotz all der Erschöpfung. Ich wollte Julia nur noch in meine Arme schließen, und kein Polizist der Welt würde mich davon abhalten können. Ich glaube, die Kameras des CNN-Hubschraubers filmten mich dabei, wie ich am Ziel schließlich wie ein Irrer aus dem Wagen sprang und zu den beiden rannte. Obwohl Kate schwer verletzt war, ließ sie die Hand meiner Kleinen nicht eine Sekunde los, bis sie sicher in meinen Armen lag.

Vielleicht haben Sie auch das Video auf YouTube über den Showdown auf der Key Bridge gesehen. Der Kerl, der es mit seinem Handy aufgenommen hatte, war allerdings so weit weg, dass kaum zu erkennen ist, wie ich eine Pistole auf einen Menschen richte, der leider nicht näher zu identifizieren ist, weil ihn sein Auto verdeckt. Und er war wohl auch ziemlich nervös: Die Schlusssequenz ist ziemlich verwackelt und zeigt nur, wie etwas platschend in den Potomac eintaucht, mehr aber auch nicht.

Nichtsdestotrotz muss ich diesem Augenzeugen unendlich dankbar sein. So miserabel die Aufnahme auch ist, sie rettete mich vor der Höchststrafe. Obwohl die Anklage alles tat, um ihre Bedeutung vor den Geschworenen herunterzuspielen, war in dem Video doch eindeutig zu erkennen, dass jemand im Wagen saß, der nicht der echte Dr. Ravensdale war, der am Donnerstag vor der OP in New York spurlos verschwand – und dessen Leiche bis heute nicht gefunden worden ist.

Mehr aber auch nicht.

Denn es gibt kein einziges Foto von White.

Überflüssig, Sie daran zu erinnern, dass die Daten in der Datenbank des Secret Service ja schon vorher manipuliert worden waren. Und natürlich setzten auch »rein zufällig« die Überwachungskameras in der Tiefgarage des Saint Claire aus, als White hinein- und hinausgefahren war.

Da Mr White also nicht zu fassen war, jeglicher Hinweis auf die Identität seines Auftraggebers fehlte und alle seine Handlanger auf der Farm umgekommen waren, blieb folglich nur ich übrig, den man des Mordversuchs bezichtigen konnte. Und so war ich für die Presse und die Staatsanwaltschaft ein gefundenes Fressen.

Hinzu kam, dass man bei der Durchsuchung der Farm Svetlanas Leiche fand und unter ihren Fingernägeln Haut- und Blutpartikel von mir entdeckte. Für diesen »Beweis« hatte White in der Nacht zum Donnerstag gesorgt, als ich mich bis zur Besinnungslosigkeit betrunken hatte. Erinnern Sie sich, dass ich am nächsten Morgen mit tiefen Kratzwunden am Unterarm aufgewacht war, für die ich keinerlei Erklärung hatte? Während ich meinen Rausch ausschlief, mussten seine Handlanger die Leiche der jungen Frau noch mal in mein Haus geschleppt und mit ihren Fingernägeln meine Haut aufgekratzt haben. Alles sprach also zunächst dafür, dass ich sie ermordet hatte. Zum Glück konnte mein Verteidiger die Anschuldigung entkräften: Zahlreiche Zeugen hatten am Dienstagabend bei Jamaals OP meine unverletzten Unterarme gesehen, und Svetlana war zu jenem Zeitpunkt bereits tot gewesen, wie der Gerichtsmediziner bestätigte, der ihre Leiche obduzierte. Dieser Teil seines Plans ging für White also nicht ganz auf. Wahrscheinlich wollte er mich nach der erfolgreichen Operation auf eine Weise umbringen, die mich noch stärker mit Svetlanas Tod in Verbindung gebracht hätte. Zu meinem Glück kam es nie so weit. Aber allein der Gedanke daran lässt mich erschaudern.

Der Brand in unserem Haus machte die Beweisführung meines Verteidigers natürlich auch nicht leichter. Zusammen mit den Überwachungskameras und Wanzen musste White seinen Handlangern befohlen haben, auch Brandsätze und Brandbeschleuniger zu installieren, die er vor seiner Flucht dann mit seinem iPad aktiviert hatte. Während ich ihn durch Washington verfolgte, ging mein Haus in Flammen auf. Die Feuerwehrleute sagten aus, sie hätten selten einen solch verheerenden Brand erlebt. Als sie eintrafen, war unser Haus bereits ein einziges Inferno, und nach weniger als einer Stunde war nur noch Asche übrig.

White hatte nicht nur unser Leben zerstört, wir hatten auch alles verloren. Unser Heim, die Einrichtung, aber vor allem eins: unsere Andenken an Rachel. Am meisten schmerzte mich der Verlust von Rachels Abschiedsbrief und ihrem Sweatshirt mit dem Universitätslogo. Julia vermisste schmerzlich ihre Kuscheltiere und das Foto ihrer Mutter, dasselbe, das ich auf dem Handy gehabt hatte, bevor White es löschte. Es stand auf ihrem Nachttisch, und sie hatte ihr vor dem Einschlafen immer einen dicken Kuss gegeben.

Ein weiteres Beweisstück, mein Handy, ist zur gleichen Zeit verbrannt, wenn auch nicht ganz so spektakulär wie unser Haus. Als ich hinunter in die Tiefgarage fuhr, um Whites Verfolgung aufzunehmen, roch eine Krankenschwester auf einmal Rauch, als sie an meinem Büro vorbeikam. Als sie die Tür öffnete und meinen qualmenden Arztkoffer entdeckte, rannte sie los und erstickte mit dem Feuerlöscher die Flammen, bei den Ermittlungen fand die Polizei statt eines Smartphones jedoch bloß noch einen Klumpen aus geschmolzenem Aluminium und Plastik vor.

Was indes nicht ein Raub der Flammen wurde, war mein Laptop, das die ganze Woche unter einem Stapel Krankenakten auf dem Schreibtisch meines Büros gelegen hatte. Der Secret Service entdeckte Dutzende von E-Mails, die ich angeblich verschickt haben soll und in denen es um die Planung des Anschlags auf den Präsidenten mit Unterstützung rechtsextremer Terroristen aus Osteuropa ging.

Aufgrund all dieser Dinge wurde ich der Konspiration und des versuchten Präsidentenmordes angeklagt.

Wie Sie verfolgt haben, hielten die Medien mich von Anfang an für schuldig. Ein Lee Harvey Oswald konnte wegen Jack Ruby nicht verurteilt werden, wie er es nach Meinung vieler verdient gehabt hätte, John Hinckley war ein unzurechnungsfähiger Spinner … Darum kam ich ihnen gerade recht. Ein Neurochirurg, weiß, wohlhabend und Terrorist. Die perfekte Zielscheibe für den Hass einer ganzen Nation.

Keiner glaubte mir die Geschichte, die ich Ihnen, verehrter Leser, hier wahrheitsgetreu und in aller Ausführlichkeit erzählt habe.

Bis heute denken viele, ich hätte mir diesen Mr White nur ausgedacht. Sie glauben, er sei ein Geschöpf meiner Fantasie, so wie eine Romanfigur. Seine Leiche wurde nie im Potomac gefunden, es gab keine Fotos von ihm, und auch in seinem Wagen fanden sich keine Spuren seiner Existenz. Bis auf zwei kurze blonde Haare. Das gäbe eine hübsche DNA-Probe, aber wenn man sie mit keinen anderen Daten abgleichen kann, hilft einem das auch nicht weiter.

Trotzdem werde ich fortan die scheinbar kuriosen Verbrechen in der Welt verfolgen, denn ich weiß, dass er weiter sein Unwesen treibt. Er ist ein echter Mensch aus Fleisch und Blut, so wie Sie und ich. Und eines Tages wird man ihm sicher das Handwerk legen, ausgehend von diesen beiden blonden Haaren. So wahr ich David Evans heiße!

Ganz allein bin ich zum Glück nicht mit meiner Überzeugung. Es gibt ein paar Internetforen von Amateurdetektiven, die fleißig nach Spuren von Mr White suchen, nicht nur in den aktuellen Nachrichten, sondern auch in der Vergangenheit, bis zurück ins Jahr 1963. Zu der Zeit war White allerdings noch nicht mal ein verliebter Schimmer in den Augen seines New Yorker Brokervaters, sollten Sie also diesbezüglich weiterforschen wollen, lassen Sie es bleiben, diese Mühe lohnt sich wirklich nicht.

Wer sich allerdings tatsächlich alle Mühe gab, das war der Staatsanwalt. Wenn Whites Plan geglückt wäre, wäre ich der perfekte Sündenbock gewesen, dem man alles hätte anlasten können. Oder tue ich ihm unrecht, und alle belastenden Indizien sind nichts weiter als ein Ablenkungsmanöver für den alleräußersten Notfall, wie die Tinte des Tintenfischs, wenn er seine Verfolger in die Irre führen muss …? Nein, bei jedem anderen würde ich vielleicht zweifeln, aber ganz sicher nicht bei diesem Psychopathen von White.

Zum Glück hat er sein Ziel nicht ganz erreicht. Wenn er mich umgebracht hätte, hätte die Justiz mich in aller Eile für schuldig und das Kapitel für beendet erklärt. Aber ich war noch am Leben, und mein Anwalt verteidigte mich wahrhaft brillant, nicht zuletzt dank Kates und Julias Zeugenaussagen. Durch sie konnten wir viele der Anklagepunkte entkräften.

Viele, ja, aber leider nicht alle. Ich wurde der Beteiligung an einem Mordkomplott gegen den Präsidenten und noch ein paar anderer Punkte mehr für schuldig befunden. Als ich schließlich zu fünf Jahren *supermax*, sprich, der Verbüßung der Strafe in einem Hochsicherheitsgefängnis, verurteilt wurde, fing die Hälfte der Anwesenden im Gerichtssaal an zu pfeifen, während alle anderen in lauten Applaus ausbrachen.

Ich vernahm das Urteil wie in Trance. Ich konnte es einfach nicht fassen. Meine Familie und ich hatten Whites kaltblütige Erpressung mit Blut und viel Schmerz bezahlt. Ich war eines der Opfer, kein Mittäter!

Ungeachtet meines vehementen Protests brachten mich die Beamten vom Verhandlungssaal in eine Zelle des Gerichtsgebäudes, wo ich auf die endgültige Überstellung ins Gefängnis zu warten hatte.

Und dort überreichte mir ein durchtrainierter Glatzkopf in dunklem Anzug eine halbe Stunde danach dann ein Handy. Als ich hörte, wer am anderen Ende der Leitung war, war ich indes nicht sonderlich überrascht.

»Dr. Evans, würden Sie mir eine einzige Frage beantworten?«

Sie klang angespannt, wütend und erschöpft.

»Natürlich, Madam.«

»Seien Sie ehrlich: Wollten Sie meinen Mann umbringen?«

»Nein, das wollte ich nicht.«

»Aber Sie haben die Beutel ausgetauscht. Sie haben mein Vertrauen missbraucht!«

»Madam, ein Wahnsinniger hatte meine Tochter in seiner Gewalt. Ich bin Julias Vater, so wie Sie die Mutter Ihrer beiden Töchter sind. Sie müssten mehr als jeder andere verstehen, warum White mich so weit bringen konnte.«

»Sie wussten aber auch sehr genau, was Ihre ärztliche Pflicht war.«

»Ja, Madam. Ich musste Ihrem Mann noch ein paar wertvolle Monate Lebenszeit verschaffen. Und genau das habe ich auch getan.«

Ohne ein weiteres Wort legte sie auf, und ich gab McKenna das Handy zurück. Er sah mich dabei mit einem solchen Hass an, dass ich froh war, dass uns ein paar Eisenstangen trennten. Der berufliche Stolz des Secret Service Chefs war von einem erbärmlichen Amateur wie mir durch den Schmutz gezogen worden. Fast hätte er mir leidgetan.

Aber nur fast.

»Du hältst keine Woche durch, Evans. Weißt du, ich habe Freunde dort. Schon für 'ne halbe Schachtel Camel wird es ihnen ein wahres Vergnügen sein, so einem Dreckskerl wie dir den Garaus zu machen.«

Dass ich absolut nichts mit Whites Mordplan zu tun hatte, fiel der Präsidentenfamilie wohl schwer zu glauben. Dass ich meinen Patienten aber, so weit es ging, von seinem Tumor befreit und ihm so wertvolle Lebenszeit geschenkt hatte, dankte man mir schon.

Mein Anwalt erzählte mir im Vertrauen, er wisse aus zuverlässigen Quellen, dass der Präsident erwogen hatte, von seinem Begnadigungsrecht Gebrauch zu machen, sich dann jedoch dem Druck seiner Parteigenossen beugen musste, die um die Gunst ihrer Wähler fürchteten. Denn für viele bin ich bis heute der meistgehasste Mann Amerikas.

Darum hatte das Weiße Haus dafür gesorgt, dass man mich von den normalen Häftlingen trennte. Und zum Glück haben sie mich auch nicht in den Trakt mit den Pädophilen und Vergewaltigern gesteckt. Ich glaube, diese besondere Bevorzugung habe ich der First Lady zu verdanken.

Und so habe ich hier meine Strafe abgesessen, im Todestrakt.

Nur hier bestand keine Gefahr für mein Leben.

Die nahezu vollkommene Isolation hat mir allerdings sehr zugesetzt. Einzig der Gedanke, dass ich hier wieder rauskommen würde, hat mich nicht verrückt werden lassen.

Und wie geht's jetzt weiter, wollen Sie wissen?

Ehrlich gesagt, ich habe noch keine Ahnung.

Mein bisheriges Leben wurde in weniger als einer Woche von einem skrupellosen Psychopathen komplett zerstört. Nach so was wieder auf die Beine zu kommen, ist verdammt schwer.

Ich habe meine Tochter seit fünf Jahren nicht mehr gesehen.

»Danke, Papi.«

Mehr sagte sie nicht nach der Urteilsverkündung. Aber das war auch nicht nötig. Mit einer schier endlosen Umarmung verabschiedeten wir uns.

Während meiner Haft durfte ich zum Glück alle drei Tage zehn Minuten mit ihr telefonieren. Mehr gestand man mir leider nicht zu. Meistens redete ich. Ich las ihr Geschichten vor und erzählte ihr von ihrer Mutter, damit sie Rachel nicht vergaß. Seit ihrer Entführung spricht Julia nicht viel, doch Jim und Aura tun alles dafür, dass es ihr von Tag zu Tag besser geht. Julia wohnt jetzt bei ihnen, und sie kümmern sich wirklich rührend um sie, Jim stopft sie voll mit seinen selbst gezüchteten Virginia-Tomaten und geht mit ihr auf sämtliche Jahrmärkte der Umgebung. Zumindest einer in dieser Geschichte hat also bekommen, was er sich gewünscht hat, und das freut mich für ihn. Nach der Hölle, durch die meine Kleine gegangen ist, finde ich es auch einfach nur großartig, dass meine Schwiegereltern sie nach Strich und Faden verwöhnen.

Und Kate unterstützt sie tatkräftig dabei.

Meine Schwägerin musste den Secret Service natürlich verlassen. Während des Ermittlungsverfahrens und später auch vor Gericht war ihre Darstellung der Ereignisse lücken- und schonungslos, sie stand von Beginn an zu ihrer Verantwortung. Dank ihrer makellosen Personalakte und ihrem heroischen Einsatz auf der Farm im Rappahannock County klagte die Staatsanwaltschaft sie zwar nicht der Mittäterschaft an, ihre Suspendierung stand jedoch außer Frage, was vielleicht auch besser war, denn so musste sie nicht die feindseligen Blicke ihrer ehemaligen Kollegen ertragen.

Bis heute sehe ich es deutlich vor mir, wie sie im Zeugenstand die linke Hand auf die Bibel legte, mit der rechten erhobenen Hand »die Wahrheit und nichts als die Wahrheit« schwor und dann zu erzählen begann, wie sie die Adresse von Svetlanas Freund herausfand und gerade zu seiner Wohnung kam, als Vlatkos Killer das Haus verließen, worauf sie sich an ihre Fersen heftete. In den tausendachthundertdreiundzwanzig Tagen, die ich hier schon sitze, habe ich mir oft vorgestellt, wie sie in jener Nacht durch die Dunkelheit fuhr, um es ganz allein mit diesen Verbrechern aufzunehmen, und ich kann sie gar nicht genug bewundern und ihr danken für ihren gewaltigen Mut und ihre Entschlossenheit, für Julia ihr eigenes Leben zu riskieren.

Mich hat die Ärztekammer natürlich ebenfalls suspendiert. Ich werde nie wieder als Arzt in den Vereinigten Staaten arbeiten können. Doch mir ist das chirurgische Talent in die Wiege gelegt worden, meine Hände sind dazu gemacht, Menschen zu heilen. Und so habe ich nicht vor, etwas anderes mit ihnen zu machen, als zu operieren. Darum werde ich wohl den Vorschuss für das Buch, das Sie in Händen halten, dazu verwenden, mit Julia in ein anderes Land zu ziehen, an irgendeinen warmen, gastlichen Ort, wo meine Chirurgenhände gebraucht und geschätzt werden. Wir beide haben uns das Recht verdient, zu vergessen und noch mal von ganz vorn anzufangen. Und eines verspreche ich Ihnen: Ich werde alles dafür tun, dass meine Tochter glücklich wird.

Gleich werden also die Wärter kommen, um mich zu holen. Sie werden mich den Gang entlangführen, nur dass ich, im Gegensatz zu den anderen Häftlingen, den umgekehrten Weg gehen werde, den aus dem Todestrakt hinaus in die Freiheit. In wenigen Minuten werden sich für mich die Gefängnistore öffnen, ich werde auf die Straße treten, und dort, auf der anderen Straßenseite, wird Julia warten.

Wie groß sie wohl inzwischen ist? Ob sie lächeln wird? Wird sie auf mich zugelaufen kommen, um mich zu umarmen? Oder muss ich zu ihr gehen und sie hochheben, sie an mich drücken und ihr schwören, dass wir uns nie, nie wieder trennen werden?

Und wissen Sie, was ich am dringendsten wissen muss? Ob Julia trotz allem, was passiert ist, sich ihren lebendigen, tiefgründigen Blick bewahrt hat, diesen wundervollen

Blick aus den leuchtend blauen Augen ihrer Mutter, der Liebe meines Lebens.

Ich höre sie kommen.

In wenigen Minuten werde ich es wissen.

DANKE

Ich habe sehr vielen Menschen zu danken.

Antonia Kerrigan und ihrem Team, vor allem Hilde … Danke, dass ihr dieses Buch in die Welt hinaustragt!

Rodrigo Pedrosa, meinem guten Freund und großartigen Neurochirurgen, der meine Ignoranz auf medizinischem Gebiet gemindert und mir ungemein geholfen hat. Und natürlich auch seiner bezaubernden Frau Rachel, von Beruf Anästhesistin, der ich die Informationen über ihren Arbeitsbereich verdanke. Mögliche medizinische Fehler sind allesamt eure Schuld – nein, natürlich nicht, das ist ein Scherz!

Manuel Soutiño habe ich ebenso zu danken für seine unendliche Geduld beim wiederholten Lesen des Manuskripts: Du nimmst mir die Angst vor dem Schreiben, mein Freund.

Einen wirklichen Mr White gibt es auch in meinem Leben. Ihm danke ich nicht, aber er weiß, dass er verloren hat und immer verlieren wird.

Ich danke meinen beiden Kindern für ihre Liebe, die die Inspiration zu diesem Roman war und denen ich dieses Buch gewidmet habe, auch wenn sie es nicht lesen sollten, bevor sie erwachsen sind.

Und natürlich danke ich dir, Katuxa, Liebe meines Lebens und Engel, der mich tausendundein Mal aufgerichtet hat, als ich am Boden lag. Wie schön, dass es dich gibt. Danke, dass du dich für mich entschieden hast.

Und last but not least danke ich natürlich Ihnen, liebe Leserin und lieber Leser: Danke, dass Sie meinem Traum, Ihnen Geschichten zu erzählen, Flügel verleihen.

Juan Gómez-Jurado